·第五辑·

在思南
阅读世界

孙甘露 主编

上海人民出版社

《在思南阅读世界·第五辑》编委会

主办单位：

上海市新闻出版局　上海市作家协会　上海市黄浦区委宣传部

编委会主任：

徐　炯　王　伟

编委会委员（按姓氏笔画排序）：

马文运　王　伟　王为松　刘　申　孙甘露　李　崟　李海宇
余海虹　汪　澜　钱　军　徐　炯　彭卫国　阚宁辉　戴金梁

主编：

孙甘露

策划：

李伟长　王若虚　石剑峰　彭　伦

目　录

时间：2018 年 9 月 29 日

嘉宾：［美］金介甫、张新颖

沈从文传记的三十年之旅

主持人：今天晚上，我们非常荣幸地请到两位在海内外深受关注的沈从文研究专家，张新颖老师和金介甫先生。金介甫先生在哈佛大学的博士论文是《沈从文笔下的中国社会与文化》，他在博士论文的基础上写出了《他从凤凰来：沈从文传》这本书。今天的第一个问题：金介甫老师，您是从 1972 年开始研究沈从文的，当时是什么机缘让您了解到有沈从文这么一个人？

金介甫：当时在哈佛大学有一个老师，专门研究清朝和越南的历史，他偶尔说起自己刚看了沈从文的小说。他也看过王瑶的《中国新文学史稿》。他知道在中国一般的文学史论述中，对沈从文的观点与海外学界不完全一样，所以他推荐我进一步了解沈从文。我当时并不知道沈从文是很有名的作家。看了夏志清的《中国现代小说史》，才知道他在 20 世纪三四十年代是很有名的。哈佛大学有三四十年代的作家辞典，那个年代，人们把沈从文看作一个重要的一流作家，而不像五六十年代，大家忘了他。我由此对沈从文发生了兴趣。

1

左起：金介甫、张新颖

主持人：70年代初，您了解到在三四十年代，美国对沈从文先生有初步的介绍。而到了五六十年代，不仅仅是中国，连美国学界也开始对他失去了兴趣，没有那么多人关注了。

金介甫：50年代，沈从文的作品在海峡两岸都是禁书。当时的美国汉学家喜欢文言文写的小说，觉得用白话文写的小说不算什么。

主持人：张新颖老师在《沈从文的后半生》里对沈从文1949年以后的生活创作和写作状态作了翔实生动的描述。1972年的时候，沈从文是什么样的生存状态和写作状态？

张新颖：我今天来的目的和大家一样，主要是想听金介甫先生讲他的沈从文。金介甫先生的《沈从文传》，80 年代出过，后来又有几个版本，到今天重新出，这是很有意思的事情。一本书能够经历这么长的时间，今天读来仍然有价值。可以说，80 年代以后的沈从文研究，都离不开金介甫先生的著作，比如我自己，也从金介甫先生那里得到很多启发。在海外，他们这一代的沈从文研究，是以金先生为代表的。国内的沈从文研究，上海有一个陈子善老师，还有邵华强先生，那时候编了很多作品资料文集。

在中国现代文学研究中，有几个作家，从 80 年代到后来，发展变化很快，其中沈从文是一个。发展变化的重要基础，是"文革"以后的第一代沈从文研究者打下的，比如金介甫老师、陈子善老师。我后来写沈从文的前半生和后半生，金介甫老师的《沈从文传》是必备的参考书，其他的沈从文研究者也会把这本书作为必备的参考书，这就是他的价值。

金先生的研究和国内的沈从文研究有点不一样。他的《沈从文传》和凌宇的《沈从文传》是两种类型的。凌宇老师的《沈从文传》文学性非常强，感情非常浓烈，而金先生更像一个历史学家，可能与他是学历史出身很有关系。对于沈从文笔下的湘西那种特殊的社会结构、社会文化、社会风俗，后来的沈从文研究者都没有下过像金先生那么大的功夫。刚才屏幕上出现的第一个封面，就是他的《沈从文笔下的中国社会与文化》。他是历史学家出身，有历史学家的眼光，另外，他是外国人，外国人有一种优势：他看这些东西的时候，会带着一种很强烈的好奇心。有些问题，对中国人来说，糊里糊涂地以为自己知道了，就会忽略过去，其实我们不知道。对湘西社会，我们真的不知道。他的研究在这方面是特别有价值的。

金先生到中国来见到沈从文的时候是 1980 年。金先生今年 70 岁了，见沈从文的时候还是 30 岁刚出头的帅小伙。我在《沈从文的后半生》里写到，金先生不仅是研究沈从文的人，更是进入沈从文生活的人。一个年轻的海外学者研究沈从文，给沈从文的晚年生活带来很大安慰。沈从文还陪着小伙子去看长城。金先生成为《沈从文传》里的人物，而不仅仅是一个研究者。

主持人：金先生 1980 年在北京见到沈从文，那时候您是以什么身份来到中国的？

金介甫：1979 年中美建交之后，中国派了很多专门研究科学的学者到美国的大学，美国也有不少汉学家想来中国做研究。那时有一个中美学术交流委员会，给了我奖学金，我才有钱到中国来。

主持人：陈子善老师是在座为数不多的跟沈从文先生有过交流的人，他去采访过沈从文。我想请他谈谈他访问沈从文的经历。

陈子善：在座的见过沈从文先生的，就是金介甫先生和我了。好玩的是我们还是同年，他比我大一点，所以按照中国的规矩，他先见了沈从文，我后见。他见了很多次，因为他有他的目的——要研究沈从文。刚才张新颖老师讲得有点出入，我是沈从文研究的门外汉，只写过一两篇小文章，不是专门的研究者。我现在很庆幸没有研究沈从文，金介甫先生、张新颖先生的沈从文研究做得多么好，我肯定研究不过他们，知难而退。但是，见沈从文，我也有私心，因为我研究郁达夫。郁达夫帮助过沈从文，我当时在编一本回忆郁达夫的文集，想请沈从文写一篇。老人家开始是答应的，但是后来他的夫人张兆和跟我说，可能不行，他年纪大，精神已经很差了，虽然他很怀念郁达夫，但要写文章系统回忆可能不行。最后沈老没有写成回忆郁达夫的文章，但是这不妨碍他对郁达夫的怀念。我开始是抱着这个目的去的。老人家很风趣，虽然我听不懂他的话，他说完以后就笑，我也不知道他笑什么。有时候张先生在，她会做翻译，张先生是苏州人。张先生不在的时候，只能不懂装懂，很可惜，如果那时候有录音笔，全部录下来，请懂湘西话的人翻译出来，肯定是一篇好文章。如果张新颖去采访沈从文，收获肯定更大，我是白白浪费了时间。

主持人：金先生当时访问沈从文，听说是有录音设备的。

金介甫：有，小小的录音机。沈从文先生爱上了小录音机，后来他买了一个。

主持人：当时是张先生在旁边给您做翻译吗？

金介甫：我每次访问沈从文，张兆和先生都在，还有其他人陪同。我采访沈从文时，常常在纸张上写人名地名，这些人名地名谁都不知道，只有我俩对湘西的小军阀有兴趣。有时候我也会误会沈从文的话，时间久了，我会修改这些错误。

主持人：1980年沈从文访美，我读了张新颖老师的书，才知道您在中间出了力。刚开始中国社科院没有正面回应美国方面的邀请，是您出面中间斡旋了一下。谈谈这段经历吧。

金介甫：我到中国以前，沈从文正计划到美国探亲，可是有两个问题。一是沈从文希望社科院承认他是代表中国知识分子出去的，二是沈从文要张兆和陪他去美国。中国社科院说可以有一个人陪他去，但是他夫人去还是助理去，这是个问题。我一到中国，就有一些中国的朋友对我说，如果能解决这个问题，对中美关系会很好。他们写了一封信给胡乔木，胡乔木喜欢沈从文，那封信里说最好请张兆和陪沈从文去探亲，而且不只是探亲，如果他以代表中国知识分子的身份赴美，美国很多大学都会请他演讲。我又给哈佛、耶鲁、芝加哥大学等写了信，美国各大学的邀请信给我，我们把所有这些信交给胡乔木先生。之后问题解决了，张兆和陪他去美国。

沈从文先生曾陪我去北京的长城、香山。关于他自己到北京的确切时间，学界一直有两个说法，一些人觉得他是 1923 年到的，还有一些人觉得他是 1924 年到的。总之，沈从文并不是 1922 年到的北京。

张新颖：他是 1923 年到的北京。沈从文有一个特点，说的数字从来不准确，回忆里说到数量、日期，都要经过考证的。关于沈从文的话听不懂，我看到金介甫先生有个很好的说法：1980 年六七月在北京访问沈从文的时候，他一个月跟沈从文谈了 12 次。他说，要听懂沈从文的话，困难程度和听懂钱钟书的话是一样的，但是原因正好相反——钱钟书一会儿说拉丁文，一会儿说意大利文，一会儿说法文，不停地转换。沈从文从头到尾只说一种话，就是湘西话。这反映了沈从文的性格，对湘西的湘音所特具的敏感性，使其语言深化，并使其绝对忠诚。

沈从文到美国访问的时候，行程很满，三十几场演讲，东海岸西海岸，除了演讲还有各种各样的活动，大概六十几场，一个老头、一个老太，非常疲惫。

金介甫：他住在耶鲁大学附近的小镇，天天写他的书法。

张新颖：沈从文在美国时，他过去的学生，主要是西南联大的学生，从美国各地赶来看他，或者是请他到美国各地去。这是教师所能享受到的最好的待遇。西南联大是特别的学校，那些学生特别好。比如钟开莱，金先生《沈从文笔下的中国社会与文化》的序就是他写的；比如王浩，后来还写过一篇《重逢沈从文先生》。

金介甫：还有林蒲，沈从文喜欢 40 年代林蒲的小说。还有刘子春，是凤凰县人，会是沈从文第二。林蒲后来在美国南部一个大学任教，好像翻译了《道德经》。沈从文跟他们再见面，非常愉快。他在哥伦比亚大学和白英见了面，白英和金隄翻译了《中国土地：沈从文小说集》，沈从文和金隄是什么时候再见面的，记不清楚。

张新颖：金隄也是西南联大的。

主持人：沈从文先生访美期间，金先生您是全程陪同吗？

金介甫：不是。他在纽约的时候，都是张充和开车。

张新颖：沈从文在美国时，听演讲的人很希望听到老作家亲口讲讲漫长的经历，亲口讲讲自己所遭受的苦难。不仅仅是沈从文，80年代中国作家到国外，只要讲经历了什么样的苦难，一定非常受欢迎，演讲效果非常好。但是沈从文不这样讲。沈从文很愿意讲文物，不愿意讲文学。他在耶鲁讲扇子，在哈佛讲服装，讲文物有讲不完的话题，文学只能讲一个题目：20年代初到北京的时候，北京的文坛状况。听众关心他这些年的生活，但沈从文先生说：我知道大家很关心我的情况，我要说的是，我们这个国家经历了这么多年的动荡，很多人遭受了苦难，但越是在这样的时候，越需要有人正常地健康地工作，我做了一个健康的选择。就是说，他更愿意讲的是他做的事情。他知道听众关心的是什么，可那不是他最愿意讲的。

金介甫：他在美国演讲时，显得比较腼腆，尤其在讲文学方面的时候。

张新颖：金介甫先生有一个比喻，说沈从文像一个欢喜佛。

主持人：金先生走访凤凰是什么时候？

金介甫：大概是1980年8月。

主持人：这些照片是您当时在凤凰走访的时候拍下的，您去凤凰抱着什么目的？

金介甫：我想看看沈从文的故居。那时候找他的故居不容易。我从长沙坐火车到黔阳，再坐汽车到凤凰县。汽车是黄永玉送给凤凰县政府的，那时候黄永玉的名气比沈从文大。1980 年的时候，交通还很不方便。

主持人：您当时在凤凰县搜集当地县志和各种资料，还方便吗？

金介甫：不方便。那时"文革"刚结束，连大城市里的图书馆都比较乱。我还曾跑到广州中山大学，比较有用的是杭州的浙江省图书馆。地方志都是在美国找到的。现在发现了一些新的文献，沈从文编的报纸之类。

张新颖：一个县文化馆发现了沈从文给陈渠珍做秘书的时候写的公文。七八十年代你在美国看沈从文的书，看的是什么版本？

金介甫：三四十年代的沈从文全集，在美国各个图书馆里找，芝加哥大学有几本，耶鲁大学有几本，还有哈佛大学。最重要的是文学期刊，还有报纸副刊。哈佛大学有研究资料，列出了沈从文的二十多个笔名。我先背了沈从文的笔名，复印了沈从文的照片。80 年代到上海图书馆找这些资料时，还不太方便，并没有搜集多少资料。

张新颖：你那个时候读沈从文的作品，看过香港盗印本吗？

金介甫：有一些盗印本。"文革"期间，很多知识分子把他们的书卖给别人，运到香港，所以我买了很多开明书店 40 年代的本子，每斤五毛钱，运到美国也很便宜。当时香港有一些书店搜集沈从文的作品，美国的中文图书馆里也比较全。

张新颖：我 2006 年在芝加哥大学，看了芝大图书馆所有沈从文作品的版本，其中 80% 以上是盗印本。沈从文 80 年代访问芝加哥大学的时候，芝大还把他的作品拿出来让他签名，他在所有的盗印本上工整地签了名。我查了美国的图书馆，哈佛、耶鲁，都有大量的五六十年代直到 70 年代的盗印本。下次金介甫先生写中国小说史的时候，参考资料中可能也会有盗印本。

你读书的时候，费正清跟你讲过沈从文吗？

金介甫：讲了一点，他认识沈从文。

主持人：您一个美国学者，研究已经被冷落了将近半个世纪的中国作家，而我们在八九十年代又把您的作品翻译过来，所以文学的翻译和传播很有意思。听说在翻译过程中经历了一些曲折，也得到了很多人的帮助，其中有三个人帮助最大，包括萧乾先生。

金介甫：我 1980 年访问沈从文的时候，同时访问了李健吾、萧乾、钱钟书。钱钟书是在 1979 年他访问哈佛大学的时候认识的。萧乾给了我不少资料，介绍了一些人，之后还介绍了符家钦先生。

主持人：符家钦先生当时的境况不是特别好，他那时候已经卧床两年之久。他翻译您这本书时，处于半瘫痪状态。

金介甫：我们找出版社找了老半天，书很久才问世。

主持人：中国社科院文学研究所的一位先生保存着所有朋友跟他的通信，其中有符家钦先生的几封信，谈到在翻译您的作品。您这本书把符家钦先生坑苦了，他中途想要放弃，因为书里涉及很多资料，没办法找到，还要找到原文出处。

金介甫：有些是我自己帮他们找到原文资料，复印后寄给他。

主持人：听说您后来做完研究，写完这本书，把资料卡片都送给了中国的研究者。

金介甫：可能有四百张卡片。我收集到的沈从文的每一个作品，我都做了一张卡片。这些卡片都复印了。在北京沈从文的家里，给了邵华强和凌宇，他们可以参考。

主持人：最后一个问题，金先生私下跟我表示过，非常钦佩张新颖老师在沈从文研究方面取得的成绩。您说您写完侦探小说的研究论著，还会继续做沈从文研究。

金介甫：对，因为目前的《沈从文全集》其实还是不全，至少还可以再出两本。我和张新颖老师一起参加了研讨会，还可以继续编一些。

张新颖：当时说编了九百多页，可以出三本书。

主持人：沈从文研究方面，金先生还会再写一本书吗？

金介甫：应该会写。现在中国的学者更多把他当作乡土作家来看，他当然是乡土作家，但除了乡土文学，他还写了很多其他题材的作品。中国有很多人关注沈从文和张兆和的关系，出了他们的家书，我没有多大兴趣，因为我们根本没法了解他们两人之间的关系和他们的情绪。有一些沈从文三四十年代的小说，还没有人重视。

主持人：张老师写完《九个人》之后，您的沈从文研究还会继续吗？

张新颖：会继续，我还年轻。

主持人：接下来的时间交给现场观众和读者。

读者：张老师，我之前看过凌宇写的《从边城走向世界》，他经历过和沈从文有共感的事情，写的时候个人情感喷薄而出。您写的时候更加克制，避免压缩读者解读的空间。您作为旁观者，不具备与沈从文共同的经历，那么您与他的连接点在哪里？

张新颖：凌宇的《从边城走向世界》和《沈从文传》是我特别喜欢的书，在凌宇的方向上，我达不到那个程度，所以我用的是另外一种方法。研究或者传记，有各种各样的写法，没有一种写法能够代替另外一种写法，你找到自己的就可以了。金介甫写的《沈从文传》也不是凌宇的《沈从文传》。

读者：金介甫先生的中文名字是怎么来的？介甫是历史上

的大政治家王安石的字。这个名字是您自己起的，还是朋友的建议？

金介甫：我 60 年代开始研究汉语，芝加哥大学是我的母校。那时我们先看《孝经》，再看《孟子》《论语》，有兴趣的可以学汉语白话文。后来我到了密歇根大学，有北京来的学者教我发音。我的第一个中文名字是金克力，后来改成金介夫。我跑到香港中文大学新亚学院，一个教授说金介夫像俄国人的名字，所以又改成了介甫，后来才知道是王安石的字。

读者：金先生，您觉得沈从文是一个什么样的人？您跟他之间有没有很有趣的故事？

金介甫：我第一次见到沈从文，就觉得他有童子之心。他所有的学问都是自学的，他在湘西的时候喜欢翻辞典，自己看了很多资料。他喜欢掩着嘴说话。80 年代，沈从文对中国社会比较乐观。

主持人：《他从凤凰来》这本书里有很多脚注，脚注里的内容非常精彩，很多是金先生跟沈从文先生私下交流的记录，里面有很多悄悄话。

读者：沈从文对西方文学有没有表现出一些兴趣，或者说有自己的阅读经验？

金介甫：他一直说他对契诃夫的小说特别感兴趣，还有莫泊桑，法国的、俄国现实主义的作品。他不会外语，接触到外语脑子就不转了。他在 40 年代看了很多现代派文学作品，在北京旁听文学课的时候，有人把英国文学介绍给他，包括一些奇奇怪怪的作家，18 世纪的，作品有点像 20 世纪初的现代派文学。

主持人：历史还在继续，我们是历史的一部分。谢谢大家！

时间：2018 年 10 月 20 日

嘉宾：戴燕、陈引驰、盛韵

解析文学史的权力

盛韵：今天讲的是戴燕老师出的新书《文学史的权力》。第一个问题，请两位老师先跟大家简要介绍一下什么是文学史，文学史有哪些权力。

戴燕：谢谢各位在假期中过来。今天的主题是"文学史的权力"，这也是我这本书的名字，最近出版了这本书的增订本。读中文系的都知道，有一种书叫作文学史。随便走进一个书店或者图书馆，就会看到很多的中国文学史，当然还有美国文学史、西方文学史，各种各样的文学史。中国文学史，就是中国文学的历史。重要的古代作家和作品构成了我们的文学传统，这就是文学史。

"文学史的权力"，这个"权力"是指，当文学史出现的时候，它的观念、方法，有点像欧洲学者福柯讲的规训与惩罚，其实就带有了一种规定性，说得严重一点，就是权力。你在谈古典文学的时候，会不自觉地运用文学史提供的那一套知识、语言和观念，这就是我用"权力"的意思。

左起：盛韵、戴燕、陈引驰

盛韵：可不可以再介绍一下，文学史的概念是从哪里来的，最后是怎么进入中国的，我们用这个概念重新描述中国文学的时候会碰到什么问题。

戴燕：最常见的中国文学史，或者是中国人所写的西方文学史、西方美学史之类，有一个共同的模式，都是由一些重要的作家、作品构成这个文学史。这样一种讲古代文学、传统文学的方式，其实在中国是从晚清时才开始的，差不多到19世纪末、20世纪初，才有这样的方式。当然，这并不意味着古代人没有自己讲述文学的方法，也有。为什么晚清时会出现这样的方法，一直到今天我们都在用这样的方法讲中国古典文学呢？我想大家都知道，清代后半期开始，很多西方的东西纷纷进入中国，包括学术文化。

文学史最初是在法国兴起的一种评论文学的方法，后来慢慢地流传到整个欧洲。我们知道，日本比中国更早学习西方，这套方法就从西方经过日本，再传到中国。差不多 20 世纪初，中国人开始在最早的大学用这个方法讲中国的传统文学，比如今天北京大学的前身京师大学堂，还有苏州大学的前身，一个教会学校。这个方法一直到今天都延续着。

陈引驰：关于文学史，刚才戴老师讲得非常清楚，我再从侧面简单补充一下，或许也可以帮助大家了解文学史。戴老师说"文学史"从字面上来讲就是文学的历史。历史到底怎么理解，其实也挺复杂的，最基本的是按照历史时段这样下来。我有时候开玩笑说，写文学史，李白总要写在杜甫前面，因为李白比杜甫大十岁左右。如果我写一部文学史，先把杜甫讲一大通，再讲李白，颠倒了，就不成为历史。文学史最重要的就是按照时间来讲，这是一个基本的线索。

"文学史的权力"，什么叫权力？我用通俗的话来讲，文学史还有一个选择的问题，什么写进去，什么不写进去。这个世界上有很多人，有些人会进入历史，历史会把他写上一笔。像我这种人大概就写不进去了。文学史也是，李白、杜甫、白居易、屈原、曹雪芹能写进去，有些人写不进去。这里还是有一个选择的问题。一定的文学观点或者文化观念，有时候甚至是政治原因，决定了你写文学史的时候会把某些人写进去。还有一个问题，就是把他写到什么地位。我们今天讲，最伟大的唐代诗人是李白、杜甫、白居易，但那时候的人们是否这样认为，也不一定。

比如我们讲的"四大名著"，这个说法的历史其实很短。最初《红楼梦》不在里面，最早讲的"四大奇书"，是《金瓶梅》在里面，人们觉得《金瓶梅》比《红楼梦》更伟大。根据不同的观念，出于文学、政治、文化等种种原因，选择什么进入文学史，实际上构成了"文学史权力"的问题。

刚才戴老师讲了，欧洲最早开始讲文学史，后来通过日本传到中国。之后一代一代的人在写文学史，这些人里有些是大家，有些是普通人，都凭借各自的观点做选择。之前上海社科院的陈玉堂编过《中国文学史书目提要》，其中的文学史，有些写得好，有些写得不好。有些"权力"施展得比较好，有些用得不太好。

关于什么是文学史，刚才戴老师讲了一些。我和戴老师都以研究古代文学为主。中国历史悠久，有文字的历史都有几千年了。讲中国文学史，一般要讲两千多年的文学。那还有现代文学史，甚至当代文学史。比如施蛰存先生，用弗洛伊德的心理分析法写小说，他写的现代文学作品，应该被写入现代文学史。他那时候专门写过一篇文章，说"当代文学不宜写史"，有人有不同的意见。单纯从时代的角度来讲，五十年、三十年前，完全可以写史。但施先生说这不是历史，因为文学史需要时间来决定。当然他是一家之言。我后来想想，觉得也有道理，这就是戴老师说的有没有权力的问题。施先生的意思是，当代还没有足够的时间去恰当施展"权力"，所以他认为当代文学不宜写史。

盛韵：刚才两位分析得比较深入。我读大学时也是中文系的，也要上文学史的课。刚才和两位聊天，了解到他们读书时的情况和现在很不一样。戴老师是1977级的，那个时候他们上文学史的课，连教材都没有。戴老师那时在北京读书，陈老师在上海读书，请二位讲一下不同时代、不同地域的文学史的课，以前那些老先生们是怎样上的。

戴燕：在中国的大学里，至少在 20 世纪 50 年代以后，中文系最重要的课程就是文学史，是所有必修课里面时间最长的。我初进大学的时候，文学史已经是最重要的课，整整要上两年。今天的大学仍然是这样。这也是我研究"文学史的权力"的主要原因。我所讨论的"权力"还有一层意思。中文系的同学必须要受两年文学史课程的训练，如果要读研究生，还要考文学史，它是一门考试，你想这是多大的权力。

我念大学的时候，情况和现在完全不一样，那时处于"文革"之后百废待兴的状态，没有那么多写文学史的书可以选择，"文革"之前出版的书已经很难找到。老师们刚给我们上课的时候，就用小学生用的练习本写他们的讲义。他们都已经十年没有教过书了，面对参差不齐的学生，只能念讲义。当时也找不到参考书。文学史分四段，隋唐以前是第一段，隋唐到元以前是第二段，元明清第三段，后面是四段。一学期一段，这样两年就过去了。

我的这本书写的不是李白、杜甫，而是写晚清民国以来，文学史为什么会逐渐兴起。据统计，我们有几百本甚至几千本文学史。现在大家都知道有章培恒先生主编的《中国文学史》，过去像刘大杰先生的文学史也是大家必看的。

我想探讨的是：我们的前辈怎样写他们的文学史；那些文学史怎样教育了我们这一代人；我自己身为老师，应该怎样讲文学史。

陈引驰：我读书比戴老师晚了好几年。北大的文学史是四段，复旦的是三段：先秦两汉魏晋南北朝一段，唐宋一段，元明清一段。我开始教书那几年，都是用刘大杰先生的《中国文学发展史》做教材，但实际上课的时候，很难完全按他那个来讲，刘大杰先生的《中国文学发展史》很有个性，它也不像教科书那样规整。我印象中，我读书的时候，老师都是很认真的，基本上每个人都有自己的一套讲义。那时候老师上课比较随便，我记得当时唐宋文学史都没有讲完，唐代基本上讲完了，宋代根本没有讲下去。元明清文学也是，元代戏曲的内容讲得非常详尽，明代小说《水浒传》《三国演义》《西游记》这三部肯定没有讲全，《红楼梦》都没有讲。但我当时还是很受教益。

一个时代有一个时代的特点，现在回过头想想也是挺有意思的。

盛韵：想问一下二位，文学有没有发展的概念？是不是每一代比前面一代更进一步？

陈引驰：我其实挺困惑的，一般来讲，所谓现代文学史的观念还是有一个发展的概念在里面，有一个进化的观念在里面。但是文学本身是不是发展的，真的很难讲。有些当然肯定是有发展的，比如中国的格律诗的出现，那肯定是进步的。诗人慢慢摸索到规律，分了四声，平仄交错，南朝开始注意到这个问题，一直到唐代，格律诗成熟。

但我也可以举出例子，证明文学是退步的，而且高峰是不可重复的。西方很多人认为，希腊罗马神话的魅力是不可重复的，中国恐怕也是这样。今天，再伟大的诗人也写不到李白和杜甫那样，再厉害的作家也写不到《红楼梦》那样。从这个意义上说，文学到底是进步还是退步了？

一般来讲，历史都有一个进化的过程，是逐步提升的。但具体到文学，真的不好讲，我可以举出很多进步的例子，也可以举出很多一代不如一代的例子。对此我没有结论，我们听听戴老师的说法。

戴燕：其实我也没有结论。刘大杰先生20世纪40年代出版了《中国文学发展史》，用了"发展"两字，实际上30年代前后，很多人除了用"发展"，也会用"变迁""源流"之类。晚清民国以后，是把所有的文体放在一起，说整个的文学潮流和历史，这个潮流是一条线的，是线性发展的，所以才会有"源流""变迁""发展"这样的词来定义文学在时间里面延伸的状况。当然这和晚清民国以来进化论的巨大影响有关系。其实在我看来，这是人类乐观的想法，觉得人类历史会越来越向前、越来越光明、越来越好。人们觉得文学、哲学、历史都一样，会从野蛮向着文明的状态发展。这跟20世纪的人类对于整个历史的认识观念有关系，事实上，文学史的观念跟时代各种各样的思潮会发生密切的联系。

具体说到中国文学史上到底谁比谁更好，这是很难说的事情。在受到进化论的影响之前，中国人对于历史有另外一种看法，觉得历史是循环的。比如说一个甲子六十年就是一个循环，这是中国人的历史观。在这个历史观下讲文学的话，会有一种循环的观念。

至于文学到底是进化的，是越到后面越高级，还是会循环往复，像一年四季春夏秋冬，像一个人一样生老病死，我自己认为没有定论。要看研究对象本身，对于学术研究来讲，这样可能比较合适。

盛韵：两位老师对海外文学史研究都特别关注。戴老师特别熟悉日本的文学史研究，陈老师比较熟悉西方的文学史研究。接下来请二位分别说一下，海外学者撰写中国文学史的时候，往往对什么问题分歧比较大，对哪些问题会有争论，或者互相应和。

戴燕：这个问题很有意思，因为中国文学史是日本人最先写的。大家知道，在东亚，日本最先开始学习西方。那时候日本人翻译了很多欧洲文学史，他们对西方是整体学习，所以他们翻译书常常是整套翻译。最初他们翻译了西方人写自己国家的文学史，之后开始用那个方法写日本文学。

大家知道，日本在彻底转向西方之前的很长一段时间内，是以中国作为先进文学的代表的，因此很自然，好的日本学者都深受中国传统文化的影响，一些汉学家就开始写中国文学史。20 世纪 30 年代之前，这种情况是很普遍的，中日学界交流也非常频繁。二战以后，日本学者开始反省他们研究中国的时候是不是带有帝国主义侵略的意图，整个学界在反省，所以很少有人再写中国文学史。但即使是在 60 年代，吉川幸次郎还会在电台用文学史的方式讲中国传统文学，告诉日本人，中国传统文学也是日本人的根。

但从七八十年代开始，他们的学术界发生了很大的变化，文学史的形式开始被放弃，所以到我去日本的时候，已经没有人再写中国文学史了。他们还问我说，你们怎么还要上那么长的中国文学史的课，我们已经不用这样的方式讲了。文学史在日本已经是一种过去的研究方式了。

陈引驰：欧美世界研究中国有很长的历史，重要的转折是二战以后。1945 年之前，欧洲研究中国的水平比较高，有能力的学者基本都在欧洲。1945 年之后，所谓中国研究或者叫汉学研究，重心才转到美国。今天来看，美国的学者从人数和成就来讲，确实要超过欧洲。1900年翟里斯写了一本中国文学史，他也是研究中国文学史的专家。其中谈到了很多作家和文学现象，今天看起来非常杂乱无章。翟里斯非常博学，知道的事情很多，他觉得可以说的就写在书里。

2001年，宾夕法尼亚大学的梅维恒教授主编的《哥伦比亚中国文学史》出版，这书一共五十几章，找了四十几个作者写，后面的索引有1300页。梅维恒教授开玩笑说这书可以把人砸晕。

这本书很特别，采用的方式是非常西方化的，除了前面有一个基础部分，主要都是按照文体来分的。诗、文、韵文、散文、小说、戏曲、文学批评，每一块里面有不同的章节。这书有中译本，新星出版社出的。我记得最后一章是讲通俗文学和地方文学的。1999年梅维恒教授从日本到上海时，我请他到复旦做讲座，当时我和他还有一次对话。我说这本书挺特别，他说自己是工人阶级出身，就要为劳工说话，所以对底层的、通俗的东西强调得比较多。《剑桥中国文学史》，是华裔学者、耶鲁大学的孙康宜教授和哈佛大学的斯蒂芬·欧文（宇文所安）教授一起主编的。最早是出版社找到孙康宜，后来孙康宜觉得她一个人做不了，又请了欧文。《剑桥中国文学史》两大卷，实际上非常中国化，它是按照时段来写的，每一个人负责一个时段，这个时段里面各种文体混在一起。我负责先秦两汉的话，我就要把这段时期出现的所有的文学都写到。这看上去和中国人写的按照朝代和时段划分的文学史比较接近。

这两部文学史，应该在不同层面上可以代表现在的英美学界对整个中国文学的看法。这两部文学史都涉及现代，都是贯通的。《哥伦比亚中国文学史》最后一直写到1990年。《剑桥中国文学史》

实际上也是写到现代。它们确实在很大程度上可以代表英语学界对于中国文学的看法，也可以代表他们的研究水准。

盛韵：最后一个问题，我们在讨论文学史的权力时，是不是也讨论一下文学史的无力？

戴燕：其实挺无力的。人人都可以感受到文学的无力，不光是文学史的无力，文学整个都是无力的。特别是20世纪90年代以后，经济发达以后，文学算什么？文学可能也要变成消费文学，才会有人关心。这是一个无力。

另外一点，我今天坐在这里，本应该讲得通俗一点，可是因为我是一个职业教师，或者说是一个职业研究者，我还是要说我的职业话语。作为一个职业人，应该想到自己的责任，不能说过去老师讲给你的东西，就原封不动地告诉你的学生，或者你看到别人写的什么东西，就原封不动地讲给你的学生。作为职业人不能这样做。

由此我想到，今天提到的每一个名字都是伟大的，比如刚才讲到的刘大杰先生，对于我们来讲，这些名字好像是不可超越的。但真的讲到责任的话，哪怕我觉得前人不可企及、不可超越，也要交出我自己的答案。当你考试的时候，如果只有一个答案，这就是一种权力的体现。我们这一代人文学者在自己开始教学和研究的时候，应该常常想，这个世界不应该只有一个答案。人文应该使人有更多的创新，一个世界应该是多元的，那是更好的世界。即使在巨大的权力压迫之下，我仍然想做自己一点点的贡献。

这本书8月份出版，差不多是我三十年学术生涯的纪念。但我确实常常感觉很无力，非常卖力地上课，但是我也不知道究竟可以给我的学生带来什么。刘大杰先生是乐观主义者，他相信进化论，但是我是个悲观论者，只觉得很无力。孔夫子说，在最困难的情况下也要勉力而为，可能只是在维持这么一点点东西吧。

陈引驰：戴老师好像很悲观，实际上戴老师可能是到了一定的境界，一般来讲，高处不胜寒，到了一个很高的境界以后再回过头来看，可能就会觉得很孤单，很落寞，很无力。

单就文学史的无力来讲，我也有这种感受。文学史是把过去发展的文学按照一定的观念和想法组织起来，它有重要的作家和起承转合。我一直在想，这样一种研究，是不是能够讲述真正发生过的文学的事实。我经常和学生讲，文学史就是一张导游图，告诉你曾经发生过什么。但我有时候会想，文学史其实不是这样发展的，为什么？因为你拿着导游图爬华山或者泰山，就不能把所有的路都走一遍，你走的只是一条路，你不可能看尽所有的风景，你只能看到身边的风景。

《收获》的主编程永新从编辑的角度写了一本文学史，书名非常好，叫《一个人的文学史》。写的是他一个人看到的，"一个人"的文学史绝对不是中国文学发展的全貌，只是个人所经历的过程。我觉得，历史上曾经发生过的那些文学变革，对于一个作家或者一个文学流派来说，可能真的就是这样。他只能看到他的那些东西。比如宋代的江西诗派，他们立了一个标准：一祖三宗，"一祖"指唐代的杜甫，"三宗"是黄庭坚、陈诗道、陈与义，把这几位诗人作为典范，然后照着这个标准努力实践。李白、白居易伟大吗？很伟大，但对他们来说或许几乎没有意义。文学史是不是可以真正把握曾经发生过的文学的事实，对这一点我有点担忧，这是造成无力感的一个原因。

另外一个原因，前面谈到文学究竟有没有"发展"，一般在前人基础上努力发展的可能是一流的作家，但恐怕不是那种独孤求败的、顶尖的作家。有些作家就是天才，没有前人的基础也可以出来。我们在文学史里分析一个作家的伟大是怎么来的，有时代的原因、历史的原因、个人经验的原因、文学素养的原因，最后说他之所以伟大，就是因为这些原因，列了二三十条，好像是解释清楚了。但究竟是不是因为这些才那么伟大，我觉得很难讲。

我印象特别深的是丹纳的《艺术哲学》。19 世纪法国文学史里面，丹纳是很重要的范例。他提出衡量艺术最重要的三个因素，一个是种族，一个是环境，还有一个是时代，他说借助三个因素可以分析艺术家达到的境界。最后一条讲到古希腊艺术，他分析了古希腊人的性格、海洋的环境，最后说，他所面对的就像希腊的神殿，只剩下很多柱子，里面的东西都不在了。他说自己一路千辛万苦到达艺术的境界，最后面对的只是空寂的圣殿，把握不住了。有时候我想，从文学史是不是能够到达文学？真的很难讲。我们分析了半天，最后实际上把握不了文学真正的奥秘。我想这也是一种无力。

盛韵：今天非常感谢两位教授给我们带来很"有料"的讲座，接下来的时间留给读者。

读者：现在有一些人研一些特别小众的作家作品，包括民国时期的作家。我想问，这些小众作家是否能被记录到文学史当中？学者们经常说自己的研究填补了空白，我也不知道是否需要填补。我说的进入文学史不是四五百年之后进入，我想知道，短期内这些小众作家是否能够进入中国的文学史？

陈引驰：这是一个很有意思的问题，我觉得是一个关于怎么看文学的问题。诗人艾略特有一篇很重要的文章叫《传统与个人才能》，那是一篇非常经典的文章，那篇文章里面讲了一个重要的观点，其实和这个问题有关系，就是怎样理解过去的文学和过去的传统。经过历代研究以后，作家的位置就固定了，荷马是伟大的，莎士比亚也是伟大的，这是没有问题的，这不是你个人能够决定的。但文学史的图景会不会改变？艾略特说完全可以改变，荷马以来所有的作家都是在一个平面上的。当你发觉一个作家之后，你认为他非常重要，把他加进文学史，那么所有作家的关系和脉络就会重新调整。这就是怎样看待传统的问题，传统不是很多既定的东西在那里，我们会调整或者重新塑造它。

其实艾略特本身也做了这个事情，他研究了 17 世纪玄学派的诗人。把玄学派诗人加入英语诗歌史之后，文学史的版图是有变化的。中国文学也一样。中国过去谁把小说当回事？小说是最没用、最被看不起的。《水浒》《三国》《金瓶梅》，作者都需要考证，作者的署名都不清楚，说明没人把它当回事。但是五四以后，受到西方的影响，小说在西方是特别重要的传统。让一个 19 世纪的人来讲一讲中国的文学史，绝对没有小说，但五四以后，这个图景就改变了。

我想，最顶尖的位置肯定无法动摇，但当我们又发现了某个作家或作品足够重要，那么文学史的图景是会改变的。

戴燕：陈老师已经讲得很好了。如果一开始就把你要处理的那些人定位为二三流，可能你就很难强调他的意义。我年轻的时候听一个学姐说，学者做的工作就像在地里刨马铃薯，大马铃薯都被前辈学者刨过了，我们现在就在下面刨小一点的马铃薯。那也逼着我们不愿刨马铃薯了，我们想看看地里有没有花生、红薯或者玉米。就像陈老师讲的，视角变了，我们不选你们说的马铃薯了。

还有一些作家，在任何框架里只能是三流，文学史看起来是靠书写，但我们还是要尽量接近历史真相。这些作家只产生过局部的影响，没有杜甫和莎士比亚那么大的影响，这个时候怎么办？其实很多人会用一个方法，就是站在他们当时的立场，讨论别的东西，而不是放在那个评价框架里面，这也是一种视角的改变。

时间：2018 年 10 月 27 日

嘉宾：王军、［意］罗马克

翻译与重写

—— 王军与卡尔维诺笔下的《疯狂的罗兰》

主持人：大家下午好。今天是 2018 年世界意大利语言文化周的闭幕活动。世界意大利语言文化周是每年一度的，在全世界范围内推广意大利语言、文化的综合性活动。这个活动涉及各个领域，包括电影、戏剧、文学等。非常荣幸，我们连续三年和上海市作家协会进行合作，一起来推广意大利文化中非常重要的组成部分，也就是意大利的文学。

今天的活动有幸请到了王军教授。王军教授凭着他的翻译作品《疯狂的罗兰》，刚刚获得鲁迅文学奖的翻译奖。关于这部特殊的意大利文学作品，我们接下来会请王军和罗马克两位嘉宾给大家进行详细的讲解。

王军：很荣幸能到思南文学之家做讲座。我讲的题目是《疯狂的罗兰》和它的中文翻译。

如果说但丁用他的《神曲》全面总结了中世纪文化，奠定了中世纪最后一位诗人的地位，比什凯克用他的书籍反映了处于变

左起：王军、罗马克

革中的人们的焦躁不安，从而被视为连接中世纪和近现代的桥梁，那么阿里奥斯托则以他的宏伟巨著《疯狂的罗兰》，全面地代表了文艺复兴的精神，表达了对于美的欣赏和对尘世快乐的享受。

《疯狂的罗兰》是一部篇幅浩瀚的作品，全诗共 4842 段，大约有 4 万行，诗句的数量是法兰西著名史诗《罗兰之歌》的近十倍，是《神曲》的近三倍，是《耶路撒冷的解放》的两倍半。

《疯狂的罗兰》是文艺复兴的杰作，是欧洲古典文化的结晶，是近现代精神和现代叙事手法的最初表现。

首先我讲第一个方面，为什么说它是文艺复兴的杰作？人文主义是指导文艺复兴发展的主流哲学思想，人的尘世快乐是人文主义者最重要的追求之一，而男女性爱最能体现人生的快乐。《疯狂的罗兰》虽然以宗教战争为背景，却处处展现出赞美爱情、追求尘世快乐的价值取向。

史诗的第一歌第一节的头两句，就明确地表示了作品的主题，其中男女之间的情爱被置于首位。作品中经常有对情欲的描写，这是因为诗人认为男女之间的性爱是对自然规律的尊崇，是人类情感和肉体的需要，它是既焚烧着人的灵魂，也焚烧着人的肉体的火焰，这是不可否认的人的自然本能。

诗人还公然赞颂人们对情欲的放纵，谴责压制情欲的中世纪法律。诗人认为此法律的制定者应受诅咒，该死的应是不接受爱情的残忍女子，而不应该是这种接受爱情的美丽女子。

第二部分，我要讲《疯狂的罗兰》中对创建丰功伟绩的英雄气概和对大千世界的探索精神的赞颂。除了赞美爱情和对尘世享乐的追求之外，《疯狂的罗兰》还热情地歌颂人文主义者对大千世界的好奇心和探索冒险的精神。史诗作为展示奇妙故事的舞台，把许多惊心动魄的传奇和谐且巧妙地串连在一起，血肉横飞的战场，令人胆寒的角斗，永无休止的旅行，神话般迷人的环境，东方光怪陆离的城市，等等。作品中还可以见到许多魔幻内容，如法师、神君、巫女、仙女、巨人、法器等。其中引发所有骑士爱情的最漂亮的女人是中国的公主，他们叫契丹公主。

中世纪，人们把宇宙万象解释为上天的安排。文艺复兴时期，人们已经认识到人的自主意识的重要性，试图用自己的头脑解释自身和大自然。然而，世间仍存在着许多无法解释的事物。人文主义者不愿再说这是天意的安排，而要说有一种魔幻的力量在左右着它们的发展。

曾经有学者在一次研讨会上跟我说，文艺复兴时期怎么到处都是魔法，不仅文学作品中有魔法，还有专著写怎样生成魔法，还有人专门研究魔法。人们希望用另一种方式来解释我们不能理解的东西，而不再用天命来解释。

其实对魔法的追求预示着以观察事物为前提、以实验为基础的现代科学的诞生。若无观星术，何来天文学？若无炼金术，何来化学？若无人们对神奇器物的幻想，何来现代的机械制造？

第三，这部作品是欧洲古典文化的结晶。《疯狂的罗兰》虽然以中世纪骑士传奇为内容，却是欧洲古典文化的结晶，它是基督教骑士传统与古典人文主义传统的理想结合。

发祥于意大利的人文主义运动和文艺复兴崇尚古希腊和古罗马文化，在人文主义和文艺复兴的气氛熏陶下，阿里奥斯托成为古典主义的诗人，作品中到处可以见到来自古希腊、古罗马文化和文学的比喻，以及对古代风俗习惯和神奇事物的描述，至少有数百处。骑士们身上穿戴的盔甲和使用的宝剑也往往是从古希腊英雄那里继承而来的，甚至诗中最重要的人物之一鲁杰罗也被说成是特洛伊英雄赫克特的后裔。当诗人抱怨爱情总是与人作对、令人痛苦时，他指责古希腊和古罗马神话中的爱神对恋爱者太残忍："爱神啊，你为何不讲公道，令吾辈爱之心难以遂愿，你为何对情侣如此邪恶，将争端播撒在他们心田？"

诗人还不惜借助古希腊最有理性和定力的哲学家色诺克拉的形象："见此女严肃的色诺克拉，也难以克制住心马意猿。鲁杰罗急忙忙撕下甲胄，抛弃了手中盾长枪佩剑，美女子裸露着艳丽酮体，羞答答，不抬头，低垂双眼。"

在表示天亮时，诗人不止一次把古希腊和古罗马神话中的曙光女神引入诗中："奥罗拉向天空每一角落洒下了红黄花千千万万。"

这类例子不胜枚举。此外，作品的叙事风格也体现了古典主义的平衡、和谐、庄重、高雅、适度、严谨的原则。

第四点，我想讲一下近现代社会和现代叙事手法的最初表现。

这部作品讲述的是一千两百多年前查理大帝时期的故事，作品中，我们却可以看到许多近现代社会的影子。

作品以骑士生活为内容，展示的本应该是奔驰在陆地上的战马和骑士的形象，然而诗人却用大量的篇幅描写航海的场面，有些描写还十分细微、深入、准确。诗人写道："那狂风凶猛，海浪更恶，暴风雨使波涛挺直竖立。"这里用了当时非常专业的航海词汇，一个是罗盘，一个是海图，一个是舣。罗盘和海图大家知道，舣我们很多人都不知道是什么东西。舣指的是船底和船侧之间的弯曲，是一个极其专业的名词，作者能使用这个名词，说明他非常熟悉航海，对船体结构十分了解。

诗人还经常用航海比喻其他事物。他写道："就像是大海中行驶的船，一股风从船尾推船前进，另一股又推船退回原点，风儿或吹船尾或吹船头，就这样徘徊不定，两害中择其轻，理所当然。"

此外，在《疯狂的罗兰》中，还可以见到其他许多新鲜事物，比如对火神枪形象的描写："天空中回荡着可怖的声音，墙壁摇，大地也剧烈抖颤，那子弹呼啸过发出尖叫，邪恶的暗杀者却未能如愿。"

大量地描写航海，说明这时已经进入哥伦布发现新大陆的航海时代，而且诗人对人的伟大发现非常感兴趣。火神枪诞生于文艺复兴时期，查理大帝时代尚未出现，但是诗人在诗中描写了它的威力，这也说明他对于新兴事物抱有欢迎的态度。

除此之外，诗人还认为女性十分优秀，但因为笔杆子掌握在男人手中，男人的无知使女人的美名难以世代流传。这种赞美女性的态度也是一种新鲜事物："女子们生来就无比优秀，涉足的各领域光辉灿烂。若以往人世间不传女名，此恶习却不应世代相传，全因为执笔者嫉妒无知，把她们之荣耀长期隐瞒。"

《疯狂的罗兰》还采用了一种极具现代感的立体式叙事手法，诗中许许多多的动人故事交织在一起，相互拉动，相互影响，就好像一棵巨大的千年古树，主干上分出了三条枝干：一是宗教战争，二是罗兰等骑士对安杰丽佳的爱和追逐，三是布拉达曼和鲁杰罗之间的爱情，形成了巨大而又复杂的树冠。每当一个故事发展到关键的时候，如人物陷入难以自拔的困境，致使读者处于高度紧张状态的时候，诗人总会突然停笔，随后转换话题，开始讲述其他的故事。间隔数歌，其中最长的一歌是199段，一段8句。有一个故事，讲着讲着停下来，隔了13歌也就是一万多句诗以后，才重新讲这个故事。

当读者的内心已经平静下来，再来讲这个故事，这种处理方法成为诗人手里的一支魔棒。一方面诗人可以利用它避免自己的情感过于陷入其中，以便能置身于故事之外，按照自己的意愿更好地操纵故事，使复杂的史诗内容更加合理地发展；另一方面，诗人的这种叙事方法与今天的许多电视连续剧十分相似，诗中同时讲述多个故事，并将它们交织在一起，这样既可以更全面地展示生活的各个侧面，使故事更具有立体感，又可以紧紧抓住读者的注意力，使读者被急于了解故事结局的好奇心牢牢地拴在故事上。

下面我谈谈对翻译《疯狂的罗兰》的几点思考。

以何种方法翻译《疯狂的罗兰》？如果说小说的翻译不易，那诗歌的翻译就更难了。这是因为诗歌的内容比小说更浓缩，语言更具有概括性，使人更觉得只能意会，不可言传。此外，诗歌对艺术形式具有严格的要求，因而人们也必然会苛求诗歌译文具有相应的艺术形式。

我不赞成把诗歌做成散文体，首先，此种翻译使译文彻底抛弃了原文的艺术形式，读者无法体会原文的文学形式。其次，诗歌的语言与散文体语言截然不同，诗歌的语言一般点到为止，给读者留有较大的联想空间，没有细腻的描述和铺衬。如果用散文体翻译诗歌，语言势必会显得过于干瘪和枯燥。在某种意义上，翻译就是背叛，译者的努力只是为了让这样的背叛尽量少一些。用诗体翻译《疯狂的罗兰》，不是对原文形式的彻底背叛，与散文体译文相比，诗体译文背叛得少一点，所谓"两害相权取其轻"。

用诗体翻译这部意大利文艺体系的代表作，会增加工作的难度，但是再难我也要努力尝试。文学翻译本来就是困难的，在某种意义上，文学作品是不可以翻的，因为每个人的理解都不一样。

第二点，选定了用诗体翻译《疯狂的罗兰》之后，下一步就是选择一种既能被我国读者欣然接受，又能尽可能少背叛原文艺术形式的格律。

我国的传统诗歌主要分为三言、四言、五言、七言，我曾经做过多种试验，但上述几种诗节不尽如人意。

五言与七言因字太少、容量太小，难以表达其全部内容，更不用说三言和四言诗。

译文一般具有对原文的解释功能，因而与精炼的原文有所区别，译者最后必然会放弃诗句的某些含义，这是我不愿意看到的。最后经过反复试验，我选择了中国戏曲中常用的十字句唱词的形式。

十字句唱词字数较多，基本解决了我所担忧的问题。戏剧唱词是中国文学中的一种长篇韵律叙事文学形式，它与西方的史诗具有相似的叙事功能，再则十字句唱词一般采用3+3+4的节奏，这种节奏也与十一音节诗句相近。汉语的每一个字为一个音节，重音一般落在词汇的最后一个字上，那么十字句的最后一个重音自然落在诗句的第十个字上。意大利的十一音节诗的最后一个重音，我称之为关键重音，只有最后一个重音是不变的，也是落在第十个音节上，二者相符，因而读起来，两种语言诗句的节奏非常相近。这些都是促成我用十字句来翻译《疯狂的罗兰》的原因。

下面我们把京剧《洪洋洞》里的一段唱词和《疯狂的罗兰》的译文做个对照。"叹杨家投宋主，心血用尽，真可叹，焦孟将，命丧番营，宋保儿，搀为父，软榻靠枕，怕只怕熬不过尺寸光阴。""好似那幼年鹿，亲眼看见，树林内，家园中，草木之间，花斑豹撕碎了母亲胸腹，又凶残，咬断其脖颈喉管，叶林中急奔逃躲避凶手，魂未定，心恐慌，吓破肝胆。"我特别喜欢读《西厢记》这种剧本，但我发现它读起来节奏比较软，《疯狂的罗兰》主要讲述的是战争，所以我还是用了京剧唱词里 3+3+4 的节奏。

谢谢大家。

主持人：非常感谢王军教授给我们大家带来这样的演讲。接下来有请罗马克先生来谈一下翻译学的问题。罗马克先生毕业于威尼斯大学，现在在浙江师范大学任教，同时也在苏州大学继续深造。他也翻译过大量不同领域的文本，包括工程学、医药、机械等各个方面，非常有经验和体会。

罗马克：非常感谢有这样的机会，可以在这边与大家一起分享关于翻译的话题。今天我想通过三个不同的方面，来聊聊翻译与被翻译的文学。

文本翻译包含五个元素：时空性、文本互文性、社会政治性、理想读者、文本功能，或者说是文本主要的特征。

我们今天讨论的是文学的翻译，以《疯狂的罗兰》为例子，这是五百年前用意大利语写的一部作品。王军教授在五个世纪以后，用中文翻译出来，这不仅仅是一个时间上的变化，还有空间上的变化，从意大利到中国，背后还有文化上的变化，西方文学与东方文学的区别。

理想读者群体的知识背景也随着时间的变化产生了演变，今天的读者和当时《疯狂的罗兰》的读者在知识背景、知识体系等方面都是大不一样的。关于文本互文性，在不同的文化里面也是所指不同。

所以我们讨论作品的可翻译性时，要考虑四个决定性因素。第一个是空间与时间在翻译中的改变；第二个是文本在翻译的过程中、在历史的演变中产生的文本互文性，比较通俗的说法就是谁影响了谁；第三个是社会政治性影响，我们会简单说到作品与所处社会的政治性关联；第四个也是最重要的，就是语言的因素。

我们先从语言方面来探讨可翻译性的问题。从这本书的书名开始，看一本书最先是看书名，这个书名就能够体现可翻译性，当然书名仅是冰山一角。

我们说一下不同语言里的书名翻译。最上面的是意大利原文，下面的是英文，大家可以看到跟上面的意大利文是有一点出入的。法文的书名可能和英文是比较接近的。卡尔维诺用现代意大利语重写了这本书，书名变成了《由伊塔洛·卡尔维诺叙述的〈疯狂的罗兰〉》，这是很重要的改变。

王军教授的翻译非常有意思，罗兰，一般会翻作"奥兰多"，但这可能会让人想起美国佛罗里达州的城市奥兰多，而王教授的译法更接近于《罗兰之歌》。

语言对我们的世界观起着至关重要的作用。一个人说不同的语言时，整个世界观是会有变化的。我说意大利文、英文、中文、法语的时候能感受到，不同语言背后所蕴含的世界观是截然不同的。

所以，《疯狂的罗兰》的世界观和卡尔维诺重写版本的世界观是不同的。卡尔维诺的重写体现出一种严谨的现实主义的感觉，像是一台机器精准运作，同样也有着某种轻盈。

无穷多的创造性给予了无穷多的诠释与再诠释的可能，让我们从不同的角度去认识一些原来已知的事物。其实是把错综复杂的机械装置不停地建构和解构、装上去和拆下来的过程。

卡尔维诺的叙述更加富于机械化的严谨，在错综复杂的人物关系网络上做文章，通过复杂的交织来引人入胜，让读者一直被他吸引。尤其是抓住一些读者非常感兴趣的主题，比如爱情、私奔之类的主题，由此吸引阅读者的关注。

阿里奥斯托的原作是十万多行诗的长篇巨著，在 1927 年被改编成歌剧，分三幕在威尼斯上演。从最早的阿里奥斯托的 46 歌，变成了卡尔维诺的 21 章，数量有所减少，并且是以比较线性的叙述来进行的再诠释。

卡尔维诺自己说这个作品就是一个自成宇宙，人们可以在里面自由地出入，可进可出，并且可以自由地迷失在这样的宇宙之中。

2015 年，一个演员把它改编成了戏剧，搬上舞台。若干个世纪以后，我们再次感受到了我们的语言如此美丽丰富，重新体会了五百年前作品的艺术魅力。

我们先来讨论一下阿里奥斯托的文本互文性。在这部作品之前，有另外一个叫波亚尔多的作家写的《热恋中的罗兰》，在那部作品中，更多还是凸显出宫廷的价值。

这样一种对于宫廷价值的凸显，在阿里奥斯托的作品中也是有的，他赞扬了费拉拉宫廷的领主，将他的作品献给他们。

但为什么到了阿里奥斯托这里，就变成了《疯狂的罗兰》？这可能也是对宫廷价值以及骑士精神处于危机之中的一个历史时代的体现。可能在文艺复兴时期，传统的骑士精神已经不再像原来那样是社会的主流。

《疯狂的罗兰》虽然产生于宫廷精神和骑士精神衰落的时代，但是叙述的仍然是查理大帝以及麾下骑士的爱情、征战的主题。堂吉诃德可能是阅读了阿里奥斯托《疯狂的罗兰》之类的作品，然后信以为真，在那个不存在骑士精神的时代里，仍然想要做一个骑士，于是出现了我们大家都熟悉的情节，他以为自己是一个为了爱情征战的骑士，冲着风车冲锋，以为那是巨人。堂吉诃德的年代与《疯狂的罗兰》的时代又有所不同了。

到了卡尔维诺的时代，可能人们已经处于理性的、有序的现代社会，像这样的一种叙事，与当初的魔幻或者疯狂的骑士精神衰落的时代已经距离甚远。从阿里奥斯托到卡尔维诺，冒险的定义发生了改变。卡尔维诺的《美国讲稿》中提到了关于轻盈的观念，提到了诗人的思想跳跃，在厚重的世界上展现出了他的轻盈概念，是一种简化的、线性化的叙事。所以卡尔维诺重写《疯狂的罗兰》的做法，就是把错综复杂的人物关系抽出来，分成不同的线路，然后在小说的最后，把这样的一些线路整合在一起。这也是一个袖珍版的读物，可以放到口袋里，带在身边随时拿出来读。

从文本功能的角度来说，两个文本的主要特征也有巨大的不同。卡尔维诺的读者群体与当时阿里奥斯托的读者群体是不同的。在卡尔维诺的读者群体里，可能已经没有那么多充满耐心，或者愿意去深入解读文本的读者，这对文本也有影响。

但是在卡尔维诺重写的《疯狂的罗兰》中，还是强调了冒险以及奇幻的、魔幻的、具有创意的一些元素，将它们融合到他的改写之中。

卡尔维诺重写版里的人物也有了相应的简化，不再像原来那样错综复杂。同时，我想指出的是，这些简化后的人物不再作为一个个独立的个体，而是对同一个个体的反射，这样最终都指向作者本身。

我用一个例子来解释刚才说的这一点。马可·波罗向忽必烈讲述自己在不同城市的经历故事，他讲了好多的城市，忽必烈就问他，你还没讲述你的城市威尼斯，马可波罗说，我每一次讲的城市，都是在描述威尼斯。同样，卡尔维诺笔下的每个人物，其实都与作者本身有一定的关联。

我们现在来看一下卡尔维诺作品中和阿里奥斯托的文本互文性，或者换一个比较通俗的说法，卡尔维诺受到了阿里奥斯托的哪些影响。在卡尔维诺的"我们的祖先"三部曲，也就是《分成两半的子爵》《树上的男爵》《不存在的骑士》这三部作品中，你可以看到对于现代性的一种讨论，或者说是对于现代人的一种理解。

阿里奥斯托的《疯狂的罗兰》表现的是他当时对于已经陷入危机的骑士精神和骑士世界的思考，卡尔维诺则通过"我们的祖先"三部曲，呈现他对于现代社会的思考，同时与阿里奥斯托的作品进行呼应。卡尔维诺的另外一部作品里也有对于中世纪的呼应，这部作品是《寒冬夜行人》，讲述的是一个读者开始看一部小说，但小说戛然而止，他就去找小说的下半部分，结果找到另外一个部分，刚开始看，故事又戛然而止。就讲了这么一个错综复杂的故事，这和王军教授所说的树冠般的纵横交织是相呼应的。

我们关于翻译学和《疯狂的罗兰》的简短旅行终于到达了终点，这就是重新叙述，重新叙述即翻译，翻译即背叛，谢谢大家。

主持人：非常感谢罗马克老师带来的演讲。下面是读者提问环节。

读者：请问，意大利文和中文，在思维方式上有冲突吗？

王军：二十多年前，在北京召开了一个学术研讨会。清华大学的一个老前辈，八十多岁了，他用两种语言发言，一种意大利语，一种汉语。他讲汉语的时候非常淡定，讲意大利语的时候手舞足蹈。可见，不同的文化、不同的语言带动了人们不同的表现，这是肯定的。

从语言本身来讲，这两种语言是截然不同的。一般来说，西方的语言特别讲究逻辑思维，因此它的语言一环套一环，表现为文学语言，可以半页纸上没有一个句号，因为他们强调逻辑推理。我们现在的大学生全都是按照西方的方式写学术论文，全是逻辑推理。如果我们看过早期的文学评论就会发现，有些很出名的作者，写出的话却很短促，让人感觉不出他在解释这个作品到底怎么样。可是西方的文学评论非常讲究逻辑推理，说这部作品不好，为什么不好，一环套一环。东西方的文化确实不一样，语言与思维自然也不一样。

读者：王军教授，您是从什么时候开始接触意大利语的？

王军：我 1971 年进入北京外国语大学学习意大利语，然后就对它产生了浓厚的兴趣。那年我 19 岁。

读者：希望王军教授能与我们分享一下您学习意大利语的一些心得，您对我们这些学习意大利语的学生有什么建议？

王军：高中毕业考进大学，进入外语专业，第一件事情，我认为需要改变学习方式。我经常跟我们教研室的年轻教师讲，你们最重要的不是教学生语法，教学生词汇，而是改变他们的应试习惯，必须把这个改变了，才可以进入阅读扩充词汇量的阶段，然后再开始书写、写作，最后才进入翻译阶段。

切记，不会写作的人不能做翻译，因为他无法辨别哪种是中文的表达方法，哪种是外文的表达方法。一篇文章堆了很多的外文词汇，并不一定就是外文。我看了很多论文，都是用外语的词汇堆成的中文表述。

时间：2018 年 10 月 31 日

嘉宾：［英］伊恩·麦克尤恩、小白、骆新

骇俗者·梦想家·魔术师
——伊恩·麦克尤恩对话小白

骆新：今天来的人很多，我相信很多是麦克尤恩先生的忠实粉丝。我先介绍下今天来的两位嘉宾。麦克尤恩先生被称为英语世界最会写作的人之一，是各类文化奖项的获得者，也是好莱坞的宠儿。他的小说《赎罪》曾经被拍成电影。最近他出版的一部作品叫《我的紫色芳香小说》。再介绍一下旁边的小白。小白是上海非常著名的作家，现在也算是全国著名的作家，刚刚获得第七届鲁迅文学奖，祝贺小白老师。他写了很多小说，比如《封锁》《租界》《局点》，还有随笔集《好色的哈姆雷特》《表演与偷窥》等，作品被译成多国文字。刚才小白老师送给麦克尤恩先生一本书，就是英语版的《租界》。

我今天也带来了麦克尤恩的四本书。麦克尤恩先生这次到上海来，不是一个人来的，而是带着他亲爱的太太安娜丽娜，她今天也来到了现场。

我读过麦克尤恩先生的很多作品，尤其是《赎罪》。《赎罪》采用了"文本交互式"的写法，他既是用他的方式来写，也包含

左起：骆新、伊恩·麦克尤恩、现场翻译、小白

了布里奥妮自己写的三部小说。所以我想先问问麦克尤恩先生关于写作方法的问题。如果我希望你提供三个关键词，来形容你这十五部作品和所有的创作风格，你会用哪三个词？

伊恩·麦克尤恩： 非常感谢您刚才的介绍，这么风趣幽默又提出这么到位的问题。我不是太乐意在这里完全说清楚写小说的秘密。我可以分享自己的一个观点：写小说最终是看你怎样把控你对于小说信息的传达。所有的信息，你不能一开始就给出，你要一步一步来，找准一个良好的时机，在某一个转折点或者某一个结构中，把你的信息一步一步释放出来。作为一个读者，你开始读《赎罪》的时候，可能会觉得它是以第三人的视角写出的，就是以全能上帝的视角写的，关于一个小姑娘所犯的巨大的错误。到了二战，小姑娘长成一个女青年，做了护士。她犯的巨大错误是拆散了一对相爱的人，把其中一个人送入监狱。后来这个护士见到了她当初拆散的情侣，和他们见面道歉，然后他们原谅了她。但是我们读故事的时候，发现她的名字缩写"B.T."在那里，还署了一个日期，1999 年的某日。从这里我们就可以感知到，这个小说是她写的。

回到我刚才讲的，你要写好一部小说，就要找到信息释放的节奏和适合的时间点，不能一上来就统统剧透给大家，这样就没意思了。

但是到赎罪之后的终点，布里奥妮就以第一视角叙事的角度反思她做的事情，她当初犯了巨大的错误，拆散了这对情侣。她终身写作，直到最后去世时，她已经是名作家了，写了非常多的稿子。我们读到她的小说，读到这些稿子，都是她所谓的"赎罪"。在这个时候，如果你是比较缓慢地、比较有节奏地释放信息，可以就会带来比较戏剧性的效果。其实真相是，那对恋人被拆散了，分别在二战中不幸身亡。他们没有和布里奥妮见过，布里奥妮也没有得到他俩的原谅，所以我呈现这部小说给大家，是对事实的扭曲，我希望通过扭曲的版本，给作者、给那对恋人带来一点安慰，因为她自己没有获得任何原谅，她已经是以上帝视角来叙述这件事了，所以没有人能以更高的身份去原谅她。所以这部小说的要素是以一个比较缓慢的节奏，一步一步释放有用的信息，到最后你就会看到一部完整的作品了。

骆新：我个人认为电影《赎罪》不如小说原作好。今天很多人认为电影是对小说文本的诠释，但作为一个同样是学文学创作的人，我觉得文本有它的优越性。你看文本的时候，它的交互性远远超过了电影。我不知道麦克尤恩先生对这部电影作何评价？如果打分的话，你会打多少分？

伊恩·麦克尤恩：当然我也不希望这部电影拍得比我的小说好，对吧？

其实电影本身比起小说，会有一些不足，比如你所说的元叙事，不能完全体现出来，比如在表达一些人物的心境、心路历程、内在情绪方面，文本可以呈现得更直接、更深入，电影肯定会有一定的遗失。但电影也有自己的好处，拍出来会让人有身临其境感。你作为观众，看到亮闪闪的银幕，可能会有直接代入感。另外，演员和导演也会把自己的风格带到叙事中，演员对角色的诠释会有自己的风格。比如扮演布里奥妮的希尔莎·罗南，她现在已经是非常有名的演员了，但她当时只有12岁，我非常惊讶这个12岁的小姑娘已经吃透了作为一个演员演好这部电影的所有要素，这是非常了不起的。

骆新：现场有谁看过这部电影？有谁看过小说的文本？

伊恩·麦克尤恩：我很不开心，因为看电影的人好像比看小说的人多。我在这里作为一个作家，跟你讲15分钟，其实效果还不如看电影冲击大。

骆新：隆重推荐一下，上海译文出版社出了《赎罪》的好几个版本。希望大家听完麦克尤恩先生讲的，一定要到思南书局让他亲笔给你签个名。

再问问小白先生。小白不仅是写作的人，也是麦克尤恩先生忠实的读者。你看过他这么多作品，对哪部作品印象比较深，说一到两部？

小白：我跟大家一样，我是来看偶像的，争取到了一个比较好的座席。刚才麦克尤恩先生非常机智，说他的小说秘诀是信息的隐藏。其实这也是众所周知的事情，全世界的读者都一致认为他是魔术师，最善于把关键信息做一点隐藏。我前段时间刚好读了詹姆斯·伍德评论麦克尤恩小说的一篇论文，里面重点讲到信息隐藏的问题。其实他真正的秘诀还没说出来，我们等会儿再继续问。

他的每本小说我都喜欢看，印象比较深的，甚至说有启示性作用的，就是《无辜者》。他把一些非常态的甚至惨痛的事件嵌入日常生活中，写得非常准确，可信度非常高。比如一个凶手把尸体分了装到箱子里，在路上走，碰到遛狗的老太太，那时的心理状态、行为方式，都写得非常准确。

第二个是《甜牙》。麦克尤恩先生前段时间在《泰晤士报文学增刊》（TLS）上谈论他心目中最被低估的小说，我觉得《甜牙》与它们之间有共性，这也是我最喜欢这部小说的原因。它们体现了对小说极大的信心，对阅读能改变人生、改变世界抱有非常大的信心，我觉得这是对我们这些同行巨大的鼓舞。

我另外再举一个例子——《坚果壳》。这是一个非常简单、大家非常熟悉的哈姆雷特式的故事，但麦克尤恩写的每一个场景，每一个人物相互碰撞出来的戏剧感，都是非常精确的，让人读得欲罢不能。我尤其喜欢第七章，他把两个不可能遇到的人放在一起，产生巨大转折，让主人公产生不得不杀人的状态。写得非常棒。

骆新：小白老师的《封锁》，我个人认为更适合拍电影，一开始就是爆炸。我个人认为小白老师是上海作家里编故事编得最好的。我们今天算是有福分，找来了英国最会讲故事的人和上海讲故事最好的人。

我看了麦克尤恩先生的四五本书，巧的是，我读到的作品，包括《赎罪》在内，人物都有一些人格的缺损，有点像卡夫卡的风格，小说人物或者身体有点残疾，或者心里有点孤独。他笔下主人公的特征跟其他作家写的不太一样。我想问麦克尤恩先生，你本人很孤独吗？

伊恩·麦克尤恩：我其实一点也不孤独，我家庭人口众多，一直可以找到伴，我如果真的很孤独，我可以去酒吧喝喝酒，很快就可以打消这种孤独感，所以孤独不是问题。很大的问题是，生活在当代社会，你独立的空间不够大。如今是互联网时代，大家都有智能手机，时不时翻出手机看一看，要获得新的信息，自己独处静思的空间反而少了很多。互联网会侵占你的生活，在现在的状态下，要回到本真和比较自我的状态，就比较奢侈了。写小说关键要找到一个合理性，或者说找到合理的叙事。比如说在上海这座有3000万人口的城市，你到底是谁，你在你的命运当中到底处于哪一个点，在这样一个城市里，大家都很忙碌，你每天是怎么面对你的城市的，当今的中国每天面临着巨大的变化，这里的人是怎样应对这些挑战的，这是小说家比较关心的。

至于我为什么会写那些有缺陷的人，不管心理上还是身体上，因为我觉得不能写那些生活很完美、生活中全是幸福的人，生活中一定要有各种矛盾，作为小说家才会觉得有趣，值得去探索。我通过一些情节和人物的塑造，反映出生活的不完美，人物性格有缺陷的话，我才可以进一步去探索人性，这可能是小说家更关注的东西。

对我来说，有的时候我就会写像《无辜者》这样的故事。有人被杀了，尸体被放到行李箱里，有很多狗对这个行李箱很感兴趣——跟最近在沙特阿拉伯发生的事件很像，只是那个事件里没有狗而已。

骆新：怎么能保证人家不是看了你的小说以后去做这事的？

伊恩·麦克尤恩：都是我的不好。

骆新：有人叫你"恐怖的伊恩"，你怎么评价？

伊恩·麦克尤恩：当然，我创作的很多小说，很多短篇，都是非常阴暗的，很多人可能会喜欢我这种文风，也可能有些人很讨厌它。但随着我写作生涯的发展，我觉得我自己也有一些改变，当然我还是对生活中的不完美、对人性的探索非常感兴趣，但是我现在渐渐会让更多光透进来。所谓的光，就是各种话题，包括爱情、政治、科技、音乐、法律各方面的元素，都可以在我现在的书里找到。我四十五年的写作生涯，不可能只写阴暗的东西，不然我大概会被关进精神病院了，也不可能坐在这里跟大家对谈。

骆新：我今天除了《赎罪》，还带来了其他几本书，有一本叫《梦想家彼得》。小白对这本书如何评价？这是他在光透进来以后写的吗？

小白：我觉得这正说明一个作家的复杂性。

伊恩·麦克尤恩：这本书是最容易写的。作为一个家长，我每天要给我的孩子读故事，不读他们就不睡觉。我觉得要写点我的故事给我的两个儿子，每天晚上哄他们睡觉，我说每天你们要进入我的书，我给你们讲故事，你们要有反馈给我，就是要有读后感和分享。

在英国，一个小孩去上学，如果坐在教室里走神，会被老师说，我想反其道而行之，就是写一本书，鼓励小孩多做点白日梦，多有点奇思妙想。所以在这本书里有个角色叫彼得，同时这里面提到很多事物，比如猫也是我家的猫，房子和花园也是我家的房子和花园，这些故事都是我写的睡前故事，当然我的两个儿子也给了我反馈。这本书是比较容易写的，很自然就写成了，一年以后它就出版了。

这本书出版以后，《金融时报》派了一个记者来采访，就是我现在的太太安娜丽娜。所以说，写小说、写故事可以解决你生活中孤独的问题，会给你带来意想不到的惊喜。

骆新：再问问小白，刚才听到这些，对你有什么启发？

小白：麦克尤恩其他作品的语言都是非常世故，非常复杂多义的，但是他也能够写一部看上去非常简单的作品，反而让我觉得，这正说明了这个作家作为叙事者的复杂性。简单来说，我也曾经尝试去写一个非常简单的童话、神话故事，但是我一直没找到那个语调，至少说明麦克尤恩先生在语调的控制方面非常有能力。我说的"复杂"，并不是通常意义上的"复杂"，而是sophisticated，这个单词中文很难翻译。

骆新：以后应该让小白教教大家怎么进行创意性写作，现在写作的人越来越少了。有这么一个说法——人的智商高不高，要看他读什么书。如果多读一些今天谈到的这类文学作品，会激发你更多的敏感度，你对生活的感受会不一样，如果你一直看类似于论文的作品，会比较呆板和僵化。麦克尤恩先生同意吗？

伊恩·麦克尤恩：所以我们现在都用 kindle 读书，这样其他人就不知道我在读什么，我智商再低，别人也不知道。

骆新：我还带来了一本书，《在切瑟尔海滩上》。我觉得麦克尤恩还有一个特质，是其他人没有的。我看雷蒙德·钱德勒的悬疑作品，一开始就设了悬念，然后接着往下讲，但麦克尤恩先生经常在小说一开始就基本上把故事给你说了，可他还要吸引你继续往下看。连编辑们都觉得很奇怪，你的自信哪来的？你不怕读者翻了第一页，就不买这书了吗？

伊恩·麦克尤恩：关于这本书，我最初写作的时候是想写一本关于 1962 年古巴导弹危机的书。当时我想写这样一个故事：一个年轻人到一个学校教书，美国和苏联要互相发射原子弹，他觉得我活了这么久还没爱过谁，没有性经验，他当时非常希望找到一个爱人，能够体验这种经验，不要到死了还是一个处男。

当时我读了所有可以找到的关于古巴导弹危机的书做研究，有了关于第一章的想法，就写了第一章。写完之后我觉得这就是很好的细节，不用再写关于导弹的事情了，所以就阴差阳错写了《在切瑟尔海滩上》这本书。

当时我就希望顺着第一章把小说写完了，我觉得要摒弃所有花哨的技巧，包括《赎罪》里的元叙事方法。我的灵感来源是契诃夫。契诃夫写东西比较大胆，任何开场都写得非常好，一开场就把所有的事都告诉你，以上帝全能的自信心和视角，告诉你这个故事大概的情况、走向。他是把世界狠狠地抓在手里，呈现在你面前的作家，我非常佩服他这一点。契诃夫是19世纪的人，20世纪的人可能就不太敢这样写。我受到他的指引，才用了这个方法。我开头这样写——这个人很年轻，受过高等教育，这是他们的新婚之夜。就是这样一个开场。

小白：《在切瑟尔海滩上》我也非常喜欢，我给这本书写过一篇书评。我印象很深的是，《在切瑟尔海滩上》里面的一个叙事动力是一个名词，一个名词产生了巨大的冲击。所以我想问一个问题。《赎罪》里面的小女孩也是在词典上看到一个名词，《在切瑟尔海滩上》里面，主人公也是在新婚的过程中接触到很多名词，然后内心受到冲击。我印象中欧洲很早就开放了，但六七十年代还是会这样吗，一些名词有很大的禁忌性，会给人们带来很大压力吗？

伊恩·麦克尤恩：确实，很多所谓的名词至今还是非常有力的，不管在怎样的社会里，不管在什么样的历史状态下。其实在一种语言里，如果没有能给人以联想或者比较有力的字词，可能会是一种遗憾，英语和中文里有这些词不是坏事。我们在五六十年代开始搞性解放，但其实还是有很多性方面的问题，虽然当初倡导自由，但性自由时代的到来并没有让性方面的问题迎刃而解。关于性方面有很多误解、困难、窘境，其实到现在为止，很多问题也没解决，如果我把《在切瑟尔海滩上》这部小说的时代放到当今社会，这个故事还是成立的。这部小说在美国出版之后，很多人给我写信，分享他们新婚之夜非常窘的遭遇。有些人是五六十年代结婚的，而让我非常惊讶的是，有些人 20 岁不到，会写信问我性到底是什么样的，把他的疑惑和困难跟我分享。我自己觉得，如果你是从纯真的人生阶段进入已经体验性事的阶段，其中是有巨大转变的，如果要跨越这条线，其实要赋予这件事情一定的意义和分量，而不是随随便便地跨过去。所以对大家来说，这些名词永远和窘境、困难、误解等联系在一起，关键看你怎么对待。

我们现在经常会看电影，也会翻翻杂志，觉得好像所有人在性方面都非常幸福，没有任何问题，但是这并不是真实情况。作为一个小说家，有义务、有责任探索一些私人空间，把这方面的困窘以及大家的脆弱感通过自己的笔触，通过小说反映出来，这点非常重要。

骆新：我带来的麦克尤恩先生的第四本书，就和他说的社会责任有关系。这也是今天在很大程度上让很多作家感到困惑的，究竟这个作品是写给自己的，还是写给整个社会的？第四本书是《床笫之间》，小白老师看过吗？

小白：看过。

骆新：你如何评价这本书？

小白：我心里想谈的小说还不是这些比较早的作品。可以先请麦克尤恩先生聊聊。

骆新：这是我随机挑的，你更喜欢的小说是？

小白：我倒是更喜欢《无辜者》《追日》《甜牙》这类中后期的作品。虽然《床笫之间》《阿姆斯特丹》《星期六》《黑犬》我都看过，但我自己更喜欢看他中后期的作品，感觉更能体现作者更复杂的东西。

我知道麦克尤恩先生非常喜欢聊社会话题。从刚才说的《甜牙》《赎罪》可以看出来，他认为写小说并不是关在书房里写，小说在某种程度上可以干预社会，小说可以走在生活前面。我们知道小说也是通过想象的方式，给人类一个试错的机会。

骆新：有人认为作家随着年龄变化，他的看法或者复杂度也会产生变化，所以我们更愿意研究作者相对后期的作品。《床笫之间》确实是麦克尤恩先生比较早的一部作品，那个时候他还属于"恐怖伊恩"的时代。

既然小白先生提到了社会的问题，我想听听麦克尤恩先生的看法，看起来他不是为自己而写，他想通过他的作品对社会产生作用。

伊恩·麦克尤恩：《床笫之间》里的这些小说是我 24 岁到 27 岁期间写的，当时的写作风格和现在不太一样，当时我所有的叙事都在我的控制力之下。就像小白说的，后来写到《甜牙》，大家可以看到，这部小说里有个作家挺像我自己。我又重新读了短篇集《床笫之间》，把里面的小说重新写出来，以女主角的视角把这些故事串起来，其实是回到原来的文本中，但是重新进行了创作。我在《甜牙》和《床笫之间》打开了一个时间通道，我可以和更年轻的我进行对话。最近我刚刚写完《甜牙》的电影改编剧本。改电影的第一件事就是把我的对话通道关闭，因为没有电影观众会对作家的年轻自我、对故事的重建感兴趣，所以我就把这些元素去掉了。但在小说文本里，你可以看到它跟《床笫之间》很多的联系。

小白：我们在《甜牙》里能看到麦克尤恩先生对他年轻时小说的重新审视。我后来看了他的好几部作品，发现在他近阶段的写作中，总是在不断回顾、重新审视年轻时代的写作状态，《甜牙》《我的紫色芳香小说》都是如此。其中有多少内容真实反映了二十五六岁的麦克尤恩的写作状态、生存状态，以及作者和写作之间的关系？想请麦克尤恩先生聊聊这方面。因为我在读《我的紫色芳香小说》时，老是觉得他对犯错的、拿人家稿子的人抱有一种特殊的同情。

伊恩·麦克尤恩：经过讨论，我们在向一个非常重要的事实一点点靠近。我觉得所有的作家多多少少都有过"偷盗"的行为，大家在写作之前，都是从读者这条路开始走的。在成为一个作家之后你会发现，其实在你之前，有那么多作家已经发明了一千种写作方法，其实都是老方法，都是旧时代的那些大师留下的财富。就像物理学家牛顿说的，"我之所以有现在的成就，就是因为我站在巨人的肩膀上"。他所指的巨人，可能是指哥白尼、开普勒或者其他的科学家。但我们也要体察到另一个方面。有一个美国物理学家把牛顿的这句话反过来说，他说："我之所以在科学研究方面停滞不前，就是因为我肩膀上站了太多巨人，压得我喘不过来气，压得我看不到一些事实。"

我觉得像我们这些已经成名的作家，不应该去压抑那些新作家，你要给新的作家留一点空间。反过来，你作为新作家，刚刚从读者的身份开始写作的时候，要试图把你肩膀上的巨人去掉，不然他们会成为很大的障碍。

骆新：我知道麦克尤恩先生不仅关注时政问题，也关注前沿的类似于人工智能之类的问题。如果人工智能发展到最后，也会写小说了，你们该如何看待？

小白：昨天我们在华师大创意写作学院还在聊这个问题，我觉得那个时代很快会到来，人工智能至少能完成一大部分写作。比如现在的网络文学，动辄几百万字、几千万字的作品，每天写一万字，是一种标准化、模块化的写作，被人工智能取代完全是有可能的。当然像麦克尤恩先生这样更高级的写作，机器暂时还达不到。

伊恩·麦克尤恩：关于人工智能，很多人都非常担忧它的到来会不会给人类带来冲击。很多人想，机器人比我聪明，我该怎么办，其实大家不用担忧，在现实生活中也有很多人比你聪明，不一定是机器人，而每个人都已经找到合适的解决方案，不然也不可能活到现在。其实对人类来说，最大的优势是我们有自己的意识和思想，更重要的是，我们有自己的肉身。人工智能可以写长篇小说、短篇小说，但它没有肉身来感知，那是最源头的东西。我们有身体可以感知疼痛，有情感，有怀旧的情绪、兴奋的情绪、后悔的情绪，所有这些都是肉身给我们带来的。我们也不要忘记，在我们的脑子里一共有一千亿个神经元，每一个神经元有七千个和整个身体联系的接口，所以整个人脑和身体的连接性非常高，目前没有任何 AI 和机器可以替代。就算可以替代，人的脑袋也就一公斤左右，扛在肩膀上，里面大概只有一升液体，耗电量可能只有 25 瓦，哪个机器人、哪个 AI 可以和人脑相比？有这副肉身在，我们可以感受一切、体验一切，我们不要忘记自身的这些优势，不是一切都靠人工智能。

骆新：问个终极的问题，如果有一天人工智能可以实现所有的算法，你会发现人活在这个世界上无非就是个物理性存在，通过算法就可以预知你下一步会做点什么，如果这样的话，人生的选择还有意义吗？你所有的选择都包含在你作为物理体的生命里。如果这样的话，小说还有意义吗？你所有的观察、写作其实是可以被某种算法预估出来的。

小白：我讲个故事。那年我到一个岛上去玩，在机场里看到一个著名影星，他太太在离他很远的地方，他垂头丧气地坐在那里。我当时就想，我要写个小说，就写他婚变杀人。两三个月后，真的听说他婚变了。

骆新：这就是你的大脑算法比较准。

小白：你说机器能算出来吗，我是比较怀疑的。

伊恩·麦克尤恩：除了我刚才所说的人类是有肉身的，还有其他一些因素，我们可能也要考虑。除了人体的优势，我们当然还有一些劣势，或者一些不太好的可能性。比如我看过一部小说，讲一个人继承了一笔遗产，买了一个机器人，是男性机器人，这个机器人爱上了叙述者的女朋友，是非常经典的三角恋故事，非常具有现代意义。三角恋的一方是机器人，这个故事就变得非常有趣了。这个女朋友到底有没有对男朋友不忠？这个机器人是不是有自我意识？当然，机器人是否区别于人，就要看机器人是不是有人的意识，这个通过图灵测试是可以检测的。其实我觉得，要看所谓的人工智能是不是能替代人脑，最终要通过写小说来测试，一个 AI 如果能写出一篇完全原创的小说，没有抄袭的话，那么我们可以判断这个 AI 是有人脑功能的。

但是我也不知道，因为科技发展非常快，量子计算机再有进步的话，以后直径 3 毫米的人脑可能会被开发出来。现在有很多科幻小说也在写这个。科幻小说的恐怖之处在于，有的时候它们真的可以预测未来。我说不准，3 毫米的小脑子可能不仅仅是一个人的头脑，而是集中了一群作家、一群知识分子的头脑。反正挺恐怖的。

骆新：我为什么问这个问题呢，因为我觉得在思南文学之家问这个问题才更有意义。我们今天占有得越多，越被控制。如果我们今天把所有人的想法都集中起来，知道你们在什么地方会有"嗨"点，也许人工智能就可以创造出比小说更吸引人、更有爆炸性的效果，这一点我们台上的几位可能都无法完成。所以我其实是想问，我们为什么还要写作？或者说，当你所有的写作效果都会被别人预判，作为作者，你写作的目的是什么？

小白：如果真的有中央系统可以控制一切，真的实现控制论的终极目标，已经有人想象过出现这样的情况会怎样——系统自己会崩溃的。《黑客帝国》，包括《西部世界》，里面的机器人为框架世界去构建里面的故事线，控制得非常严格，一切都在算法之内，但系统还是会崩溃。实际上写小说就是通过想象的方式，给人试错的机会。我看到影星婚变，其实他没婚变，但我想象他婚变，这就是一种试错。也许系统就需要这样一种反智的力量。

伊恩·麦克尤恩：我觉得各种艺术形态的最终目标或者诉求，就是要探索人性。文艺界人士和科学家一样，也在探索这个世界，只不过科学家探索的是科技方面的进步，我们探索的是人性的秘密，或是人性隐秘的角落，通过我们的创作反映出来。所以对我来说，文学创作就具有这样的意义，它能帮助我们进一步了解我们自己，探索我们到底是谁，我们到底需要怎样的生活。

骆新：接下来请读者提问。

读者：刚才麦克尤恩先生说到 AI 终极测试要测试写小说，我想讲一下我以前做的图灵测试，是针对两个参与者的。第一个参与者就像非常反叛的青少年，你问他什么，他都答非所问，跟你对着来，大家都认为这个是人，其实这是计算机。还有一个参与者，我们问他莎士比亚，问得非常细，问题很冷门，他都能答出来。这个人是牛津的教授，他真的对莎士比亚非常了解。所以说，我们做这样的测试的时候，其实也有很多模棱两可的不确定的因素在里面。青少年的叛逆，只要有大数据、有算法，AI 是模仿得出来的，所以能写出原创小说的人未必就是真的人，也有可能是 AI。

伊恩·麦克尤恩：非常感谢您分享这个故事。现在的算法都能模仿小孩调皮的本性了，真的非常了不起。其实图灵测试，你如果把它的时间延长，把它放到不同的社会环境中去，被测的一方可能更容易露马脚，但图灵测试目前有时间上的限制以及社会场景的限制，所以没办法。在我新写的小说里，一个电机工程师和他的未婚妻去见她的父亲，同时带了一个机器人，这个机器人什么都懂。工程师的未来丈人是莎士比亚专家，和机器人相谈甚欢。到最后他丈人觉得这个人这么有文化，肯定就是我的准女婿。他的真女婿不愿打破他的美梦，就自己扮演机器人，对老丈人说："我到楼下充充电。"我希望这样一天不要在我生活中到来。

当然图灵测试还是有一定的准确性，刚才您说的案例非常有趣，非常感谢您的分享。

读者：麦克尤恩先生，当你创作角色时，如果写到一半写不下去了，或者觉得这个角色不好，不该出现在小说里，你会不会抛弃他，或者你会怎样进行调整？

伊恩·麦克尤恩：一般我要写的角色，都会想办法写到底，不太会抛弃他们，因为我爱我创作的所有角色，他们都很好。只要是我创作的角色，哪怕写歪了，或者觉得有点不对劲，我也会把他们拉到轨道上，哪怕是很反叛的角色，我也会写到底。

读者：您可以谈谈您最早的一些创作吗？

伊恩·麦克尤恩：我最早的短篇集是《最初的爱情，最后的仪式》。我写第一篇是在 1970 年，那时候我才 21 岁，是个非常认真的学生，很喜欢阅读。喜欢阅读的好处是，不会有人来打扰你。

我也不知道为什么这些角色会跑进我的脑子里，反正他们就出现在我的意识里了，就这样写出来，像被幽灵纠缠一样。

我最早的那些短篇、长篇小说，我觉得都有阴暗、幽闭的倾向。之后我从事过其他的工作，写过剧本，也写过短歌剧，当我回到小说写作的时候，我觉得可以让我作画的画布变得更加舒展了，所以我的笔触也变得比以前更加具有温度，整个写作范畴也被拓展了，我成为更具有野心的作者，开始把一些社会因素纳入我的小说中。

我开始写第一本小说时，妻子刚刚怀孕，而在我写完这本小说时，我的第二个儿子诞生了。你可以从小说的最终章看出一些端倪，因为第二个孩子出生时来不及找人接生，我目睹了这个孩子从他妈妈的身体里生出来的过程，这是个非常奇妙的瞬间，在我的作品里有所体现。

读者：我想问一个题材方面的问题。我知道，麦克尤恩先生的作品涉及的领域非常广。对作者来说，如果只按照自己的想法去写，可能会没有读者，可能会卖不出去，作家会怎么应对这个问题？是按照自己的想法，完整地把自己想写的题材写出来，还是会——用一种不礼貌的说法——采用一些投机取巧的方式，比如在小说里加上一些迎合流行趣味的方式，或者是把这个题材留到自己成名之后，靠自己的名气去卖小说？你怎么看作家对于热门或冷门题材的选取？

伊恩·麦克尤恩：我不会挑选题材、主题，是这些题材和主题挑选了我。我是非常有好奇心的人，对什么事情都感兴趣。当你在不停写小说时，接触不到一些人和事，所以我写完小说之后，往往会停一段时间，去和不同的人交往、沟通，别人提到的一件事就可能会成为我下一部小说的灵感。我更加重视的是好奇心和对时机的把握，我选择题材是非常谨慎和独立的，不会去参考出版商的意见，也不会看市场。保持好奇心是非常重要的，如果哪天我没有了好奇心，可能我就脑死亡了，身体也会迅速死去。

我从来没有在一个公众活动上遇到读者这么热情地问我问题，非常感谢在座的各位，感谢大家的提问。

骆新：我想问问小白，作为一个中国作家，你怎么找题材？

小白：我从来没考虑过写一个想要吸引别人的作品。其实我还挺喜欢别人给我命题作文，麦克尤恩先生可能也是这样。索性你给我一个题目，甚至你来规定篇幅，给我一些规定，我觉得这样写起来很舒服。

骆新：最后问你个问题，这场读书会下来，你觉得有什么可以成为你的创作灵感吗？

小白：我得想一想。

骆新：开个玩笑，我们用这样的方式结束我们今天的谈话。最后用《赎罪》中的一句话结束今天的读书会："人活在世界就是物质的存在，一旦受到缺损，就很难被恢复了。"

时间：2018 年 11 月 3 日

嘉宾：韩松、严锋、宋明炜

荒诞写真，多维预言

—— 韩松的科幻美学

主持人：各位老师、各位亲爱的读者朋友们，大家下午好！非常高兴能够跟大家相聚在今天的思南读书会。今天台上的嘉宾也算是一个梦幻阵容了。韩松老师是中国科幻"四大天王"之一，被称作中国当代的菲利普·迪克；严锋老师是复旦大学中文系的教授，他曾经评价韩老师的作品，说其中的批判意识直接承袭自鲁迅；宋明炜老师是美国卫斯理学院东亚语言文化系的副教授，他也写了很多中国科幻作品的评论文章，最近正在给韩老师的"医院三部曲"写长评。

2012 年出版的第一部《医院》，写的是求医的经历。第二部是去年出版的《驱魔》，写未来的"药战争"里人工智能的简史，《驱魔》荣获第八届全球华语星云奖最佳长篇小说金奖。第三部《亡灵》今年刚刚出版，写的是"药帝国"的崛起直至崩溃，为这样一部杰作画上了圆满的句号。

下面我们就把时间留给场上的三位老师，请他们聊一聊荒诞写真和科幻美学。

左起：严锋、韩松、宋明炜

宋明炜：我和韩老师认识八年了，但我读他的小说会更早一些。八年前就是在上海，韩老师在复旦大学讲他自己的作品，以及和鲁迅作品之间的关系，我觉得那是中国科幻从小众发展到获得主流批评界和媒体关注的非常关键的时刻。

这八年来，韩老师连续出版了两个"三部曲"，第一个是"轨道三部曲"，但是"轨道三部曲"并不是有意去结构的一个三部曲，《地铁》《高铁》还有《轨道》，跟当代中国的很多方面有密切关系。在这之后，我读到他写的《医院》，更加震撼了。我觉得他通过写《医院》，更深地切入了中国的现实。我想先请韩老师讲一讲写"医院三部曲"的灵感和构思的过程。

韩松："医院三部曲"是在上海出版的，我主要的书都是在上海出版的。今天特别有缘，跟严老师、宋老师还有大家一块儿来探讨科幻的话题，非常荣幸。上海是中国科幻的发源地，中国的

第一部科幻小说就是 1904 年在上海诞生的。还有一个很难得的机缘，今年是科幻小说诞生两百周年，世界上第一部科幻小说诞生于 1818 年。所以《医院》只是个引子，我们是想借这个机会探讨一些更大的问题，比如为什么科幻会在今天受到关注，为什么科幻从诞生一直到今天，会呈现这样一种轨迹。

《医院》最直接的一个主题，是想讨论看病难的现象背后的原因。

另外，《医院》本身是个隐喻，现在大家吃的药，很大一部分是西药，其中就包含了隐喻，就是我们的生存状态是什么样的。书里的主人公不断地从医院逃跑，逃到很多地方去，逃到大海的对岸去，甚至逃到宇宙中去，逃到人工智能那里去，寻找更好的治疗。但是每一次逃跑之后，都要回来重新进行治疗，我觉得这也体现着我们目前的生存状况，处在一种压力与焦虑中，但逃脱不掉。这是第二层意思。

第三层意思更宏大。一个人生活在 21 世纪，会想更多的事情：我这个人为什么恰恰在这个时候存在，经受这些苦难？宇宙为什么会是这样的东西？主人公最后就会想，宇宙的本质是什么？他会想到，宇宙是不是就是一座医院？所有的病人最终都要走向死亡，宇宙一诞生就像人一样，机体是不完善的，先天基因是不完善的，通过人类的修修补补才存在下去。

这三重意思我都想表达一下，其实也不是表达，就是想记录这个时代的一种焦虑。

宋明炜： 严锋老师对科幻的关注比我们所有人都早。我记得飞氘写过一篇文章叫作《寂寞的浮冰》，他把科幻比作寂寞的浮冰，没有人会看到它，它被草地完全遮挡起来。但是严老师很早就在原野中看到了科幻。请严老师从文学史的角度，对科幻作品以及韩老师的作品作一些评价。

严锋：谢谢！今天特别高兴看到韩松兄和明炜兄。我想趁这个机会表达对韩松老师的祝贺，还有就是感谢。我一直觉得韩松老师的作品处在从鲁迅直至80年代先锋文学的一条延长线上。这是什么意思呢？就是说他继承了他们对人性的观察、人性的批判，但是这种对人性的观察和批判又不是一般性的，而是换了一种眼光看待这个世界。为什么要换一种眼光呢？因为时间久了，我们的眼光就会套路化、公式化，对世界失去了新鲜的感觉，就会麻木。所以我们经常需要一种爆破，用什么东西爆破呢？就是用语言，用我们的想象，用文学，然后获得一种新鲜的感觉。

鲁迅就是换了一种眼光看待这个世界的。他的第一篇小说《狂人日记》不是用正常人的眼光来看世界，而是用狂人的眼光来看，于是看出吃人什么的。但是仔细一想，他看到了很多我们没看到的东西，这可能加深我们对人乃至对世界的一种认识。

我以前是研究80年代先锋文学的，余华、格非，包括思南读书会的创始人孙甘露老师，他们也是换一种眼光来看世界，然后对文学进行了一次定向爆破。他们都不约而同地提到了卡夫卡、马尔克斯、福克纳对他们的影响，发现文学原来可以这样写，原来世界有这么多的可能性，语言有这么多的可能性。但是很不幸，80年代的先锋文学到了90年代就消失了。

大家可能也知道残雪，她写了一篇有一点怨意的文章，觉得现在作家的语言和文学形式又回到传统的套路中，只有自己始终坚持在先锋文学的前线，她觉得很孤单，昔日的战友在哪里？我看到这篇文章就在想，她应该没看过韩松老师的作品，战友就在这里。我作为从 80 年代走过来的人，看韩松老师的作品感觉特别亲切，我觉得这是我们文学史上非常珍贵的资源，因为他守住了一条很脆弱的、时断时续的精神血脉。他的作品里也有很强的现实性，但他重新切割，重新组装，把它陌生化、诗意化、象征化。

韩松的《医院》里有很多让人感觉很熟悉的东西，其实他好多小说都是这样，他写的是最现实的东西，让人有切肤之痛。前几年我在医院陪护老人，没有病房，只能待在急诊室的过道里面，又要找护工，各种扯皮。那个地方和我们的现实好像是不一样的空间，但是又跟我们息息相关。我想在座的都有这样的经历。

韩松还写地铁、高铁，写的情境既像预言，又是寓言。他写过春运，春运不就是超现实的一种历史现象吗？他写的是另外一种时空，但这种时空是我们现实时空的镜像，也是平行时空里的一个展开。

比如说在医院里，就是会有很多超现实的东西，好好一个人，突然就被开膛破腹，或者赤身裸体，接受各种奇怪的检查。所以医院就是一个奇怪的时空体，不仅是时间的，也是空间的，不仅是现在的，也凝结着过去，通向一种未来。

韩松老师对这样的现实，就会换一种眼光去看，看出了很多东西。里面有很多的切割、重组、陌生化、抽象化，把我们的感觉放大。为什么进行这样一种科幻的操作？就像韩松老师讲的，因为我们的时空已经是一个科幻的时空，随着技术与现实的联姻，我们的现实还会变得越来越科幻。因为技术具有一种拯救的意义，它能帮助我们脱离疾病，但是技术也能对我们进一步控制，甚至给我们带来很多不可预料的东西。《医院》里写到很多技术跟生命的结合，技术对我们的生命进行重新拼装，装出一个新的生命体。用传统的文学，真的不足以反映我们这个科幻的时空了，我们真的需要一种科幻的思维。

鲁迅的《狂人日记》也可以说是科幻小说，或者说里面具有一种科幻的思维。他的《故事新编》里直接写到宇宙飞船，这不是为了炫耀技巧、玩弄噱头，不是为了制造奇观，而是为了帮助我们更好地理解现在所处的这个时空，或者说不是理解，而是跟我们一起去感受。我觉得文学最重要的，就是跟我们一起去感受这个怪异的、光怪陆离的、碎片化的时空。韩松老师的作品当中有一些关键词，可以帮助大家更好地理解，一个是现实，一个是生命，还有一个就是技术。他在书里写到这三者怎样相互融合。更重要的还是用一种科幻的眼光、科幻的思维去看待越来越科幻化的世界。

《医院》一开始很荒谬，一个人喝了一瓶纯净水，就住院了，这很卡夫卡，也有点余华。但是后面我觉得超越了卡夫卡和余华。里面的东西太复杂了，哪怕在第一部的结尾，你都可以看到一些不可思议的宏大场面。最后我们从充满创伤、痛苦和希望的医院现场，直抵宇宙的核心。我没有在其他的科幻小说中看到过这样的一种穿越，从最现实的生死，一直穿越到宇宙的生死。韩松其实是在不同的层面、不同的维度、不同的结构上，谈一个很古老的、很传统的、很原型化的东西，就是生死或者宇宙的秘密。这其实是终极化的思维，它跟我们的精神建构息息相关。但是这种终极化的思维不是传统意义上的，里面有很多反乌托邦的东西，是一种否定性的终极化，就像洋葱皮剥到最后，里面是空的。这里包含了一种跨越的、多维度的、穿越性的思维。在韩松老师的作品当中，有很多时空的通道，我特别喜欢在科幻作品中去寻找这些，因为我是玩游戏的，科幻小说里有很多时空传送门，地铁站、医院的地下室、太平间，我后来觉得我们学校也有传送门，因为它里面包含了不同时代的知识。其实我们的人生就是在进行各种各样的传送，一种时空的跳跃，从这个意义上说，宇宙变成了一个医院，或者说医院就是一个宇宙。我们从宇宙的角度来看医院，从医院的角度来看宇宙，这时对于生活中遇到的很多困境，就会获得全新的体悟。从某种意义上说，它也是一种解脱，给了我们某种精神性的指引。但这种精神性的指引不是简单的安慰，因为在它背后，你可能会看到更加残酷的东西，我们会对这个世界有一个全新的看法。所以要感谢这样的作品，谢谢！

宋明炜：我受韩老师作品的启发，几年前用英文写过一篇论文，这篇论文渐渐变成我正在写的一部书稿。我想从一个很直接的、在技术上可以操作的层面，去理解这样一种科幻究竟特殊在什么地方。科幻的文本，常常带来我们跟世界之间的另外一个层次的关系，这个关系不是现实的关系，而是所谓的真实性的关系。比如说科幻要解释一件事情，要从技术的层面把这个东西写出来，这不仅仅是写实的一种写法，它更是一种真实性的写法。

我举两三个例子，大家就明白了。比如说"她的世界爆炸了"，或者"她的世界崩溃了"，这在现实主义小说中，就是一个比喻，如果是职场小说，可能是指她今天被老板骂了一顿。她也许失恋了，遭遇了人生的困境。但这并不是"她的世界爆炸了"，而是她感受到她的世界像爆炸了一样。这是从 19 世纪发展而来的文学语法，很多现实主义作家的基本语言就是这样的。但是放在科幻小说中，它就是真实的意思，她的世界一定爆炸了，她的宇宙爆炸了，她所处的某一个空间爆炸了，可能是她遭受了恐怖主义袭击，也可能是她身处的整个星球爆炸了，那就是科幻的天文尺度上的爆炸。

之前我们在杭州开会的时候，飞氘举了一个例子，我觉得特别妙，就是张爱玲著名的句子，"一直低到尘埃里去，从尘埃里开出花来"。这是隐喻爱情的关系，是现实主义作品中常见的。可是飞氘说，这可以变成一个科幻小说，她低到尘埃里去，真的变成一朵花的时候，就是有真实意义的。正是在这个层面上，我觉得《狂人日记》可以变成一个科幻小说。我们读解《狂人日记》的时候，往往是从比喻的角度去理解的，如果我们从字面的角度重新理解《狂人日记》，又会怎么样呢？如果我们真的把它作为"吃人"的故事去理解，又会怎么样呢？

我之所以会强调科幻作品的诗学意义，因为诗学就是从最基本的语法层面来理解文学的结构和特征。我们跟现实的关系已经被规范化了，我们可以不用思考，就知道我们处在现实中，在此时此境。但假如我们引入福柯"异托邦"的概念，我看到你们，你们看到我，这个空间此时此刻充满了人，过了两个小时以后又没人了，从这些角度去理解的话，这个空间是什么？从一个依托于技术性、真实性的话语层面，科幻小说能够带给我们一种在常规之外去理解世界的方式。韩老师有一篇小说叫《看的恐惧》，是一篇比较短的小说，但它其实很有代表性，描写了两种看世界的方式。

"医院三部曲"非常精彩，但它带给我们"看的恐惧"，带给我们战栗，还有一种刺激，我们可能会在阅读它的时候，从一个真实的角度重新理解自身与现实的关系。很有趣的是，这种真实的东西可能会被现实中的文学规律当成是超现实的。这很有趣，越真实的东西越不真实。我们已经在 21 世纪了，是否还要用 19 世纪、20 世纪的文学理论去理解文学与现实的关系？这是我受到韩老师作品的启发之后的一些感想。

韩松："医院三部曲"写了很久，"地铁三部曲"也写了很久。在 2010 年以前或者更早，我的作品是没法出版的，有多种原因，其中一个原因就是以前科幻还没有成为一种选择。前些年最大的一个感受就是，我身边的同事里，没有人喜欢读科幻，我一直很孤独，科幻是很边缘的一种写作方式。但是到了 21 世纪初，身边突然就冒出很多年轻人，都说喜欢读科幻，一直到今天。那天姬少亭说她现在接触到的年轻人，几乎没有一个说自己不喜欢科幻的，很多企业尤其是高新技术企业的老板，都要给自己贴个标签，说自己喜欢读科幻，好像成为一种时尚。80 年代读先锋文学、寻根文学、伤痕文学，那时候是一种时尚。我记得我当年也喜欢这些。读中学的时候，学校里有个老师住在教室旁边的小屋子里，突然有一天他的门开了，我们就跑进去，里面都是发表先锋文学的杂志，《人民文学》和《收获》，还有书，我们太高兴了，把他的书都给拿走了。第二天那个老师就在全校的操场上说："请赶快把这些书还给我，这些书太宝贵了，谁还回来，我就跟这个人做朋友。"当天晚上我们把书偷偷还回去了。

我跟刘慈欣、北岛在北京出了一本《给孩子的科幻》，10 月 28 日开发布会，签名整整签了三个小时，都是年轻人排着长队。21 世纪为什么会出现这样的转变？我就想，就像刚才两位老师讲的，科幻是一种新的处理现实与虚幻关系的方式。对于这种转变有多种解释，有人说是中国人的想象力在复苏，科幻是想象力的代表，想象未来。古代中国人是很有想象力的，从庄子、屈原到《西游记》《封神演义》，那种想象力后来不知道怎么就没了。鲁迅在清朝末年曾把科幻引到中国来，为什么要引进来？因为他在日本看到了科幻作品，看到凡尔纳的《海底两万里》，大吃一惊，他说我找到中国落后的原因了，看看人家在想的是什么。他就把凡尔纳的科幻作品翻译到中国来，形成了第一次热潮。1950 年，科幻再度成为热潮，后来因为"文革"中断了，直到 1978 年，科幻作品再次出现，一直到现在。有人说是因为中国人的想象力在复苏，还有一种解释说，科幻是中国现代化进程的副产品。科幻最早诞生在英国，是第一个工业化和科技革命的国家，后来英国不行了，就到了美国，接着苏联、日本也出现了科幻热。中国现在是全世界发展最快的国家，所以科幻热转移到中国，这也是一种解释。

90 年代初，整个中国经济进入了新的轨道，一路狂跑，2010 年中国成为世界第二大经济体。科幻从这时起发生了变化，到现在逐渐成为年轻人中的热点。这代年轻人出生在二次元的时代、互联网的时代、全球化的时代，同时又要追求理想主义，他们会感觉到现实的压力，于是开始在幻想中寻找一种精神上的替代物，包括魔幻小说、玄幻小说，都成为一种现象。这就养活了一批科幻作家，这些科幻作家越写越多，越写越成为一种受关注的文化现象或者亚文化现象。现在写的东西很奇怪，很有意思，有一些离经叛道的东西。有些科幻作品写到未来家庭会消失掉，或者写到很远的银河，一群人类的后代在银河系里生存。传统的现实主义小说一定要关注当下人的生活，但现在很多科幻作品完全不写这些了，跟现实脱节，或者说是超越了现实。这样的东西拥有大量的读者，就像很多年轻人会逃到游戏里去一样，我觉得这是正在到来的一个新时代。

那天有个记者采访我，他是"90 后"，他说他今后要教育他的孩子不要读科幻。为什么？因为他觉得太危险，说今后的一代人都会逃到想象的世界、虚幻的世界、游戏的空间里，不再跟现实发生关系了。那天我也提出，这是今后的世界要面临的一个问题。

科幻跟玄幻和魔幻是不一样的，科幻描写的一切会成为现实。我曾经去斯坦福大学的虚拟现实实验室参观，他们做了二十年，根据什么做？根据科幻小说。那个实验室的主任说最开始打动他的就是一部很有名的科幻小说，也是《黑客帝国》的原型母本，叫《神经浪游者》。《头号玩家》也是那样，里面的人能微波定位，能做到一切。科幻会成为这样的现实，已经不是遥远的事情。为什么科幻会引起那么多关注？就是因为，正如宋老师刚才说的，它会成为现实。

严锋：听了两位讲的，我特别有感触，而且我觉得他们两位讲的东西有很好的对接。韩老师讲的是科幻作为精神替代物，宋老师讲的是精神的现实化。刘慈欣曾经问过一个问题，最厉害的武器是什么？不是原子弹，他认为最厉害的武器是数学原理，他把它最后化为那种维度打击。其实我觉得最厉害的武器就是科幻，或者说是科幻思维的现实化。比如说 VR，虚拟现实是一种科幻思维、科幻想象，而它很可能变成现实。我跟宋老师都是虚拟现实的爱好者和实践者，我们有各种各样的设备，但我们一方面赞不绝口，一方面又觉得这个很可怕。

韩松老师说的精神替代物，我也想补充一下，这两天我特别有感受。最近大家都在关注一件事，也是中国历史上一个重大的文化事件，就是金庸先生去世。我从来没见过这么铺天盖地的纪念，很少有人能够享有这样的声誉和整个社会的关注。我也发了好几篇悼念文章。我在想，我们悼念金庸先生时说"一个时代结束了"，到底是什么意思？我后来有一点补充，其实它是表明那个武侠的时代结束了，金庸先生作为武侠小说的代表，他的逝去让大家缅怀一个远去的时代，为他唱一首挽歌。我喜欢科幻，也喜欢武侠，我注意到，金庸之后出了好些很优秀的武侠作家，当然他们比不上金庸，但是比金庸同时代的其他武侠作家要好得多。在金庸那个时代，有很多很烂的武侠作品，当然那时也有很多读者。就是说，当一个东西兴盛的时候，就如同在风口上，而当它衰微的时候，你哪怕写得再好，也很少有人看。武侠的衰微，科幻的兴起，这不是偶然。我认为文学不是关于现实的，文学的真谛不是现实，而是关于现实的可能性。大家都知道武侠里写的什么《九阳真经》《葵花宝典》不是真的，但那是一种可能性。人一定不能局限于现实性，我们渴望一种可能性，这就是精神性。今天的科幻提供了精神的出口。

刘慈欣写过一篇文章，他认为科幻代表宇宙深处的信仰。信仰有很多特征，包括不可知，包括超越、崇高、神秘，他说所有这些东西在科幻当中都存在。科幻既提供了可能性，也提供了一种现实性。《医院》里写的场景，已经逐渐变成一种现实，这个技术已经来到我们身边。包括 VR，我们原来都是在科幻小说当中看到的，而现在我们正在亲身体验这些产品。这是一个不得了的窗口。很多科幻作家对此有很多思考，刘慈欣对 VR 是非常警惕的。他认为这代表了人类发展的一种内在化，就是万物皆备于我。刘慈欣的科幻途径是外太空的探索，他认为人类能够团结起来，充满了行动、向往、理想，属于一种现实。但是有一些东西，恐怕不是我们认为它不会来，它就不会来的。有一个"大过滤器"理论，为什么好多星球没有达到文明？它真的有可能就是 VR 了。它们没有灭亡，只不过失去了向外探索的动力。我们该怎么面对这个问题？

我作为一个中文系的人，一方面很感谢科幻。进入 20 世纪的时候，大家都在说文学死了，中文系的人是有这样的担忧的。我们渴望精神是永恒的，可是精神的替代品层出不穷、多种多样。19世纪，文学几乎是人类最重要的精神替代品，其他还有绘画之类，很少的几种。文学是最早的虚拟现实。而在今天，有游戏，有美剧，各种网络聊天、社交媒体，我们为什么还要文学，还要这样费力地去看？看起来文学好像真的完蛋了，可是科幻给了我们一个意外、一个惊喜，突然一下子，文学又回来了。比如《三体》，大家都不看好这个改编电影，觉得肯定拍不好，一定要去看原著。这是不是向我们昭示着文学和语言的可能性？但是这种文学和语言的可能性，似乎难以通过传统的文学承载，所以我的很多同行转向研究科幻。科幻是不是给我们带来了文学的复兴，或者新的可能性？

但其实我觉得这里面还是有问题的。为什么呢？因为如果科幻具有现实性，那么科幻小说当然是现实事件的一个预演，它发生之前，韩老师的小说先把这些没发生的事情预演了一遍，难道这不是通向现实的"中间物"？就是鲁迅说的"中间物"。

其实韩老师跟鲁迅的关系，还有很多可以展开，比如他们关于"病"的寓言。把疾病作为一种象征，进一步扩展到整个宇宙，宇宙是一个病人，宇宙是一个病房。

今天我们对疾病的观念在改变。原来我们想，我们有病了，开个刀、吃个药就好了，而当我们认识到疾病可能就是人性的一部分，就是这个世界的常态，我们也许会更好地思考，我们该怎么带病生存，怎么与病共舞，提高生存质量，就是这样一个意思。

宋明炜：我之前在讨论科幻的时候，可能给人留下一个印象，就是我好像把科幻和现实放在一起。其实我觉得，科幻作品和现实主义，可能是对于世界的不同的理解方式。所以科幻不是通向现实，科幻可能会通向文学的升级版，文学更高的一种境界。

刚才韩老师不断地提示我们，2018 年是科幻诞生两百年。我们回顾一下玛丽·雪莱的《弗兰肯斯坦》，这部小说是法国大革命的产物。玛丽·雪莱的父亲是无政府主义早期的代表性人物，她的母亲是最早的女权主义者。法国大革命时，她的母亲在巴黎认识了她的父亲。玛丽·雪莱刚出生，她的母亲就去世了，她在父亲的养育之下成长，受到革命思想的哺育。诗人雪莱把她称为"光的孩子"，因为她完全是在启蒙时代中成长的。她那么年轻的时候写出了《弗兰肯斯坦》，拜伦等一些重要的角色都在里面出现。还有一个很重要的方面，《弗兰肯斯坦》是没有国籍的小说，她虽然是用英语写的，但它是全球性的小说。弗兰肯斯坦是日内瓦人，她是在向卢梭致敬，故事的构思也是在瑞士，然后足迹遍布欧洲，又有北冰洋，又有世界的尽头。这是大航海时代新兴的文体，在这种文体中产生了《乌托邦》这部作品，1516 年《乌托邦》诞生，1818 年《弗兰肯斯坦》诞生。我在美国举办的第一次关于科幻的会议就叫"全球性科幻"，科幻是属于人类的。当我们面对一部科幻作品，比如说触及外星人问题的时候，很难想象只有一个国家在处理这个问题。当然，日本在明治维新时期曾有过国族主义的科幻写作，但总体来讲，科幻在发展的大潮流中，是不断处理全人类的变革。

地理大发现在空间上展开了科幻的一个维度，而在法国大革命的时候，第一次出现了时间上的想象，去想象未来。之前没有描写未来美好世界的作品，但法国大革命时期开始有了这样的小说。未来可能是乌托邦，可能是美好的，而到世界大战之后，未来又可能是灾难性、灭绝性的，但这些都是人类共同承担的东西。

在美国，经常有人问我："你觉得《三体》有怎样的中国性？"我通常回答，我觉得《三体》是属于世界的，《三体》里可能有中国元素，但这部小说能被各国的读者接受。这恰恰说明刘慈欣、韩松这一代中国作家，也在触碰人类共同的问题，在回应今天这个世界。

接下来的时间，就请读者提问吧。

读者：想问问韩松老师，你怎么会想到写关于医院的小说？

韩松：那么多年，我也在想这个问题，为什么写《医院》？中国从古代开始就有医院了，但那时的医院很简单，当时的人大多是自然生死，生死是一个自然的过程。到了现代以后，人的生死就不再由自己支配了。就像刚才宋老师讲的《弗兰肯斯坦》，两百年前第一本科幻小说，实际上它就跟医院有关。《弗兰肯斯坦》说的是人可以通过科学技术操纵生命，人重新制造一个生命出来，让它活起来，但他造出来的是个怪物。现代医院就是这么一个怪物。一方面它让人的预期寿命延长，现在发达国家的人均寿命达到了八十岁，咱们中国是七十多岁，这是医院带来的一个奇迹，当然还有经济改善、生活水平提高的因素，但是现代药物的功用非常大。但是，第一，医院是否解决了人的生死问题？没有解决。第二，是否解决了幸福问题？也没解决。有的时候，人活得长，好像痛苦更多。

照顾病人是非常痛苦的一件事情，整个家庭都会受到限制。去年11月，我一个非常亲密的同事在工作中脑溢血，顿时成为植物人，到今天都没有苏醒，一年了。家庭负担是巨大的，不光是体力和财力上的负担，还有精神上的负担。天天要去医院，天天要给他翻身。但是现在的医疗技术能够让这个人活下去，而且很长久地活下去。

这就是现代医院所带来的，也就是我写《医院》的原因，我想探讨这些问题。小说里设想的是用人工智能来取代这一切，不要家人受苦，人工智能帮助你在床上渡过余生。家庭取消了，因为有了医院，医院替代了家庭。家庭的产生最初就是为了互相帮助、互相接济、互相支持。随着今后技术的发展，家庭被取消，全部交给医院，这到底是好还是坏？这就是我写这些小说的原因。

读者：三位老师好，我是严锋老师的学生。我把韩松老师的作品全部看了一遍，特别是"医院三部曲"，因为我很喜欢医院这个空间。我现在在看《地铁》《高铁》《轨道》三部曲，我有一个疑问，您是怎么构建时间与轮回空间的，对于时间的问题，您是怎么思考的？

韩松：我其实没有考虑过构建时间与轮回空间，包括"医院三部曲"和写得更早的小说，只是想把看到的东西用碎片化的时间记录下来。我只是记录下来，拼凑成一个小说，然后表达自己的感觉。作为小说来讲，我认为它的构建不是很成功的，包括文学性，这是科幻小说目前最大的问题之一，还是随意性比较大。科幻小说缺少构建。

读者：我问个简单的问题，这么好的小说，什么时候能够搬上银幕，拍成电影？

韩松：要等待吧。明年好像有好几部科幻电影要上映，刘慈欣的《流浪地球》，还有宁浩拍的《疯狂外星人》，都是投资非常大的，如果上映之后效果好，那么今后就会有大量的投资。《红色海洋》也在拍电影，原来定的是明年上映。

读者：我发现，有些科幻作品非常强调文学性，我非常喜欢特德·姜的《你一生的故事》，我觉得它里面的科技含量被淡化了。但是也有很多科幻作品并不是这样，科技的设定特别重。作为科幻作者，你们创作的时候更看重文学性，还是更看重科技含量？您自己如何判断科幻作品的好坏？

韩松：我写自己的作品时什么都不考虑，想到哪儿写到哪儿。但是我担任了三届全球华语星云奖评委会主席，我觉得好的科幻作品有这么几个元素。

第一就是科技性、科学性，科学本身就是一种审美。目前科幻作品中的科学性，我觉得还是不够，大多数作者不熟悉当代科学，你要看严锋老师编的《新发现》杂志，要跟科学家接触才行。

第二是想象力。科幻跟一般的文学想象、文学虚构不一样，它是一个思想实验。它要提出一个很尖锐的问题——假如是这样，我们该怎么办。就像刘慈欣的小说里，死一个人或者死几十万人，哪个好一点，要作出抉择，科幻情节在这个下面展开。

第三应该是情节。科幻还是一种类型文学，它不是纯文学。情节要精彩，故事要好看，我的作品在这方面还没达标，坦率地讲，我就是写一些碎片化的想法。但我做评委会主席的时候，对这一点要求很高，看不下去的，我就会投否决票。

第四才会轮到文学性、语言、人物，就是主流文学要求的那些东西。科幻小说首先是文学，这些东西都得有。

基本上，有这四个因素，再把科幻电影里的东西移植到小说里，那就是视觉奇观，这五个东西加到一块儿，一定是好的科幻小说。

主持人：特别感谢三位老师，也感谢到场的各位朋友。谢谢大家！

时间：2018 年 11 月 17 日

嘉宾：张炜、南帆、张滢莹

新时代·新经验·新书写

张滢莹：大家下午好。台上这两位嘉宾，一位是著名作家、中国作协副主席、茅盾文学奖获得者张炜老师，另外一位是著名评论家、福建省社会科学院院长、鲁迅文学奖获得者南帆老师。

今天的主题，应该是从新时代讲起。在座的朋友们都处在这样的新时代，谁都没有落伍。在这样的时代，我们不断产生着各种各样的新经验。作家该如何阐释、如何发掘这些新经验，现在是非常热门的话题。我想问一下两位，在阅读或者写作的过程当中，你们感受到的最大的变化在哪儿？

南帆：大家好，很高兴能够和大家聊聊天。因为自己从事文学研究，通常有两种非常不同的感受。一方面觉得生活日新月异，每天都有新的东西出现，哪怕是在自己的日常生活中。当然，最近几年可能大家都有共同的感受，新的东西出现得太多了，我们有时候会赶不上。有时候，很好笑的一件事是家里的遥控器多到不知道哪部遥控器该管哪部机器。这是生活急剧变化的一面。另外一方面，好像我们的生活中仍然有非常稳定的东西没有发生变

左起：张滢莹、张炜、南帆

化。这两者之间，有时候就形成了非常重要的张力：一方面是巨大的变化，另一方面是没有太多的变化。有时候，我们会想，在眼花缭乱的各种经验当中我们应该追求什么？文学家、哲学家总是愿意问：我们要上哪儿去？

我曾经写过一篇小散文，叫《快》。我们问孩子，你父母亲对你说得最多的话是什么？大部分孩子会说："快点！"全世界都说要快点，可是我们要上哪儿去？这可能是文学家和哲学家更关心的问题。现在人类发展得非常快，我们要上哪里去？

在迅速崛起的过程中，我也发现年轻一代的作家数量在非常迅速地增长。正常的节奏应该是老作家退出一批，年轻的作家成长起来一批。现在非常显然的事情是，老作家并没有退出，老作家的生命力还非常旺盛，而年轻的作家马上赶上来了。这是非常可喜的现象，可是这里面也涉及快与慢的问题。

不久之前，在大学里一个类似这样的场合，一个学生提了一个问题，他说："70后"的作家、"80后"的作家——因为我和张炜都是"50后"，他当时连提都没有提——都已经起来了，你们怎么看？当然，这种现象应该是历史发展非常快的迹象。

我就问了他一个问题，我说：你能不能告诉我，从曹雪芹到鲁迅到托尔斯泰到巴尔扎克，这些世界级作家写出名著时是几岁？他回答不出来，希望我回答，我说我也回答不上来。我要告诉他的是，重要作家和重要作品的出现大体上跟年龄没有太大的关系。十年是个纪年单位，以后可能是以五年为单位，但可能有些东西不会变得那么快，像张炜这样的作家作品都会显现出来。人类历史的背后会有坚如磐石的东西。

张炜：大家下午好。南帆刚才讲的我也非常同意，很受启发。今天的题目是"新时代·新经验·新书写"，实际上很多新的东西都是网络时代遇到的。每一代人都能遇到很多新的东西，而且每一代都有一部分人在新东西面前有感悟、有灵感。这就出现了一个基本的情况：一部分人在追赶，一部分人比较守衡。

我个人经历了新时期文学四十年的创作，这四十年来新的东西实在是太多了。现在的孩子经历了这几年的变化，但再往前，他没有经历过。我们会发现有的东西变得很快，像手机隔几年就会换，网络上的发展也很快。当年的计算机——在座的孩子可能不知道，年纪大一点的会知道——是黑白屏幕。我们的经济状况也变化巨大，那时候家里哪有冰箱、空调、洗衣机？那时候到国外看到一家人有汽车，我们都觉得特别了不起，现在都不算什么了。但是你会发现一个问题，变化很快的东西都是相对比较容易的东西，文学、语言艺术这些东西变得是很慢的。

我觉得，一个稍微好一点的作家，他会关注更有难度的内容，他会去从事、征服、实践、尝试这些最有难度的东西。最有难度的东西就是关于道德、思想的探讨和坚守，是对于人的价值，对于人的素质，对于人的道路，进行非常深邃、艰难的探讨和思索。

语言艺术，我个人觉得就是这样的东西。文学甚至是不会进步的，我们什么时候能够找到一个写月亮比李白写得更好的人？什么时候可以看到中国当代作家在语言探索和思想探究方面，在整个作品的厚度、可能性和人性经验扩展方面，超过了写《红楼梦》的曹雪芹？最难进步的东西，我觉得今天是所有好的写作者应该咬住不放的内容。我个人认为还是要抓住最有难度的东西去坚守，这可能更加重要。

我想，新的书写不是不停地适应网络时代，你肯定要跟上时代，但是不要故意跟。你要努力做的是在这个时代面对沙尘暴一样的文字，去追求有难度的写作，一句咬住一句地往前走，一点都不松懈。不要陷入这个时代匆忙、廉价、伤感的状态，这是非常可怕的，要一句咬住一句地写，缓慢地写。如果我们追逐过于敏感的心的话，我觉得作家是没有希望的。当然，各种作家都有，有一些很轻快、很娱乐、很新巧，我也喜欢。这是一类作家，不能用一种创作否定其他创作。另一方面，写作不是青春饭，不在乎年龄，什么年龄都有可能写出来。汪曾祺老师 60 岁之前几乎没什么写作。

张滢莹：谢谢两位老师。在我自己比较浅薄的阅读感受中，书写当下每个人身边发生的鲜活经验的作品，能写得非常好的可能很少。

南帆：文学中出现很多新的经验是必然的现象。文学相较于历史、哲学，有很多形象的因素。在我们生存的世界中，形象的因素是变化非常迅速的。文学艺术中的确会出现很多很新的现象，会接触到这些东西。关键的问题是见到这些新的东西之后，你的感受是怎样的。新的东西可能只有两三年的历史，那么你的感受是不是也只有两三年的历史？你能不能用一颗一百年的心灵来感受两年的东西？那样你会产生什么感受？当我们看到一系列最新奇的东西，如果仅仅知道这些东西本身的历史，我们的感受可能会比较肤浅。但是，如果我们知道这些东西在一百年来的历史中意味着什么，在人类的历史长河中给我们带来什么，同时它背后还带来了什么困惑呢？

互联网的时代到来了，我们原先认为办公用品当中纸张会用得越来越少，但事实上纸张用得越来越多了。这可能是当初我们在推广互联网办公系统时根本没有想到的事情。我们发现一种新的东西出现，并不是说新的就是好的，生活中有非常多、非常复杂的变化。文学跟其他的技术还有点不一样的地方。我很多年前跟一批知识分子出行，休息的时候拿了一本书看，旁边一个搞电力的教授看见，说：好奇怪，你怎么还能看十几年前出版的书？我跟他说：我不只看十几年前的书，偶尔还要看看孔子和亚里士多德的书。他跟我说他们那个学科不是这样，他说他只看最新的材料，旧的科学学说可以进入博物馆，一旦有新的出现，就表明旧的要被淘汰，没必要再阅读它了。而人文学科关注的很多问题是在历史中不断筛选的，很多时候就是借助旧的思想把新的思想带动起来，比如西方的文艺复兴。中国古代人的思想也会催发出很多新的考虑问题的方式，并不是线性的前进，有时候是不断回旋着前进，倒过来之后又变成了前进。

这种状态引发了人类在道德、哲学方面的思考。哪怕我们说什么是"上"这个问题，仅仅用两三年的历史积累考虑这个概念，没法儿得出结论。如果联系到中国千百年来的历史，你想问题的方式可能会不太一样。在当今的文学乃至整个人文学科的视野中，我们很多时候会关注一个历史的维度。一个新的东西出现了，它在历史的维度上对我们的人物、内心以及思想感情意味着什么——如果我们以这样的维度来关注这些问题的话，那么我们想问题可能会更加深入一些。如果仅仅凭借现有的经验，新的手机肯定比旧的手机好很多，新的电脑比旧的电脑功能多很多，这样看问题就会单薄一点。

我和张炜关注文学比较多，对这类问题探讨得比较深入。总体而言，在新事物爆发式出现的时候，我倒是建议大家有时候可以退出来，稍微想一想，这些新的经验放在人类的历史长河中，给我们带来了什么。很多事情可能未必见得跟发明家曾经许诺的相符合。这个时候，需要哲学家、文学家共同思考，这个时代出现的很多新内容为我们提供了新的思考素材。

张炜：南帆说得非常好。实际上有些东西能够记住，有些东西很难记住，甚至根本记不住。人类社会中的很多东西，本质、品质、规模都不一样，但是我们有时候会不自觉地把它们放在一起。比如说，用对待技术的思维来对待艺术。技术可以产生进步，不要说百年，就是几十年或者两三年里，科学技术的进步都非常明显，可以观察和度量。不管是技术还是科学，这些东西都是可以进步的。但是艺术与文学很难进步。

刚才南帆讲，有人问他为什么读旧的书，那位教授就是用技术的思维对待艺术和文学。艺术有时候需要在时间里被淘汰、积累和建立。技术也存在淘汰和建立的模式，但是基本上是前人为后人做一个梯子，一点点往上攀登。当然，今天的天体物理学还是离不开牛顿这些人的发现和发明，但是整个攀登路线不是循环往复的过程。文学这类东西就完全不是这样。思想跟文学艺术有所不同，文学包含思想，但又不完全是思想。很奇怪的是，有些时代，思想很发达，但是文学艺术很一般，还有些时代，文学艺术非常好，思想不太好。思想可以进步，但是不像技术那样明显，它会不停地争论、否定、检验，一点点地往前发展；艺术的思想来得更加复杂，它要挪动一毫米都是那样艰难和坎坷。思想和艺术之间关联得那么紧密，但是它们是有区别的。如果把一代人在技术方面的思维运用到艺术方面，就会出现很多荒谬的内容。

对事物保持理智分析是很困难的。相近的学科、相近的事物，有时候区别很大，不能够混淆。我们现在混淆得比较严重。在一个技术飞速发展的时代，思想和艺术很容易被这些东西取代和覆盖。用技术的观念看社会、看思想，尤其是看文学艺术，就会出现很多问题。

张滢莹：张炜老师说过，人到中年，对于虚构会格外警惕；南帆老师说过，要有偿使用虚构的特权。我非常想听两位老师谈一下这个问题。

南帆：虚构应该是文学艺术中一个非常大的问题。有时候我们说艺术是这个世界的再现。比如托尔斯泰的小说，公爵已经在房间里与两个人聊过了，茶也喝了，早餐也吃过了，托尔斯泰为什么要把发生过的事情写在纸上？很多艺术家都在做这件事，生活中已经发生过了，干吗要再写一遍？如果不联系到虚构的话，这件事情已经发生了，记录是历史学家的事情。历史学家加一点或者减一点什么东西，表明他对于这个世界有另外的理解。历史学家就是尽可能客观地对现有的世界加以记录，大体而言他们不太允许虚构，虚构在一般意义上就是谎言。只有文学家有权力虚构，不算是欺骗。虽然不算欺骗，但是你虚构的世界应该比现在的世界更有意思，要不然我们看现实的世界就可以了，为什么要看你的虚构？我说的有偿使用就是指这一点。

当然，张炜虚构的权力比我更多一点，因为我觉得我写的东西不会吸引人，不会让别人感觉到有意思。只有这样的大作家给我们重构一个世界，重新建造这个世界，才会让我们觉得生活在这个世界里非常有意思，或者说，两个世界的对照会让我们有深刻的发现，他的虚构里存在我们希望有但现实中找不到的东西。这可能涉及文学艺术最基本的功能，如果没有这些功能，文学艺术有什么意思？我们自己每天经历 24 小时，为什么要再阅读别人的生活？因为艺术家通过虚构让你觉得，另外一种生活很值得过，所以你会在忙碌的生活之中花三个小时阅读小说。虚构是上帝赐予艺术家的特权。反过来，真正的艺术家一定会把这个特权用好。用好了，就有另外一个世界供我们生活。

张炜：人到了一定的年龄，就会读诸如戴高乐写的自传那样的纪实类的书。你看的时候会觉得，他记录了真实发生和经历的，会觉得特别好。有人讲，你就是搞虚构文学的，你怎么不看虚构的？是不是你们虚构以后，不喜欢看这些东西了？不是。我也看虚构的东西，但是非常警惕。到了我们这个年纪，时间很少。我会看有量级、有意义的东西。这个人值得我好奇，他的人生就是一本大书，他的品格让我信任，这种人写的书我就会读。这种书是我到现在为止最感兴趣的，我相信在座的人也都愿意读这类写实的东西。

在虚构前面我会加一个定语，就是绝妙的虚构。对于一个写了四十多年的人来说，光靠新潮的手法、刁钻的语言那种噱头是不行的，你的虚构必须是绝妙的、独到的、不可取代的。我曾经在香港大学讲了三个月的课，教他们怎么写小说。我说，小说是虚构的，哪里是虚构的呢？有人说是编一个故事或者杜撰一个人物，我说这些都晚了，你要早一点，虚构的作品是从语言开始虚构。很多人听不懂，虚构故事、虚构人物可以理解，但从语言上怎么虚构呢？我们的文学教科书上常说要向生活学习语言，但是完全生活化的语言不会是好的文学语言。语言的虚构就是你要做到既像生活语言又像书面语言，在两者之间找到奇怪的平衡，从这里面突围出去，创造个人的语言。这种语言不是用来听的，而是用来看的，听的语言和默读的语言是有区别的。为什么现在有些电视剧的对白那么磕巴？因为它把阅读的语言写成了舞台的语言。电视剧更需要虚构语言，为什么？因为它是用来听的，要听起来又朴实又真，但又是电视剧的角色语言。在座各位想一下，虚构是多么困难的事情：你要我写一个老太太，身份、年龄和各个方面都是符合的，但是她又不用生活中老太太的语言，而是要打上深刻的个人印记。

生活和作品、作家的关系就是这样的。如果把现实生活看成粮食、把文学作品看成酒的话，从粮食到酒不是简单改变外部形态，中间一定是发生了化学反应的。酒是液体，它的味道和高粱、玉米是不一样的。为什么不一样？把粮食变成芬芳的液体，就是化学变化的结果。文学作品就像酒，作家是酿酒器，生活经过作家这个酿酒器倒出来，成了芬芳的酒。

我的《古船》是 1984 年写的，当时发行量还可以，那时候我才 27 岁，但是我不觉得自己年轻。现在看来，从思想和技术层面，我个人觉得肯定这几年写得更好，但是文学作品很多时候不仅仅是技术和社会经验，还有生命中不可言喻的奥秘，因此它的灵感、灵气、生命张力还是给作品加了很多分。文学的东西太难讨论，太难有标准，太难用一种理论讨论另外一种理论。知道得越多，爱得越深，越有可能探讨和接纳复杂的艺术。

南帆：张炜说到《古船》，我也有感触，因为我们是同时代的人。今天回过头来再看《古船》这样的作品，我非常赞同张炜对自己的评价，手法上可能不如今天老练和成熟，但是它有另外一些东西存在。当时的激情、勇敢——这个勇敢不是想和谁打架的勇敢，而是那么复杂的历史出现了，那么年轻的生命在质问这个世界——这些东西也许今天没有了，也可能换了一种方式存在。但我们年轻时都有过，我们的童年是隐藏在生命内部的。艺术也是这样，它有一些当年的创造，有一些当年生命的烙印，会呈现不一样的艺术特征。

张滢莹：我记得南帆老师有过一个关于作家的表述。他提出，作家应该在哲学观、历史观、科学素养三方面呈现出更好的思考，才能写出更好的作品。历史观可能比较容易理解，科学素养也和当下结合得比较紧密，为什么把哲学观提到这么重要的地位？

南帆：从学术角度来说，哲学是一个变化非常大的学科。就哲学概念在西方的起源来说，它是爱思想的人的学问，当时的希腊词汇里有这个含义在。总体而言，哲学的缘起是人更加关注生活中一些非常基本的问题。我们的眼睛可以看到汽车、街道、人流、吃饭、睡觉，这些背后有没有基本的东西在管理着我们？这就是哲学上的本体。通常来说，哲学愿意追问日常生活背后根源性的东西，当然这跟宗教也有关系，人文学科发展到最终，都会有殊途同归的现象。我最近发现一个很值得思考的问题：这个世界的变化这么快，技术正在试图取代哲学，它想告诉你什么是真、什么是善、什么是美。

第一点，关于什么是美。最近大家可能注意到人工智能可以写字、可以画画，它就是大数据的综合。我跟一个画家讨论过这个问题，他的观点是，如果不在大数据里面，真正创新的东西、原先没有资料的东西，人工智能是做不出来的。今天上午我在参加一个学术会议，一批理论家在说，材料的事情归计算机处理，对我们重要的是思想，那个思想就是计算机通过综合研究得出来的。现在你很难说计算机通过深度学习能不能综合出资料中没有的东西，我对这个观点抱有疑问，同时，如果真的可以这样的话，我们必须有一点恐惧感。这是一个问题。

第二个问题，什么叫真？我们讲眼见为实，照片可以作为重要的证据，但是现在的照片是最不可靠的东西，随时可以合成。大家都看过电影《碟中谍》，间谍可以虚拟一个影像，让人一直以为那是一堵墙。还有《黑客帝国》，对这个世界而言，什么是真？我们所看到的一切都是巨型计算机虚拟出来的现象。这些可能包含着一些科学幻想在内，但是原本交给哲学家考虑的真，现在都是科学的问题。还有一个美国计算机专家认为世界的拐点已经到了，他算得很清楚，二十八年以后，人类可以永生了。他的意思是人类的意识可以储存在计算机里，换个肉体也就无所谓了。

这样的看法都是最新的观念，这些最新的观念泛指我们原有的哲学对于这个世界的思考，我觉得正是我们要关注的。20世纪以来，我们遇到了一系列的现象，包括科学和经济为我们创造的很多现象，我们要对它们作稍有深度的思考，而且要意识到这些问题其实正在介入生命和生活。什么叫时间？什么叫空间？什么叫真实？活在世界上，如果这三个参考系消失了，将是非常可怕的。有时候科学和经济正在改变这一切。我觉得我们应该恢复哲学的灵感程度，对这些问题开始进行思考。

张炜：我从一个写作者的角度谈一下我个人的担心，以及我在写作中的感触，呼应一下南帆刚才的这番话。

我们讲技术发展得很快，物质积累得很快，从手机谈到电脑。这些东西到达了每个人的眼前，使你不得不接触物质方面的问题。科技飞速发展带来了生活方方面面的改变，人际关系的改变，表达的改变，个人生存环境的改变，这些眼前的问题恰恰是任何时代的文学艺术都不可以回避的内容。

问题是，一个好的作家在表现近在眼前的鲜活生活时，有没有一个更大、更深入的精神坐标？有没有能力思考貌似切近但是又很遥远的命题？是不是让你的生命体和它发生联系？

我们平常讲，物质的叙述在中国很受读者欢迎，谁发财了，谁爱上谁了，这种叙述非常吸引人。但是你从中感觉不到生活的意义，感觉不到生命中那些非常敏感的部分的转折、递进和改变。精神方面的叙事，在网络时代、物质时代、娱乐时代，几乎是停止的。你们看一下，现在的文学杂志上发的都是物质叙事，很少关乎精神叙事，很少关注到生命、未来。

我一个朋友的孩子非常有才华，我觉得这个孩子未来可以成为一个大作家，非常聪明。他到一个大城市生活，大城市是物质最集中的地方，我希望他得到碰撞，但另一方面我也担心这个孩子会毁掉，我就是有这样矛盾的心理。我有时候特别希望写作者离开那些最发达的技术、最拥挤的物质。面对大山、河流、森林、海洋、星空，他会不得不去思考那些亘古不变的东西。国外有一个哲学家要到大城市去，他的导师就劝他在小镇里生活，说：你不要到那么大的城市生活，大城市氧气稀薄。不是说呼吸的氧气稀薄，而是对于冲动、创造、思考的能力而言。拥挤在城市里，都是二手的知识，最质朴、最原始、伴随着所有生命的东西对于你构不成刺激，你没法产生面对大山那样的感觉，而这种东西我觉得才是现代作家特别需要的。

张滢莹：谢谢两位老师。现场的读者朋友有什么问题吗？

读者：现在作协下面也有网络作协，网络作家里也包括一些原来在传统媒介发表作品的作家。两位在网络时代的写作体验是怎样的？

南帆：根据我对网络文学的了解，第一是网络作家数量很多，第二是读者更多，第三是很多网络作品写得非常差。但是那么差的作品还能流行，一定是已经和读者建立起了关系，一定有很多人爱读这些作品。我的疑问是，你爱读的作品是不是就是好作品？比如说我很爱吃油条，但是医生告诉我它是有害的。喜欢的东西不一定是好的东西。我不知道张炜这么著名的大作家每天可以写多少字，我认识几个网络文学作家，他们每天把自己的作品贴到网上，每天写七八千字，天天如此。我觉得从一般意义上来说，这样的写作超过了人类智力的极限。要么作者是绝对的天才，要么那个作品就是我们没有必要看的。我不反对别人看，我相信这个世界上有很多人爱看这类作品，想消遣一下的时候可以翻一下。这是我的一些基本想法，我不能再作价值评判，否则会被网络作家批评。

张炜：我个人觉得文学只有好与不好的区别，最好不要独立成网络文学这个概念并且赋予它很多其他的东西，这样没有什么好处。

过去，收音机刚刚普及的时候，很多作品在收音机里进行传播，报纸有副刊以后，很多作品发表在副刊上，但你不能说它们是收音机文学、副刊文学。刚才南帆讲了，一部作品读者多，不一定就是好的。网络写作应该像纸质写作一样。据我个人的观察，我们现在出的书，包括杂志上发表的、传统媒体上发表的文学作品，有很大一部分不是在创作的状态下写出来的，它们是在工作的状态下写的。艺术上通常讲灵感，没有灵感就没有创作冲动。有了写作的欲望，一定要抒发，这种状态是创作的状态，以创作的状态写出的文学才是好的。有的人写了七八万字之后，笔就相当听话了，他可以凭借惯性写作，你让他写一个很差的长篇小说，比写一个很好的长篇小说都难。但是其中不得气、不感人、不锐利，没有向有难度的写作开拓的创造力，这样的写作没有意义。我一开始就讲，这个时代一定要追求"有难度的写作"。

张滢莹：非常感谢两位老师为大家带来一场思想的盛宴。谢谢大家！

时间：2018 年 11 月 24 日

嘉宾：盛韵、冯洁音、陈以侃

谁不爱读回忆录

——《谁不爱被当成圣人对待》新书分享会

盛韵：今天我们很荣幸地请到了两位老师，一位是冯洁音老师，一位是上海青年翻译家陈以侃先生。在场的很多书迷应该都认识陈老师，他最近出版了一本新书，大家如果有兴趣的话还请关注。我们三个都在业余时间做翻译。先请冯老师谈谈一些重要书评刊物的创刊缘起的故事。

冯洁音：我们如果熟悉书评刊物的话，就会发现伦敦有《伦敦书评》，纽约有《纽约书评》，上海也有《上海书评》。还有《泰晤士报文学增刊》，它的历史很悠久，于 1902 年创刊。《纽约时报书评》还要先于《泰晤士报文学增刊》，于 1896 年创刊。最开始它附在新闻版面之后，是每周六的刊物，后来变成周日的增刊，插在《纽约时报》里。《泰晤士报文学增刊》也是如此。后来《泰晤士报文学增刊》独立发行，自成体系，迄今有超过一百年的历史了。

1963 年《纽约书评》创办。需要区分的是，《纽约书评》和

左起：冯洁音、盛韵、陈以侃

《纽约时报书评》是不一样的，《纽约书评》是完全独立出版的刊物。

1978年，《泰晤士报》进行了几乎长达一年的罢工，很多英国其他的书评刊物或是附在新闻刊物后的一些书评，也都进行了罢工。《泰晤士报文学增刊》是相当有名的刊物，美国的《纽约书评》希望英国还能有一份这样有声望的书评杂志，一方面是考虑到有很多作者没了经济来源，要给这些一直给书评刊物写文章的作者提供发表文章的地方，除此之外可能还有其他的考虑，于是《纽约书评》就出资帮助组织人员，想要创建《伦敦书评》。到了1979年10月，《伦敦书评》第一期出版，结果一两期之后，《泰晤士报》的罢工就结束了，《泰晤士报文学增刊》也就复刊了。《纽约书评》认为既然《泰晤士报文学增刊》已经复刊，就没有必要再资助《伦敦书评》了。而当时《伦敦书评》的主编卡尔·米勒和他的副手玛丽-凯·维尔梅斯——也就是我们今天要介绍的这本书的作者——认为既然已经做了，就该继续办下去，就算没有《纽约书评》的支持，也照样要办。维尔梅斯家境较为富裕，她就出资让《伦敦书评》独立发行。在过去的四十年里，这份书评刊物逐渐获得了声望。

《伦敦书评》在英国乃至整个欧洲的书评杂志里算是销量较好的，据维尔梅斯说，销量大约有七万多份。当然这不能跟《纽约时报书评》相比，它的发行量大概是十二万多。无论如何，《伦敦书评》至少超过了《泰晤士报文学增刊》。在创办三十周年时，它建立了一个网站，整理汇集了过去所有的文章。进入 21 世纪后，纸媒慢慢衰退，较为正式的新闻刊物或者书评刊物基本上都有自己的网站。刚才我们提到的几份刊物，都可以在网上查找到。

在《伦敦书评》的网站上，如果你没有订购，可以看到文章标题和四分之一的文章。要浏览全文就需要订购，也不贵，半年才 19 英镑。订购后你就可以无限浏览所有的文章了。诸多网站中，我还是比较喜欢《伦敦书评》的网站，干净利落，没有那些广告和闪烁的特效，简洁干净，一期内容全部放在你面前。

后来《伦敦书评》也逐渐向其他方面拓展。2003 年，《伦敦书评》在杂志社旁边开了一家书店，这家书店还与我们的思南书局有合作关系。如果大家有兴趣的话，可以发现思南书局的"伦敦书评"区域里，基本都是《伦敦书评》帮我们挑选的英文书籍。刚才我大致介绍了几家书评刊物的情况。这本书的译者盛韵对《伦敦书评》和《泰晤士报文学增刊》都非常了解，有请盛韵老师和我们谈谈。

盛韵：很多人会觉得奇怪，《纽约书评》当时已经做得很好了，为什么它还要再办一个《伦敦书评》，还让它独立地与自己竞争呢？因为美国和英国位于大西洋两岸，人事的纠缠是很多的。当时创刊的那些主编们都在一个圈子里，基本上互相都认识。《伦敦书评》的创始人卡尔·米勒之前在《新政治家》担任主编。《新政治家》在卡尔·米勒领导时是最辉煌的时候，那时它的书评和政治评论是英国质量最高的，成为最重要的一个评论阵地。20世纪60年代希尔弗斯等人在筹划创办《纽约书评》的时候，由于是白手起家，没有参考模式是不现实的，于是他们参考了卡尔·米勒主编的《新政治家》的文化版面，他们希望能做出这样的刊物。

想要贴近对标刊物的最简单的办法就是，从这个刊物"偷人"。直接偷，这是最快、最迅速、最直接的方式。所以希尔弗斯当时给了卡尔·米勒旗下的他喜欢的撰稿人高额稿费，于是有很多人去了希尔弗斯的刊物。卡尔·米勒特别不喜欢别人背叛他，他当时给每个作者下了禁令，但还是有很多人转移了阵地。

所以希尔弗斯是有一点点愧疚的，觉得欠了卡尔·米勒人情。那么到了70年代，他为什么又要帮助卡尔·米勒策划《伦敦书评》呢？有一个更大的背景：六七十年代，在英国和美国的知识界有一份非常有名的刊物，是一次跨大西洋的"联姻"——美国的编辑与英国的编辑一起工作。出资方来自美国，而英国的编辑是斯蒂芬·斯彭德，他在英国人脉非常广，几乎认识所有的知识分子，于是他就出任了英国的主编。

斯彭德作为一名知识分子，从未关心投资来自哪里，也没有过问美国同事们的钱来自哪里。结果媒体报道声称对这份刊物的投资来自CIA，也就是说，这份刊物是冷战时期美国的幌子，想以一份文化刊物间接影响英国政治。许多英国知识分子都为这份刊物写过稿，他们觉得被欺骗了。这件事对英国人伤害很大，一直是他们心里的一道伤疤。当时一群偏左翼的英国知识分子就想另外办一份刊物，把它挤出评论舞台。所以，《伦敦书评》偏左翼的倾向，与整个政治背景和意识形态的斗争有一定的关系。卡尔·米勒创办《伦敦书评》后，在立场上一直与美国对着干。卡尔·米勒之后是维尔梅斯接任主编，依然保持左翼的立场。所以说，《伦敦书评》发表的文章与各种各样引人争议的判断，都与之前的人事纠纷、政治变化有很大的关系。

《伦敦书评》能存活至今很不容易。1979 年它在《纽约书评》的资助下创立时，仅是一份插在《纽约书评》里一起卖的小别册，1989 年 5 月才正式独立。那一年维尔梅斯的父亲去世，她继承了巨额遗产，决定将资产全部投给《伦敦书评》的出版和发行。包括后来的蛋糕店、书店等，都是由她的家族不停注资的。

《伦敦书评》创刊的内幕大概就是这些。陈以侃老师经常阅读这些书评刊物，下面有请陈以侃老师谈一谈他对这些重要的书评刊物的感想。

陈以侃：我读了很多，不过都是不求甚解的自娱自乐。刚才两位老师讲的很多细节，我都是第一次听说。我就提供一些比较松散的个人印象，让大家以后挑选阅读材料的时候能有一些参考。

我阅读的是 kindle 版本。在我们成长的过程中，很难接触到国外第一手的文学讨论，所以在 kindle 上下载《伦敦书评》是很激动人心的事情，我会自娱自乐地看。我有一段时间订阅了《伦敦书评》《纽约书评》《纽约时报书评》等，其中《泰晤士报文学增刊》是最大气的。英国人的性格有两面，一面是特别正统与理智，理智到极端之后会让人觉得有点古怪。去年我跟盛韵老师一起见到了《泰晤士报文学增刊》的小说编辑托尼，他问我们看《泰晤士报文学增刊》的感受如何。我回答说，你们选的书目太学术了，他说他不觉得。《泰晤士报文学增刊》中有许多话题，比如说曼彻斯特的彼得卢大屠杀，我们没有时间这么深入地探讨这些话题。美国最近有一本小说就写到，大一的学生要上文学课，面对一大堆《泰晤士报文学增刊》，觉得完全读不懂。

《泰晤士报文学增刊》书评的数量很多，而《纽约书评》和《伦敦书评》风格相似，它们会选合适的题目，让作者有足够的空间写很长的文章。如果说它们之间存在一点区别的话，那就是国家的区别。刚刚我在路上还与冯老师讨论马丁·艾米斯，他原来住在英国，后来有段时间居住在美国。我们问他英国人和美国人最大的区别是什么，他说，美国人善良开朗，又很有学问，但是有一点：英国人懂反讽，美国人不懂。又比方说，在美国的大街上走，一个美国人坐在自己家门口晒太阳，他会对你说今天天气真不错，而英国人不会这么直白地与人寒暄。这也是两份杂志的区别。《纽约书评》因为美国多种文化的交汇与冲撞，会更关心国家大事与社会时事，而《伦敦书评》认为英国的地位不像美国这么重要，所以可以选择自己的话题，说自己想说的话，留意自己想留意的东西。

我自己更喜欢《伦敦书评》。大家如果阅读这本《谁不爱被当成圣人对待》的话，会发现科莫德的气质就是《伦敦书评》的气质。他们谈论话题的时候会向另外一个人"翻白眼"，英国人的文字气质也是维尔梅斯喜欢的气质。

盛韵：刚才陈老师提到科莫德，科莫德的风格就是，他写三千字，读了两千多字还不知道他在骂我还是捧我，最后才能理解。刚才我们谈了《伦敦书评》《纽约书评》与《泰晤士报文学增刊》，现在我们开始谈谈这本《谁不爱被当成圣人对待》的内容吧。

冯洁音：我觉得阅读这些文学刊物最不方便的地方就是，它们是英语的，阅读起来有些吃力，毕竟不是母语，所以我还是希望好的文章以中文的形式出版，阅读起来更轻松。这本书就有这个好处，因为它以中文的形式出现了，也很适合当下读者的趣味。

可能由于我的阅读量不是太多，根据我自己的感觉，关于书评或者作家与编辑之间关系的这类书，出中文版的并不多，只有几本访谈。刚才我们讲到的《纽约时报书评》曾出过一本《20世纪的书》，三联书店在2001年把它翻译成中文出版。我能够想起来的就这些。所以《谁不爱被当成圣人对待》这本书的题材还是算很新颖的。

我觉得，《伦敦书评》还有一个地方不像《纽约时报书评》和《泰晤士报文学增刊》，就是它的书评有时是随作者的意。《伦敦书评》有时候一口气评七八本书，可能是因为这个作者自己对这个话题感兴趣，于是就把相关的书都看一遍，接着写成书评。前两个月有一篇文章谈女巫，还有一篇文章谈吸血鬼，后来我猜想，可能是因为BBC最近在播一部关于女巫的连续剧，作者自己感兴趣，就阅读了相关的书，再写了文章。

我们再回到这本书上来。维尔梅斯在做《伦敦书评》副主编的时候写了许多文章，现在也笔耕不辍。这本书大致可以分为两个部分，第一部分介绍《伦敦书评》是一份什么样的刊物。我们已经泛泛谈到了一些，但是再仔细阅读的话，我们可以看到《伦敦书评》是怎么挑选作家的，有些什么喜好，等等。第二部分谈到了好几个经常撰稿的作家，还有一篇文章是维尔梅斯回忆跟卡尔·米勒的交往，她可以说是被卡尔·米勒一手扶持起来的。维尔梅斯大部分的作品，一方面关注传记文学，另一方面关注女性作家。书中有很多文章都谈到女性作家写的传记。英国人在遣词造句方面的确很有水平，写文章可以绕半天弯子，似乎是在调侃这个作家，但又不是那么恶毒地骂人。既然是评传记作品，写书评的时候肯定会复述传主生平，表述一个人从出生到死亡的生活是很僵硬的方式，而维尔梅斯的书评风格是她会关注这个人身上一个具体的方面。比如《007》系列作者弗莱明的太太，还有很有名的英国评论家西里尔·康诺利的太太，她们都是社交场上的人，维尔梅斯以爱情作为切入点，谈的时候会带一点点讽刺和幽默，顺便旁敲侧击地让读者觉得这些传主是在自吹自擂——但是她绝不会使用"自吹自擂"这个词。

刚开始读这本书时会觉得人名太多了，如果大家关心《上海书评》的话，会发现好多人在《上海书评》里出现过。这些人名不断地出现，但是仔细想一想，我们以前在哪里都看到过。书中着墨比较多的有亨利·詹姆斯的妹妹，还有著名诗人 T.S. 艾略特的太太。维尔梅斯对艾略特的疯太太特别感兴趣，有一次访谈时也提到了她。还有一些她喜欢的作家，她就不调侃了。英国人写东西喜欢绕弯子，但大致能够看出来她对谁不以为然，对谁不太有好感。

陈以侃：我印象最深的是，维尔梅斯家族给《伦敦书评》投的资金有 3500 万英镑，也就是 35 年，一年 100 万英镑。《伦敦书评》被称为目前欧洲最好的文学期刊，整个欧洲都没有比它口碑更好的了，可见文艺这个事情，有钱任性是很重要的。

这种任性也是维尔梅斯在整个编辑风格当中体现的特质。冯老师和盛老师在翻译克莱夫·詹姆斯的那本《文化失忆》，他在书中写道，想上《伦敦书评》是因为他们不要差的稿件，上过《伦敦书评》就证明你是会写文章的人。《伦敦书评》的编辑可以等，直到寻觅到自己真正喜欢的作者。维尔梅斯很喜欢讲一句话，"我们找不到这个作者"，这种"任性"的气质是一份优秀的文学期刊应该有的气质。我刚刚提到美国人有时太正经，最近《纽约书评》由于发表了一篇文章就辞退了主编，我觉得这是很荒唐的一件事情。

盛韵：这件事情很有代表性。那篇文章的作者很有名，他被二十多个女性起诉性骚扰和虐待，就丢了工作。《纽约书评》发这篇文章的意图是要讨论，谴责这样的恶劣行为肯定是有必要的，但是如果被谴责的男性已经没有了工作，已经受到惩罚，被社会判为有罪，他的"刑期"究竟有多长？发这篇文章是要讨论，社会对一个骚扰、虐待女性的男人的谴责有没有期限。这个问题本身是值得讨论的，并不是没有意义的。《纽约书评》没有想到这篇文章发出来之后会引起轩然大波，在推特上被围攻，导致很多出版社撤广告。撤广告就会影响《纽约书评》的生存，主编只能作出自己辞职的决定。他其实并不想辞职，但是只能作出这个决定。后面还有一百多位撰稿人写信声援他，到现在《纽约书评》还没有找到下一任主编。

冯洁音：他们还是找了一个表面上说得过去的理由，说主编发这篇文章的时候没有经过其他编辑的同意，违反了职业准则。用这个理由就可以避免进一步的争论。

盛韵：内部来讲，肯定牵涉到一些人事关系。《纽约书评》从来不以第一人称发表文章，这恐怕是第一次大张旗鼓地发一个人的自述，全篇都是"我"如何如何，这是《纽约书评》历史上没有的。

冯洁音：他们也找到了一个很好的理由。《伦敦书评》有一个栏目叫"日记"，意思是没有人应该对日记指手画脚、说三道四。《伦敦书评》与《纽约书评》有一个很大的区别：《纽约书评》标榜客观独立，要非常清晰的文章，而《伦敦书评》的维尔梅斯特别喜欢回忆录，这对她的判断也有影响。她最讨厌把一件事情说得特别清楚，她说这叫"清楚的可恨"。因为很多事情是有中间地带的，不是非黑即白的，把一件事情描述得非对即错的话，肯定是有问题的。所以她喜欢以第一人称的视角、私人历史的方式描述一个大事件。旁观者个人眼中的大事件就可以撇开客观性，写出来的文章不要求客观、冷静、中立，不需要事实核查，作为一篇日记发表，想说什么就说什么。

所以是《纽约书评》发表了一篇《伦敦书评》风格的文章，导致主编辞职，这是很奇怪的事情。这其实是对第一人称的回忆录文体表达的一些体验。

陈以侃：最初盛老师告诉我，活动的主题是"谁不爱读回忆录"，我就想，我是一个爱读回忆录的人吗？我很喜欢第一人称的东西，维尔梅斯对文章的要求就是要多放一点自己进去。最高级和最低级的评论就是自传，当一个真正的艺术家表现事物时，总是会写自己。博尔赫斯曾说：我梦见我在画一幅很大的画，后来发现那是一张地图，有高山，有河流，有牛羊，有山洞，这个画卷完成之后，我发现画的是自画像。当你书写自己的时代，最后会发现你是在写全人类，在写所有的时代。回忆录就是这样的东西。

有人给大卫·福斯特·华莱士写了一本传记，叫作《尽管到最后，你还是成为你自己》，那本书写得很好，但是讨论华莱士的作品时没有讨论他的散文，而华莱士想表达的东西都在散文里。比如华莱士写他去游轮上玩，一两万字的文章使用第一人称，真实地表现了自己的经验。前两天冯老师在上海图书馆讲了一本书，也是如此，作者用讲故事的方式让读者触摸到真实，而不是用时间表或者列举事实的方式。这可能就是自传和回忆录的区别。回忆录可以是不完整的，一个人只能有一本自传，但可以有很多回忆录。

还有一位写回忆录的很著名的作家叫汉博，他说我们在讲述自己生平的时候，就是人的精神和真实世界之间的互动，根本不需要小说的虚构，讲真事就可以了。马丁·艾米斯也讲到过一些类似的经历。他之前跟一个女人生了个女儿，他一直都没在意，后来那个女儿长大了，跟他相认了。另外，他的堂姐、堂妹失踪了，他一直抱有幻想，后来确认她们被杀死了。常有评论家指出，艾米斯的小说里总在寻找一个女孩。艾米斯说后来我才知道原来我的生命中有这些经历。他说真正的艺术，是从你脑后某一个你自己都不知道的角落里生发出来的，你并不知道自己在担心什么，这才是真正的艺术，这也是真正的回忆录所能到达的艺术高度。

《泰晤士报文学增刊》有一个很好的栏目叫"下半年最期待的书"或者"某某年最好的书"，会找编辑们推荐书。今年他们都推荐了《不对称》，是一位美国小说家写的。她年轻的时候在美国当编辑，后来在意大利结婚。她当编辑的时候与菲利普·罗斯有过一段恋情，事隔多年，她把这段恋爱经历写出来了，稿子还给菲利普·罗斯改过，他觉得写得很好。要把真实的经历转化成小说，需要得当的加工。那本小说讲了一个什么都不懂的女编辑，菲利普·罗斯给她开书单，让她读书。读小说第一部分的时候觉得她很懵懂，是一个什么都不知道的年轻女孩，而第二部分是写一个伊拉克人在机场遇到的事，说明她完全有能力写跟她不相干的东西。

这就是我想讲的真实和虚幻之间的关系。关于菲利普·罗斯，有一个八卦：60 年代后期，厄普代克根据亲身经历写了美国小镇里几对夫妻混在一起的小说，一下子就火了。菲利普·罗斯当时写了一本书，也火了。他们一开始关系很好，后来菲利普·罗斯的前妻写了一本回忆录，就写菲利普·罗斯怎么坏……所有的作家都是在真真假假之间探索自己的艺术。

盛韵：这算是很大的八卦了。还有一个问题是，为什么大家爱看八卦？很多人看回忆录的唯一目的就是读八卦，包括读日记、书信、传记时也是这样。

冯洁音：小说也不一定都是假的，小说的情节可能就是从生活中来的，情感也是从生活中来的。而在回忆录里可以老老实实地讲自己的情感，还是拿马丁·艾米斯的回忆录《经历》来说。马丁·艾米斯认为是继母教会了自己读书和写作，在回忆录里，马丁对他的继母是充满复杂情感的。而在他写的小说里，一个令人印象深刻的情节是，他的母亲早早去世，到最后他发现自己不是父亲的亲生儿子，是母亲跟别人生的。而他的继母是舞女，有一次很得意地展示了自己在杂志上的照片。如果硬要把这个情节与他的真实生活联系在一起，就很难弄清他对继母的感情到底是什么样的。因为他们在一起生活，而且继母又夺走了母亲的爱，这种复杂的情感真的很难说清楚。

要真正了解一个作家，不但要看他的作品，还要看回忆录。看过回忆录之后，你才会发现这个作家不是那么"高大上"，才会发现他是一个真正的人，是一个跟我们很接近的人。

再谈一谈《谁不爱被当成圣人对待》这本书。刚才说到维尔梅斯评论的都是传记，我比较喜欢的是她评论琼·狄迪恩这个作家的作品。我从来没有读过她的书，是因为受了书评的影响，有一篇书评非常恶毒地评论了她的小说，我有了这样的印象以后就不想看她的作品了。所以我觉得书评还是很重要的，它可以让你知道有这么一个作家存在，能够告诉你一个作家好在哪里，的确也可以败坏一个作家的名声。当然维尔梅斯不会那么恶毒地评论，她会从一个视角去讲这个作者的生平。琼·狄迪恩是一个小说家，被评论的是她的回忆录《蓝夜》，回忆她之前领养了一个女儿的经历，这个女孩从小身体不好，最后因为病情去世了。她写了自己在这段时间里的经历、感情，维尔梅斯选了好几段放在书评里，从选的这几段里，你可以看出琼·狄迪恩是一个非常好的女作家，不是那种自吹自擂的人。这部回忆录是写她的女儿，但大部分也是在写自己，她表达了一种深切的感情，但是又丝毫不煽情。她写女儿去世后洗女儿的衣服，洗了好多天，看着衣服在院子里边晒着。这几句话让人心里一动。

你可以从中看出来，作家是好作家，书评家也是一个好书评家。小说家可以用小说的手法写生活经验，也可以用完全不同的方式写作，可以作为小说的一种补充。

盛韵：这本书里几乎所有的文章都跟回忆录有一点关系，有维尔梅斯回忆她去世同事的一些文章，有回忆她的朋友的文章，还有她给别人的回忆录或书信集写的书评。这些书信也是带有回忆录性质的，比方说刚才提到的《007》系列的作者伊恩·弗莱明的太太安·弗莱明。在当时伦敦的社交圈里，安·弗莱明比伊恩·弗莱明知名度高很多，她的朋友都觉得伊恩·弗莱明写的东西很让人尴尬，英国的文艺界都觉得很尴尬，这样的小说居然还能畅销。所以安夫人的沙龙里没有她老公的位置，她跟别人说话的时候，她的丈夫要靠边站。

她为什么能成为有名的沙龙女主人？因为她特别爱八卦，不光是说八卦，还要制造八卦，没人说别人坏话的时候，她就自己编一点坏话。这本书里有很多类似的故事，它不是一本特别通俗的读物，而是文化圈互相取乐。

冯洁音：维尔梅斯有两个儿子，她的丈夫是有名的电影导演，导演了《危险关系》，还有前不久的《女王》。他们有两个孩子，其中一个有一种遗传病，常常生病。这本书的后面专门提到这个儿子，她经常嘱咐她的同事说，不管谁打电话找我都说我不在，除了我儿子。

有一个女作家，她并没有调侃，因为这个女作家最后得癌症死了，她得知自己得癌症后就写了一本书。维尔梅斯对这种生病的人还是充满同情的。她喜欢八卦也好，喜欢调侃别人也好，但她没有那么恶毒，不会让人家下不了台。书里还有一篇文章写得相当好，她谈到美国很有名的女诗人玛丽安·摩尔，从她母亲的角度去写，专门写了她跟母亲的关系。看起来好像在讲母女之间的关系，同时又告诉读者，玛丽安·摩尔的母亲怎样培养女儿用词的精巧与准确。再写到女儿怎样逐渐摆脱母亲对她的操控，诗歌与其他作品再上一个台阶。在有情感牵挂的时候是一种什么样的情景，脱离母亲操控的时候又是什么样的情景，所有这些都被放在一个大环境里，实际上给我们展示了生活的图景。通过这本书，我们能够了解英国不同层次人的生活。

所以书评有一个很好的地方，好在我们不需要看书，看书评就能够了解许多。

盛韵：冯老师讲得很好，基本上把这本书的方方面面都谈到了。接下来把时间留给读者。

读者：我想请盛韵老师跟我们讲讲，你在给国外的刊物写稿子的过程中遇到的趣事。

盛韵：我是中文系出身，英文特别差，给英文刊物写稿挺吃力的。我想这些刊物的编辑比较喜欢的可能是作者作为个体来讲当下发生的事情。他们约稿的话题，往往是我们平常不会想到要写的，比如说独生子女。我们这一代都是独生子女，从小到大，从来没有觉得当独生子女有什么了不起，完全不会想到写这个话题。但如果是给外国刊物写稿子，我就会想到，它的读者是不一样的。独生子女在全球范围内是很特殊的现象，我要想想从小到大有什么经历值得写一写，但是发现，没有什么特别值得写的。

由于他们没有切身经验，所以他们想象的独生子女就是被溺爱，从来没有吃过苦，因为没有兄弟姐妹，所以也不懂分享，特别自私。但我们并不是这样的，也吃过很多苦，受过很多挫折，不是那么一帆风顺。所以值得写、可以写的，就是去纠正他们对我们的固有偏见。

于是我就写，独生子女没有你们想象的那么可怕，不要妖魔化独生子女，我们也知道怎么跟人相处，也要学习怎么跟自己相处。包括纠正他们对独生子女政策的刻板印象，不要把很边缘的事情扩大成一个史无前例的惨剧。

还有一点，能够给他们带来一些启发或者思考：独生子女政策是能够提升女性地位的。如果家里只能生一个的话，不管父母多么重男轻女，多么想给这个家庭传宗接代，也必须接受一个女孩。至少从平等权利的角度来说，这个政策发挥了积极的作用。我们至少在教育权、工作权上，在大部分的社会情况下，能够保证女性处于一个相对平等的地位，并不是像国外想的那样偏颇。我写这样的文章时，就是希望用生活的经历或者个人的视角，纠正一点他们可能会有的偏见。

读者：《伦敦书评》的发行量很大，那为什么还要每年投资100万英镑，是租金还是维持人员开支？

盛韵：开销确实很大，办公室租在很好的地方，租金很高，靠杂志发行完全没有办法覆盖成本。《伦敦书评》有很多员工，还有书店，还有蛋糕店。它的出版人以前说过，这本杂志的价格提高五六倍，经济上才能打平，英国的文化部还会给他们一些资助。

冯洁音：他们的广告呢？

盛韵：书评杂志的广告基本上都是出版社投放的，数量有限，钱也不是特别多。《伦敦书评》印得特别漂亮，网站做得也很漂亮，这些都是成本。

感谢参加本次活动的嘉宾，谢谢读者们的到来。

时间：2018 年 12 月 22 日

嘉宾：李宏伟、肖江虹、李振、方岩

小说如何成为现实顾问？

——李宏伟《暗经验》分享会

方岩：大家下午好。今天我临时客串一下主持人，首先介绍一下今天来的嘉宾。第一位是著名小说家李宏伟先生，李宏伟先生近年以一种"异质性写作"引起广泛的注意。他的作品我几乎都看过，他能刺激我不断地思考，这点很重要。第二位嘉宾是肖江虹先生，前段时间他刚获得鲁迅文学奖，鲁迅文学奖也是我们国家最重要的文学奖项之一。前几年有一部热映的电影《百鸟朝凤》，就是根据肖江虹先生的小说改编的。第三位是李振教授，吉林大学文学院的博导。

下面先请李宏伟先生聊聊他的小说《暗经验》是怎么写的，有一种什么样的意图。

李宏伟：先感谢大家的到来，也特别感谢今天到场为我助阵的三位朋友。先介绍一下这本书，《暗经验》这本书里包括同名小说《暗经验》和《而阅读者不知所终》《现实顾问》。商量《现实顾问》的题目时我跟黄德海聊过，后来定了这个名字。这篇小说本

左起：方岩、李振、李宏伟、肖江虹

身算是偏科幻性质的，有这样一个公司，里面有些人的职位就叫"现实顾问"，他们做的工作就是帮助他们的客户进入一个更美好的现实，或者说是他们更需要的现实。

小说家在某种程度上也是一个"现实顾问"的角色，他的作品可能也会使读者对现实有更深入的理解，基本上就是这样。

肖江虹：非常高兴参加今天的这场活动。刚才方岩老师讲了一个词——异质性，我读了这么多年当代文学作品，发现很少有作品能够让人感到惊奇，主要还是生活的高度同质化让我们进入生活的能力变得特别弱。所以现在我们所谓的现实主义是一种面目可憎的现实主义，大家都在写高度雷同的生活，每个人吃得一样，住得一样，笔下的人物也是一样的。

我最早读到的李宏伟的小说是《而阅读者不知所终》，读完那个小说，我觉得特别诧异，很少有人像他这样进入小说了。后来开始读他的《国王与抒情诗》，又读了这本集子，他的作品我几乎都读了。李宏伟特别好的一点是，在写作上他一开始就有非常强的野心，写作的野心。一个好的作家一定要有野心，他一定要构筑属于自己的文学世界。李宏伟在一步步地搭建筑，我觉得现在已经颇具规模了，我看到一座大厦慢慢地拔地而起。

他有一个特别好的习惯，他的每一部小说都在思考，所有的细节一定是有效果的。他的小说会让人沉浸其中，有时候睡觉时都会想，为什么李宏伟会这样写小说，如果我来写，操作难度可能很大。我喜欢他的小说就是因为，他的小说让同样身为写作者的我感到惭愧。我的写作几乎都是在写贵州那片偏远的土地，我也是写一些异质的东西，那样的东西一开始就是存在的，我要做的可能就是把它挖出来，我觉得我的这种写作可能更懒惰，难度更小。所以我对李宏伟充满敬意，他是在一片什么都没有的土地上干自己的事，这一点对我的震动特别大。

李振：很高兴跟李宏伟还有其他两位一起做这个活动。我觉得李宏伟的小说确实像肖江虹刚才说的那样，是很异质的存在。我觉得李宏伟在他的小说背后可能有更大的野心，比如思想，比如对于人类的一种担忧，我觉得这是更了不起的。因为从 20 世纪 90 年代开始，我们的作家可能更喜欢去写那种小经验。有时候我们看小说，无论是中篇、短篇还是长篇，你会发现它其实什么都没写，它写的那些经验，尽管有些离奇的地方，尽管有些曲折，但你会发现这不就是我们每天的经历吗。当然其中也有技术，我们不能否认这些作家去写现实生活的努力，但是当所有的作家都在这么写的时候，这个事情就有点无聊了。我们花时间读小说，如果读到的只是每天的柴米油盐，读到的只是个人的小伤悲，我觉得不对。可能之前的文学总是走在一条宏大的金光大道上，所有作家都在谈政治、谈人类未来的时候，我们可以通过个人经验往回找一找，但是当所有人都在讲个人经验的时候，就需要李宏伟这样的作家出来做一些更了不起的事情，因为文学不仅仅是文学，小说也不仅仅是小说。文学还是跟一个民族、一个国家，甚至跟人类的未来联系在一起的，这是不可回避的。很多作家在写作时自觉屏蔽掉了这一点，把自己的能力限定在很小的范围里，但是李宏伟不一样，他有很多突破的地方，他有他更具野心的尝试，这是很了不起的。整体上先这样说。

方岩：接着三位讲的，我稍作一些延伸。刚才三位讲到三个关键词：科幻、现实主义、野心。这三个关键词也是我阅读他的小说时经常思考的。所谓科幻到底是什么？刚才李宏伟自我介绍说，《暗经验》是带有科幻色彩的小说。我觉得这是李宏伟的一种自我掩饰，李宏伟是有强烈的现实诉求的作家，他讨论的问题如果放在现实层面，会显得非常尖锐。在某种程度上，李宏伟是借助科幻小说的形式，拉开我们审视问题的距离，把带有现实诉求的问题放在一个腾挪了、转移了的时空进行讨论，这和我们通常讲的类型小说中的科幻是有区别的。

第二，肖江虹刚才谈到，现在所谈论的现实主义是面目可憎的现实主义，确实是这样，现实主义越来越窄化了。所谓的现实主义就是我们看待现实的方式，但是具体我们是用什么方式谈论这个现实？这可能是问题的另一个层面。所以在看宏伟的小说时，我一直从现实这个角度看待宏伟谈论的所有问题。宏伟对现实、对我们生活的当下一直有种警觉感，所以他要讨论这些问题。这就涉及刚才李振讲到的写作上的野心。确实，那么多年来，我们的作家确实越来越多地注重小经验，这里有个问题，我们的作家在某一种知识体系里面成长之后，可能忘了我们的时代是如何往前推进的。

在很大程度上，小说的兴起一是为了娱乐，二是为了知识的传播，小说本身起到知识普及的作用，所以小说是人交流的重要媒介。从19世纪到21世纪，进入人工智能时代，这个时代我们到底需要小说的什么？我们不再让小说提供纯粹的知识了，那些知识通过各种渠道都可以获得，小说某种程度上引导我们理解周遭经验，往深处挖，看到它的整体，而个体的小经验会让我们迷失。李宏伟的野心就在于，他通过一系列的手法以及他谈论的话题，把我们对周遭世界的理解往深处挖，让我们拉开距离，好好地审视我们的世界，好好地想想我们以后该怎么办。我是这样想的，就看李宏伟怎么回应了。

肖江虹：他的这种写作貌似拉开了和现实的距离，但其实跟现实的贴合度更高。刚才说到一个词——警觉，他会引起我们高度的警觉。我们有时候从生活进入生活，很多作家进去出不来了，没有把生活和作家的距离拉开，没有全景式观察的能力。李宏伟在这方面做得特别好。

李宏伟：我觉得可以用一个标题党式的概括，我唯一关注的就是现实，或者说，我唯一想处理的就是现实。现在的写作方式能满足我对现实整体处理的要求。刚才说到野心，我还有另一方面的想法。我不希望这些小说只是某种隐喻，被用来检索现实，这个不能让人满足，我还是希望它作为一个文本，有脱离于现实的内容可以解读，或者有能够让人愉悦的地方。比如我们读拉美或者非洲作家的小说，当然我们对他们的现实没有切身的体会，但是如果小说写得好的话，依然会给我们带来很大的愉悦，我希望我的写作有这种价值和作用。

方岩：可能宏伟误解了一点，不是说他的小说可以让我们在现实里有对应关系，我们才觉得好。对于现在的小说，我特别看重一点，它能够倒逼我们审视自身激发的现实感。我们读一篇小说，携带了很多知识和理论，有时候这些东西在我们身上就像书柜上的书一样，一本一本放在上面，显得毫不相干，我们也不知道我们读的书到底有什么意义，但宏伟把我们的现实感激起，让我们思索现在已经具有的知识、经验、感觉到底是怎么回事，这点是很多作家做不到的，是当下小说创作中缺失的。

李振：李宏伟的小说里，逻辑的严密非常惊人。我在读《暗经验》的时候，突然一下想到了瞿秋白和茅盾，整个小说的那样一个现实逻辑太了不起了。我们知道瞿秋白直接参与了《子夜》的创作，1931年瞿秋白和茅盾重新接触上之后，不停地互动，《子夜》的整个框架包括里面对中国的认识，很多出自瞿秋白的想法，他还提供了某些细节，比如在《子夜》的原稿里，茅盾说30年代的上海最流行的是福特车，瞿秋白觉得应该用更好的车，于是换了雪铁龙，所以小说一开头，三辆雪铁龙像闪电一样驶过外白渡桥。瞿秋白在那个时候是中国共产党的高级领导人，又是最重要的马克思主义理论家，这样一个修改和暗经验局的修改是非常契合的。李宏伟的《暗经验》写的不光是导向未来的，也不光是导向现实的，他把我们历史中很重要的或是很隐秘的一些规则给挖掘出来，以另外一种形式展现了文学创作。我觉得这是很了不起的。

方岩：这个问题特别重要，如果继续延伸这个问题，判断好小说的标准就出来了。当一个文本能够让读者把他对于历史的看法、对于周遭世界的看法、对于当下的看法代入进去，然后又得到一个合理解释的时候，这个文本就是好文本。只不过我们在谈论的时候选取了一个角度，说这个文本和我们周遭的世界有什么关系，但是具体到优秀文本的本身，它本身有一个开放性的诉求。

回到前面另外一个问题，我一直觉得李宏伟写的是"伪科幻"，"伪科幻"是个中性的描述，不是贬低。科幻有一个很重要的特征，比如我们讲到刘慈欣的《三体》，里面的具体细节还有故事的整个架构，包括整个伦理，还有顶层设计的想象，一定是牢牢地建立在现代物理学的基础之上，抽空了现代物理学的基础，《三体》的整个文本是不成立的。说李宏伟写的是"伪科幻"的原因在于，他借用一个科学概念，其实是由探讨的问题变成了假设，他利用了物理学的概念或者物理学的知识，从假设开始这样一个提问和讨论，当然里面还借用了很多科幻文学的方式。我前段时间总是喜欢跟人讨论，李宏伟的长篇叫《国王与抒情诗》，第二部分全是关键词，这个小说我读了很多遍，一直搞不清关键词是什么意思。那段时间我在琢磨科幻，有一天我终于明白了，我突然想起来科幻里面有一种赛博格写作，当我们描述虚拟空间的时候，虚拟空间里的很多东西其实是不可视的，你是看不见的。科幻文学里有一个很重要的东西，要把不可见的东西可视化，仔细想想《黑客帝国》的片头，当数据流字母像瀑布般流淌的时候，不可见的东西可视化了。我突然意识到，关键词的那一章其实就是把前面谈到的事情变成数据性的东西，变成关键性的东西，可视化地呈现在我们面前。我想通这一点的时候，觉得自己太聪明了。

李宏伟：我确实不认为自己写的是科幻小说，但是这话要分两个层面来说。第一，我个人对科幻小说没有任何不尊重，我读过很多，因为我们读到的科幻小说基本上是由时间淘洗出来的经典作品，很多其实丝毫不亚于已经被奉为经典的纯文学的作品。我觉得在这个层面上，如果某一天我能写出一部可以放到那个序列里的科幻小说，对我来说是非常值得骄傲的事情。我觉得比起那个层面的经典，我自己的写作还没有达到，至少在中国，得写出一个跟《三体》差不多的作品才能称得上是一个科幻作家。第二，这个否认里面有一个肯定，或者说有一个诉求，希望表达我的现实关注。之前说到的现实主义的问题，现在想来其实是很荒谬的感觉，"现实主义"这个词应该用实践来丰富，应该通过我们的写作让现实主义更丰富，现在反而成了用"现实主义"这个词来要求写作了，这本身是不太对的，因为现实已经发生了这么复杂和剧烈的变化。用所有可以运用的技术或者方式处理现实，这才是应该有的现实主义。刚才肖江虹说到他的写作，他特别谦虚。我为什么会对肖江虹有很强烈的认同感？因为我们都是在想办法把我们理解到的现实非常准确地表述出来。我也是看了肖江虹的小说才会觉得贵州或者在北京、上海这些大城市之外的世界对我来说是具体可见的，才构成我个人的一部分。对于写作最高的要求是，一个作家写到的东西，被人读到的时候可以成为这个读者的一部分，或者至少能够成为他理解、进入这个世界的一个角度。

肖江虹：非常赞同宏伟的说法。"伪科幻"可能不准确，应该叫"软科幻"。我们把科幻分成两类，一类叫"硬科幻"，像《三体》那样，完全建立在物质逻辑层面上。我曾经看过一个电影《这个男人来自地球》，那是典型的"软科幻"。

读李宏伟的小说时，我会有一种愉悦感，里面设置了很多密码，小说可以阐释的空间很大。不像所谓的现实主义文学，挤得密密麻麻的，充斥着大量让人厌烦的细节。我觉得首先在写作方法上，我们应该有一个反思。这么多年我们写了大量的长篇，总是不受待见，我们的文学思维固化，流动性很差，像一个水潭，你看水面很宽，其实就是一潭死水，没有新鲜的水流注入。宏伟的创作方法给了我很多启示，我对他的写作充满期待。

方岩：我前段时间总在琢磨另外一篇小说《现实顾问》到底是什么意思。"顾问"用通俗的话来讲，顾得上问一下，顾不上就不问，顾问就是一个他者，"现实顾问"的组合就是现实的一个他者，现实的他者起到的作用是在某种程度上设立一个他者的视角，引导我们在关注当下经验的同时，一方面回溯过去，另一方面思考我们未来该怎么办。其实《暗经验》里也大致讲到这个意思，设想某天技术进步到某种程度，我们该怎么办。李宏伟谈到未来的时候，设置了一个情景，是我们所想象的田园世界，某种程度上讲，我们在谈论未来时又回到过去了。所以我在这里想问一下宏伟，你是怎么看待这个问题的？

李宏伟：我自己没有牧歌情结，也没有往回看，当然过去是一个参照资源，很多东西需要到过去里看一下。我最近也开始读一些比较经典的书，但是整体上我的想法是往前走的，因为只能往前走，所以我对现在的一些热点，比如基因编辑、人工智能之类的，并不反感，甚至持一个欢迎、开放的态度。首先这个事情是阻止不了的，与其设想怎么把这个事情叫停，不如设想一下它可能的样子。某种程度上，在这个时代，小说依然可以成为最优质的人类成果之一，还是必须要参与到这样的一些事情里面，提供一些选择，而不是仅仅做记录。我是很有兴趣设想一下某些事情，当它实现到什么程度会是什么样子。

李振：一方面他是担忧，另一方面他一点不焦虑。像《现实顾问》所呈现的那样一个东西，其实也没什么可怕的，我们每天穿衣打扮，说话的语音语调，这本身就是一种呈现，我们每天都活在现实呈现里面，借用一种更直接的方式，或者有一个顾问帮你把这事了了，其实也挺好的。今天我们总是在讲现实，看到一些作家在写所谓的现实主义创作，但是我们的时代真的已经变了，包括日常生活，很多东西都不再是原来的样子。日常生活里，有了扫地机器人、炒菜机器人、洗碗机，各种各样的东西，现代生活里家务基本不用人再去操心。但是我们想一想，十年前，或者五六年前，描写家庭生活的小说也好，影视剧也好，夫妻之间总是为谁干多少家务吵架，现在叫个外卖就行了。当日常生活中没有了这些矛盾的时候，文学必然要寻找新的矛盾，寻找生活里其他的事情，宏伟对未来世界的想象和描摹提前走出了这一步，让我们看到我们之后的生活可能是什么样子。

肖江虹：总体上，他的作品里的调子还是很温暖的，可能后面有他对现实世界的很多看法，但是小说总体上还是暖色调的。从文本里还是可以看到作家的宽容、悲悯，这是特别重要的。为什么我们说现在已经看不到让我们眼前一亮的好东西，就是因为我们的写作还是属于那种特别功利的写作，想想这个作品是不是可以拿个什么奖，是否符合什么奖的标准，就会把自己的写作放在一个框架里。我们经常说一个词叫"冒犯"，一个好的作家要学会"冒犯"，冒犯现有的规则，包括冒犯自己，我觉得宏伟在这方面做得特别好。他压根不会想这个作品会拿什么奖，他一心一意地构筑自己的文学世界，我觉得特别好。作家的专注度其实就是一种冒犯，冒犯自己，甚至冒犯现有的文学秩序和现在的文学世界。读完他的作品以后，你很难把他跟泥沙俱下的世界混在一起，你能很明确地把这个作家拎出来。在我的文学世界里，他是一个独立的存在，跟其他人没有关系，我觉得这是最了不起的点。我们真的要学会冒犯既有的文学秩序。

方岩：我有一点不同的意见，在讲到宏伟对未来的想象和描述的时候，我觉得你们心太大了。首先，我不否认宏伟用一种冷静、克制的语调呈现了对未来的想象和整体的担忧，他设想未来如何审视这一切，所有这一切的前提是已经存在了，所以他的冷静和克制某种程度上还是很包容的。但是我们毕竟是站在当下读宏伟的小说，我从里面读出很多容易引起我内心恐惧的东西，包括你们刚才讲基因编辑这件事情无法阻挡，基因编辑再往下走就是消除人的复杂性，到那个时候，人在整个自然界中到底是怎样一个存在？那是很可怕的，基因编辑会让人想到二战时期的优生学。宏伟是用一种很克制的方式把它呈现出来，但是我并不认为宏伟是欢迎这件事的。至于这件事会怎么样，他没有判断，因为他是站在一个未来的既成事实的角度，这里有视角不同的问题。

现在每次谈起当代文学的时候，都有诸多不满，我们谈小说，好像我们觉得小说应该怎么怎么样，或者小说应该有哪些边界。我从一开始读宏伟的小说就有种感觉，我不会想小说应该怎么写，他把我带进去了，这是优秀作品的一个标志，他使我们忘记，我们应该秉持什么样的标准，秉持什么样的警觉。因为小说是虚构的，虚构是作者和读者之间的一种契约关系。我们在读很多作品的时候，会把这种契约关系时不时拎出来看一下，小说可以这样写吗？这是小说吗？当一个文本引起这样的怀疑的时候，不是一件好事，它会促使读者不断地想作者是不是破坏了契约关系，而宏伟的作品给我的最直观的感觉是我被带进去了，它激活了我的思考，这样一来我会忘记小说的边界在哪里。反过来想想，小说应该怎么写，其实是很个人化的事情。我想到 60 年代的一场文学谈话，魔幻现实主义兴起时，大家都在定义什么是魔幻现实主义，马尔克斯讲，你是没到过美洲那片土地，你到了那片土地，把你看到的东西如实地描写下来，那就是我身处的世界。外人看来是魔幻的，但是对于马尔克斯来讲，某种程度上他是在观照现实，也就是说，他在提供一个"现实顾问"的角度。

李宏伟：绝大多数作家，或者说所有作家，在写的时候都不会去设想什么流派或者手法之类的，只是因为经过读和写的训练，像是本能一样，需要找到一个最好或者最准确的方式，把想表达的东西表达出来。其实魔幻现实主义这个词本身就是一个包装，它就是拉美文学在开始进入欧洲的时候，由一个出版商想出来的概念，通常大家最原始的描述是拉美文学爆炸。

方岩：谢谢大家来参加这场活动。

时间：2018 年 12 月 29 日

嘉宾：张定浩、木叶、方岩、黄德海、李伟长

小说，知识以及晦涩

——谈霍香结《灵的编年史》

李伟长：欢迎大家来到思南读书会第 280 期。这一期的主题是"小说，知识以及晦涩"。晦涩两个字对我们来讲是一个问号，到底是读起来晦涩还是其他的原因？今天我们就霍香结的长篇小说《灵的编年史》进行一次讨论。特别之处是作者不在现场，这就给了我们很多自由的空间，好的说好，不好的就说不好，不需要考虑作者的感受。下面先请黄德海介绍一下这本书。

黄德海：这本书的编排方式包括书名都是经过精心设计的。书名是《灵的编年史》，副标题很多，"鲤鱼教团及其教法史""秘密知识的旅程""一部开放性百科全书小说"，就跟作者霍香结有很多笔名一样。"旅程"，说明这本书关系到历史，因为编年史和旅程都和经历有关，"教团及其教法"关系到哲学和宗教，"开放性百科全书小说"又说明这本书归根结底是一本小说，主标题和副标题说明这本书包含着文史哲方面的内容。这样看起来，这本书的思路其实是非常清晰的，但是对于一本被称为小说的书来说，

左起：方岩、木叶、张定浩、黄德海、李伟长

我们要问的是，它涉及的到底是什么样的历史，探讨的是哪方面的哲学问题，实现度怎样？这才是我们对作品提的要求。

李伟长：谈论这本书的确是有想法的。在和人交流这本书的时候，得到的普遍反映就是三个字"看不懂"。时间一长，我们就想是不是这本书本身写得很晦涩，还是说有经验的读者对这样的形式也不大能够接受？再或者说，是不是因为书中使用的九宫格结构，给人的感觉很吃力，因此本能地采取旁观或是远观的姿态？因为"看不懂"，所以我们才对这本书充满了好奇。到底是一本什么样的书，会让相对专业的读者或者说我们的同行用这样三个字来形容？当然我们会友好地理解这三个字，比如说可能实在是不喜欢这本书，但是又不好意思直接讲，所以用看不懂这样比较友善的方式来解释。

还有就是这本书所涉及的体例、知识以及关于小说本身的可能性，恰恰让读者包括那些专业的读者觉得有点受冒犯，因为它是非线性的。如果有些东西在试图瓦解我的知识体系或者我对小说本身的理解的话，那么我会用一种方式和它保持距离。还有第三种可能就是德海说的，是不是小说在涉及知识这一部分确实就存在问题？它提供了一种可能，但是并没有把这种可能推到更合理、更科学、更让人激动的状态？这也会让读者面对这样的书时友好地说一句看不懂。因为"看不懂"这三个字激发了我们想做这期活动。如果说相对专业的评论同行都用这个态度来回应这本书，可想而知其他的读者基本会忽略这个文本。不仅是《灵的编年史》，还会有更多其他文本遭遇同样的认知偏见，还没看就已经排除在我们的视线范围以外了。好奇心哪儿去了？我们想通过这本书来谈论这种现象，也来谈论这一类被忽视的写作者，以及我们该如何不带偏见地面对这类写作。

回到第一个问题，这本书我们称为百科全书式的，它和知识有关，甚至是知识的某种统称，这本书到底是在试图处理什么样的知识？怎样看待霍香结的处理方式？请定浩来说说你的感受。

张定浩：大家看没看过这本书没关系，今天讨论的问题其实就是如何面对知识。我们如何面对知识或者在面对陌生知识的时候我们应该有怎样的体验和想法，这可能是更切身的问题。作为一个普通读者，肯定都会遭遇看不懂的感觉，我们首先需要辨识这种看不懂的真假。真的看不懂，是通过这本书你意识到自己的局限；而假的看不懂，是读者因为自己的阅读舒适区被打破而找的借口。这种"假的看不懂"会激发两种反应，一种向上，一种向下。一种反应是觉得既然我看不懂，那这本书一定很厉害；另一种反应，是觉得既然我看不懂，那么这本书肯定很差。这两者可能都有点问题，一种是激发盲目崇拜，另一种是激发盲目的蔑视。就我们讨论的这本《灵的编年史》而言，我猜测作者可能恰恰希望激发读者盲目的崇拜。

我看了看这本书，就我看到的地方而言我并不觉得多么难懂，它无非是一些关于中亚历史、蒙古草原秘史乃至古希腊密教系统知识以及佛教等各种各样的故事，穿插在一起，如果看过商务印书馆那套经典名著的历史部分，再看过一些中世纪故事、翻译小说等，这本书挺好懂的。我觉得这本书讲述具体事情时的难懂，可能呈现在数字和符号层面。说到符号学，我们知道写《玫瑰的名字》的埃科也是符号学家，用故事表达他对符号学这门学科的认识，类似每一样东西和思维都可以通过某种转化，呈现为另一种事物。他的讲述是非常清楚的。但在《灵的编年史》里，我觉得作者是把符号当作了一个盾牌或者五颜六色的装饰品，不管是易经的卦象还是佛教曼陀罗，这些装饰在小说里的作用，只是让人觉得作者很厉害，这就有可疑的成分在里面，甚至我觉得某种程度上这不是知识的晦涩，这已经是知识的腐败。我们作为一个爱知识的人该如何面对知识？我们是利用知识自我提高还是利用知识作为装饰品，让别人觉得我很厉害？我在这本书里看不到一个知识逐步走向深入的过程，从我理解的表面知识走向我不能理解的深度知识的过程。在这本书里，我只是从我了解的一种知识走向我可能不太了解的另外一种知识，这无非是跨出了我现有的知识领域，但是，既然在我理解的领域里面它并没有让我满足，我相信在我不能理解的领域里面它很可能也并不能让我满足，只是我不知道罢了，因为每个人的知识量是有限的。这就像以前一个著名段子，冯巩说自己是电影界说相声最好的，是相声界电影演得最好的，这种并不稀奇。而更好的跨界是尼采所说的"在两个山巅之间，如果跨过去需要长腿才行"，这种才是真正的跨界，是对要跨越的两个领域都非常精通，而不是都一知半解。我先说这些，虽然是另一个反面的靶子，听大家的。

黄德海：关于这本书里的知识，我罗列了一下，涉及儒家、墨家、道教、佛教、密教、印度教、共济会、炼金术、量子力学、相对论、人工智能等。这里有两个问题，一是这些知识靠谱吗，作者是不是完全在虚构？如果是虚构，是有意的吗？

另外，这些知识有没有系统？一个人不可能把全部知识拿来用，一定会有所选择，后来我看他主要是取了很多知识里边的异端，也就是说，他取的是第一经典体系形成之前或者是之外的一些东西来构成整个的知识系统。这整个的知识系统来源有没有分类方式呢？比如说像我们传统的经史子集的分类方式？其实是有的，就是把家的分类序列和佛教的分类序列结合在一起的一种方式。我相信在系统性上作者付出努力了，并且是认真思考的。

另外这本书还有两个更具体的背景，一个是13世纪的蒙古帝国，另外一个是近代史。书里包括近代史上很多有名的人物，但是他又在里边加了一个来世，很多近代人物又进入了下一个时代，像是科幻。作者本身的结构能力不错，这些知识和背景都比较好地放进书中了。虽然有些东西我觉得消化不够，但是所有奇形怪状的东西，作者大体上自己消化了，而不是偷了一句半句话拼在里面的。所以这本书很多看起来奇怪的部分应该不能笼统地说是故弄玄虚，而是有作者认真的思考在里面的。比如说这本书现在的印刷方式，还有步宫图式的分节方式，是他努力使书里边的时间不是线性的。现代物理学对时间的认识并非是线性的，因此他的小说有意选取了这样的结构方式，以此回应现今对时间的认识。

李伟长：德海已经开始展现对这本书的复杂情感了。这里确实有个问题，刚才德海把一个小说家涉及的知识理了一遍，我觉得他不读还好，他读了以后我们会自然地产生一个疑问，一个人可能把这些东西都涉猎吗？如果都涉猎的话是怎么做到的？又有什么意义呢？这种疑问是一种不信任，还是被身边多种信息困扰之后对一个人能力所能到达的地方产生的不由自主的怀疑呢？小说家是来骗我的吧？只有神乎其神的人，才是天文地理什么都懂。下面请方岩谈谈。

方岩：从阅读的直观感受来说，《灵的编年史》这样的小说好玩、有趣。关于这部小说的阅读，德海、定浩刚才都在强调读者和作者的知识量的不对等，以及作者处理知识的方式和读者接受知识的方式的错位等问题。这种情况一旦发生，就是我们今天所谈论的"看不懂"或"晦涩"的问题。我通常会从两个角度来理解这种情况。先来看看小说的技术操作问题。从小说的本质来说，它是允许装神弄鬼、故弄玄虚的。刚才德海已经提到了这个问题。《灵的编年史》的设计和制作就是戏仿经书。红边印刷、文字分栏，人物名字下面画横线，《圣经》中对使徒名字就是如此处理的。再比如作者故意把连续性的叙述切成片段，阻断读者的阅读惯性，却又制作图表引导读者重建连续性。小说技术操作很多时候像是巫术的仪式，纯粹的形式操作在多大程度上能够引发意义的增殖和衰减，有赖于参与者（读者和作者）在多大程度上信赖、投入这样的游戏。

再从小说的功能来看这个问题。众所周知，19 世纪的经典长篇小说有很多最初都是在报刊上连载的，这就涉及现代小说兴起时的两个基本功能：知识传播和娱乐。所谓"知识传播"并非真相、精确、实用意义上的知识传授，而是"虚构"范畴内的知识运用及其可能引发的思考和意义。《灵的编年史》动用了很多类型的知识，宗教知识、历史知识、类型故事等。尽管在相关的知识量和精确程度上，我与霍香结存在着一定的错位和不对等，但是当我把自己摆在虚构作品的读者的位置上时，这本书激活了我的相关知识积累。比如，小说中对某些宗教故事的写法借鉴了我们熟知的聊斋、搜神、志怪等古典小说的叙述风格；在小说中占比重较大的特能局的那些内容也很容易让我们想起谍战、悬疑、科幻这样的类型小说，甚至是漫威的动漫系列；再比如小说对蒙元史、宗教史的改写和借用亦属于此类。所以，在我看来，当一部小说以"虚构"为名杂糅了诸多类型的知识时，这种形态本身就可以激发读者携带着自身积累参与意义建构的兴趣。

　　与此相关的另一个问题是，一本致力于"知识的虚构"和"虚构的知识"的小说，它可以激发读者对某些知识进行探索的兴趣。比如，在阅读这本书的过程中，我能够感觉到自己在宗教知识方面的积累不足，可能会遗漏很多在细节处与作者进行有效对话的机会。但是这反倒激发我在读完小说后去寻找更为专业、精确的宗教方面的书籍来读。从这个意义上来讲，我并不太计较作者在知识处理方面的精确性和专业程度。这一点上，我觉得定浩可能苛刻了一些。用我们自身所具备的某方面的专业、系统的知识去质疑虚构形态中的知识，是否就一定是一种有效的交流，可能需要具体情况具体分析。

　　李伟长：关于书名，插一句，得解释一下什么是《灵的编年史》。"灵"这个字在小说里到底是什么？谈论一个人，在中国文化语境中，经常会提到灵魂、魂魄、身体。身体是我们最熟悉的，也是最能够理解的，譬如五官。第二部分是灵魂，在中国古典小说里比较多，所谓三魂七魄，更多是精神领域的东西。灵在中国文化当中确实是比较有神意的，灵可以通天地，从这个意义上讲，小说家要处理的东西实际上不在我们的现实生活之中，而在现实生活之外。繁体字的灵字，下面是个巫字，意味着通灵的人。我们会发现，实际上灵允许我们在叙述它的时候有自己的故事，甚至可以去虚构。

木叶：《灵的编年史》里说"灵魂是一种食物"，这可能是小说隐匿的一个线索。我第一遍看的是《收获》版，因有删减，还较为"朴素"，但里边的一些异动、异质都可以真切感受到。单行本更全，变化也更多。我喜欢这个小说，令我想到"古之学者为己"。作者我不熟，不过看到过他的书法、绘画，我曾发给他一个含 14 个问题的先锋文学调查问卷，结合他的答复来看，这部小说是他自我意志、抱负和趣味的一种彰显，他把各种各样的信息和知识以及自己通晓或不通晓的东西都放入了文本之中。我觉得，小说的民主性就在于所涉及的知识不一定非常高深，作者也不一定都非常精通，同样，也不是知识高深就会构成好小说，知识僻浅就是不好的小说，不是的。这些知识、见解与各种信息能经过选择而成为一种思考，进而成为一种叙事，成为小说的骨肉，成为人性和人心的一种试炼和营养。

我个人一直很喜欢异质性的文本，喜欢跟自己不一样或自己难以实现的东西。再换个角度，很多作品写得好，对于世道人心和某些细节、环境写得都好，但是对我没有任何意义，甚至我觉得它不过是沿着既有的文学格局修修补补，缺乏冒犯、试探和新的可能，没有开拓自己的世界，甚至连这种意识也缺乏。这部小说有缺点和问题，但是有启发，譬如，可以看到文学和人生的不确定以及智慧本身的不确定，或者宇宙本身就具有一种不确定的轻盈。

我看这部小说时联想到一些作品，一些既有的智慧文本。我对《灵的编年史》还有一些不满足。为什么说不满足？你看博尔赫斯的《环形废墟》，并不长，但它是独创的、自足的，包括时间与生命与世界的相互锻造，你能通过几千字的篇幅看到作者事先（在文本内外）建立过一个大的建筑，有一种超然的宏伟存在，甚至可以说（在真实与梦境中）废墟还在生长。但是在《灵的编年史》中看到的更多是材料和"废墟"，而难以看到这个建筑的真身和更多可能，以及活的人和活的灵魂如何与万物与世界一同成长。

说到我们话题中的"晦涩"，在美学的维度，我以为，晦涩是一种智性的未完成状态，或技艺的未完成状态，此外还有一种可能，即晦涩是智性和技艺的超饱和状态。我欣赏超饱和状态的晦涩。霍香结这个小说某些部分是超饱和，不少地方还是技艺和智性与思考的未完成状态，游散状态。

黄德海：刚才木叶说的，让我很想说一点我愿意读这本书的原因。这个小说很多问题没处理干净，没解决透彻，甚至有些东西没有处理好，作者有时候是经历不足，有时候是因为他以为这样可以解决掉。读这本书的时候，我大部分时间是愉悦的，偶尔有点苦恼，苦恼不是说知识构成了挑战，这不是问题，小说的知识我有自己的阅读处理方式。对我造成困扰的是，怎么就差一小步，没有再往前走一点，写得再好一点呢？愉悦的地方是，我想到的这点他居然也想到了，就是这样的感觉。

这本书涉及的很多事是我们平常不会去想的，倒过来想却和我们的日常很有关。我想说的是类似于这样的小说的阅读方式，我们可以不用把它当作一个完整的有起伏的小说来读，或许可以把它当成一个长篇笔记。今天我们讲个故事，明天我们谈谈哲学，然后再换个方式，好像关于数学的话题也不错，那就聊聊这个。如果这样看的话，你就会发现这本书的有趣增多了，而不是想，为什么情节到了这里中断了？其实里边三条线索非常清晰，只是故意打乱了。作者有他的考虑，我们不管，按照目前的结构，我们把它当成一则一则笔记，思考或者故事每天这么讲一点，这也是很好的一种方式。

我记得当年读《聊斋》，最愉快的是每天晚上读一两篇，陆陆续续小半年也读完了。当时我读的是没有注释的本子，如果一天什么也不做就看这个，会读得很疲劳。但是每天晚上读一篇，你会觉得不错，琢磨一下感觉特别好玩。为什么《聊斋》逼迫我们选择我们的阅读方式？因为它已经获得了经典的地位。这个作品吃亏的地方是没有获得这个地位，它是个新作品，我们就会问，为什么写成这个样子？这样是不是不太好？我们不妨拿朦胧诗做例子，朦胧诗刚出现时大家说看不懂，如果现在看朦胧诗再说看不懂的话，别人会笑话吧？其实正是在不断尝试阅读和理解的过程中，我们跟一些作品建立了关系，跟晦涩、难懂和人心的复杂状况建立了关系，我觉得这才是阅读有意思的过程。

李伟长：我觉得定浩可以完整地回复一下刚才提到的关于小说与知识关系的问题。

张定浩：线索很多，我对于它的批评不是因为它的困难而是因为它的空洞，这里边有差别。大家之前说的所有的类比，类比的对象我都同意它们的好，不管是《聊斋》还是什么，但是所有的类比和本体之间是有差别的。我们不能因为乔伊斯写了一本看不懂的书，就说所有看不懂的书可能成为乔伊斯。A 推导成 B，但是 B 不一定推导成 A，有逻辑错误在里面，这是第一点。其次，如果我也说一个类比，我对它的感觉就是像一个万花筒，我们知道万花筒是非常美丽的，但是如果我们说万花筒里的世界就是这个世界新创造出来的一个杰作，我相信不会有人同意，因为它只是几块玻璃片而已，这是我对于这本小说的类比，我觉得它就是碎玻璃片构成的万花筒。我同意德海说的，里边对于每个知识点的处理都是相对准确的，没有问题，甚至比很多高校教授做得都好，很多高校教授在他面前像个小学生一样，但这不代表他有多好，只能说明高校教授普遍很差。这个逻辑是一层层的，我们讨论问题要分辨，不能偷换概念。其次，不管是刚才德海提到的从儒家到佛教的一系列内容还是方岩的赞叹，其实这些东西没有那么困难，我们看看过去中国古典学者的全集，他们涉及的面不一定比这个窄，只是古典学者可能不知道西学。这种百科全书式的东西，中国的学者曾经大部分都做得到，并不稀奇。只是到了当代，学问越来越窄，博士变成窄士。其实刚才大家提到并赞叹的这些知识，对于一个有心读者而言，通过五到十年的认真阅读完全都能掌握，毫无问题。如果我们对此发出赞叹，实际上只是因为我们读的书太少。

另外一点是我怎么理解知识，刚才我还和德海说，这里面的知识没有问题，但它是一个小说吗？不能我谈小说的时候你跟我说知识，我谈知识的时候你又跟我说小说。我们作为读者，可以在小说作者设定的美学标准里谈，但你不能不停地给我划到其他问题上去。所谓知识，就是我们在一个点上，比方从 A 开始，建立一个基本共识的前提，然后看看能不能一点点推向未知，所谓从已知的点推到未知，这是知识的训练。而所有好的书，都是一点点带领我们从现有的已知推向未知，但是我觉得《灵的编年史》并没有做到这一点，它只是不停地从一个已知去到了另外一个已知。我们希望读这本书可以获得很多的东西，但是我们为什么要读它呢？仅仅是为了得到一点知识的碎片？那不如读知识的原典。我们想了解每个学科的话，从入门一点点进去才是扎实。的确，看这本书可以知道很多名词术语，但是这些名词术语和你有关系吗？所谓古之学者为己，读书是把书读到你自己身上，扎下根来，扩充自己的内在生命，而不是作为向人炫耀的本钱，告诉别人这个我也知道那个我也知道，这就不是知识。

木叶：我们关于知识的这个标题有多重误导。其实，无论是写到相对论、量子力学还是牛顿第一第二定律，最后还是有赖于进入叙事本身，在这方面这个小说有不少有趣的努力，尽管整体上还没有完成得特别好。我此前在一个关于知识的论坛上有过发言，我想，可以有真知识、正知识、新知识，还可以有假知识、负知识、后知识，等等，当知识抵达叙事和想象以后就和独立的知识不完全是一个东西了，叙事和想象都将焕发（榨取）它，反之亦然，直到它帮助完成构建"灵魂的深"和世界的未知未明。

方岩：木叶的提醒很重要，我们在谈论《灵的编年史》中涉及的知识时，一定要把关于世界某个方面的专业、系统的知识，与虚构形态中的知识（我还是倾向于用刚才的描述，即"知识的虚构"和"虚构的知识")区分开来。否则，有些讨论就无法进行。首先，从写作的角度来看，小说创作过程本身就是某种智力运作的过程。这个过程中必然涉及某些方面的知识的运用，但它不是简单的挪用，而是复杂的重构、赋形乃至扭曲，从这个角度来讲，这已与此前的知识分属两个不同范畴，更何况《灵的编年史》这样的小说在某种程度上就是以知识作为主要描述对象的。所以，与拷问小说中的知识的精确性和专业性相比，更为重要的是考量某种类型的知识在进入叙事或者虚构后，是否呈现了别样的形式和意义，是否敞开了新的思考维度。其次，我一直在小心翼翼地使用"激活"这个词来描述小说阅读中遭遇的"知识"问题，而非定浩说的"汲取"，"汲取"这个词更像是一种单向的知识搬运。但是必须承认的是，小说阅读确实是获取知识的手段之一，但获取知识的主要手段肯定不是小说阅读，在知识分类愈加精细、媒介日益发达、资讯几何级增长的时代里更是如此。但是可以肯定的是，小说中的"知识"是一种特殊形态的知识，它无法用体系和标准进行规约和衡量，在一定的范围内，它在以不确定方式呈现不稳定的意义。举个例子，我们能从巴尔扎克的小说中感知某种真实、感性、整体而不失细腻、复杂的历史情绪和氛围，但是有关19世纪的更为翔实、精确的信息肯定要依靠别的知识体系来获取。更进一步说，如果把阅读的基本目的视为个体的自我完善，那么一本优秀的小说至少可以发挥这样的作用：面对"虚构的知识"和"知识的虚构"，在具体的阅读过程中，读者的知识积累被激活从而参与了意义的建构，同时伴随着的还有自身知识结构的缺陷被发现。这种偶发的、暂时的阅读挫折反倒激发出弥补自身知识缺失的动力。至少《灵的编年史》这样的信息庞杂的小说对我来说，具有这样的吸引力。

黄德海：为什么我说知识是有特质的？现在的小说写作，大部分已经丧失了对有效知识的兴趣，并以此为荣，庞大的知识容量对于现在的小说写作来说已经丧失了吸引力，但是对于霍香结来说，展现知识储备不是他的目的所在，他追逐的是被称为想象学的陌生之物，以此区分于此前作为小说核心的虚构。他说想象学首先强调想象知识，想象知识是一种被体验过的知识，因此并不是虚构也不是非虚构，对于主观而言它是真实的，对于客观而言它又是虚构的。这听上去好像有点复杂，其实不难，这里边的知识提前回应了这个问题，它不是把知识塞进来，而是在想象世界中真实经历过的东西才被放在这里。

另外一个问题，我觉得可以回应木叶说的为己和为人的问题。我把作者的话再念一遍："严肃，庄严，刻板，通过这次的写作全部得以释放。这次写作在很多方面改变了自己。"我觉得这就是为己之学，他用这种方式经历了一次自己想象中的他认为是真实的知识旅程，然后通过这个旅程改变了自己。

还有，小说中的很多话我觉得挺惊艳的，比如他说在一个女性的世界里时间概念和他谈的不一样，在她的世界里时间更细致和缓慢。这其实不只是知识的问题，而是他如何想象我们对世界的感觉。所以我觉得这个小说有整体性的设想。

李伟长：我们对于一部作品的认可和接受得建立在一个基础之上，就是我和作者的熟悉度，这种熟悉度不仅仅是人情的熟悉度，还包括认知层面，就是说我知道他在想什么，或者他尽可能想讲清楚的是什么。当我熟悉他想的东西，并且他所想的东西与我有契合的地方，就会对他所能走出的每一步都表示关注。但是对于更多的人来讲，不认识作者，不知道他是个篆刻家还是一个画家，不知道他写过什么，不知道他对于中国传统的知识多么感兴趣，这都会成为一个认知屏障。

方岩说这个小说很好玩，对我来讲，它像一个认真的游戏。为什么这样说？这就是他设想的文学游戏嘛。有孩子的人很清楚，孩子们会设想各种各样的游戏，把游戏规则告诉大人，要求陪着他们玩。大人和孩子玩的时候，很难真正进入，因为孩子的游戏规则不是大人的，是孩子自己的，大人会觉得很幼稚，但是小孩玩得很认真，玩成熟练而又熟悉的东西，玩的过程当中会不断地说服你。霍香结的小说里就有个法穆系统，他描述系统的过程，等于玩游戏的时候先告诉你他的游戏规则，就像一个天真的小孩子告诉你他的游戏规则，然后他会相信你遵守规则，如果不遵守，孩子就会纠正。这是一个游戏过程，所以我们难以理解的不是游戏，而是霍香结的游戏规则。你到底是信任，还是不信任？一有怀疑，理解的困难就会从中产生。

第二，这部小说有个九宫格的游戏，横竖斜之和都是15，取一个点会引导你的阅读路径，保持横向、竖向、斜向的阅读，会感觉故事挺清晰的，整体的不清晰是因为故事不断被打断了。《知识考古学》有个比较清晰的说法，当我们遵循历史的线性或者确定性的时候，我们能够清晰地讲述历史，但如果我们不遵循它的确定性，历史就是一个一个的孤块。比如1234567这个顺序，讲了1不讲2直接跳到7或者从7开始讲起，会发现小说家自己是清晰的，还是由于打乱了顺序以后造成不清晰。所以对我来说，这本书是一个非常认真的游戏。

方岩：刚才木叶谈到"晦涩"的美学意义，他把"晦涩"理解为某种美学形态，即智力和审美的溢出。我觉得这是个很有意思的话题，所以想补充一些想法，即"晦涩"在当代文学史中所涉及的问题。德海刚才在谈及"晦涩"和难懂的时候，提到了朦胧诗这样的文学史公案。类似于朦胧诗遭遇的，还有先锋小说等一系列肇始于80年代的文学冒犯行为。首先，"晦涩"在当时的语境中既是美学判断亦是政治评价。这样的美学评价并非出于对现代主义等美学资源的了解，恰恰是因为冒犯了社会主义现实主义所主张的审美形态和价值系统而获得了充满敌意的指责。其次，这些当初被视为"晦涩"的作品在90年代以后的文学史书写中被迅速经典化，换言之，"晦涩"在语境转换之后便成了"经典"品质的构成要素。可见，这些作品在被经典化的过程中，文学批评、文学史研究、文学史教育等阅读、阐释、传播行为还执行了解释、说明、澄清"晦涩"的"去晦涩"的功能，换言之，就某些作品而言，它们被经典化的过程暗含着"去晦涩"的过程，甚至可以说，"去晦涩"构成了经典化的前提。现在回头想想，对朦胧诗、先锋小说的"去晦涩"，带来的是当代中国文学人口的阅读、审美水准的全面提升。

我无意暗示《灵的编年史》会在以后成为经典，而是想强调一点：当异于我们现有的审美惯性的作品再次出现的时候，与态度鲜明的拒绝或激赏相比，多些细读和讨论等"去晦涩"的工作显得更为重要，这其实也是职业批评家的职责所在。

李伟长：所有谈论的基础是不论你干什么，我们都可以保持尊敬，但人们唯一能够说的是你活干得好和不好，干成了什么样，而且干活的人自己对活干到什么程度有没有数，很多人是没数，这才会导致一种反弹，才会真的构成一种压力。如果去看霍香结的访谈，很有意思，访谈者提的问题他都给你回了，想到的没想到的，包括可能会出现的挑剔。一个小说家能把这些都考虑到，你觉得这是好事吗？

黄德海：我觉得方岩刚才的话题很有意思，我们把所谓的先锋小说经典化以后出现了"去晦涩"的过程。我此前找了几篇先锋小说读了一下，它们仍然不是真的可以看懂的，不是像懂传统小说那样懂，但为什么我们觉得晦涩去掉了？因为大量文学史的定位和各种论文的解释，让我们朦朦胧胧地觉得自己好像理解了，在这个基础上我们产生了幻觉，我们以为先锋小说变得很好读了，其实并不是这样的。

木叶：我认为经典化以后不是去了晦涩，而是去了阅读，这是比较悲观的一种可能。

张定浩：我说一下晦涩这个词，中国的词都可以拆开，晦涩其实是隐晦和艰涩。隐晦是一个人想要说的东西可能对社会有点妨害，需要隐晦表达；而艰涩是思想的艰难，当一个人的思想产生的过程是艰难的，一个问题从已有的知识走向新知识的过程是艰难的，这是涩，这个意义上的涩我觉得毫无问题。正是在这个意义上，我觉得霍香结的书一点不晦涩，甚至有点平滑，书里所有的困难只不过是人为造成的，比如他一半的篇幅是反着写的，横排从右到左，你最初会看不进去，只看到一个个符号。但是这的确有个好处，就是你会重新认识字本身，从右到左的过程中觉得这个字很新鲜，每个熟悉的字都要慢慢地看，甚至也能看习惯，看了三页以后从右到左读也没问题。问题是在这样所谓的隐晦之后，有没有真正的东西出来？在从右到左艰难的阅读以后，他依旧没有给我新鲜的震撼的东西，我觉得这就有点问题，所以我批评它不是因为不好，而是我们在什么层面上定位它，在这个层面上它有没有达到我们的期待。

李伟长：说了这么多，其实我们的态度很明显，每个人的感受都非常独特。

黄德海：我很想知道如果我们把《灵的编年史》当成拉丁美洲的书，把背景换一换，又会是怎样的效果？我不是说一定会好，我肯定不做这个设定，我是想知道如果它是这么出现的话，比如像波拉尼奥，又会是怎样的情况？这是传播的事情。

张定浩：这里面依旧有个逻辑错误，中国读者或者媒体人盲目吹捧国外的烂书，当然不好，但这种不好，并不能推导出一本中国人写的好书被批评，就只是因为这是中国人写的。这里面的逻辑关系是不通的。

李伟长：假设这本书是国外引进的，作者是国外学者，翻译是霍香结。如果是近年写的作品恐怕会有一些争议，如果把时间往前推两百年，两百年前的作品，现在有个中国学者翻译出来，在国内首次出版，我们可能会谨慎地面对它。不仅仅是谨慎地面对这个文本，而是谨慎地面对这两百年的时间，区别在这里。这里面有一个清晰的问题，我们允不允许一个写小说的人正经地胡来一下？小说已经这样写了，从现实主义到先锋到现代到后现代，艺术发展更快了，他们一直在尝试打破线性的时间和叙事，如果一个人这样干，做得好不好另说，我们该怎么面对？我很能理解，霍香结将作品拿给编辑看的时候，心里肯定特别感谢有人愿意出版它，因为很多人看都不愿意看。

我挺喜欢小说中的一些句子，一些很零碎的故事，包括方岩刚才提到的聊斋式的写法，有一个鬼一样的角色和小说人物一起生活，最后还成了家，这就是灵的角色，我们不会觉得很陌生。里边有一些句子，很体现写作者的才华。有两句话我特别喜欢，和大家分享一下，"瞎子的灯盏乃为看得见的人而点"，"当你想飞的时候你并没有飞，但是他飞了"。这样的句子小说中很多，这些零碎的东西就是小说才华。如果一部小说从任意部分进去就可以阅读，多少有些玄乎，当然这并不意味着我们鼓励大家都这样写，因为它有个前提，就是你认为小说可能是什么。不是所有人都有这个义务表现出耐心。这本书在豆瓣上有一些评论，很多读者给了很高的评价，高分评价恰恰会害了这本书，因为那些评价本身写得很不及物。

黄德海：在这本书出版以前，我收到了七篇评论、四十多条留言和大家讨论的内容，里面有个九万多字的对话，这种情况是我很不喜欢的。

张定浩：德海当然比我宽容很多，但是《灵的编年史》的作者实际上是有一点要做教主的气质，这种气质当然我们不会批评，反过来说不是不好，他的才智肯定要超过很多人，不是所有人都能练《葵花宝典》和《九阴真经》的，东方不败不是每个人都能做的。当然我们作为批评家或者讨论这本书的人，不能鼓励别人去做梅超风或是东方不败，不能鼓励别人练《葵花宝典》和《九阴真经》，我们还是要让每个读者按照普通的心智开始他的阅读和生活。这样的书我觉得可以存在，但就是一个定位的问题，我希望不要拔得太高，否则会诱导我一开始说的那种因为看不懂而产生的盲目崇拜，这种崇拜反过来会诱导某些人练功练到走火入魔。

黄德海：其实我们这些评价现在逐渐地趋于一致，这本书具备很特殊的异质性。谁把这本书鼓吹到天上有地下无的程度，我不会承认，但是现在如此冷漠的反应我觉得不合适，我觉得在这点上我们应该一致，我完全是这个态度。这本书其实有很多问题，但是并不代表它差。

方岩：有个简单的问题其实是可以直接回答的，即当我们在这样一个公共场合谈论这本书时，作为职业批评家，我们愿不愿意把这本书推荐给普通读者？我的答案是愿意。原因很简单，这部小说把不同类型的知识和叙事方式杂糅在一起，尝试着为小说形态提供新的可能性。从阅读的角度来说，它挑战了我关于小说的惯性思维，就我个人而言，是一次很好的自我教育。

李伟长：我讲一个小故事。《水浒传》里的九纹龙史进，在史家村很有名，觉得自己很了不起，天天练棍，也不干活，自以为功夫了得，村内外颇有名声。后来有一个叫王进的人，原来是个禁军教头，是林冲的同事，路过史家村见到了史进。王进说，你这是花架子，中看不中用。史进不服，就练给他看，两人还比试了一番，结果没到两三回合，史进就输了。我把这个故事讲给孩子听，孩子觉得史进一点都不厉害，还叫什么九纹龙呢，吹牛的。问题恰恰就在这里，一个人的短处也分谁的短处，弱点也得分是谁的弱点，史进有弱点那也是九纹龙史进的弱点。一个小说家肯定是竭尽所能做这件事情，即使它有漏洞和陷阱以及不足的地方，那也是他做的事，就像王进说史进的棍法有漏洞，那也是史进的漏洞。首先他叫史进，其次就是这件事值不值得说，值不值得交流。

木叶：我的观念不太一样，当下的小说不是说多么丰富多彩，多么具有探索性、异质性，而是普遍比较平庸。不少名家的作品，也看不出什么名堂，去掉名字可能根本看不出是谁写的。前两天李洱《花腔》的研讨会，有人说这个作品结合了 80 年代的先锋精神和 90 年代以降的学术意识以及新的经济生活等多元的东西，构成了新的文本。我也特别喜欢这类有先锋精神和手法，又充分融合时代精神、经济生活、科学技术包括 AI 的超级文本，只不过这样的作品特别少。

张定浩：我觉得这是不平庸的书，但既不平庸也不深刻。好的作品是自己走出一条新路来，反正我总觉得一体两面，我们反对平庸的同时，也要反对这种假装不平庸的东西。

木叶：这部作品有探索，也有不少问题。像这样的作品，它们的优长和不足、实验手法和探索精神都可能启发一些美的竞技者和读者，无论是普通读者、潜在的作者还是著名作家、批评家，而且它会反哺作者自身。我很看重一个时代的竞技场域和竞技氛围，那些异类、异端抑或有缺陷、不圆融的作品也是宝贵的，这有一点像科学实验或体育革新，说不定下次就会在此基础上，或在此激励下，杀出一个跳得更高、走得更远的人。

　　关于这本小说到底会激发我们什么样的感受，真的是因人而异，我们做这些工作是因为我们想达到一种状态。当我们面对一个新文本的时候，不管这个文本是《灵的编年史》还是其他书，我们是否能够尝试着清空自己去面对它？如果清空了，还是无法进去，只能说与它很难结缘。如果我们带着偏见去面对，也不是理想的状态。

时间：2019 年 1 月 19 日

嘉宾：刘亮程、陈村、毛尖、罗岗、赵荔红

孤悬的历史和遥远的捎话

——刘亮程全新长篇《捎话》分享会

赵荔红：读者朋友们好，非常高兴在这里分享刘老师的《捎话》。我读了这部小说，可以说是非常惊艳。今天的主题是"孤悬的历史和遥远的捎话"，我们先说"孤悬的历史"。

"孤悬的历史"可以是超越历史，谈的问题可以是超越时空和超越历史的。现在我们先请刘老师谈一谈，他是如何从历史中找到蛛丝马迹，同时又能够超越历史的时空。

刘亮程：首先感谢思南读书会，感谢陈村老师，感谢毛尖，感谢罗岗，感谢在座读者朋友们的相伴。前日跟毛尖老师微信沟通今天的主题，毛尖说她对我的一个观点很感兴趣，这个观点就是"作家都是见过鬼的人"。她说今天的主题能不能由此展开，我说你想一个主题吧，她很快发来了一段。

毛尖：他让我想一个主题，我说就叫"见鬼的刘亮程"吧，后来他说不太吉利。

左起：赵荔红、陈村、刘亮程、毛尖、罗岗

刘亮程："见鬼的刘亮程"不太吉利，后来又起了个"鬼话连篇的捎话"，最后想叫"人话·鬼话·捎话"，我说妙。但是在这样庄重的场合谈"鬼话"肯定不合适，所以主题变成了"孤悬的历史和遥远的捎话"。

我自己不愿意把这本书跟新疆的历史联系起来，历史本身不是这个小说的构架，也不是它的细节，甚至不是它的故事内核。书中主人公是一头小毛驴和一个懂数十种语言的捎话人库。故事中的小毛驴谢可以听见鬼说话，主人公库和我们平常人一样，是一个俗人，只能看见和听见我们所看见和听见的世界。一人一驴就这样上路，要穿越漫长的时间和空间的距离，把一句话送达。

在整个叙述过程中，小说其实变成了两层，第一层是库所经历和看见的一场一场人的战争，这场战争在地的表面，在人世的浮层。第二层是由谢所看见的鬼魂，一路吵架不安心，鬼魂说话的声音全部传到驴耳朵中，呈现为这个小说的底层语言叫鬼语言。

小说就这样平行叙述，上层是人的战争和人的喧嚣，底层是驴耳朵听见的鬼话。

小说的前半部有鬼魂在下层，到了后半部，鬼魂逐渐安静，悄无声息。小毛驴谢被成功地捎到敌对国的桃花寺，被剥了皮。小毛驴死后，附身在捎话人库的身上。整个后半部，捎话人库和小毛驴谢的鬼魂合二为一，故事叙述仍然是两套语言，一个是人的战争，一个是鬼的言语。《捎话》这部小说，毛尖的概括很准确，就是人话、鬼话两层语言分头叙述，把人类的战争叙述得清清楚楚。

我们小时候在乡下，在黑夜中听着鬼故事，头发直竖。鬼文化深入乡间的角落，这种鬼文化其实给作家增加了许多东西——这个世界之外、之下、之上，还有一种我们看不见、伸手不能触摸的世界，我们把它统称为鬼世界。

一个作家最主要的是书写那个看不见的世界，那个时时刻刻给我们以惊恐，让我们肃然起敬，让我们害怕，但是又不可捉摸的世界。因为有早年的鬼教育，我们不会简单地看待这个世界，不会简单地书写人间的故事。当我们书写人间故事的时候，会觉得故事的底层和阴影处含有鬼，要把那种存在写出来。所以《捎话》是一半人话，一半鬼话。

赵荔红：刘老师的《一个人的村庄》里有一篇《通驴性的人》，我印象很深，他说只有通驴性才能够通人性，我觉得《捎话》和它有很大的关联。下面请毛尖老师谈一下对《捎话》的理解。

毛尖：对这本书，我好像看懂又好像没看懂。我觉得我有很多疑问要问刘亮程老师。你在小说中说，你能听见另外一个村庄的声音，这是一种修辞还是真实的东西？

还有一个问题，小说中有人话也有鬼话，我们也是听鬼故事长大的，刘亮程小说里的鬼不是我们熟悉的鬼，鬼比人更让你有安全感。所有的东西在刘亮程的小说中呈现出另外一面。你看《捎话》里的战争，你会觉得战争也是人与人之间沟通的方式。比如说我小时候喜欢龙猫，我不知道怎么表达，我会走过去给它一个耳光，这就是一种表达方式。在刘亮程的书里，我们可以回到人更原初的方向上，重新理解捎话，重新理解战争，重新理解鬼魂，重新理解驴子。

刘亮程作品中的驴子都是很有意味的，这个世界不是口口相传，而是驴驴相传，驴子和驴子之间传话，发生了很多事情。从这个意义上来说，他的小说其实是语言学的打开，他恢复了我们对语词最原初的听觉，我们重新想象战争，重新想象人与人之间的关系。里面有一些段落非常残酷，包括写人羊的段落。这么残酷的东西，在接下来的段落中又会被特别温柔地包裹掉。这么残酷的东西不过是日常，重新打开我们的触觉、听觉和忍受力。看《捎话》的时候，我觉得我在城市生活的经验需要被他洗一下，我需要重新习惯他的语词，这些词让我们进入他的历史。

我看的时候会想到王家卫的电影《东邪西毒》。《东邪西毒》里的东邪不是本来意义上的东邪，西毒也不再是西毒，所有的事件在《东邪西毒》这部电影中被重新组合了，人物关系也被重新组合了。刘亮程的小说有点像王家卫的《东邪西毒》，他把动物与人、人与人之间的关系，把时间的概念全部重新组合了。在刘亮程的世界中，一切被重新安排好。

刘亮程：刚才毛尖问我，小说中人们能听到很远的声音，村庄之间鸡鸣犬吠可以相互传递，是不是一种修辞。它是一种过去。

在不久以前的年代，甚至个别地区现在依然是这样，村舍之间相距遥远，但人的声音可以传到很远，人可以看到遥远的地平线。不像上海，人声淹没人声，所以我们听不到任何声音。在西域空旷的土地上，每一个声音都会单独地被表达出来。

《捎话》写的是众生。在那个年代，人的房屋旁住的是一头驴，家里有鸡、狗、羊、马、猪，那时候人和其他生灵生活在一起，《捎话》复原了这样的世界。那个世界人在打仗，人在朝远处传递声音，一个村庄里的鸡也在朝远处叫，一个又一个村庄的鸡传过去又叫回来。在鸡的声音中，这个世界是这样构成的，在驴的声音中，这个世界依然如此。人和万物共存于世间，所有的声音都自成体系，那样一个声音世界逐渐地远去，因为我们身边逐渐没有了其他动物。

《捎话》最终想呈现的不是人声。人捎了一句话，捎给敌对国一部经书，这部经书也没有人相信了，当这句话捎去的时候敌对国已经改变了信仰，接收这句话的人都改变了信仰，捎话人库也在敌对国被洗脑，改变了信仰。但这头驴没有办法，因为经文刻在它的皮上，它不能不相信，它变成鬼还要坚守下去。这是我呈现的声音。

赵荔红：《捎话》主要有两条线，一条是人和毛驴之间的视角转化，用第三人称叙述，第二条是妥、觉和乔克努克，用第一人称叙述。我特别想听听陈村老师对刘亮程老师小说的结构、技巧的评价。

陈村：谢谢，我今天其实是来拍照的，我也想见见刘亮程，跟他说几句话表示一下祝贺。我觉得这部小说是神来之笔。刘亮程跟我们真的不一样，他的世界观跟我们不一样。我们跟他就像小说里人跟驴的关系，小说里的驴更可爱，人真的比较无聊。前两天有媒体讨论，人如果被消灭了，世界会有什么损失，结论好像是没什么损失。大自然中如果没有一种叫"人"的东西，其他东西可以活得更自在。

我之前读过刘亮程的《一个人的村庄》，他怎么能把散文写得那么好。我说的好和寻常意义上的不一样，毛尖也很好，因为她的文章里经常有俏皮话，给龙猫一个耳光什么的。但是刘亮程不一样，他在《一个人的村庄》里写了一个无所事事的人，他看来看去，看出来的东西就跟别人不一样，充满奇思妙想。

这部小说很特别。我作为一个写作者，读书的时候非常注重原创力，你写的跟别人一样的话，不过是多了一本书而已，没什么用。我们如果能够开拓小说的疆界，使它有所不同，有叙述角度的不同、用词的不同、结构的不同，能做到这些，我们的小说才会往前走。

文学经常会走投无路，写着写着就写不了了，今天的文学同样遇到了障碍。而刘亮程在这部小说里引进了鬼话，引进了他的视角，引进了宠辱不惊的东西，给了我们一种启示，文学有新的路径可以走，只要我们不是那么狭隘。

赵荔红：谢谢陈村老师。陈老师刚才的说法我非常认同，刘老师的视角非常别致，尤其让我觉得惊艳的就是他的视角。在他眼里，狗、驴、叶子、沙土、草都是可以说话的，一切都可以融会在一起。下面我们请罗岗老师从批评家的角度谈谈。

罗岗：《捎话》这部小说还是很好看的，它的好看在于，随便选其中哪一部分，读其中一段，都可以读进去，虽然你不知道前因后果，你也会被这段描写所吸引。我觉得这是作为散文家的刘亮程在小说中打下了他的印记，这是特别好的地方。

读完这部小说之后，我觉得作为小说家的刘亮程跟作为散文家的刘亮程有一点点矛盾，为什么这么说？因为像我刚刚讲到的，这部小说的每一部分摘出来都是非常精彩的，但是组合成整部小说的时候，又会觉得它不太像小说，可能是太想追求完整性了。

在座几位都是搞创作的，我是大学老师，老师在课堂上讲一部作品，学生会反反复复问，会从各种角度看，做老师的就要应对学生各种各样的说法。我为什么会有这种感觉？因为我觉得这部作品没有撒野，刘老师应该更撒野，如果更撒野的话，散文家刘亮程就把小说家刘亮程冲破了。

这个故事是关于语言的。我们都知道巴别塔的故事，人类本来只有一种语言，上帝怕人类的力量太大了，就把语言弄乱，从此世界上有了很多种语言，需要翻译。在小说里，库就是翻译。感觉关于语言的部分可以更乱、更丰富一点，我作为读者不太满足，我还是期待更多的开放性和可能性，期待出乎意料的结局。

我非常佩服刘老师，他在做一个不可能的工作——他在写声音，声音本身就不是用文字可以表达的。他做的就是把声音用文字表达出来，另外他要把声音转换成形象。刘老师用了很多方式，他在散文写作中积累了大量的书写经验，可以把很多东西意象化，这是我在阅读过程中特别佩服的地方。

刘亮程：其实罗岗老师的感觉和有些读者的感觉差不多，罗岗老师是在期待一本叫《捎话》的散文，结果我写出了一部叫

《捎话》的小说。但是写成这样一部小说我还是很欣慰的，从散文到小说，其实道路很漫长。我20世纪末写出了《一个人的村庄》，21世纪的头二十年写出了这部小说，我认为它是真正的小说，用二十年时间完成了从散文到小说的转变。小说要构成一个自足的体系，这样一个自足的体系其实在我的散文中片言只语地逐渐显现，而在《捎话》中它建立起来了，声音的世界、人和万物关系的世界、尘土的世界、大风的世界，还有死亡和鬼魂的世界。

这部小说其实是一部死亡之书，描写了那么多的死亡，每一场战争都在收割人头。所有的死亡我都写得很漫长，我不想让死亡在人断气离世的瞬间结束，在所有的死亡中我都创造了一种生。鬼魂带着人世的余温，带着人世的念想，带着无限的不舍，游荡于世间。整本书是我对死亡的书写和创生，我要创生出这样的东西，不甘于死亡。

具体到这本书的结尾，我觉得结尾必然是这样，假如不是这样就变成了另外一本书。对小说而言，这样的开端和结束是生进了骨头里，长进了肉里。这样的故事必然有这样的开端和结束，这是小说的命运，它只能这样。谢谢你。

赵荔红：我个人认为，小说和散文的界限不是很明晰的。刘亮程老师这样的文本更趋向我们传统的写作方式，比如《史记》，你可以说是历史，可以说是小说，也可以说是散文。用以前的概念，除了诗歌，所有的文体都可以被视为散文，小说写故事也是散文的表达方式。

刘老师的文本就是一种跨文体的写作。他用一个个词汇来写，这些词汇不仅仅是词汇，也是诗歌的意象，在意象的主导下完成每一篇。你可以说它完全是散文式的笔触，用词非常精炼，比小说家的用词更精约，但是又非常从容，在精约和从容之间他处理得非常好。

陈村：我一直很想鼓励毛尖写小说，但是毛尖迟迟不肯写，可能有她的道理。小说和散文之间是有一个栏，像刘翔跨栏一样，要跨过去。小说有另外的一种叙述方式，跟她写的那些很美、很俏皮的文章不是很一样，必须有一种沉重的东西。刘亮程的书里，我觉得就有一种心灵的东西，有一种很大的慈悲。他没有着重渲染恐怖，恐怖的背后是有慈悲的。

罗岗：我刚才说的可能有点让人误解，散文家和小说家并不是没有关联，他们可以相互借鉴笔法。我的意思是说，小说可能会追求有头有尾，而有头有尾也和读者的期待有关系。实际上，任何一个文本都有开始和结束，但是它跟读者的期待之间还是有距离的。刚才我讲的是作为刘亮程的读者，我所期待的世界和刘老师的作品之间有差别。

陈村：你可以自己学着写小说。

罗岗：那就自产自销了。

刘亮程：谢谢罗岗老师，我觉得我对这个问题从来没有那么清晰的判别。我早年在乡下写诗，从来看不起散文也看不起小说，我内心的那种情怀和想象用诗歌表达就足够，从来没想过自己会降格写散文，然后再写小说。那时候在一个乡村青年的眼里，诗歌是如此有高度，那些句子一句摞一句，顶在天上，一个人的形象情感被这样呈现是多么高贵。后来赶上了一个散文的年代，被迫写散文。我其实也是把诗歌写成散文，或者把散文写成诗歌，《一个人的村庄》里多半文章是诗歌改就的，很多片段都是诗歌，我仍然没有放下一个诗人的架子，只是接受了散文的外壳，仍然保留着诗歌的内心和想象。

后来又降格写小说，开始讲故事，这些都是我不屑于做的。讲一个人世间的故事，从生讲到死，有什么意义？但还是要去讲，怎么讲？难道让我用小说的语言讲小说吗？我仍然不甘心。《捎话》这本书仍然是在用诗歌写小说，或者把小说写成诗歌，我只有这一条路，而没有其他的路。

上次在北京开研讨会时，有位评论家分析得很到位。他说我前面写过两部小说，那两部小说我肯定得走两条路，第一条路是沿着魔幻现实主义小说的方向老老实实讲故事，第二条路是照着散文化的小说那样做。他说《捎话》做得更加极端，把自己逼到了绝路上，只能用一个诗人充满冒险的方式把自己的小说写完。只有这样写《捎话》，才是刘亮程的小说，是一个心怀诗歌梦想的人对这个世界的小说构建，而不是小说家对这个世界的构建。

毛尖：刘亮程一说他的小说是用诗歌写的，我就可以理解了。很多时候我们在一个作品中看到动物讲话了，就会觉得这个动物马上气质就差了，因为狗一说人话就不是狗了。我前两天刚刚看了《白蛇：缘起》，其中的狗忽然讲人话了，狗的气质马上就差了很多，因为狗要说狗话。在刘亮程的小说中，驴讲人话，但气质还是很好，这是刘亮程作为诗人赋予了这部作品诗化的性格。人也好，动物也好，他们的讲话和生活都来自诗歌，所以不是一个现实主义的发声。

刘亮程确实是用诗歌的方式处理小说，这可能是这个小说特别有意义的地方。里面的人和动物获得同样的表达能力，我不知道这算不算齐物论，这确实是诗歌的方式。如果你用现实主义的方式写动物开口讲话，要花很大的力气铺垫。在刘亮程的小说中，动物开口说话都非常自然，一点不会让人觉得突兀，这就是诗歌的方式。

罗岗：你刚才讲的写法就是莫言的《生死疲劳》，《生死疲劳》里虽然写了六道轮回，但始终是人的世界，没有两个世界。刘亮程这里很明显就是两个世界。

毛尖：用诗歌的方式进入作品，一切都顺理成章，一切都非常自然。

刘亮程：《捎话》这个小说里，驴其实从来没有开口说话，驴从来没有说过人话，只是那些鬼魂说话被驴的耳朵听见，再转述给人。这个界限设置得非常严，驴是不能说人话的。驴耳朵长，所以它可以听到鬼说话，通过驴的耳朵呈现出来，是这样一种叙述关系。

赵荔红：他秘密接头的暗号是诗性，诗性塑造了这样的氛围。刚才毛尖老师举了电影的例子，我想起了塔可夫斯基的电影《乡愁》，他在剪辑这些镜头的时候，用的就是诗性的剪辑。小说没有固定的写法或者固定的文体，各种文体都是可能的，它是开放性的。

下面请读者朋友们提问吧。

读者：现在很多小说写得很随意，没有文学性，有的小说比较有文学性，可是故事性不强。我想请教各位老师，你们怎样理解一部小说的文学性？

陈村：这是很大的问题，对什么是文学性肯定有争论，如果没有争论的话，老师们就没饭吃了。文学是干什么的？有人说文学是研究人的，它不是科学，而是从人的本性探讨、研究人到底是什么样的东西。《捎话》里写的也是一种研究，它和科学走的是不一样的路径，但有时候比科学更深刻。比如你把林黛玉或者贾宝玉拿去做化学分析，得出的可能是一堆数据，但是你找不到他们的心灵，而在文学中是有一种人道的东西在里面的，这些东西是我们所强调的。

所谓文学性，如果再说得多一点，应该有一种原创性在里面，不然我们只要读读唐诗宋词，或者读读《诗经》就可以了，不必再创造。所有的创作都是因为人们想要发现新的东西，如果能发现，就很有文学性，如果不能发现而只是临摹，就没什么意思，因为文学的观赏性不如绘画、建筑、雕塑这些，复制文学是没有意义的。

对文学性当然有很多种解释，诗人的解释，批评家的解释，我觉得这样挺好，具备多样性。刘亮程今天讲的东西，有些人听起来觉得是至理名言，一听脑子就开窍了，还有一些人觉得是荒谬至极，我觉得这样也挺好的。

毛尖：文学性我也说不好，应该问罗岗老师，他是文学教授。我们今天在这里做活动，你到现场了，这就具有文学性。你在网上看的话，仅仅是看了一遍，但你到现场看的话，会发现刘亮程里面穿了件红色的衣服，这种细节在视频上可能不会被发现。你看到一个东西，它有很多剩余物，溢出你的期待，这个可能就是文学性。

刘亮程：我曾经说文学是人类的往事，文学是第二次经历生活，第一次是新闻。当一段生活被我们再次想起、再次感受、再次深入的时候，它有可能成为文学。

读者：今天的活动名称是"孤悬的历史"，刘亮程老师应该是假托历史，说自己想说的故事。我想问一下刘老师，您是怎样安排小说中的时间线的？

刘亮程：首先这个小说不是历史小说，所以没有完整的现实时间的线，但是它有心灵时间。所有文学都在处理时间、分割时间、孤独时间甚至停止时间，这都是小说的手法，只有把时间处理好，一部小说或者一部文学作品才可能成立。我以前写过一部长篇小说叫《虚土》，《虚土》是写了时间的大坑、时间的塌陷，我把整个故事安置在时间的坑中，我是想让时间停住而不是让时间走远。

《捎话》隐约包含一段历史，但我不希望大家把它和那段历史关联起来，我想让它变成脱离历史的存在，所以我用了"孤悬"这个词。但是历史没有过去，再远的历史都是今天。当我们理解了历史并用它呈现今天的时候，历史就到达了今天，历史就变成了今天的心灵现实，或者变成了对现实的启示。尽管过去多年，那段历史的结果仍然在那块土地上，我们仍然生活在那段历史的结果中，所以历史也是今天，但是它在那部小说中被孤悬着。

谢谢。

读者：我们该怎么理解"捎话"的含义？

刘亮程：今天我们很少用"捎话"这个词。现在的通信发展使交流变得非常便捷，但是这样便捷的交流能够抵达内心吗？尽管我发一个微信对方很快就可以收到，但在很快接收的瞬间，这句话仍然在漫长地被"捎"。没有到达心灵、随时会被删掉的话，或者别人不愿意听的话，语言在世间永远处在这样一种乱糟糟的传递过程中。一千年过去了，古代的捎话和现在没什么区别，它的目的是从一颗心抵达另一颗心，从这个意义上讲，我觉得人类还要经历漫长的捎话时代。有些话即使说出来也注定到达不了，有些话要走千里万里才能到达那颗心，有些话要走数十年上百年才能被人听懂，这也是捎话的现代意义。

读者：我在农村生活过三年，刘老师刚才说到村庄里鸡犬相闻，还有驴叫的声音，我非常有体会。我觉得这些东西不是您创作出来的，而是您亲身的感悟。我看过董卿老师和您的对话，您说到自己的童年非常苦，没有受过什么教育，睡觉的地方连窗都没有。您现在是著名的小说家了，我想问问，您的这部《捎话》，是不是想把话捎给您的父亲？

刘亮程：这也是一种理解。我小时候确实没受过什么学校的教育，但是天天都在受万物的教育，在风中能够听到远处的声音，在鸡鸣狗叫中能够听到它们所能感受到的世界，在春夏秋冬的季节变化中也能感知到人世间的温暖，等等。我觉得一个作家受的教育主要不是知识的教育，而是人世间的自然教育。一种自然教育成就一个作家，每个作家的生活环境都不一样，早期肯定读了别人都没有读过的"课本"，在家庭、在村庄、在城市、在隐秘的生活场景中接受了这样的教育，从而成为独特的作家，找到了表述这个世界的方式和语气，甚至找到了表述这个世界的结构。

谢谢大家。

赵荔红：由于时间有限，今天的分享会到此结束。非常感谢捎话人刘老师为我们带来了他的心灵的声音，也感谢其他几位嘉宾。

时间：2019 年 1 月 26 日

嘉宾：张新颖、张定浩、许小凡

人一生的故事该如何讲述？

——《T.S. 艾略特传：不完美的一生》分享会

主持人：谢谢大家来参加活动。介绍一下三位嘉宾，可能大家对他们已经相当熟悉了。先从张新颖老师开始。要谈论传记写作的话，在中文写作界里我们可能第一个想到的人就是张新颖老师和他的著作《沈从文的后半生》《沈从文的前半生》。张新颖老师是极熟悉艾略特的读者，他有一篇流传非常广的文章《T.S. 艾略特和几代中国人》，那里面出现的人的名字，从徐志摩、叶公超、赵萝蕤、卞之琳、穆旦一直到袁可嘉，一直绵延到如今张新颖这代人。做这本书时我有点担忧，今天还有人读艾略特吗，还会有人为他感到困惑和激动吗？今天来的人这么多，打消了我的担忧。

接下来介绍张定浩。他是这本书的起因，因为他读艾略特，促使我想重新读艾略特。定浩是诗人，这几年以写批评文章出名。如果说在批评文章中他有什么师承的话，我想艾略特一定是最重要的那个人。我也很幸运地遇到了译者许小凡，如果没有她，我肯定没有这个勇气在这里跟大家推荐这本书。许小凡跟我说，她觉得以后可能很难再这么翻译了，用了两年时间，一字一句地打

张新颖　　　　　　　张定浩　　　　　　　许小凡

磨它，就像磨镜子一样。

　　我想从一个最简单的话题开始：你们是怎么接触到艾略特的，怎么开始读他的，以前读他和现在读他有什么不同？

　　张新颖：我是80年代中后期上大学的，那个时候，中国的文学正好处于实验、探索的阶段，所以那时的人对于现代主义文学有非常强烈的兴趣。而我作为学生，正好赶上这样一个时代，今天看起来很难读的东西都是在那时候读的，包括福克纳的小说，也是在那个时候读到了艾略特。最早读到的是80年代上海文艺出版社出的《外国现代派作品选》，那本书的主编是袁可嘉，他选的是艾略特的《普鲁弗洛克的情歌》，选了穆旦的译文，《荒原》选的是赵萝蕤的译文。总之是在那种情景下开始读的，和个人兴趣有关，也和80年代中期对现代主义文学产生兴趣的文化氛围有关。那时不觉得这些作品那么难读，当然其实也不一定读懂了，稀里糊涂就卷入到对这些作品的兴奋中去了。对我们来说特别重要的是，看到了和以前不一样的文学，而那个时候我们正在寻求这种不一样。我们对那些一样的、熟悉的东西可能是厌倦了，所以那个时候它引起我们心智上的兴奋。

至于说那个时候读和现在读有什么区别，当然有区别。那个时候我很年轻，现在我老了，一个年轻人和一个老人读一个东西的时候，差距还是很明显的，艾略特自己也发现了。

艾略特曾说我年轻时候写的那些东西比较受欢迎，老的时候写的不太受欢迎。年轻时写的东西语气明确，很决断，当然也很率真，稍微老一点就变得复杂，变得犹疑，但是都充满了智慧。所以我们对艾略特的了解也有这样一个过程，一开始让人很激动，慢慢地我们会理解除了激动之外更多、更复杂的东西，因为他的诗属于那种不是一下就能理解的诗。

今天读和不读其实已经不重要了。怕引起误解，我要解释一下：你读过的东西会嵌入你的身体里，它会变成你的一部分，即使以后不读它了，它也已经在你的身体里面，抹也抹不掉。

主持人：我相信艾略特就是嵌在您生命里的一位诗人。

许小凡：艾略特在国内还是一个现象，但是其实他在英美学界已经慢慢淡出历史舞台了。因为在过分世俗化的社会里，艾略特后期皈依了宗教，极其虔诚，这样一个诗人并不是非常流行的了。而在我们国内的英语系，艾略特仍然被大规模学习，所以最开始大家接触的都是艾略特。因为他的诗不管从音律层面还是从内容层面，确实都太美了。我一开始接触到的是《普鲁弗洛克》，后来在国内英语系读到《小吉丁》。我上研究生时，在 20 世纪英美诗歌的课上跟着读了这本传记，还接触了海伦·文德勒对艾略特的批评，当时选了一篇讲《荒原》的。后来误打误撞，我走上了艾略特研究的道路。

回过头想，刚开始读书的时候可能更多的是寻章摘句地读，我们会把艾略特视作一个警句式诗人。但是当我进入知识生产系统之后，我可能更多地关注艾略特作为一个诗人、一个知识分子以及其他的身份，比如出版商、编辑。我记得书中有一个很有趣的细节：艾略特当时做了一本文学刊物，叫《标准》。创立《标准》就是为了打破既有的文学建制，打破那些将死的文学传统，想要引入一套新的传统。他管自己和庞德这些同道中人、能够带来创新的人叫"囚徒"，意为从文学内部突围。但这套新的传统只能够有策略地建立，他做《标准》时，有个策略是大规模地刊登已经出名了的作家和批评家的作品，但是在里面插入新人的作品，就好像从内部炸开一个保险箱。

张定浩：我很惭愧，因为我很晚才读艾略特。像《荒原》，因为很有名，很多人以为自己读过，但其实没读过。我就以为自己读过，结果 25 岁后才接触到它。最早看到的是艾略特的评论文章《传统与个人才能》。他的诗歌我接触得太晚，可能没有对我的写作产生太大的影响，这是很诚实的想法。

我觉得他用的方法很简单，就是比较和分析，他喜欢用强硬的判断和给人排列次序的等级制的区分，这些东西让我印象很深。尤其在这样的多元时代，大家不愿意做等级式的区分，只是强调不一样。但是在艾略特心里好像有一个严厉的天使，读他的文章像被这个严厉的天使带领着，有一种俯瞰式的视角。

主持人：今天我们非常荣幸地邀请到侧耳的两位主播，请他们朗诵一下艾略特的诗歌，让我们感受艾略特诗歌的美。

王幸：侧耳曾经读过艾略特的两首诗，其中一首是早期的《一曲抒情诗》，另外一首《小吉丁》是张定浩老师推荐的。作为一个诵读者，能感受到艾略特的诗非常简洁，带有一种权威感，一种演说的感觉。这是用声音表达的人非常喜欢的口吻。今天我们带来这两首诗。（朗诵）

主持人：接下来的问题是，我们读一个诗人的传记，读一个作家的传记，读一个哲学家的传记，有必要吗？是不是很多余？这种阅读有意义吗？如果有意义，那是在什么方面有意义？

张定浩：这个问题其实是个伪命题。就好比，关键不是沈从文的传记好不好，关键是谁写的沈从文传记。西方人的传记还涉及这本书的译者。今天这本书的作者不在场，我就不表扬了，译者要好好赞美一下。这是我读得特别舒服的一本书，从中文语感来讲我特别喜欢，就好像用我喜欢的语言写成的。

其次，在现代中文世界里，关于现当代汉语诗人，几乎没有这样有分量的书。我们的诗人传记基本上是由一些比较糟糕的人写出来的，常常是做一些很无聊的琐碎的史料研究，以至于大众对于诗人的印象出现各种扭曲，这和这些传记多少有些关联。比如泛滥成灾的林徽因的传记、海子的传记、穆旦的传记，等等。

许小凡：谢谢张定浩老师。关于这个问题，我觉得需要从两个角度想。第一，为了生活去读。有人觉得传记不值得读，奥登也这么说过，没有必要通过传记解读作品，因为传记不可能全然真实，根据对一些传记事实的悬想解读作品的话，会有相当大的问题。但是为了解决你生活当中的一些问题，我觉得还是值得一读。这本传记给我印象最深的一点是，这绝非一本八卦式的传记，里面有很多非常细腻的铺陈与分析，关于感情，关于知识分子在重要的历史时刻的选择。在读它的时候，作为一个普通人对艾略特发生认同之后，我们会关注他在做一些重要选择的时候，是怎样做的，他是怎样思考的。我觉得这是读传记非常重要的一点，就是要有认同感，且有介入点。刚才奥登那种说法，我觉得可能是从研究者的角度出发的。要做诗歌研究的话，传记是要谨慎看待的。目的不一样，传记对读者的作用也不一样。

张新颖：我的想法比较简单。受庸俗社会学的影响，我们后来对从作家的人生经历来解释作品的方法特别厌烦，上大学的时候，新批评的主张已经变成了文学理论最基本的观念。那时奠定的观念就是要把文本和作者区分开，要关起门来读文本。当然，不存在可以被关起来的文本，一定要把这个文本和写下这个文本的人割裂开来，声称没有关系，这是自欺欺人。为什么是这个人写下这个文本，而不是我？为什么是艾略特写下《荒原》，而不是我？其中当然是有关系的，并且这个关系是无法被取代的。只不过是说，我们的研究有没有能力在作者和文本之间建立起更可信赖的联系，不是说要否定这个联系。不少人反对所谓的外部研究，就是这个道理。当然很差的外部研究和很差的内部研究一样糟糕，也有光读文本读得一塌糊涂的。我其实是持比较简单的、开放的态度。如果我们相信文本的丰富性，相信它包含着很多信息，我们不应该拒绝各式各样的手段，只使用一种手段是不对的。当然，前提是传记是个好传记，传记是需要的，而且是非常需要的。

举一个具体的例子。我们以前读艾略特的诗时，很少考虑到他的宗教问题，即使考虑到也是模糊的。但是读了这本传记之后，很多以前想不明白的问题能够弄明白了，这就是传记可以告诉我们的。

主持人：再请三位老师跟我们分享一下自己印象深刻的段落或者句子。

张定浩：读了这本传记之后，我有一种在炮火当中、在防空洞里与各种人一起听《四个四重奏》的感觉。艾略特跟社会是有关系的，只是以他自己的方式产生关系，而不是直接迎合他的时代，是在慢慢塑造这个时代。我觉得这是我读这本传记后印象很深刻的一点。我以为《荒原》只是一个隐喻，读过以后发现它里面潜藏着很多感情，那些生活中不堪的事情，那些难以面对的时刻。好的传记是对一个人的内部研究，作为文本来讲，传记是外部研究，但是对于一个人本身来讲，传记又成了内部研究。好的传记尤其是作家的传记，应该触及这个人如何面对生命中最艰难、最不堪的时刻。周围人不会知道那么多，只知道一点点，那些都是碎片，只有他自己知道如何挨过生命中特别难挨的时刻，等待着未来某一刻一个人把所有信息拼在一起，这是一件非常困难的事情。有一天这个人抵达了，这是特别动人的时刻。一个作家、一个艺术家跟普通人一样，有各种各样难堪的时刻，但是不同在于，他可以用艺术把它们转化成一种不朽的时刻，把这种历史时间转化成一种永恒时间，把每个人都遇到过的时间转化成会不断重复的永恒的时间。这个人是如何做到的？这是好的传记要面对的问题，我觉得戈登在这方面做得特别好。

一般传记都会围绕传主说话，写传记的人会是传主的粉丝和研究者，对传主周围的人态度会比较轻蔑。而这本传记的作者对艾略特周围的女性都抱有同情的态度，但也不是要拔高她们。她特别理解她们，理解艾略特身边每个人，尽力做到了一种平等，平等地对待一个伟人和在伟人光环照耀下没有那么重要的人，这也是特别难得的。艾略特的第一个妻子去世之后，艾米莉以为他要和她结婚了，我们从书中能够读到，从一个爱着艾略特的女人的角度来看，这会是怎样一个故事。这段很短，是作者的感慨，但这些话特别精彩。艾米莉是艾略特年轻时的初恋，他们后来又遇见了，等于有二三十年的情感纠葛，两人互相写了很多封信，据说这些书信今年 10 月份才能公开。

许小凡：这确实很让人怅然。大家一直在等着 2019 年这批书信解禁，我个人不太敢看这些信。艾米莉写给艾略特的信，他让朋友烧毁了，另外一部分今年解禁。刚才张定浩老师讲的这些我都非常认同。艾略特作为一个诗人，作为一个重要的知识分子，如何与历史、与当时发生的重大事件产生一种有效的联系？比如很多人批评艾略特在二战时没有写下明确反对德国纳粹的作品，没有写过带有政治性的东西，但同时，《小吉丁》算是一首爱国诗、战争诗。我想先感谢一下侧耳的两位老师，很惭愧，这是我第一次听人用中文读艾略特，非常激动。《小吉丁》是一首爱国诗，也是艾略特对于战争的反映，它是艾略特在战争中对英格兰产生的一种新的认同，但是这种认同恰恰是通过返回种种历史时刻来达到对当下有距离的理解。

这两天为了准备这场活动，我重新读了艾略特有关诗歌批评的一些文章。艾略特很明显地表达过：如果你是一个对世界漠不关心的诗人，你写出来的批评也只能是漠不关心的批评。艾略特绝对不是一个对现实漠不关心的诗人，他对现实是有关切的，他的作品都是他走向大众的一种形式。他的诗剧《大教堂凶杀案》看似与当时的英格兰现实没有关联，但其中也有对现实的折射，二战期间他的诗剧被各种剧团到处巡回演出。在这本传记中，我读到了他作为一个诗人，如何在世间行走，如何与现实发生关联，我对这点印象很深。

简短地说一下另外两点，我也在译后记里面写到了。这本书帮助我们理解了艾略特的宗教情结，从他年轻时一直存在。这本书的前半部分，戈登一直用一个词叫"寂静"。表面上戈登把他的皈依写成突然的事件，但实际上，戈登写出了他内心中的自然连续性，比如他年轻时有禁欲情结，向往圣徒生活。但是戈登写了一句话：这个时候他还没有罪，尚且不需要宗教。所以在皈依那章，戈登从艾略特的婚姻开始写，因为皈依使他对在婚姻中犯的罪有了反思。戈登写到了艾略特的皈依与他生活中其他行为之间的联系，把它们写成一个有机的整体，这点我是非常佩服的。

另外让我感受很深的是书中对他晚年的描写，写艾略特晚年离群索居的孤独，我觉得是这本传记最成功的地方。因为艾略特的晚年在各种传记中相当于空白，大部分传记事实只能从档案馆里搜集。戈登只能靠各种材料的拼接以及对艾略特心灵的理解，写他功成名就后如何用孤独来保护自己的诗。这是我很佩服的一点。

张新颖：我说得短一点。我看这本书的第一个印象是，翻译得太好了。翻译的不足足以扼杀我们的阅读兴趣，哪怕是一本很好的书，而这本书翻译得这么好。单看中文呈现出来的版本，都能感受到这本书很难译，因为要面对很复杂的问题。中文译本的读者其实是有福的。从头到尾我都觉得挺好，所以我就不挑其中某段了。有人说过，这本书值得把每一句都念出来，当然不是我念，而是用侧耳团队的声音把每一句念出来。

第二，《不完美的一生》这个书名其实还有一层意思，就是完美的力量。书从头到尾就是在完美和不完美的张力中推进，所以书名很好，但要读了以后才能知道这个书名的好处。

主持人：许小凡在后记里就说，艾略特比谁都渴望完美，但是他应该没有达到。在书的最后一章最后一段，他说他自己没有达到，但是他把这个"完美"交给后世的我们，也许我们可能享有这个完美的人生。

接下来我想问问几位，对于材料，传记应该怎么做取舍？要不要讲那些完全发生在内心的故事？

张新颖：这个问题很难回答。面对不一样的传主，写作方法就不一样。写艾略特和写穆旦肯定是不一样的。还有写作者不一样，所以会面对不同的条件。我觉得不存在一个模板式的传记的写法，只能根据写传的人和传主的不同，采取不同的写法。这个回答听上去很平庸，但确实是实话。

关于写传的人和他拥有的材料之间的关系，打个比方，不同的木料适合做不同的家具。木料不够，只能做小板凳，反过来，做大柜子的木料来做小板凳，那是浪费。要对得起那种材料，要做到合适。但是除此之外，还有一种更好的木匠。有一堆垃圾，所有木匠都认为是废料，但是偏偏有一个木匠觉得这些东西不但有用，而且比好木料还要好，用这些做出了更好的东西。很多伟大的传记用的材料在一般的作家眼里就是没用的材料，但是好的传记作家能够焕发出它们的能量。

许小凡：这个问题我就不回答了。作为译者，我是在狐假虎威，我自己也没有写过传记。但是我有两个跟传记写作有关的问题，是我在读沈从文传记时考虑的。

第一个问题是，我看到张老师写的传记里大量地引用了《从文自传》，这些材料不知道您会不会做一些筛选？还有一个问题是，传记与传记小说之间的边界究竟在哪里？

张定浩：相信对于张新颖老师，把沈从文那本书叫作传记，他是勉为其难的，这是一部作品。从作品角度讲，真正的客观是不存在的，我们无法接近。你要理解一首诗，你要写一首新的诗，你要理解一个杰出的人，你就要努力去让自己成为杰出的人。如果做不到自己写出一部杰出的作品，只有在这种情况下才能去努力理解。

比如谈论苏东坡时，好像怎么谈论都可以，但是这样的态度就无法对自身有益。因为你面对一个比你更杰出的人，首先要做到准确地接近他。传记也是这样，你要做到准确地接近他，并不是要还原他，那是件虚妄的事情，你只是为了在准确地接近他之后，让自己呈现出更好的面貌，通过自己面貌的好映照出他的好，其实是通过自身映照他，你自己成为镜子一般的东西，这种时候就体现出了精髓。

第二，艾略特有一篇谈论丁尼生的文章。丁尼生对社会政治宗教没有那么强烈的感觉，但是在对语音的感觉上，别人难以企及他。声音的感觉是在表面，只有真正进入表面，才能深入内部。这本传记也是，作者没有偏见地面对艾略特，只有在这种情况下才能进入他的内部。艾略特谈论丁尼生时，说到要进入这种内部，进入深渊般的悲伤里面去。艾略特觉得最好的批评是让你看到了从未看到过的东西，但不是去解释，而是让你看到之后，自己在那个地方独自待着，让你自己去面对他。

张新颖：《沈从文的前半生》前面一定要用到《从文自传》的材料，因为《从文自传》这本书太有名了。要引用是因为沈从文本身已经写了，再重复没有什么意思。《从文自传》只写到20岁，20岁以后要我来写。《从文自传》是他30岁时写了他20岁的事情，30岁正是意气风发的时候，所以他在叙述他20岁以前的生活时，那意气风发的状态会被带到他对以前生活的回忆中。所以他写的以前的生活虽然很苦，但是整个基调非常明朗，甚至是欢快的，而他真实的生活可能不是这样。他为了突出从边缘地区来的野孩子的形象，他写自己"逃学来读社会这本大书"，但是沈从文小时候读书读得很好，他为什么逃学？因为他上学之前已经把很多东西都学会了，上学对他来说没有意义，学校已经满足不了他的智力需求，他有意地把这一面去掉了。没读过什么书，整天在野地里玩，这是他的自传建构出来的形象。我只能借助不太多的资料，把他有意忽略的那部分补上，试着把明朗的调子换成也许不那么明朗的时刻。

写《沈从文的后半生》时，大量地引用了他书信的内容。有人问，你怎么敢这样用？我还挺敢这样用的。"文革"结束后，很多从那个年代过来的人在回忆他们50年代受了什么样的苦，其中有可信的成分，也有很多不可信的成分，因为这些回忆是后来的。但是沈从文的这部分资料，比方说1955年3月12日的事件，我一定要看他1955年3月12日是怎么想的，是怎么说的，而不是看他1980年的回忆，一定要用当时的材料。很少有人能连续地记录自己几十年的精神活动，好在沈从文把这些东西记下来了，他不是记下回忆，而是记下了当时的感受，所以这些材料我就直接拿来用了，当然我可以有我的分析。当你需要相信一个东西的时候，你要勇敢地去相信它，不要犹疑，在一个瞬间果决地献身。这也需要勇气，我有这样的勇气。

主持人：最后想请几位谈一谈，诗人和时间之间的关系。我觉得艾略特一定是对时间领会最深的一个人，我不知道他有什么诗不是在写时间的，像《四个四重奏》开始那段，包括刚才读的那些诗。

张定浩：艾略特在《四个四重奏》的第二部分里有一句话，"老年人应该是探索者"。从过去到现在都是这样，像尤利西斯也是，回到故乡重新启航，第二次远航，这种气象特别好。我觉得年轻的时候写得衰老是再正常不过的现象，因为一个年轻人特别缺乏能力，而一个年老的人拥有了很多心智，所以应该是探索者。

我有时候也会说，诗人是克服时间的人，类似于张新颖老师说沈从文是一个时间胜利者。我觉得他克服了历史时间，所有艺术家包括诗人面对的是复活，这也是诗人传记难以表达的东西，简单的生平八卦无法呈现复活的时刻。

所谓永恒的时刻，好诗人就是能把时间挽回，把已经失去的东西召唤回来。因为他的存在，所有东西都依旧存在。似乎这也是古希腊哲人的话：爱让所有元素聚集在一起，恨让所有东西分离。对于好诗人来说，他使用的能力就是爱的能力，因为爱的能力让不同时间、不同空间的最真实的东西重新聚集在一起。过去的空间和时间里他觉得最珍贵的东西，因为他的爱重新聚集在一起，而这种东西不是知识能带给我们的。比方说艾略特最喜欢的但丁，但丁是一个导师，是比他更为渊博和宽阔的人。但丁可以带他经历现实，但如果要抵达一个更为崇高的层面，导师是没有能力做到的，必须把他交付给一个爱的力量，让他继续向上攀登。可能某一刻这样的人并不存在，但不能说，因为这个人没出现就不能写出好作品，其实是反过来的：你自己拥有了爱的力量，杰出的人才会出现，或是出现在你的作品当中。

张新颖：把时间的问题变成空间的问题，我们可以讲讲中国人读艾略特的历史。我们这几年翻译了奥登，我前些年在芝加哥教书的时候，因为要讲到穆旦，就让学生去读奥登，可是奥登在美国没人读。一样东西换了空间之后，换了环境之后，它起的作用确实不一样。我们从 20 年代开始读艾略特，他对于我们的作用确实不像他在英语世界里的作用，卞之琳个人的经历就能说明这一切。卞之琳当时是北大学生，有一门课叫英语诗歌，老师是徐志摩，讲浪漫主义的东西，讲得天花乱坠，学生也很高兴。这门课上到一半，徐志摩的飞机出事了，换了一个老师，同样一门课完全变样，变成了叶公超讲艾略特。对于学生来讲，这个转变非常大，所以很多年以后卞之琳回忆起来记忆犹新。对于中国新诗来说，从 30 年代到 40 年代的转变起的作用还是比较大的，而且卞之琳说了一句话，当然这句话其实包含骄傲的成分：经得起检验的，今天还能够读的三四十年代的诗歌，就是现代主义。以艾略特为代表的现代主义起了很大的作用。卞之琳做学生的时候译了一本，到了 40 年代，穆旦他们的时代，和卞之琳做学生的时期又不一样了。穆旦整天读艾略特的杂志《标准》，那就更不一样了。到了今天，我给研究生上课，每年会让他们读一本艾略特，我会挑选艾略特的书中最容易读的《批评批评家》让他们读，比较薄，很多都是演讲，不是那么难读。

文学作品似乎变成另外一种东西，在另外一个时空当中获得生命，就是张定浩说的复活，艾略特可能没有想到他在中文语境里会这样。

主持人：一定没有想到今天下午在这个空间复活一次。下面请读者提问。

读者：问一个很简单的问题，艾略特写了这么多诗，他为什么凭着《四个四重奏》获得诺贝尔文学奖？

张定浩：这本书非常厉害的一点就在于，它对诺贝尔文学奖只提了一句，轻描淡写地带过去了。这是人的外部研究，不属于人的内部研究。至于《四个四重奏》，回过头来读，还是能打动我，我读《荒原》就读不下去，现在的诗人这样写肯定完蛋了，他们也不会这样写。《四个四重奏》很干净，很坚定，又很直接，所有的话都非常清晰，这种东西在现在依旧成立，也就是说，在他获得诺贝尔文学奖的七十年之后，我们读他的中文译本，依旧可以从中感受到力量，这个已经可以说明问题了。

读者：想请许老师谈谈波德莱尔对艾略特创作的影响。

许小凡：波德莱尔对他的影响更多体现于他的早期诗歌。早期艾略特去法国寻找他的诗魂，而波德莱尔在城市的堕落中发掘出的美感，直接导致艾略特从城市垃圾桶里就地取材，半夜 4 点钟到处走，看窗户里探出来人，妓女招呼完客人离开。是波德莱尔激励他从城市当中最败坏、最堕落的部分中选取素材，由此写出了《风夜狂想曲》《荒原》。这本书里提到了非常好玩的一点，法国思想家给了艾略特非常多的思想滋养，他在模仿阶段模仿了二流诗人拉弗格，一个诗人在写成熟作品之前，模仿的对象往往并非是第一流诗人。艾略特没有模仿维吉尔，但丁给了他思想滋养，但他也没有完全模仿但丁，而是模仿了拉弗格。

读者：我想问一下许老师，您在翻译过程中，有没有自己的轮廓和艾略特交叉的时刻？

许小凡：我翻译时感触最深的，恰恰是关于艾略特跟他的妻子之间的部分，很沉痛。之前的电影改编大家都看过，是一个非常糟糕的改编，把两个人的婚姻故事完全改编成了艾略特是个"渣男"的版本，对艾略特污名化、通俗化。艾略特并不是没有付出，他的妻子也并不是疯女人，有时候我觉得艾略特是被凌辱、被欺压的那个，但有时候又会同情他的妻子，会有非常强的代入感。这是很打动我的一部分。大家感兴趣的话也可以读读戈登的原著，她的文采非常好。

时间：2019 年 2 月 16 日

嘉宾：陈引驰、傅杰、张颖

今天为什么需要读古典？

——思南读书会五周年特别活动

张颖：今天有幸请到两位嘉宾，陈引驰教授以及傅杰教授，两位同台真是非常难得，也只有在思南读书会才会有这样的精神大餐。首先欢迎两位。

先请教两位老师，对现在的古典热怎么看？你们认为中国古典现在呈现出了什么样的状态，而你们两位作为学者，又希望中国古典呈现出一种什么样的面貌？

傅杰：我没准备先讲，陈老师的名字在我前面，但是他让我先讲，我只好讲了，因为他是我的顶头上司。我很紧张，因为今天这个活动非常特殊，这么多朋友都在，还请了这么著名的主持人张老师。

张老师的问题非常好，现在的情况下古典呈一种什么状态。我们讲的古典是中国的古典，在现在这个时代经历了很多变化。我是 1961 年出生的，1979 年读大学，1983 年大学毕业。大家知道，经过了"文革"，很多老先生认为中国的古书以后没人看得懂

左起：张颖、陈引驰、傅杰

了，因此当时还真有一些老先生上书，要国家加强对中国古典研究人才的培养。到了1982年还是1983年，陈云同志作了一个批示，说这个问题很重要，应该在全国加强对古籍研究和整理人才的培养。于是中国很多高校成立了古籍研究所，除了北京的中华书局和上海古籍出版社之外，还成立了很多古籍出版社。

我们的老师说过，在任何情况下，中国的古籍总归是有人要看的，只要中国人还在，总会传下去。我从1983年开始正式读古籍研究所的研究生，硕士毕业就教书，1987年开始带学生读《论语》，真没想到三十年后《论语》会变成大家都感兴趣的东西，除了各种各样的因素之外，我们的媒体，从中央电视台到上海电视台，功不可没。

古籍对于我们来说，大概有三方面的意义。一，对我和陈老师这样的人来说，古籍不能断，必须要不断地有人学、有人研究，原因很简单，不然我们就没饭碗了。二，对于我们的学生来说，这是他们的专业。我原来在学校里面教古汉语，跟学生说，学习古汉语很重要，为什么？因为学习了古汉语，你才能看懂古书。为什么要看懂古书？因为看懂古书你才能了解中国传统文化。为什么要了解传统文化？因为你是中国人。为什么中国人一定要了解中国传统文化？把我逼急了，我只好说这是你的宿命，谁让你考中文系，中文系里古汉语是必修课。

在中国悠久的历史中，古典遗产非常丰富。作为中国人，我们已经认识了汉字，学会了汉语，经过中学里那么多年的学习，基本的古诗和古文已经读了很多，在这样的情况下不再往前走一步，多读一点古书，对不起自己，太可惜了。我先说这些。

陈引驰：傅老师讲得非常好，我补充一下。大家对古典文学、古典知识的兴趣在三十年前确实没法想象。如果放开一点看，这种情况有合理性。

中国近代以来，最大的问题就是古今和中西的问题，中国一直处在反省和自我批判的过程中，对于很多精英都是这样。

比如说梁启超先生作了一个很好的概括，他认为中国整体经过了三个阶段。最早，19世纪中叶的时候，整个国家在物质层面上有一种挫败感，因为在战争中连连失败，人们认为中国的物质层面、器物层面不行。到了19世纪后期，认为我们的社会制度、政治制度不行。最后到20世纪新文化运动以后，那些领袖人物非常激烈地讲，中国的文化出了问题。从物质到制度、到文化，认为整个中国的文化都不行。近二十年里有很多反思，当时那一代知识分子可能有些矫枉过正，像鲁迅这些人对传统是非常了解的，但是他们处在那样一种亡国危机的关头，要追上去，所以对文化有很强烈的批判。

从我们读书的时候一直到80年代，我们也会读《水浒》《三国》《红楼梦》，会读唐诗宋词，但那只是比较个人化的行为，古典文学在比较广泛的层面上获得认同，那时很难想象。大概在90年代以后，知识阶层对中国的传统文化有一个重新的认识、重新的反省，认为中国文化还是有价值的。哪怕在走向未来、走向现代社会转型的过程中，古典所承载的那些传统的文化因素还是有它积极的方面，应该要吸收。

之后，一直到今天，越来越多的人对传统有了更多的认同。当然我不是说这没有问题，虽然说古典是经典，但也不是说要无条件地认同传统，但是这样一种趋势是有合理性的。因为在历史上，恐怕没有一个民族会彻底地否定自己的文化，或者完全割裂自己的文化，然后得到延续发展，成为一种伟大的文化传统。任何一个文明的发展都要对自己的传统有反省，去发掘传统里一些对今天有积极意义的内容，这有它的合理性。社会的现代发展不是一个单一的类型，而早先我们认为只有单一的类型。比如冯友兰先生写《中国哲学史》，里面最核心的观点就是，从哲学来看，中国文化只分上古时代和中古文化，没有近世，中国哲学到中古就结束了。他划分了两个时代，一是子学时代，二是经学时代，第三就没有了。西方除了古典和中世纪还有一个近代，我们就缺少这个。

背景的预设是说，走向现代、走向未来只有一条路，就是以欧美为核心的西方已经成功的一条路，但是大概从20世纪70年代开始，西方也开始反省所谓的现代性，认为现代性不是一个单数，而是复数，是多元的。哪怕是现代的社会也可以有不同的类型，有欧洲的类型、美国的类型、东方的类型，等等。所以在这样的大背景下，整个人类都在反省：走向未来的时候是不是只有一条路？如果不是只有一条路，是不是应该考虑融合多元的文化？

比如梁启超先生的意见，在很多制度方面，我们需要一致，经济、法律上有很多接轨，我们才能在这个世界上共存。但是在多元性上，尤其是在文化的不同路向上，可以坚持自己的方向，让这个世界丰富多彩。中国人大概是在1990年以后开始有这样一种反省。在这个反省的背景下，对传统的认识、对传统的认同就越来越多，遍及各个阶层。我是这样看的，这是一个历史的过程。

张颖：现代社会和古典之间有没有一种割裂的状态？古典和现在有阻隔吗？

陈引驰：很多问题要从历史当中看，看我们是怎么走过来的，可以帮助我们思考一些问题。过去的中国社会和近代、当代的中国社会截然不同，变化非常大。下面谈谈传统怎么嫁接到今天。传统跟今天肯定不一样，但是它们之间的联系是事实性的：不管怎么样，我们还在说汉语，还在认汉字。其中也有很多认同的问题，现在相对于三十年前，人们对传统文化有更多的认同，如果你认为这是合理的，就可以看到传统跟现代的很多关系。什么意思？传统的概念其实有很多的考虑，传统不是简单地从时间上游到时间下游，从过去到今天。其实不是这么回事。

曾经的东西都是存在的，但是很多都是死的，活着的是对今天有用的。传统不是简单地从过去到今天，很大程度上是站在今天的立场上重新塑造，重新建立认同。在那么丰富的传统当中，哪一些对今天还有意义，你去挖掘它，然后把它引申出来，作阐释和发挥，它就成为你的资源，这就是一种新的文化创造。

　　所以传统社会和现代社会，过去的精神状态和今天的精神状态肯定不一样，但是之间都会有联系。我们都是黄皮肤黑眼睛，这是事实性的联系。还有一个就是精神上主动的认同、延续和创造，这是很重要的一点，也是传统跟现代结合起来的重要路径。

　　张颖：两位学者研究的范畴各有侧重，傅老师是《论语》方面的专家，陈老师对道家、诗学有很深的研究。你们觉得，对今天的读者来说，应该怎样去欣赏古典诗歌，怎么发现它的魅力？它伟大在哪里，美在哪里？今天的读者该如何体验写作者在当时的情感，和今天的情感是不是有一定的关联？

　　傅杰：人的感情还是古今相通、中外相通的，所以我们的古典能够流传到今天，名著就是名著。我们在中文系教书时通常要告诫学生，书很多，但是要多读经受过历史淘汰的东西。当然这个问题很复杂，因为有了印刷术之后，书籍流传比较方便。因此哪怕是流传下来的，也有很差的东西，《全唐诗》里的差诗，差到你不敢相信那是唐诗。但是一般而言，那么多人都在讲李白、杜甫，如果你看的时候没有感觉，这个时候你不要相信自己，应该相信历史上那么多的人。英国的诗人奥登有一句名言，"历史上有很多书，莫名其妙地被人忘记了，真是可惜"。没有印刷术、没有互联网的时代，一个人写了书不能印刷，只有自己的一个稿本，或者朋友特别喜欢，抄了几本，在小范围里流传。各种灾害来了，从此一本完全应该世代流传的杰作灰飞烟灭，彻底没了，真的很可惜。但是世界上没有一本书是莫名其妙被人记得的。我们现在出一本书，出版社要多卖，媒体要找话题，我们可以通过朋友的运作、通过经济的手段把它炒热，但是一百年之后你的朋友都死了，出你书的出版社也已经倒闭了，那个时候如果还有人愿意读你的书，这本书就有它的道理。这是一方面，我们要相信名著。

另一方面，名著太多。名著是由各种复杂的人在各种不同的情况下写的，名人的作品也不是所有人都喜欢，你喜欢他一部作品，也不一定喜欢他其他的作品，更何况这跟人的经历和欣赏水平都有关系。非常有名的文学专家都说，有一本公认的名著他就是看不下去，这没什么大不了的。如果是本名著都要看，根本看不过来。冯至是那么有名的杜甫专家，编了《杜甫诗选》，写了《杜甫传》，但是冯至自己说，他是在抗战当中颠沛流离之后，才真实地感受到杜甫的那种力量。

我们身处现在，太幸福了，为什么？先人的成果积累了很多，而且现在出版业那么发达，互联网那么发达。80年代我们读一本书多难，元旦、春节广告贴出来，"本书店将有五种世界名著和中国名著卖"，前一天晚上就有人拿了小板凳去排队，每人限购两种，你买了杜甫的诗和《聊斋志异》，就不能买李白的诗，因为印量有限，希望给更多的人看。

现在读诗，要挑符合自己的欣赏趣味、生活经历，能够打动你的诗来读。比如现在小学生课本里的诗，"谁知盘中餐，粒粒皆辛苦"，让大家都爱惜粮食，尊重农民的劳动，这种诗就等于讲了一个道理，不太容易让他们高兴。

六年前我编过一套上海市中小学拓展课的课本，跟现在的课本不一样，另外给他们加了一点东西来读，在这方面下了功夫。比如在一年级小朋友的课本里，选了明代诗人高启的诗，高启从律诗到古体诗都写得很好，37岁就被朱元璋杀了。他春天去拜访一个隐居的朋友，写了首诗："渡水复渡水，看花还看花。春风江上路，不觉到君家。"这诗大家一听就懂了。这首诗中的经验是每一个小朋友都可能有的，或者是春游，或者是去亲戚家过年，都可以唤起他愉快的感受，这种诗就适合多给小孩子读。生活体验也很重要。总而言之，一个是知识水平，一个是生活体验。

张颖：陈老师出过两本书，分别是《你应该熟读的中国古诗》和《你应该熟读的中国古文》。傅老师刚才提到为小学生选诗，陈老师在这两本书中是怎么选的，原则又是什么？

陈引驰：我不介绍我的书，避免卖书的嫌疑。

我们读古典到底有什么好处？我跟傅老师是很好的朋友，但是我一直很嫉妒他，他在复旦讲《论语》，我在复旦讲道家、讲佛教文学。我准备农村包围城市，慢慢跟上，其实我《论语》也读得挺多，但不敢跟傅老师争夺。其实经典有很多的切入点，可以是思想的、历史的，也可以是文学的。

我就讲文学，这是经典非常重要的部分。任何一种艺术都有一个特定的媒介，文学基本上是以语言文字为媒介。要了解中国的文学，尤其是经典文学，首先要接触语言文字。我们今天有电脑，打打字很容易，但是研究古典的人写论文特别麻烦，过去都是单字为词，现在都是双音节的词，双音节的词容易被联想，单字为词就得一个个字地打。正是因为这样一种特点，中国文学有一些字词读起来声韵特别美，特别适合骈对，其他语言可能很难做到这一点。不管是四言、五言还是七言，都可以对得很齐，多一个字、少一个字完全不一样，特别强调对偶，这种对偶的声韵之美是汉语非常突出的特点。

中国古诗美在什么地方？很简单，中国古诗如果翻译成西方的语言，比如翻成英文，就跟中文完全不一样，没法形容这样一种感觉。即便你没有经过很好的训练，读诗只是朦朦胧胧地懂点意思，也会觉得它很美，有声调的美、意蕴的美。"锦瑟无端五十弦，一弦一柱思华年。庄生晓梦迷蝴蝶，望帝春心托杜鹃。沧海月明珠有泪，蓝田日暖玉生烟。此情可待成追忆，只是当时已惘然。"每个字都知道，但是你搞不清楚它在说什么，"沧海月明珠有泪，蓝田日暖玉生烟"牵涉到典故，可你仍然会觉得这首诗很美。所以要讲中国文学的美，语言文字是很重要的。文字的简约和多义的指向，是很有意思的事情。

其次，从中国古典文学里面可以看到情感。西方更强调思辨性的东西，这非常重要，中国哲学也有很多思辨性的内容，但中国的文学更强调"情"。在中华民族的传统当中，"情"是非常重要的一点。

司马迁的《史记·孙子吴起列传》里有一个故事让我印象特别深。吴起是军事家也是政治家，他对士兵非常好，和士兵同甘共苦。有一个士兵背上发了疮，吴起帮他吮吸医治，所有人都非常感动，说大将军对士兵竟然用心至此。只有一个人流泪了，是这个士兵的母亲。有人问她，将军对你儿子这么好，你为什么要哭呢？这个母亲说，吴将军当初对孩子他爹也这么好，我的丈夫就在打仗的时候"战不旋踵"，意思是一路向前，不回头。他现在对我儿子这么好，我儿子死在哪里都不知道了。司马迁没有多余的一句话，就把这个故事写出来，里面有很多的延伸。其实就是中国人讲的，吴起的做法是过情之举，过头了。

中国的传统来自儒家，最主要的是推己及人。比如孟子讲的"老吾老以及人之老，幼吾幼以及人之幼"，意思是从我做起，从现在做起，先对你的父母好，然后对其他的长辈、老人好，这才是近情。如果对所有人都一样，那是有问题的。你这个将军如此对待一个普通的士兵，他又不是你的儿子，你是想干什么呢？墨子提倡"兼爱"，对所有人都一样，孟子就骂他"无父"，意思是你对人家的老子和对你的老子一样，你把你的老子置于何地？这是不近情。

宋代的苏洵写了一篇文章《辨奸论》，是骂王安石的。王安石是一个了不起的改革家，但脾气很犟，很多人跟他吵。苏洵写这篇文章就说王安石不好，为什么不好？王安石一心为公，天天在那里操心国事，蓬头垢面，不讲卫生。林语堂的《苏东坡传》写得很好，我推荐你们去看。里面讲到王安石的很多事，比如说他吃饭只吃面前的那盘菜，再好的菜，放得远了就不吃。苏洵不批评他的政治观点，就批评他的日常行为，说这样一个人很危险，为什么？因为他不近情。一个人要近情，才能合情合理。

回过头来讲，对情感的重视是中国传统文学中很重要的部分。文学当然是讲情，文字的美以及对情的重视、对情的理解，这些东西都非常重要，今天对我们还是可以有帮助和启发。

张颖：我们今天读古典，如果能够日积月累，长期下来对每个人的行为举止、人格的培养是不是有一定的作用？两位老师在这方面怎么看？

傅杰：作用肯定有，但是读过很多古书的人里也有坏人。我经常被问到这个问题。《论语》里有很多格言，对中国的伦理观产生很大的影响。以前有人说"半部《论语》治天下"，这其实是骂人的话。陈老师刚才提到宋代，宋代是一个伟大的时代。你看王安石虽然很怪，但是王安石是大文豪，无论诗还是文都是一流的，而他同时代那些当大官的都是些什么人？司马光、范仲淹、苏东坡之类。宋代有个不太好的宰相，别人说他读书是"半部《论语》治天下"，别的书都不读，就读一部《论语》，这是讽刺性的话。

关于这句话，第一，这是比喻，比喻都不能当真。第二，要当真的话，其实书也没有那么大的作用。如果真有那么大的作用，不要半部，一句就可以治天下："见贤思齐焉，见不贤而内自省也。"别人做得比你好，你就向他看齐，他做得没你好，你就回来把自己的缺点改了。如果人人都能做到这一点，世界上就没有坏人了。所以不要夸大读书对人的作用，但是书一定会对人起作用的。读了历史之后，历史上的是非成败对当今有借鉴意义；读了哲理之后，我们能知道什么是"是"，什么是"非"，什么是"美"，什么是"恶"。在这种情况下，古典的作用太大了，除了《论语》里的格言、陈老师说的《史记》里的故事，还有《世说新语》里的故事，等等。

《世说新语》里有个很好的故事。东汉末年战乱，华歆和王朗两位名士逃到河边，后面有贼兵追来。他们找出藏好的小船要逃命，河边有一个不认识的人说，让我搭你们的船。华歆说不行，王朗说我们的船很宽，为什么不让他搭，就带上了他。三人划着船跑了，贼兵就坐着船追，越来越近，王朗说太危险了，我们把这个不认识的人推下去吧。华歆说，我刚才之所以不同意，就是考虑到这一点。但是既然已经受了他的委托，怎么可以因为事情紧急就把他推下去呢？

我们是人不是神，如果每个人托你办的事都非答应不可，你忙不过来的，所以有很多事你不能答应，但是答应之后就要守承诺、讲诚信。他们两个都是名士，本来两个人都不错，通过这一件小事就分出了高低。这种故事不会马上作用于我们，但是如果终年沉浸在这种故事当中，看五年十年，人慢慢地就有了底线。

身为中国人，识了中国字，有那么多的好东西给你读，可以让你明白道理、得到智慧、得到美感，你却不读，那就太可惜了。

张颖：非常感谢两位老师分享那么精彩的故事。古典离我们很遥远，我们应该怎样更好地读它，有没有比较好的方法？另外，读古典需不需要漫长的积累？

傅杰：张老师的问题非常好，也是很多朋友都关心的一个问题。虽然中国文化没有中断过，我们的汉字还是原来的汉字，但是正如刚才陈老师说的，语言毕竟在发展，以前很多是单音词，现在变成双音词，这是语言的进步，因为单音词很麻烦，一个字要肩负好几种意思，就容易产生歧义。比如说"士"，武士也可以是士，读书人也可以是士，就连很有名的老先生一不小心也会上当。

刚才陈老师讲了文言和白话的不同，文言有文言的特点，白话有白话的特点。白话写得好也是非常好的文章，现在这是公认的，但在世纪之交的时候，这是一个大问题。倡导白话文是五四时期开始的，当时有人提意见，说白话文太啰唆，文言文多简练。有人写文章说，成语典故"二桃杀三士"，多凝练，多美，如果换成白话文，就要写成"两个桃子杀了三个读书人"，语言太不美了。鲁迅先生就反驳说，这正可见白话的好处。如果写成白话，应该是"两个桃子杀了三个武士"，你鼓吹文言的好处，连这个"士"是读书人还是武士都没有搞清楚，要跟我们讨论文言和白话的优劣，还需要更有学养、更有资格的对手才行，你这样的对手不行，你古书都看不明白。

在这种情况下，我觉得要根据自己的爱好、自己的程度去读经典。比如说，如果让小孩子读辛弃疾，一阕词里面十几个历史典故，你跟小孩子讲了，小孩子云里雾里也记不住。所以第一，要循序渐进；第二，要从短章和短故事开始，比如说《论语》都是片断的语录，《世说新语》都是一个个小故事；第三，我有一个经常跟学生讲的土办法，当然不是跟中文系的学生讲，而是跟其他专业的爱读古书的学生讲的——可以备一部成语词典，大的可以像砖头那样大，也可以找小的，放在包里随身带着，有时间就看三五分钟。当然不是为了让你写作的时候用成语，那是初中生做的事，不是一个真正写文章的人做的事，堆砌成语就蠢了。而是说，很多成语都是从古书里来的，古书里很多有特殊意思的单音词都保存在成语里，而成语现在仍在用，可以很快记住。我在中文系拿出四个字的成语考学生，不让他们解释这个成语的意思，而在某一个字的下面点个点，请他们解释带点字的意思，学生们不一定解释得出来。

比如说韩非子诬蔑墨子，说墨子造了第一架飞机，也就是木头做的风筝，但是技术不过关，造了很久，一放飞就摔下来。但是里面用的字"蜚"，我们一看吓一跳，什么意思？第一要看注释，第二要查字典，才知道这是一个通假字，通飞翔的"飞"，我们才明白。需要查字典吗？需要看注释吗？流言蜚语的"蜚"大家都知道，在出版物上随处可以看到，但是要解释为什么写成这个"蜚"，就和"飞"对应。这样一年下来，小词典都看完了，古汉语里特殊的词也可以连带得到掌握，这是一个便捷的方法。

大家不要畏难，读古书要真正成为专家是难的。不要说我跟陈老师这样的，很有名的老师都不敢说自己都弄懂了，基本没有这样的人。古典太多了，涉及的东西太广了，我们最有名的古文字专家，复旦大学的裘锡圭教授都说自己不敢保证不读错一个音、不写错一个字。但是我们可以读我们有兴趣的古书。现在译注本那么多，各种各样的传媒手段这么多，读起来并不难，难的是坚持。比如说《世说新语》，哪怕没有时间，每天看一两个故事，一年下来不但能对这种形式有兴趣，还能掌握很多语句上的特点。如果你是我的学生，每天看两个故事，我不查你，也不逼你，第二年你自己就会来问我，还有什么类似的书可以看。这样五年十年下来，相信大家一定会有所收获。

张颖：这样五年十年下来，谈吐气质会发生一些变化吧。非常感谢两位老师今天的分享。下面的时间交给读者朋友们。

读者：有人说古典和现代性的一些东西相悖，想请教两位老师，怎么看这样的观点？我们该怎么看待古典作品对人的精神影响？

陈引驰：我前面已经提到，没有一种传统可以包打天下，要有开放的心态。传统很大程度上是今天认同、塑造出来的。所有人类历史上产生过的东西都是资源，都可以展开，关键只是在于怎样汲取它。

过去对传统的批判有很多片面性，是有漏洞的。比如说批判古代科举考试，做官牵涉到很多具体的事务，会写诗赋就能做官，怎么行呢？这是出于识字上的考虑。识字是什么概念？直到 20 世纪 50 年代以后才有更多人识字。以前不识字的人怎么保证有更多的见识、更多的资源？识字就可以超越具体的时空，了解很多在这个空间、这个时代之外的很多事情，就能作出更好的判断。所以识字很重要。光是作诗作赋就给做官，今天看起来很荒谬，但在那个时代很正常。我们现在说素质教育，他素质好就找他做官。是找一个不识字的人做官，还是找一个识文断字，可以读四书五经的人来做官？

再比如，我们一直说中国不强调个体，有没有道理？有道理。在西方近代的个人主义上中国有欠缺，但是儒家传统非常强调人的主体性，非常强调个人的牺牲与担当。中国过去讲"人能弘道，非道弘人"，所有的"道"，再崇高的东西，都是通过人的主体来承担、来传承。

孔子周游列国，人家赶他，使他颠沛流离，非常落魄，如丧家犬。但是孔子还说："天生德于予，桓魋其如予何！"意思这是老天赋予我的，有什么了不起，做官的大将军拿我能怎么办。他觉得整个文化、整个天道就在自己身上，这是很厉害的气魄。孟子说"五百年必有王者兴"，轮到我了。韩愈在建立道统的时候，从周公开始讲，讲到孔子、孟子，再之后还有荀子、扬雄，最后说荀子也不行，说他们各有各的缺点，数来数去数到我了。什么意思？意思是我没有缺点。这种担当是非常传统的。一直到顾炎武也是这样。顾炎武说，一个人读书有什么用？在于天下兴亡，匹夫有责。国家灭亡了，算了，救不回来我也不管了，但是要有天下。身、家、国、天下，我都有责任。这是传统的延续，一直到现在。梁漱溟在抗战中被日本人追杀，他最后镇定自若。人家问他，你怕不怕死，他说我不怕，如果我真的死掉了，中国文化怎么办？再比如章太炎，有一次在信中写，中国文化就在我身上，我要是没了，中国文化就没了。

一些批判中有很多误解，甚至有些是荒谬的理解。所以还是要恰当地理解传统，开放地面对。

读者：我今天是冲着两位老师来的，我知道复旦的古典文学研究是最棒的。我的问题是，大学做得那么好，但我们的中小学似乎不是很重视，老师自己的古典文学修养也不行，那他们又怎么教那些孩子？

陈引驰：这个问题我不敢妄议。由于过去几十年的历史原因，我们与传统之间确实有些隔膜。但现在大家越来越认同，我相信整体水准会慢慢提高。您说的问题可能确实存在。

另外我相信，时间造成的问题，时间也会去解决。中小学老师，包括未来会进入这个行业的人，经过训练后一定会慢慢提高，逐步完善。每个时代有每个时代的特点，最主要的是包容、接受的态度。

张颖：谢谢，大家都意犹未尽。如果还想听两位老师的讲课，大家可以通过网络去聆听、学习。谢谢各位。

时间：2019 年 2 月 23 日

嘉宾：陈思和、范稳、别必亮

历史担当与家国情怀

别必亮：尊敬的思南读书会的读者朋友们，大家下午好！今天非常高兴，邀请到了作家范稳先生和文学评论家陈思和先生。

范稳先生的《重庆之眼》这本书，是以"重庆大轰炸"为背景来创作的，书的扉页上有一句话："只要我们还活着，我们就是历史的证言；我们死去，证言留下。"这是"重庆大轰炸"的幸存者的誓言，也是他们的呐喊。作家范稳以这个为背景，通过宏大的叙事反映中国人民不屈不挠的抗争精神，表现中国人对战争的反思以及对和平的渴望。这本书获得 2017 年度"中国好书"奖，出版之后受到读者广泛的好评，评论界对该书也是好评如潮。

今天我们就请陈思和先生和范稳先生带着我们一起走进《重庆之眼》的世界，让我们一起来看看，其中有怎样的家国情怀和怎样的历史担当。有请！

陈思和：我是思南读书会的老朋友了，范先生是客人，今天讨论的是范先生一部非常重要的小说——《重庆之眼》。范先生大家不陌生，他以前写的《水乳大地》就是非常有名的一本书，这十

左起：陈思和、别必亮、范稳

多年来，他连续写了"西藏三部曲"。《重庆之眼》这本书，不知道在座读者是否已经看过，请范先生介绍一下您的创作。

范稳：非常感谢陈思和先生，很荣幸到思南读书会参加这样一个与读者见面的座谈会，更荣幸的是，陈老师能拨冗参加这个会议，给我很大的鼓励。再次感谢思南读书会的读者们，每个作者都希望自己的作品能传递到每一个读者朋友的手上，这是他的成果，是他的精神产品，他希望自己的思想、自己创造的某种价值观能得到社会的认可。今天来到上海思南读书会，面对如此多的高品位、高素质的读者朋友，我真的感到很荣幸，也感到很光荣，感谢你们。

刚才别总和陈思和老师请我先作个简单介绍。这本书首先是在抗战的历史大背景下的一部小说。大家都知道，我们国家从1931年"九一八"到1945年，历经十四年抗战，尤其是1937年卢沟桥事变以后，战争全面爆发。重庆有一个"下江人"的概念，下江人是抗战时期重庆对所有来自长江下游的逃难和西迁群体的称谓。当时很多学校从东往西迁，复旦、同济都是这样迁徙。下江人不完全是我们通常说的难民，因为那时学校、工厂、机关全都往西迁，按现在的说法，代表当时文化发展方向的一批人来到西南，来到重庆，带来了很多文化的交流碰撞和生活方式的改变。根据史料和采访，我知道就连上海人的一些生活习惯也被带了过来。那时候重庆的早餐没有油条、豆浆，都是上海人带过来的，再比如旗袍的样式，等等。更重要的是，很多先进的生活理念被带到了西南的城市。我在这本书里写到，抗战期间重庆有一场很有名的文化运动，就是戏剧文化运动，在重庆称为"雾季公演"，就是由上海人倡导的。我们现在耳熟能详的一批演员——张瑞芳、秦怡、白杨等，都是那时候出道的，二十来岁，阳翰笙、吴祖光这些人利用自己的才华，在重庆宣传抗战，鼓舞民心。

为什么叫"雾季公演"？因为重庆是个雾都。每年10月份到来年的4月份左右，大雾弥漫，那时候日本人的飞机受到飞行条件的限制，都是靠目视来轰炸，所以在雾季，重庆上空相对安宁，这时候可以演话剧。我们很难想象自己在剧场看戏时，会有一个炸弹突然从天而降，但这种情况确实在重庆发生过，重庆有个剧院在放电影的时候就被轰炸了。我在这部小说里就设计了一段演话剧时遭到日本人野蛮轰炸的情节。

这本书反映的是重庆大轰炸。在十四年抗战期间，重庆所遭受的轰炸力度和伤亡人数超过中国所有其他城市。重庆大轰炸在二战战争史上也是可以写上一笔的，连诺贝尔文学奖获得者大江健三郎都曾经在与中国作家的对谈中提到，中国作家为什么不写这样一个历史大事件，他把重庆大轰炸跟南京大屠杀、"九一八"

事变并称为日本侵华灭绝人性的重大事件，因为那叫"无差别轰炸"，是一种反人类的战争罪行。

"无差别轰炸"首先是反人类的，其次它造成的伤害是非常严重的，因为重庆是个山城，很多建筑都是吊脚楼，都是木头的、竹子的，一个炸弹下来，伤亡非常大。而且重庆因为轰炸，发生过很多惨案，我的这本书主要是以大轰炸为背景，来写我们重庆人不屈的抗战意识。为什么日本人要盯着重庆炸？因为那时候重庆是战时首都，国民政府在那里。日本人想通过轰炸让蒋介石政府屈服，想早点结束战争。

但是他们没有达到目的，重庆人虽然挨着日本的轰炸，但没有放弃抵抗，该干啥干啥，该看话剧的还看话剧，包括吴祖光这样的艺术家。曹禺的《雷雨》就是抗战期间在重庆演的，还有《屈原》，在重庆上演的时候万人空巷，一票难求。那时候，话剧被视为重庆人的舒缓剂，舒缓对生活的绝望，舒缓战争造成的焦虑。

上午有记者问我，你为什么要写文化人的抗战。因为我觉得抗战有各种各样的表现方式，有的去写杀敌三千的战争场面，而我关注的是中华民族的传统文化在这场战争中起到的作用。在太平洋战争爆发之前，我们国家独撑危局，但我们不投降、不屈服，这跟我们的传统文化有关，我们靠这个跟日本人死扛，我们挺住了，而且我们战胜了他们。重庆当时有个标语是"越炸越强"，你把我的房子炸了，把我亲人的生命夺走了，但我就是不屈服，这跟重庆市民的性格特征也有关系。重庆是水运码头，跟上海一样，但它更内陆化，上海更向外、更国际化一些。但重庆的山城文化有一种很倔强的东西，坚韧、能吃苦、不服输，这种文化品质支撑着重庆人在抗战中走下去，由此可以挖到一个地域、一个民族的文化的根上。

别必亮：正因为如此，很多评论家说，这部作品写出了民族的硬度，写出了民族的韧劲，这些评论我个人觉得很中肯。我想问一下陈思和先生，《重庆之眼》在历史和现实中进行穿梭，通过文化抗战这个主题表现中国人民的韧劲和不屈不挠的品质，这是中国传统文化中很重要的方面，不知道您是怎么看待这个问题的？

陈思和：我谈点我的感受。重庆大轰炸肯定是非常惨烈的。日本人打上海时也轰炸过。我们家原来也算挺有钱的，住在上海老的火车站那个地方，当时有一栋洋房，我听我外祖父说，那个地方都是电车公司的高级职员。电车公司是英国人开的，当时有人注意到异常，说马上要打仗，让他们赶快撤。但当时他们的脑子里没有战争概念，结果战争突然爆发，这个地方被炸成一片废墟。这件事对我家族的影响是很重大的，我的家族从此一败涂地，住贫民窟了。我小时候，我的外祖父每次忆苦思甜都会说起，他逃难时拿了一个热水瓶，卷了一卷席子，逃到租界里，看到对面轰炸，他说感觉就像身上的肉被人一层层在割。等全部炸完了，这地方被铁丝网拦住了，他们从铁丝网钻进去，偷了一些家具出来，有个红木椅子，后来一直在我家放着，忆苦思甜时派上用场了。家里被炸成灰烬，更主要的是一个人的意志垮掉了，我外祖父本来是挺能干的人，也知书达礼，从此以后他就什么事也不做了，一直到他 70 岁去世，他整个的意志全部垮掉了。所以我觉得，战争是个非常残酷的东西，对中国老百姓来说，可能战场上的情况他搞不清楚，但轰炸他是知道的，很多人家破人亡，这是平民遭受战争侵害时很典型的场景。

我觉得范先生非常敏锐，抓住了重庆大轰炸的事件。我是研究巴金的，巴金写过好几篇有关桂林轰炸的文章，比如《桂林的受难》。他说他出去散个步回来，一条街都没有了，他是亲眼看到的，就写成散文记录下来，但他没写过重庆。我从范先生的作品里看到，重庆的轰炸远比桂林厉害。轰炸中受难的大都是老百姓。我印象里，在范先生这本书以前，没有小说、电影讲过这个内容，所以我觉得范先生非常了不起。

我觉得这不是文学的问题，而是对历史的认知，范先生通过艺术展示了我们以前不知道的抗战真相，同时还原了历史。这也是还历史一个公道，对受难者有一个交代，所以这本书不可不读，对于了解历史、了解抗战、了解我们的人民是怎样走过来的，都太重要了。

别必亮：确实是这样，在历史中穿行，特别是对于抗战这段历史，范老师做了很多研究工作，我确实是见证者，因为我是这本书的责任编辑之一。范老师做了四年的田野考察，与重庆大轰炸的受难者家属以及幸存者同吃同住，这是一方面。另一方面，范老师到重庆档案馆、南京档案馆以及重庆图书馆等做了一些资料收集。这本书有个很大的特色，就是有"旧闻录"，"旧闻录"里的东西全是真的，是基于历史的。他在历史探寻中，不是单纯虚构历史，而是以历史为依据，很好把握了虚与实的关系。

范稳：刚才陈老师也提到了"旧闻录"，巴金先生写桂林轰炸，是他亲眼所见。老舍先生也是，我书中的"旧闻录"里用了老舍的一篇文章，叫《五四之夜》。重庆最惨烈的一场轰炸发生在 1939 年 5 月 3 日、5 月 4 日，现在写进教科书里，叫"五三、五四大轰炸"。5 月 4 日那天轰炸，老舍先生还在写剧本，大家说飞机来轰炸了，赶快躲进防空洞，从他的《五四之夜》里就能感受到他出来之后看到的那种惨烈、浩劫之严重，整个山城一片火海。

我记不住原文具体是怎么描述的了，但我记得他有一个比喻，他说"用人骨和皮肉作为点燃夜色的光亮"，说明空气中飘着的都是人被焚烧的气味，老舍先生的这篇文章作为"旧闻录"被引用。这也是一种真实，我认为是现在的作者达不到的效果。我去重庆图书馆查阅当年的报纸时，总觉得我就像面对一个历史老人，他在告诉我当时的状况，当时人民的生活，以及国家面对强敌时的那种屈辱、无奈和挣扎。在这些历史资料里，一个作家可以真切感受到那个年代的苦难。

我刚才听到陈先生讲的家族经历，我在写这本书的时候就有一个认识，我要写战争对人的命运的改变。通过什么样的路径去体现这一点？我想每一个作家在面对人的命运时都离不开一个事物，那就是人的爱情。战争同样可以改变爱情，所以我在构思立意的时候，就想到一场被轰炸改变的爱情，而且这个爱情一定是伟大的爱情。每个人都有追求爱的权利，每个人都有自己曾经拥有的、值得怀念的爱情，但是当这样的爱情被强势的暴力所改变，这是一个人最大的悲剧与遗憾。战争年代，这些悲剧是不可避免的，妻离子散、家破人亡，所有的财产灰飞烟灭，财产还算身外之物，而人的爱情如果被改变，那是刻骨铭心的痛。

别必亮：这本书不仅是"重庆之眼"，更是"世界之眼"；不仅是"正义之眼"，还是"和平之眼"。它通过爱情串联，从历史回到现实中，里面讲到民间索赔，范先生在写的时候用了世界主义的思想，维护全球的公平正义。有评论家认为，这跟我们现在提出的"人类命运共同体"是一脉相承的，表现了中国博大的胸襟以及对战争的深刻反思，希望对构建人类命运共同体发挥更好的作用。

陈思和：我想问一下，书中关于索赔的情节，是你虚构的，还是真实的？

范稳：是真实的。民间索赔运动，应该是从 20 世纪 90 年代中后期开始，一直到现在。针对日本侵略战争的民间索赔大概有十六七起，这个官司一打就是十几年，这里面有很复杂的历史原因和国际关系问题。重庆大轰炸受害者的民间索赔团前后跟日本打了十年官司，都是一些老人家和受害者的后代，有些人甚至卖了房子去日本上诉，也得到一些日本友好人士的声援和支持，那些人是勇于忏悔的日本人，我从他们身上看到中日友好的基础还是存在的，在民间还是有具备良知的日本人，愿意为自己国家的战争罪行赎罪。

陈思和：这样的民间索赔运动，主要是想对当时日本的侵略行为作个清算。

范稳：就是像陈先生说的，如果我们不去日本打这个官司，很多日本人根本就不知道有重庆大轰炸这样一回事，他们没有这个概念，他们也不知道自己的罪行。我们是在告诉他们历史的真相。这个我在书里也写到了。

我看到一个资料，刚开始，重庆的防空洞只能容纳整个城市百分之五到百分之八的人。到 1944 年，重庆那时候有五六十万人，加上下江人，总共不到一百万，防空洞可以容纳百分之七八十的人，那时候机关单位、部队有防空洞，老百姓自己也有。

陈思和：这部小说里写到了防空洞里的灾难——大隧道惨案，也很严重，1941 年 6 月 5 日。

范稳："六五惨案"。

陈思和：这部小说写的主要是老百姓在日本人轰炸下受到的灾难。我觉得更重要的是，范先生把它放在中国文化的背景下来讨论。书中的几个场景都跟文化有关。第一场是婚礼，1939 年 5 月 3 日；第二场是龙舟，1940 年 6 月 10 日；第三场是空战；紧接着一场是剧院上演话剧时被炸了，好像是 1941 年 4 月 10 日；最后一场我记得是防空洞里的"六五惨案"。我觉得除了那场空战以外，其余几场灾难都跟文化有关，一个是婚丧嫁娶的民俗，一个是节庆，看话剧也是文化活动，通过文化活动来展现中华民族在抗战中不屈服、抗争到底的信心。

最后一场写到"六五惨案"，大量的人拥挤在防空洞里，最后导致窒息。里面写到一个人爬进去救自己的儿子，眼看着自己的儿子却拉不出来，人被压在里面。这些细节，范先生是怎么构思的？我觉得这部分写得特别震撼。

范稳："六五惨案"是重庆史上非常重要的一笔，那天窒息死亡的人数至今没有一个定论，只能靠专家的估算，大概有三千到四千人，而当时的报道，包括日本的《朝日新闻》说有一万人。因为那个防空洞的标准容量是六千人，挤一挤，有一万人是有可能的。那时候老百姓躲防空洞时有很多奇怪的现象，因为老百姓很穷，很多人去防空洞肯定不是空着手去，要带着锅碗瓢盆，还有包裹、皮箱，全部在里面，特别拥挤。人挤人，人踩人，爬不出来。我采访过一位老人家，那时候十几岁，他一家人进去，最后只有他回来了，其他人都闷死了。那时候，政府机关有政府机关的防空洞，而一般老百姓只能进公共防空洞，公共防空洞就缺乏一种有效的管理，其实有一台通风机就可以解决问题了。我看到资料，原定通风机6月4日验收，然后就可以运行了。那天找到工程处的一个副处长，这个副处长说我不懂，要一个工程师，但工程师理发去了，说第二天再验收吧，结果第二天轰炸来了。历史就是被一些偶然的东西改变了，如果那天验收了，第二天就可以通风，就不会死人。

总之，对于战争的反思，包括对于战争索赔和战后遗留问题的处理，我们有很多工作要做。

陈思和：这个小说主要是三部分。一部分是历史传奇故事，讲一段三角恋爱，是挺好的故事，一个江湖老大非常爱一个女孩子，但这个女孩子另外有个情人，是空军飞行员，写他们之间横跨一个世纪的恋爱故事。穿插其中的就是五次大轰炸，贯穿在恋爱传奇故事里，这是最好看的一部分。还有一部分刚才说到了，是历史旧闻，包括当年各种报纸的报道。第三部分讲的是当下，就在今天，八九十岁的老人一个一个死去，临死前还在做最后一件事，就是民间索赔，用这种精神完成生命中最后一件事。

这本小说很好看，读起来非常顺，引起我最大反思的就是关于索赔的那部分。那部分写得很好，范先生写了非常复杂的两群人，一个是日本人，一个是中国人，都不一样。像刚才范先生介绍的，日本人里有真心帮助中国人进行索赔、打官司的律师，有反战人士，但也有坚决不认错的。我非常赞赏的是，范先生没有用漫画的形式去表现，不是说写中国人就一定把他写得很好，而是公正客观地表现。中国人里也有各种各样的人，都刻画出了他们的性格，每个人都栩栩如生，虽然出场时间很短。我觉得这真是大家手笔，不是讲了一个很复杂的故事，讲的故事其实很简单，但每个人的情况都不一样，讲话的方式也不一样。最让我深有感触的是，到小说的最后，索赔的故事和爱情传奇故事合在一起了。最后两个老人已经九十多岁了，还是走到了一起，这一段非常感人，给人们带来了信心。主人公更多是希望正义得到伸张，他们一辈子的等待最终实现了。

范稳：谢谢陈老师看得如此仔细，评价如此高，我感到惭愧。

我们跟日本的关系很复杂，我们对于日本总有很纠结的心态。你问我喜不喜欢日本，我很喜欢，但骨子里又觉得他们跟我们有世仇，这是一种情感上的东西。理性上我很欣赏这个国家，欣赏它的文明素养，但一想到过去，我心里就会隐隐作痛。我不知道在座的各位有没有去过日本，是不是有这样的感觉。我有一些在日本工作、留学的朋友，在日本生活了那么多年，还是会有类似的心态，对过去的那段历史念念不忘。

我也在分析其中的原因，为什么会这样，我认为跟日本的"三不"政策有关。日本对于二战的态度不像德国，德国是整体忏悔，他们的总理可以在犹太人的墓碑前下跪，这跟德国的战后反思运动有关。德国的知识分子在二战结束后马上说，这场战争不是希特勒一个人的责任，所有德国人都有责任，德国应该承担罪责，应该忏悔，这样的观点在日本不可想象，这就造成了我们对日本的纠结心态。到目前为止，我觉得这个结还没解开，不知道在座诸位朋友怎么看，还有陈老师，您怎么看？

陈思和：我觉得其实德国也并非像我们想象中那样忏悔。在犹太人纪念碑前下跪的勃兰特总理是德国社会民主党的，比较反法西斯。我到德国去过，一个接待我的教授太太是个右翼，她认为德国人杀犹太人这件事是犹太人编造的，因为犹太人有钱，特别是美国的一些大财团里都是犹太人，他们利用在美国的话语权到处建造犹太人纪念馆，是他们编造出来的，这是我亲耳听到的。

我有一个日本朋友，跟我关系很好，他到德国的教堂参观，有一群德国人在里面，一直看着他，最后一个德国人过来跟他说，我们这里不欢迎有色人种进教堂，就把他赶走了。这是他亲口跟我说的，他还写了文章，说太可怕了。实际上我觉得，在任何地方都有具备良知的人，会为民族承担责任，也有死不改悔的人，认为杀人好、纳粹好。

任何一个民族都有反思的权利和责任，反思精神对于每个民族、每个人都很重要。站在个人的立场上，站在知识分子的立场上，肯定要有反思精神，以一个很高的标准去讨论这些问题。

别必亮：非常感谢范稳老师和陈思和先生，带着我们穿越时空、穿越历史，对《重庆之眼》进行解读。范老师介绍了创作过程，也讲了他的创作心得，陈思和老师对这本书进行了精彩的分析和评价，对我们非常有启发。下面的时间留给读者朋友们。

读者：很抱歉我还没有看过《重庆之眼》，但是我想问一下范老师，在中国历史和世界历史的大背景下，您这部作品最重要的一点，或者说最有意义的一点是什么？

范稳：你让我归纳总结，我难以说清楚。说到最重要的一点，我试图以文学的真实来还原历史的真相，让读者在阅读当中认清这段历史，知道这段历史，这是一方面，当然这是一个比较空和大的回答。

你说最重要的一点，一部小说的指向性有很多，这里面有爱情，也有战争对人的命运的改变，有对国民性的分析，有现代人的战争反思，等等。很多时候，一些新的想法是在写作的过程中慢慢形成的，一开始只是一个朦胧模糊的印象，越写越觉得，应该往这条路上走，当然也有写迷失的时候，写到一条歧路上去了，这在写作过程中都有可能。总之，它是一本有关一座城市的抗战史的书，有关一座城市的人民如何坚忍地熬过战争时光，如何反抗，如何证明自己生存的价值、爱的价值的一本书。不知道这样回答，您满不满意？

读者：我提个小问题，这部小说有没有可能被拍成电影？

范稳：已经有家影视公司把改编权买去了，什么时候能拍出来，不好说，因为投资巨大，没有几个亿拿不下来。他们正处在剧本撰写的阶段，但对我来说，小说写完了就完了，我不会参与改剧本，也不会参与拍摄，因为没有那么多时间。

该书责编：关于这本书背后的一些故事，我想和在座的朋友们分享。范稳先生为了这一部小说的创作，从昆明到重庆，用了几年的时间，挤公共汽车，烫火锅，什么事都和重庆人的步调一致，为什么？他要找到重庆这座城市的气质和市井的氛围，作为责任编辑，我觉得他把握得非常准确。

另外，在和范稳先生接触的过程中，我感觉这位作家非常勤奋。这本书的书名改了三次，他不断思考，只求准确地表达他对于爱情、战争、和平的思考，包括对生命的思考。对于长篇小说而言，这个题材是非常难以驾驭的。刚才陈思和先生提到，以前好像没看到过关于重庆大轰炸的小说。其实是有的，我们社也出过，但是影响都不大。这说明什么？说明这个题材很难写好。这部小说的时间跨度是七八十年，范稳先生对于重大题材的驾驭是非常精准到位的，有多维度的叙事，所以小说应该也算是多重的主题。由于有多重的主题，他就要找到很多点来表现，包括刚才陈先生分析的三大板块，以及每一个板块中的几个重大事件。在主题情感上，英雄气、儿女情一气呵成；在时空的变化中，宁静致远和波澜壮阔也结合得非常好。作为编辑，在我心目当中，这本书是温柔的，但也是有力量的，是诗意的，但也是有历史感的。因此我觉得这样的小说值得一读。就像今天的活动主题，我们为历史担当和家国情怀而思考。

读者：我想问一下两位嘉宾，在当今这个时代，我们该怎么理解历史担当和家国情怀？

范稳：首先说家国情怀，这是中国人的文化传统。几千年的中华文明让我们把家与国看作一体，没有国就没有家，老百姓跟这个国家紧密联系在一起，几千年来，我们都是这样认为的。我觉得，这样的认识在抗战时期特别重要，特别能凝聚人心。

为什么我的小说着重于文化抗战、文化救亡？文化与救亡是紧密联系在一起的。为什么不提军事救亡？因为只有靠文化，才能解救这个民族，因为我们有共同的文化渊源、共同的文化传承，这种文化同时也确定了我们的家国观念。国家认同感与家族认同感，在很大程度上是联系在一起的。上升到一个民族的高度，上升到反抗外来侵略的高度，我觉得是一种正能量。

关于历史担当，我觉得作为一个现代的中国人，历史担当首先是要正视历史，要正视我们这个民族曾经的真实，要有勇气去面对，要有勇气去学习、澄清，甚至是传播。这是历史的问题，历史由于种种原因，难免被遮蔽、扭曲、遗忘，所以现代的知识分子更多是把历史真相打捞出来，让更多人不忘我们的祖先，不忘他们流过的鲜血，不忘我们这个民族拥有的高贵与伟大，或者说，不忘我们曾经经历过的苦难。这就是我们的历史担当，我们应该把历史真相还原出来。

别必亮：由于时间关系，今天的活动就到此结束了，两位老师给我们带来了很多启迪。谢谢大家！

时间：2019 年 3 月 2 日

嘉宾：程德培、王继军、张楚、王苏辛

认识爱的风景

——张楚《中年妇女恋爱史》新书分享会

王苏辛：先介绍一下今天的嘉宾。张楚老师是我个人阅读史上知道的第一位中国"70 后"作家，大概在 2005 年、2006 年，他在各种文学期刊上发表了很多小说，我阅读下来觉得跟自己很亲近。他的作品跨越年龄，《中年妇女恋爱史》可以有不同年龄的读者。据说在上海判断一个文学活动是不是足够重要，就看程德培老师是不是出现，因为大部分活动程德培老师是不会出现的。在今天的嘉宾中，他不只是年纪最长的，也是文章写得最长的一位。王继军老师是非常优秀的编辑，是张楚老师很多作品的责任编辑，同时也是一位产量不高但很优秀的小说家。

先问张楚老师一个问题。我在看《中年妇女恋爱史》时很好奇，这本书虽然写的是中年妇女，但是可以看到女性在各个年龄段的表现，看到女性从少女一步一步成为独特的中年女性的过程。您为什么想写一个中年妇女的恋爱史？是不是中间有自己的亲身经历，和中年妇女打交道的经历，因为你特别了解她们？

左起：王苏辛、张楚、王继军、程德培

张楚：我也是中年人了，认识中年妇女是很正常的事情。我的初中同学、高中同学也都已经从少女成长为中年妇女。我们前几年搞过同学聚会，已经有二十多年没见面的同学见面了。我当年上的是文科班，女生特别多。同学聚会时，看到当年的女神变成那个样子，心中很是感慨。毕业后虽然跟她们见面比较少，但是也耳闻她们的生活经历。想想当初的她们，再看看现在的她们，一方面是生活中的际遇各不相同，另一方面精神世界也发生了变化，所以很感慨，就写了这么一个小说。

王苏辛：问一下程德培老师，因为您写过评论张楚老师的文章，您在看这本书的时候，觉得它跟张楚之前的小说有什么不同？

程德培：我在文章里评论过他这本书以前的所有作品，但这本书是我评论里没有涉及的。张楚有几个特点，最了不起的一点是他写了二十几年却没写长篇，这是其他优秀作家做不到的，因为这是长篇小说能赚钱的时代。我读的作家比较多，在我看来张楚的起点非常高，他从一开始发表作品，就给人留下这就是张楚的作品的印象；不像其他人，作品是慢慢地一部一部提高，他却是一出手就很生猛，这是他的第二个特点。第三点是，如果我评他的小说，谈他以前的小说和现在的有什么不同，我的感觉是写现在这部小说的张楚长大了，有点像中年人了。他以前的小说很不安分，写了很多在小镇上工作的人逃离、摆脱住惯了的地方，要离开小县城。这些人都很焦虑，特别是有身份焦虑，哪怕谈恋爱都会涉及有没有城镇户口，会变成很大的问题。这很像我们年轻的时候。我们年轻的时候家里有房子，哪怕只有七八个平方米可以供你结婚用，都是很重要的条件。那时候不是你喜欢个女的就能谈恋爱结婚，那是物质比较匮乏的时代。张楚那个年代有农村户口、城镇户口问题，有吃什么粮食的问题。张楚很接地气，很看重这些问题，他的小说从来不回避这些方面。

我写过评论张楚的文章《要对夜晚充满激情》，题目是奥登写弗洛伊德的一句诗。所谓夜晚，黑夜或黑暗，也是张楚经常谈到的事情。我的理解是人要重视平时脑子比较清楚的时候、比较明白的时候所忽略的问题，也就是弗洛伊德讲的潜意识问题。今天我坐车就碰到一个驾驶员，很像小说家。我根本不认识他，他跟我说：你知道吗，人很奇怪，你经常会感到有一种莫名其妙的外力和你过不去，我今天就很不顺利。我想，这个人不应该开车，应该去做小说家，小说家就要关心这个东西。小说家都要重视冥冥之中的东西，你知道无法摆脱，可又想摆脱。比如张楚经常写一男一女，明明这两个人不应该搞在一起，却糊里糊涂搞在了一起。看上去这好像是很奇怪的事情，但是如果你回顾自己的人生，就会发现现实经常就是这样。张楚的作品里有很温暖的地方，他写的都不是很愉快的东西，写到的那些命运、岁月都很残酷，但是你读完后会觉得里面藏了一点东西。

张楚以前喜欢、崇拜苏童，他和苏童有一个共同点。中国的小说家写女性写得好的真不多，苏童是一个，张楚也算一个。

王苏辛：王继军老师，您是《中年妇女恋爱史》这篇小说的责编，您也曾经责编过很多张楚老师其他的小说，这次的感受有什么不同？

王继军：张楚现在写得很猛，原来是写得很狠。主要是指性描写比较猛，其他方面也比原来多了。有一个作家叫田耳，说张楚是"《收获》作家"。好像有一种"《收获》型号"的作家，田耳觉得张楚就是这样的作家，因为张楚算是在《收获》上发表作品数量最多的作家之一。说张楚是"《收获》作家"还有一个原因，就是他的语言：他是北方作者，但是语言非常有灵性。对语言的要求比较高，可以算是一个"《收获》型"的特点。张楚的语言感觉特别好，虽然是北方作家，他却含有南方作家的风格。

为什么他的语言很有灵性？在他的小说里通过语言对人物的处理，几乎是先天有一种重视个人的特质，或者说以个人主义、个人主题作为出发点。我一直觉得奇怪，北方作家在关注个人性或个人主义的观念上，基本上很落后。北方人的宏大叙事特别多，南方作家的宏大叙事相对来说少很多，宏大叙事最主要的特点在于它是一种集体道德的体现。张楚一开始的作品，比如《曲别针》《蜂房》里写到的人物，完全是个人化的，但不是作为集体里的个人，身份感不是家庭成员，不是单位成员，也不是国家的成员，只是纯粹的个人。对南方作家来说，关注个人性显得比较自然，但是在北方作家里关注个人性的不多，我到现在都觉得像谜一样，他怎么会几乎先天地就具有了对人物的关怀，把人作为非常独立的个人来处理呢？

讲了他个人主义的意识之后，再讲讲他非常突出的优点——善。善良这个词已经被我们用滥了，其实，善良是非常重要的。张楚身上有天生善的气质，这在我遇到的作家当中非常少见。他对善的信任浑然天成，他在善里面可以失去自我，或者说他的自我是从善开始的。人之初，性本善，当然，善也可能是后天养成的。真善美是决定文学好坏的标准，一个作家如果在真善美上有哪一方面比较突出的话，这个人的写作会取得非常好的成就，而张楚在善的方面有属于他的特点。

现在中国的文学写作多是从学习西方文学开始的，很多写作可以说是一种在西方文学影响下的八股文。张楚是少数几个有能力摆脱这种八股写作的作家之一，最大的原因就是他身上有一种善的气质。张楚身上的这种气质让他在学习西方文学的时候能够一下子意识到其中的善的东西，然后写出他自己心目中的生活。他作为北方人，能在作品中含有个人主义道德的叙事，可能就是他天生的气质在起作用。另外，他的身上有至柔的气质，他的风格可能跟这方面有关。

王苏辛：在我的心目中，如果用金庸小说里的人物来对应张楚老师的话，他应该是杨过。我阅读过很多当代小说，发现一个作家的作品往往质量参差不齐，在某一个时期突然写出很好的作品，接着马上会有几个很差的小说。但是读张楚的小说没有这种感觉，他没有写得不好的小说，他小说的重点在变化，我一直没对他的小说失望过，尤其是《中年妇女恋爱史》。在这本小说集当中，大部分故事跟爱情密切相关。像我这个年龄段的人在认识上有一种误区，好像爱情只能在年轻人中间发生。但是在张楚的小说中，爱情发生在这些人物不同的人生阶段，他们不管处在什么年龄段都可以谈恋爱。想问问张楚老师，你写到各种各样的爱情，你真是觉得爱情在这些人的生命中非常重要吗？

张楚：国外有很多作家在某个时期内会集中写一个主题，比如《十一种孤独》，十一个短篇小说只有一个母题，就是写孤独；《空荡荡的家》都是关于母亲的，每篇小说都跟母亲有关系。我发现很多中国作家也有这样的策略，在某个时期内，他会不停地重复同一个母题，一直把这个母题从各个层面、各个角度写透，写完整。

我是个很感性的人，当某一件事情打动我之后，可能会在我心里种下一颗种子，然后种子就发芽了。我没有考虑过专门写一本谈恋爱的小说，《中年妇女恋爱史》写的多是谈恋爱的故事，有小孩，有少年，有青年、中年、老年，但是我自己没有意识到。我写《中年妇女恋爱史》，不是写女性怎么从少女成长为丰盈的中年妇女的过程，我写的还是无望，写没有希望的生活，恋爱过程都是对这两个字的衬托。其中，《直到宇宙尽头》尽管有不少性描写，但我不是为了写性而写性，这篇小说写的是愤怒，写一个女人可以愤怒到什么程度，写一个女人独特的复仇方式。《人人都应该有一口漂亮的牙齿》讲了三段关于牙齿的故事，我觉得写的是很寂静的东西，三段故事都很安静，没有什么戏剧性，也不算爱情故事。这本小说集里有一些我感兴趣的题材，比如《水仙》。我母亲十六七岁的时候，我的姥姥、姥爷都去世了，我母亲自己一个人生活，她老跟我讲我姥姥、姥爷去世之前跟她讲的最后一句话是，不要靠着门嗑瓜子。我母亲是非常要强的女性，我受她影响很大，就想虚构一下她的少女时代。那时候是"文革"初期，我想象她们那时候就像小说里写的一样，有一个组织，全是没出嫁的女孩。大队里的白菜白天没人浇，晚上她们就从河里拎水把白菜浇了；张三是个鳏夫，她们怕他下雪时冷，偷偷做一个门帘挂在张三门框上。在那么一个特殊的时期，一个少女遇到了河神是什么样的？如果从恋爱的角度看，就属于人和神的恋爱。当然，这本书里的大部分故事还是跟恋爱有关系，我写的时候倒是没有特别意识到要写不同年龄段的女性的爱情故事。

王继军：《水仙》写得很好，可以当成一个女孩的幻觉，同时有现实的层面、少女内心的层面，有黑暗的层面、光明的层面。虚构的东西完全可以当成现实来解读，但是在不经意的时候又具有超越的性质。

王苏辛：这篇为什么没有发在《收获》上？

张楚：有一个杂志，我欠他们好几篇稿子。他们正好跟我要，我就给那个杂志了。

王继军：这个小说达到一种平衡，但里面的层次反而多了，完全是在自然的状态中展开活动。

王苏辛：跟书名同名的这篇小说，每一节有一个年代，比如

第一节 1992 年，后面有 2003 年、2008 年，以年代来写女主人公在当时的状态和处境，在每节之后又有某某年大事记。前面的叙事是正常的，后面的是关于宇宙里发生的事，当然是虚构的，我觉得这是非常吸引人的地方。你为什么会加这样一段虚构的文字？

张楚：原来是纯粹的大事记，是真实发生的事。稿子给了王继军老师，他让我改一下。我说那就加点宇宙的东西，就虚构了一下。为什么加？这个小说写小镇上的普通女孩的爱情故事，完全是蝇营狗苟的东西，我写的时候很烦，就想赶快结束。如果在宇宙里有别的文明，有别的眼睛看着地球，地球上人类的生活、挣扎、痛苦、嫉妒、愤怒、美好在他们眼里会是什么幻象？在他们看来这些是有意义的吗？我加上这些东西是想造成一种对比。有些读者跟我反映说这个对比不是很贴切，可能有点跳离，不过把这个加进去可能相应拓展了小说的空间纬度和经度。这篇《中年妇女恋爱史》本来应该写成中篇，那是最合适的形式。如果老老实实从少女时期写，按照情感经历写，写成中篇，可能会有相应层次的戏剧性，可能会更打动人。现在处理成一个短篇，五个章节，每个章节汲取一个事件，甚至一个事件都没有，这确实有点困难。我不能通过一件事把五年里的精神历程完整呈现出来，这是有难度的。这个小说本来想写 2023 年、2028 年，虚构一下人物的未来生活，但是后来感觉没有心情再写了，就变成现在这样子。

王苏辛：听说张楚老师也在准备写长篇，您之前已经写过很多中短篇了，您会有写长篇的焦虑吗？

张楚：我是很随性的人，到了什么年龄就很自然地做什么事情，该谈恋爱就谈恋爱，该结婚就结婚，该要小孩就要小孩，该换工作就换工作，感觉都是水到渠成的事情，没有焦虑感。在县城里生活，条条框框在那儿，你就按照条条框框一步一步走就行。不像一线城市，会有很多个性化的生活，在县城里都是共性生活，到一个阶段做一个阶段应该做的事，没有焦虑。从1995年投稿开始，我已经写作二十多年，到了这个年龄，有了一定的阅历，有时候感觉在写短篇或者中篇的时候，有很多话还没有说完，小说就结束了。所以，我想是不是可以用更大的体量承载我对世界的认识，是不是到我写长篇的时候了。写长篇是我内心的需求，而不是因为同龄人都在写长篇，写得很好，我就很焦虑，不是这样的。我个人不太受外界的影响，自然而然的，该写长篇就写吧。

王苏辛：王继军老师，您怎么看很多作家的长篇焦虑？在中国文学界，如果一个作家没有写过长篇，很多人会觉得是不应该的事情。您怎么看这个问题？

王继军：长篇的读者比较多。《收获》发行量比较大，其中有一个原因就是每期都有长篇。这是客观原因，说明大家对长篇的阅读需求远远超过中短篇。一些人很崇尚"大"，不管什么东西，只要大，就是好的。宏大叙事一定要有长篇，如果不写长篇，就很难表现出宏大叙事的观念。但是一般意义上的宏大叙事，对个人其实也可以说是很小，这种宏大叙事一般都是讲大历史，讲宇宙规律或者大集体。而张楚的叙事才是真正的宏大叙事，讲个人的问题，关心个人的甘苦，那么彻底、那么认真地关心每一个人的痛苦、追求，这才是真正的宏大叙事。这种真正的宏大才是最重要的。

王苏辛：程德培老师，我自己很困惑，一个作家做活动，大家讨论的都是你的小说怎么样，你现在的小说跟上一个阶段的小说有什么变化，但好像没有人问过关于这个作家的评论文章有什么变化。您怎么看这个现象？

程德培：我看过几次自己写的文章，写得太差。如果现在写，应该好一点。

王苏辛：评论界有很多关于张楚的文章，您怎么看评论界对他作品的阐释？

程德培：我出于写文章的需要，其他评论都读过。我本人比较骄傲，一般是在这个作家获奖前评他；他若获了奖，我就不写了。张楚是例外。我评他的时候，他已经是鲁迅文学奖获得者，所以我的评论对他没什么帮助，我也不敢居功自傲。

张楚很善良，他有颗恻隐之心，同情怜悯之心。有些人在生活当中是比较卑微的，但经过张楚一写，就不一样。笔下的人哪怕不起眼，哪怕卑微，如果用恻隐之心去写，也会写得很好。有的人有恻隐之心，但是文笔不好，也写不出来。张楚的作品，一般人很难写。要写出岁月的无情，人莫名的向往，糊里糊涂也是一种命运，要把这个东西写出来，很难。这种事情在生活中碰到，你不会觉得温暖，但是在小说里，变成小说中人物的命运，就会打动你。

王继军：今天的话题是"认识爱的风景"，是我起的题目。张楚小说里的人物都是跟爱有关的，这是很大的主题。他的小说体现出来的一种爱，最值得学习。他写出了人物背后的情怀。他在写作品的时候对人物的态度非常重要。他不会站在一个人物是好的这种立场去写，或者站在是坏的角度去写，他把自己的感觉融入作品里，以这样的心态去体会人物的痛苦和快乐。这是一种人和人之间平等的关系，一种在生活里和作品里平等的精神。这种平等，我们很难做到，哪怕是鲁迅的作品。在鲁迅的作品里，悲悯的东西往往有一种居高临下的姿态。但在张楚身上，这种平等的心态很自然。他的作品里，一个具体个人的痛苦和幸福是至关重要的。宏大叙事里的问题，比如刘慈欣讲到地球文明要毁灭了，三个人必须吃掉一个人的问题，在张楚这里几乎不可能存在，更不要说思考这个问题。纯文学的纯正是在这样的态度里，在对人的态度里。

张楚这本书里有一篇《朝阳公园》，写小孩的心态写得非常好。张楚自己说他已经人到中年了，我倒觉得他内心还是青少年。他写小孩的状态，写那种心理活动，非常像孩子的风格。张楚可以写童话。

张楚：童话是最不好写的。《朝阳公园》这篇小说是写我小时候的一段经历。小时候我在山西大同，父亲当兵。我小时候生病住院，住儿童医院，医生不让随便出去。在医院里待了半年，每天都待在那个病房，吃饭的时候都是在病房里吃，所以特别渴望出去。一个春天的下午，几个小孩偷偷从地下通道——有太平间的地方溜出去，特别害怕。出去一看，小蒲公英刚开花。我们要去公园，却不知道公园在哪儿，后来一路问着到了公园。我又特别想我妈妈，我妈妈住在军区大院，我对其他几个小孩说，你们回医院吧，我要回家。我偷着回去了，在家里住了一晚上，第二天解放军叔叔开车把我送到医院。我们主任是个老太太，让我写检讨书，那是我人生中第一封也是唯一一封检讨书，小学三年级写的。

王继军：但是你描写那个状态的时候还是能回到小孩被抓住的心理感觉，小孩出去玩时看到自己的熟人，熟人要把他带走，就跟着走了，这一点特别能让人想起童年的状态，所以你可以写童话。

王苏辛：我自己小的时候在县城长大，看这本书感觉特别亲切。成名之后，你的生活已经与县城有一些距离了，但是你的家又在那边。你从外面再回去，心情跟以往有什么不同？

张楚：没有什么不一样。我大学毕业之后一直在县城里生活，从 1997 年到现在，二十多年了。你如果在一个地方待久了就会很厌烦它，我年轻的时候就想逃离。在县城觉得很压抑，没有人跟你聊文学、聊理想，没有人跟你聊你的精神世界，你对世界的认识被框在每一条陈旧的街道里，还有来来去去的熟人里，那时候就特别渴望逃离。有时候，到礼拜六，我会坐上公共汽车到北京喝顿酒，最后醉得不行，躺一天，到晚上 8 点再坐火车回家。到现在这个年龄，你想想，县城是无所不包、无所不有的，因为有自己的亲朋好友、小学同学、初中同学、大学同学，你会有一种莫名其妙的安全感。好像笼子，在外面飞的时候，你也很渴望回到那个笼子里被人关起来，在里面吃点小米喝点水，感觉也幸福。

因为你已经见到外面的世界，你再在那个笼子里生活的时候，不会有以前的苦恼。生活就是这样子。现在，我基本的生活就是读读书，写点东西，晚上跟朋友们喝喝酒聊聊天。我那些朋友都是从小就认识，三四十年了，没什么话说，见面了互相贬损两句，挺开心挺快乐的。可能人都是这样吧，慢慢地对外面的世界失去了探索的兴趣。这个探索的兴趣要加上引号，可能内心里一直在向往着外面的世界，在窥视着、偷看着外面的世界，并且得到某种精神上的满足，但是身体还是在原地。这也是一种生活吧。目前我的生活状态就是这样。

王苏辛：我发现很多作者写的普通人关心的就是柴米油盐，小孩去哪儿上学，要不要换学区房，但是看张楚小说里写的普通人，这些生活细节占的篇幅并不多。我上初中的时候去女同学家玩，我发现她的爸爸在读伍尔夫的《到灯塔去》，她的爸爸看上去完全不是会看外国小说的人，我还知道她爸爸经常买电子书，很喜欢余华的小说，这些信息让我非常震惊，超出了我对县城生活的理解。原来还有我父母之外的那么一种人，有精神生活，不只是看电视剧、体育频道，还看别的。看张楚老师这本书的时候，我发现很多这样的普通人，我年少时被那些人带动起来的对世界的兴趣再次出现、冲击着我。这本书里的很多人物带有一点点悲情色彩，因为他们始终在关注外面的世界，他们的个人情感可以放在很大的世界中去看待。这是让我觉得张楚老师的小说可能永不过时的原因，也是我特别喜欢的原因。

程德培：我终于发现他们三个都是写小说的。我是不写小说的，评论家是有寄生虫性质的，他要依附着人家写小说的。说个故事吧。弗洛伊德有一次上课，一个学生总提问，不断打断弗洛伊德，弗洛伊德就有点生气，说：你等一下，让我把课讲完。那个学生不买账，站起来说：我虽然不伟大，但是我站在伟人的肩膀上比你看得远。弗洛伊德气坏了，想了半天，说：一个虱子站在天文学家的肩上能看到什么？还有一个故事，弗洛伊德生前非常喜欢讲。一个卖保险的人不信教，生病到临终了，牧师自告奋勇去说服他，解决他的人生问题。结果，卖保险的人咽气了，牧师出来了，人家问他：你是不是改造了他的世界观，说服他了？牧师说：有没有说服他我不知道，但是我从他那儿对折买了一份保险。这个故事充满意味，要拯救别人的人，结果却被别人改造了。弗洛伊德讲这个故事就是为了向我们说明，卖保险的商人具有怎样乐观的精神。我很担心搞批评的人变成解说者。

王苏辛：接下来读者可以提问。

读者：我本人是中年妇女，我比较关心这个群体。张楚老师，您在写作的时候会不会对这个群体产生同理心，您如何看待您的小说的受众？

张楚：你这个问题让我想起前几天一位女性批评家张莉搞的一个问卷，60位男性作家关于女性认知方面的问卷。里面有个问题：作为男性作家，在写女性角色的时候有没有遇到过困难？困难体现在哪里？你刚才的问题跟这个差不多，男性作家怎么理解女性、书写女性。我们在生活中都会遇到不同年龄段的女性，有我们的亲人，也有陌生人，有我们喜欢的人，也有我们讨厌的人，这是很正常的。在小说里呈现她们的精神世界，对一个作家来讲，虽然是基本的技能，但是也有挑战，毕竟男性和女性无论在生理上还是心理上都有特别大的不同。我写女性的时候还是挺胆怯的，我觉得我并不真正了解女性。你看我写到女性角色的时候，通常很少用"她想"，很少有心理描写，我更多会用她的行动来表达她的思想。写女性，可能是所有男性作家面临的共同难题。你写作的时候，即便对女人非常了解，也不能变成女人。对女性心理的微妙波澜的捕捉和呈现，很考验作家的能力，大部分男性写的时候很谨慎。我有时候写完了会让我老婆看一下，让她看看这个角色的设定是否符合生活的常识和逻辑。对自己的疑问和不自信，这是很正常的。写女性写得好的，很多是男作家，从福楼拜到曹雪芹，包括当代的苏童老师，都是非常擅长写女性的。

读者：《伊丽莎白的礼帽》这篇小说最后出现了戏剧性变化，本来是写退休职工的精神生活，后来你转而写人物在"文革"中的经历。你在构思这篇小说的时候是先想到后面的情节，还是前面的情节？第二个问题是，你的父母对你的人生道路有什么重要启示或影响吗？

张楚：开始写《伊丽莎白的礼帽》时，我没有想到后面的忏悔情节。那时候我奶奶生病，我在老家守着我奶奶，正好有一个朋友跟我约稿，我就开始写。我想写写我母亲的退休生活，因为我母亲是个很了不起的人。前几天有一个问卷问到你最佩服的当代人是谁，我说是我的母亲。因为她一直对生活充满了好奇心和热爱，她退休之后开始练毛笔字，练的是小篆，前段时间开始写隶书，她还去扭秧歌、打太极拳，所有老年人能想到的项目她都会去参与。她原先身体不太好，但是锻炼了几年之后比我还好。她老跟我感叹，时间不够用。她每天起来练字，练到中午，我爸爸做饭，她吃一口又去练，下午又扭秧歌，晚上还有一个绝活——做帽子，她做帽子做得特别好。她很骄傲地跟我说：我已经卖了一千多顶帽子了，送了朋友三百多顶。她有很多老闺蜜，按照她们的头型做帽子。她真的是对生活充满爱的女性，我想写写她的退休生活。但是写着写着，感觉主要是虚构的，有点平淡。后来我想到网上有过引发争议的帖子，某个高级领导人的女儿对自己在"文革"中的行为进行忏悔，对她的老师。我特别有感触，所以写到最后我转了一下，把两个不相干的人跟两件不相干的事情勾连到一起。开始写的时候，我没有意识到会写成什么样子。

第二个问题是我父母对我的影响。我姥姥、姥爷去世时我母亲才十几岁，她自己独立生活，她是很要强又很温暖的女性。我的父亲相对而言脾气暴躁一点，他喜欢喝点酒。我的性格跟我父亲比较像，生活中面对有些事情，我的脾气也很暴躁，但是我喜欢喝两口，酒是特别好的一种调和剂。但奇怪的是，我在家里很少喝。我爸有一次埋怨我：你这个家伙，过年了跟我倒了一两白酒，也没喝下去。他有点生气。我的性格跟他们有很大的关系，比如我母亲喜欢唱歌，小时候在农村有煤油灯，母亲做鞋时就唱歌，还喜欢读书。我父母的性格在我身上得到某种集合。有他们这样的父母，我很荣幸，特别幸福。

日期：2019 年 3 月 9 日

嘉宾：徐则臣、黄昱宁、黄平、吴越

河流的秘密

——徐则臣《北上》新书分享会

吴越：欢迎大家参加"河流的秘密——徐则臣《北上》新书分享会"，我是《收获》杂志的编辑吴越。这位是我们今天的主角徐则臣，他身旁这位是来自上海译文出版社，同时身兼小说家和评论家的黄昱宁老师，黄平老师是华东师范大学的教授，也是一位很好的评论家。徐则臣《北上》这本书，前不久已经在北京举行了好几场很高规格的研讨会，今天到上海感觉就像回家了一样，几位也都是知心朋友，可以放松地聊一聊。

我和则臣认识也有七八年了，那个时候则臣的《耶路撒冷》刚刚出来，我们在北京一个小饭馆里聊了很久。当时让我印象非常深刻的，一个是我们探讨了很多他当时的写作主题——到世界去。还有一个是，他跟我说，写完《耶路撒冷》之后，关于"70后"这代人的生存状况、心灵史的话题他就放下了，不会再写了，我觉得他真的是做到了。他的后面两部长篇小说，《王城如海》和《北上》，越走越广阔，他的主题已经从"到世界去"变成了把世界纳入我们中国的进程当中来，其中发生了巨大的变化。所以我

左起：吴越、徐则臣、黄昱宁、黄平

们今天会聚焦于他的写作和《北上》这本书，还有针对运河与我们的联系，进行一些探讨。

运河有时候可以说是一种隐喻，或是一种象征，它是每个人生命历程中、童年记忆中都有过的东西。在《北上》中写了几代人，这条河同时象征着中国的近现代史。这本书带给我最大的感受是，对于我们每个人来说，一百多年的历史，我们先辈的历史，很可能已经变成了发黄发脆的历史书页上固定下来的字句，而则臣给这些字句、这些人的名字、这些干巴巴的故事浇上了运河水，让它们活了过来。几代人之前的对话、行动栩栩如生，而则臣又把他们的后人完好地带到了我们的面前，为我们奉献了一部中国的隐秘的历史。

我们先请则臣聊一下，谈谈写运河的格局和想法。

徐则臣：刚开始写这个小说时，的确有大的想法，我想每个作家写一部作品之前都会有一个想法，我要把我想写的依次彻底清理完。我当年跟吴越聊的时候，说我写《耶路撒冷》的野心就是我写完了别人不用再写了，或者别人如果再写，可能会更慎重一点，不会轻易越过我这个东西，如果他要成功，可能要在我所走的路尽头再走一步才可以。能不能达到我觉得是另外一回事，但是一个作家需要有这样的抱负。倒不是说好大喜功，而是说给了自己这样的压力以后，你会准备得更充分一点，会更充分地激发自己的潜能。

写这部小说也是，前前后后写了四年，实话实说，如果从我最早产生想法算起，直到写完，经历了二十年。今年是 2019 年，是我写作的第二十二年。我刚开始写作时，就是从运河开始的，当时我在淮安工作，在淮阴师范学院。大家知道，京杭大运河穿过淮安城，城里面那段从扬州到淮安，叫里运河，从我的学校门口大概步行 15 分钟就可以到运河，那个地方有非常重要的清江浦。熟悉运河或者熟悉明清历史的都会知道，漕运史上清江浦是非常重要的地方，清江闸是整个运河的咽喉。虽然现在看它好像不太起眼，很小，但在当年是非常重要的地方，只要把那个闸口封住，整个运河就断了。鉴于淮安在整个运河沿线的重要性，总督漕运部院是设在淮安的，当年盐运、漕运最高的长官都在那个地方。

我从二十年前开始写运河，写花街，写石码头，都是运河边上的，那个时候一直是把运河作为一个小说的背景。比如现在很多人写上海，可能会把上海作为人物活动的背景，但可能仅仅是一个背景，没有非常明确的意识，要把上海作为自己的研究对象，小说里的主人公是一个个活生生的人，而不是这个城市。对我来说，在把运河做了几十年的背景以后，我对运河了解得越来越多。

在我们的历史上，运河有很多，最早的是两千五百年前吴王夫差修的邗沟，运兵运粮打仗用的。后来隋炀帝修的，从洛阳到扬州看琼花的那个运河，叫隋唐大运河。京杭大运河是在这个运河的基础上裁弯取直，从北京一直到杭州，这是京杭大运河，是元代以后才出现的，我们现在通常所说的运河，其实指的是京杭大运河。

把运河作为我的小说背景以后，不仅我对运河的了解越来越多，而且它慢慢激起我的兴趣，我开始研究它，除了理论、历史这样一些研究之外，更多的是关于运河沿岸资料的搜集。整个运河非常复杂，它有 1797 公里，从北京一直到杭州，沿岸历经很多地方。中国地大物博，这么长的路程，如果是在欧洲，可能已经穿过好几个国家了，而且这些国家的物候、文化等都不一样。

研究运河，会发现它特别有意思，它穿过四个省、两个直辖市，地级市大概有 18 个，每个城市之间的区别都非常大。比如，扬州和淮安都是运河沿线的，我们说到淮扬菜，淮就是淮安，扬就是扬州。淮扬菜里豆腐做得好，但是淮安的豆腐和扬州的豆腐是不一样的做法，扬州最好的豆腐叫文思豆腐，淮安叫平桥豆腐，两种做法是完全不一样的。

不断地深入了解运河的细节，就会发现自己对它了解得太少。我老是说，过去我觉得我对运河比较了解，觉得一闭眼，1797 公里就在我眼前活灵活现地出来了，轮廓非常清晰。但真要写的时候，我就发现我理解的运河是望远镜里的运河，要落实到一个个细节，要每一笔每一画交代清楚，我的望远镜远远不够，还需要显微镜、放大镜，这时候我就发现自己对运河真的是知之甚少。

也是因为这个原因，我想写这条运河，把它作为主人公，但一拖再拖。到 2014 年，跟几个朋友聊天，那时候《耶路撒冷》写完了，卖得不错，出版社也很高兴，让我再接再厉，看看还有什么特别好玩的、我擅长的题材，集中精力攻一下。另外一个朋友说，我看你的《耶路撒冷》里运河写得很好，但是还不彻底，能不能彻底地写一下？因为这句话，我突然觉得我这些年对运河的认识被唤醒了，我觉得可以试试。但真正要写真是非常麻烦，我拿起显微镜、放大镜，才发现要做的功课真的特别多。所以在写作的四年里，我把运河从南到北走了一遍。因为我写作时是有强迫症的，有实证主义倾向，一个地方我得真的到过，到过以后写起来才比较踏实，所以我把运河沿线全部走了一遍，有的地方走了好几遍，看了很多关于它的书，大概有六七十本书，而且都是非常专业的学术书，一般人是不会看的。

小说写完以后，请了两个专家来看，因为涉及1900年到2014年的长达一百多年的历史，涉及晚清的历史，尤其是义和团与八国联军这一段。运河不是我们想象中那样位置固定的，经常泛滥改道，今天在这儿，明天可能就在那儿了，而且那个时候黄河老是决口，决口以后泥沙大面积往下走，淮河和运河就不停地改道。所以这段历史经常会弄错，写到这个阶段，运河在这个地方，过两年，运河可能就在那个地方了。写完以后，我请了非常有名的运河专家来看，他看完以后告诉我，哪个地方是有问题的，1901年运河不在这个地方，那就全部推翻掉。然后又请社科院著名的近代史专家马勇老师来看，马老师把整个小说看了一遍，确保里面没有硬伤。

我这么说的意思是，写这本书花费了大量的精力，做了很多案头工作，所以这部小说写得很艰难，我个人对运河的看法要落实到一个个细节，写得很辛苦。但是写完以后，突然觉得这些东西不重要了，写完以后我继续看了很多关于河流的书，关于长江、黄河的。有一天晚上我在散步，在耳机里听《再说长江》，突然听到一滴水滴下来的声音，然后听到长江边上一个小孩儿非常清脆的笑声，那一刻我的眼泪一下子下来了，一点不夸张。跟一条河耳鬓厮磨这么长时间以后，突然听到这样的声音，会特别激动，而且这个声音在我听来非常悦耳。我突然想，如果我的这本书里关于运河的描述被一个读者看到了，他突然有所触动，就像我听《再说长江》的时候突然听见一滴水声，突然听见长江边一个孩子的欢笑声，如果能达到这个效果，我觉得就值了。

关于这本书，有很多可说的，里面有很多很好玩的事。在座的各位朋友可能都知道运河，但了解多是泛泛的。运河对我们的生活、我们的文化、我们的思维到底有什么影响，大家可能都不太清楚。我给大家举个例子，大家可以想想，中国有一条很长的海岸线，从辽宁开始，到渤海，到黄海，到东海，一直到南海，有这么长的海岸线，为什么中国没有形成海洋文化，不扩张，不往外走？像英国、荷兰、西班牙乃至日本这样的国家，为什么要往外走，原因是什么，跟运河有什么关系？

还有一个例子，挺有意思的。我看史料上说，某一年苏州有个人在京城做官，有一天五湖四海的同僚在一块儿聊天，大家相互吹嘘，说我老家有什么特产。大家说完了轮到这个人，这人说我老家苏州特产绝少，没什么好东西，就有一样。大家问是什么，他回答，状元。其他人立马不作声了。为什么他可以这么说？从顺治三年开科考试，一直到光绪三十年左右废除科举，清代一共有114个状元，苏州一个地方占了四分之一。所以他才可以这么说，非常傲慢，但是云淡风轻，说苏州产状元。

大家想想为什么会出现这种情况，为什么苏州可以出四分之一的状元？跟出文状元的苏州相对应的是河北沧州，大概沧州的武状元也能占到四分之一，为什么？因为苏州和沧州都在运河边上，都在运河沿线非常重要的地方，都是运河重镇，五湖四海的人可以会聚在那里，一些高端的人才能在这些地方交流，所以它们会成为富庶的、有文化的地方。上海为什么这么发达？如果没有黄浦江，没有旁边的海，上海可能不会是现在的样子。

也就是说，对一个国家、一个民族来说，一条流动的河其实是一条大动脉。大家可以想一想整个中国的地形，几大水系，长江、淮河、海河、黄河，全是横着的。你可以想象成人体，上头一个循环系统，胸部一个循环系统，腹部一个循环系统，下肢一个循环系统，全是横着流的，就会不协调。需要有一条大动脉，从脑袋一直贯穿到脚上，这条动脉就是运河，运河是南北贯通，连接起了几大水系，可见运河有多重要。所以运河尤其对元代以来的历史产生了巨大的影响。

我写《北上》的过程中，依次从北京南下，无论是读书意义上的南下还是田野调查的南下，所以我想写一系列文章，就叫"南下"，里面一章想写隋炀帝。我们都说隋炀帝是一个昏君，沉湎于酒色，但实际上隋炀帝是中国历史上非常难得的有抱负、有才能的君主，没有隋炀帝，就不会有后来唐朝的繁华。直到贞观之治的后期，唐朝粮仓里的很多粮食都是隋朝留下来的。为什么隋炀帝刚继位就要开运河，一直弄到扬州？其实他有抱负、有野心。如果大家有兴趣，可以去看看关于隋炀帝的历史，可能会看见一个不一样的皇帝。我先说这些。

吴越：接下来请两位嘉宾接着说。我记得黄昱宁老师上周看完这本书后说，这本书很有料，请从您的角度谈一谈这本书的料。

黄昱宁：刚才徐则臣讲的隋炀帝、海洋文明，我都挺想听下去的。读书需要作者视角，也需要读者视角，我从读者角度出发。上星期看完，我随手记下来一些想法。

第一点，我觉得这本书特别适合在旅行中看。我是在去南京的路上，在坐火车的旅途中看的。在运动状态中读这个小说特别合适，我觉得坐船肯定会更好，但是坐火车也好，窗外景色的位移和书里空间时间的转换，特别对得上，有一种很奇妙的呼应关系。书里贯穿始终的是1901年那条线，从意大利赶来寻亲的小波罗一开始就说了一句话，他说大地在扩展，世界在生长。这不仅仅是一句台词那么简单，整个小说始终有流动感，这点很好。

第二点，很多人讨论这本小说时都提到，这是一种知识写作，因为里面牵涉到大量关于运河的专业知识，包括历史知识，对于普通的读者来说，这些知识都是比较陌生的东西。但是我更愿意把这看作一种虚构能力，我自己作为读者，作为编辑，或者作为写过一点小说的作者，特别重视这种能力。这种能力不光是简单的资料收集，还包括对虚构对象的强烈的好奇心，还有对虚构难度的蓄意挑战，像刚才则臣讲的，甚至是一种强迫症，一定要具备这些因素。

为什么我要这么说？因为从我自己的观察来说，我觉得中国的小说家相对而言是比较喜欢本色演出的，就是说你特别容易在他的很多作品里看到他一直在写他熟悉的东西，他本人的经历和他的叙述对象有很多重合的地方。国外的作家里，比方说我比较熟悉的麦克尤恩，经常写完全陌生的领域，一部小说进入一个领域，把它搞透，下回就不再写这个了，再换一个，他写的十几部小说，几乎每一部都在转换领域。这也近似于强迫症，这在中国作家中比较少见，但则臣身上就有，这点让我觉得很特别，我个人比较喜欢这类作家。

第三点，从地图上看，这个小说的第一个场景发生在无锡，到最后那条线，小波罗去世是在北京通州这边。时间轴上，从1900年一直写到2014年，大概历经三四代人，一共几十个人物先后出现在文本里。要有这么多元素放在一起，又要让它们之间产生对话的关系，所以常规的叙事线是不够用的。我一开始看的时候就在想，这部小说的成败就在结构里，如果结构不摆平，这么多的材料，容易把作家自己写迷糊了。我很佩服徐则臣，看完之后我觉得这部小说的完成度绝对在水准线以上。我之前问了一下，才知道小说结构也是推翻了多次，除了要做材料搜集和田野调查，还要考虑我刚才讲的结构平衡问题。现在这个结构是古代和当代两条线同时展开，对读者就有点像拼图一样，因为这些人物关系不是一开始就交代清楚的，需要你一点点发现，像探案一样。前前后后的这些事情要拼起来，你才能够明白到底这些人是什么情况。这种结构其实说起来还不算难，但真正写起来是需要很娴熟的技术的，作者始终要有全局意识，开始写的时候要预计到后面会怎么进展。可能讲技术是很枯燥的事情，因为我习惯关注这些，总之我看的时候就很佩服。

第四点，好多人提到小说真正的主角是运河，包括徐则臣自己也这么说。我补充一下，我觉得更准确地说，运河是整个小说隐含的第一视角，这是我自己的阅读感受。虽然里面偶然会有第一人称，但大部分是第三人称，第三人称是上帝视角，没有任何限制，可以深入人的内心，整个世界都可以看在眼里。我觉得在这部小说里，大部分地方看上去也像上帝视角，但是这个上帝视角是受限的，因为所有的材料都是经过剪裁的，所有的现场都是在运河边，所有的人物和事情都是围绕运河展开的。读到后来你会发现，注视着人物和事件进展的，实际上就是运河。这条流动的运河通过它的注视、凝视，最终让人物和事件产生了向心力。它也是激发读者情感的，里面的泪点，抒情的地方，都是通过运河的无声注视激发出来的，想到这个人物和这条河之间的关系，你就会突然感动了，所以我觉得运河在这里的作用发挥得很巧妙。

书里出现了几十个人物，如果这些人物都像流水账这样过去也很没意思。从我自己的兴趣来说，这些人物里我最关注两个，一个是谢平遥，因为谢平遥这个身份让我比较容易有代入感。他原先是江南制造局翻译馆的一个翻译，可以说是那个时代的奋斗青年。但是有趣的是，翻译是一种居中的角色，如果他有自己的想法，有自己的态度，就会与环境产生冲突，一个翻译是不能太有思想的，如果太有思想，一定会把自己主观的东西放进去，就不见得是一个特别合适的翻译。所以谢平遥这个翻译是不得志的，原先在江南制造局始终得不到重用，在北上的行程中，他是小波罗的随从之一，也是他的翻译，里面发生了很多很有趣的事情。沿途有很多细节的东西，我没办法展开说，有些地方近乎喜剧。中国人有言辞间冲撞小波罗的地方，谢平遥得弱化一下，有时候他又故意开一些玩笑，让两边产生一点误会，当他发现这个误会让他们打起来了，又要再缓和一下，很典型地体现了他的性格特点。

谢平遥自己面对两种文化之间的冲突时的心理状态也很耐人寻味。因为翻译在中国近代历史上起的作用可以说是举足轻重，从文言文到白话文的发展过程离不开翻译的塑造。但是翻译这个角色并不见得是那么光鲜的角色，本身常常是非常尴尬、暧昧甚至是悲剧性的，他常常两头不讨好，里外不是人。

李敬泽的《青鸟故事集》里有一篇文章写得很有趣，叫《飞鸟的谱系》，里面就把翻译这种尴尬的身份梳理得很清晰，他实际上还常常冒着生命危险，就像两国交战中的来使一样，一句话说得不合适了，可能连命都保不住。其实谢平遥这个人物跟翻译在近代史上的尴尬、暧昧是完全相符的。从他身上能看到夹缝中的身份危机和文化认同上的进退两难。翻译背后蕴藏着两种不同的文化，有东西方文化激烈的碰撞，这在谢平遥身上都能体现出。所以谢平遥是一个比较立体的存在，从这个人物身上你能感受到作者想要表达的东西。

还有一个人物就是马福德——小波罗一路北上要寻找的人，就是他的弟弟。他随着八国联军来到中国，最后做了逃兵，娶了中国女人，把自己慢慢变成了一个中国人。你看到后来会发现，他已经融入了运河的血脉，和它同呼吸、共命运了。实际上到最后，他的身份认同已经完全站在了中国人的立场上，以一个中国家长的身份跟日本人同归于尽，整个故事写得很悲壮。我先讲到这里。

黄平：刚才听则臣兄从作家的角度讲《北上》，黄老师作为非常优秀的评论家，对作品剖析得非常深刻。我是华东师范大学中文系的教师，我从文学史的角度谈一点我个人的理解。

我们很容易把这个小说归入中国当代文学的发展脉络，我们都知道，1984 年年底，在杭州大运河的一端，我们开了一个会，就是"寻根文学会议"，这个会对当代文学影响特别大。从 1985 年开始，当年的优秀青年作家像贾平凹、莫言等人写各自的家乡，直到今天，这依然是非常强大的脉络。则臣说他的家乡在运河边，他的中学离运河非常近，我们就很容易想到这样一个脉络。则臣现在在这样一个文学格局里面，是我们非常正统的中青年小说家的代表，某种程度上，他首先是在文学传统中来写作。20 世纪 80

年代中期以来，中国的长篇小说很多是地方家族史。《北上》这部小说，你也可以理解为是多个家族史，不是一个家族，而是多个家族跨越一百年的交叉。

但是我今天更想强调另外一方面，除了非常好地接续了中国当代文学的传统之外，徐则臣还有自我更新的变化。我们还是回到 80 年代中期，当年的那批作家回到了各自的家乡，他们当时有一个非常明确的诉求，因为地方的东西、真实的东西变得不可见了，所以他们要回来写地方，写这样一种烟火人生。这是寻根文学比较明晰的诉求。

到了徐则臣这里，变化很有意味。运河跨越 1797 公里，你说这属于哪一个地方，非常难讲。在这个意义上，他的小说如果一定要寻根，其实不是寻某个地方之根，不是寻某个家族之根，而是寻帝国之根，这条运河是帝国之根。从这个意义上我们就好理解这个小说的两个故事。第一个故事结束于 1900 年，结束于废除漕运，大运河在某种程度上遭遇了功能性的死亡。而在这里始终隐含着一个视角，不断回现马可·波罗的事情，从大运河崛起的时刻到唐宋元这样的大帝国崛起，再到明清帝国的彻底瓦解，这里隐含着一种深刻的帝国的象征。而这样一个维度，在徐则臣上一辈的作家写作中是没有的，上一辈作家不太从国家层面进行文学想象。

徐则臣在艺术上特别吸引我的一点，就是他在某种程度上对当代文学的创造性转化。当你从某个地方回到帝国层面，很容易犯一个毛病，就是容易变得僵硬，但是则臣处理得非常柔软。他小说中蕴含的情感结构是我们当代人感觉非常亲切的，他不是把一个特别宏大的叙事给你拎出来。

我觉得徐则臣这部作品有点像大卫·米切尔的《云图》。《云图》前几年改编成电影上映了，最后他写的是六个人物的命运交叉，其实每个人都不理解这样一个谱系，在理念层面上是讲不清楚的。我们回到《北上》，也是多个家族命运的彼此交叉。《云图》那部小说非常适合网络时代的读者阅读，因为今天这个世界就像一个网一样，无形中有一个冥冥的东西把我们的命运彼此交叉，每个人都无法把握这个网的主体。

运河就像当年的一个网，是流动的，许多差异性在这样一个流动的网络中被高度组织起来了，这种感觉让今天的读者读起来非常亲切，很容易被说服。

我觉得这部作品在文学的把握上也做得非常好。运河杂糅了多种多样的声音，有外国人有中国人，则臣非常客观平稳地交代了他们的故事，没有偏向任何一方的立场，这样的把握我觉得特别重要。

则臣应该是 1978 年出生的作家，在他们这一代作家里，传统依然非常有力量，但跳开这个传统写作也不成问题。则臣的写作就像大运河一样，一方面不断延续，一方面不断更新，这是我个人的看法。

吴越：刚才两位黄老师都谈得很好。我也想稍微聊聊，可能我的角度比较小。我们今天的主题叫"河流的秘密"，来之前好多人鼓励我，一定要挖掘出徐则臣的秘密。我确实想了解徐则臣为什么写运河，为什么想写《北上》，他刚才说的理由是不能说服我的。我每天上班路过静安寺，看了十四年静安寺了，我都没想过要写静安寺。我看到书里一句话，突然有所感悟，"从船上往下看，仿佛看到运河里另有一个人间"。我突然感觉到，则臣的小说里另有一个运河，这个运河不是我们看到的运河，而是徐则臣的运河。

则臣有很长一段"北漂"的经历，运河可能给了他来自家乡的慰藉，但这点还不够，他应该是发现了运河，他发现运河可以作为他大叙述的很好的载体，刚才黄平老师也说了，他有一个历史叙述的线索。我觉得对于则臣来说，他可能是在某一个时刻发现整个运河的运动轨迹、运动方向，正好暗合了我们这一百多年来关心的话题，能在这个网格当中慢慢体现，而这个写法可能是以往的作家或者历史学家没有触及的，所以说是他发现了运河。

我有一个困扰，我跟黄平老师也探讨过，小说的后面，这些后人们都奇迹般地聚到一起了。我知道则臣在结构上考虑过很久，其实这事关小说的伦理，这些人物的后人在现实中真的有可能聚在一起，拼出完整的画卷吗？这个问题我没有问则臣，因为我说服了我自己，我觉得我们每一个人的祖上三代，可能都曾经生活在一起，都是相互认识的。有一个六度空间理论，其实三度空间就够了，因为我们在座的每个人，往上数三代或者两代，真的可能就是某一个场景、某些事件中的当事人，这不是想象出来的，应该是真实的。这个伦理问题被我解决了。

运河对则臣很重要，他写到运河的衰落、漕运的衰落，一直到中国近现代进程中的海洋文明，其实就是运河沿线变成了内地，则臣写到它极盛之后的极衰，然后归于平静。实际上大家可以看一看，这些地名都是能让大家激动的，杭州、镇江、扬州、无锡、高邮、济宁，是文化非常昌盛的一条线，无论是古代还是现当代，都出了很多文学家，但它们也面对着某种衰落。我是这样猜测的，对于则臣来说，运河也是他寻找自己的重要坐标，我们都是运河的子弟。现在大家都在寻找自己的身份，则臣是往回找，厘清自己的身份，能够让你对自己的来处产生一种光明和正当的感觉。这是我认为的则臣找到运河、发现运河、写下运河的心路历程，可能对我们每个读者来说，也是一个很重要的收获。

徐则臣：关于吴越的猜测，其实我是写完以后才发现是这样，写之前真没这样想，如果写之前我就有这么宏大的想法，有规划天下的清晰思路，小说可能不是现在这个样子，会变得更好。写它主要还是出于感情。我不知道你十四年来一直看着静安寺的感觉是什么样的，但是对我来说，运河跟我切身的经历相关，是引导我走向世界的一个向导。

我生在一个小地方，一个小村子，小时候连县城都很少去，往往都是从家里抠出来几分钱，才到镇上买点东西。那个时候对世界非常好奇，看到天上飞机飞过，我就想飞机往哪儿去，里面装着什么人，他要干什么，要去多远的地方。飞机在我小时候，是想象世界的非常重要的途径。另外一个是火车，我专门写过一部长篇小说叫《夜火车》，我在很多小说里都写过火车，《耶路撒冷》的开头就是火车。在我的想象里，火车和飞机一样，沿着大地一直往前跑，在不断拓展世界的疆域，同时拓展我所认识的世界的疆域。如何到世界去？要跟着飞机，跟着火车。

后来还有一个带领我往世界去的，就是运河。我初一那年住校，苏北一到冬天，水管就冻住了，刷牙洗脸都没水，一帮人就端着脸盆和牙缸往校门口跑，校门口前面就是一条运河，江苏最大的运河，叫石安运河，一大早一排小孩蹲在那里刷牙洗脸。运河水一直在流，所以它很少结冰，而且有水汽蒸腾，很暖和。那个时候我就想，运河水要流到哪里去。我觉得有很多人对这个世界最基本的想象是建立在水流的基础上的，你看这水它一直在流，你就会想，我扔下石头，下一秒会到哪里，再下一秒会到哪里，从这个地方到另外一个地方，它会变成什么样子。尤其当你局限在一个小地方的时候，你对世界的想象其实就建立在这些东西的基础上。为什么？因为水流是移动的，它可以把你的想象无限地引向远方。

直到我工作，这条运河还是我拓展对这个世界的想象的最重要的方式之一。所以我会想，远方的远方是什么。赫拉克利特有句话说，人不能两次踏进同一条河流中，你看到的那条河转瞬即逝，那条河到下一秒变成了什么，我对此一直很好奇。所以在我的想象里，这条河越来越长，直到它长到 1797 公里，变成京杭大运河的时候，我想我应该从头走到底，去看一下。

不仅仅是作家，其实我们每个人都是这样，会有斤斤计较的、拿得起放不下的东西，甚至是非常隐秘的东西。比如说我写《耶路撒冷》，最初完全是因为我喜欢这四个字。我都不知道它代表什么，都不知道它是个以色列的城市，但我一直觉得这四个汉字放到一块儿，读起来、听起来、看起来、感觉起来，特别有意思，它有一种独特的味道、独特的颜色，很吸引我。后来我当然知道耶路撒冷是什么了，我就想，我应该写一个东西。我的很多小说，包括在《收获》上发的《如果大雪封门》，后来获鲁迅文学奖的那篇小说，就是走在路上，脑海中突然跳出来这六个字，"如果大雪封门"，什么都没有，光秃秃的就这六个字。我觉得这六个字真是有意思，适合做小说题目，就把它写下来，贴在我的书桌上，每天盯着看，看了几年以后突然觉得有思路了。

我对一些汉字会有特殊的感觉，我要写在这个地方，看着这些字像建筑一样，有自己的阴影，我会慢慢感觉到这些字能不能形成自己的场，这个场到底有多大，我需要长时间盯着看。

总之，火车、飞机、运河不停地扩大我想象的世界，所以对我来说，我需要把这条河写出来，其实就是证明给自己看，我所想象的世界到底有多大。

关于那些后人为什么会聚在一块儿，是不是有巧合，这个问题很多人问过我。小说里有一句话，"三代以上就是一笔糊涂账"。大家想一想，从我们的父亲、祖父再到曾祖父，再往上，我们就什么都不知道了，一代一代传过来，每代都以讹传讹。也许这个小说中最真实的就是当下的一帮人，而他们祖上的故事，是这帮人在一块儿，因为各自对世界、对历史的想象，相互之间虚构出来的。

我对运河很有感情，它带领着我认识这个世界。在写这个小说之前，我从来不敢用"运河之子"这个说法，太矫情了。但是我把三十万字写完之后，我认为我有资格这么说，不是因为我写了它，而是因为我为它投入了很多。所有在运河边上生活过的人，只要非常认真地对待它，我觉得都可以称自己是"运河之子"。我把"运河之子"这四个字放在小说三十万字的最后一句话里，写完以后我问出版社编辑，放里面合不合适，要把它删掉吗？我担心别人说太肉麻了。编辑说，没事，我读到这个地方，情感上去了，非常自然，一点不觉得是硬往上托。我说你有这个感觉我就放心了，因为我写到这个地方，感情真是自然而然地流露出来的，那个时候我觉得我可以认定自己是一个"运河之子"。

吴越：我要解构一下则臣。大家可能觉得他说话的时候这么严肃，这么掷地有声，实际上《北上》这本书非常好看，看的时候会不停地笑，你能感受到则臣有一种非常高级的幽默感，他真是一个可爱幽默又可靠的人。你会觉得《北上》这本书有声有色，绝对不会感到枯燥。

还有一个感觉，则臣刚才给我们提供了一个不太靠谱的成为小说家的办法，就是盯着字看。有天赋的同学可以试试看，盯着字看能不能成为则臣这样优秀的小说家。

黄昱宁：我看完小说时已经很晚了，发了个微信给则臣，提了一个小问题。小说里有一处闲笔，提到一个考古学家，叫胡念之。他发现船上有一个乾隆题款的瓷器，像是伪造的。这个人物跟前面的几个人物有什么特别紧密的关系，是不是我看漏了？则臣告诉我没看漏，一方面他是要写胡念之这个人，还有一点就是带有暗示的意思。你做的任何严谨的历史钩沉、考古，其实也是虚构的想象，你只能假设推理，因为你无法真正地复制历史，你只能通过虚构来逼近真实。这其实也是暗示整个文本，未必见得就是一段真正的历史。他的小说后面还有两个人物，是一对情侣，他们讨论他们的前人，故事越来越完整，由此可以想象，前面那些就是他们虚构出来的东西。

有这个东西作为基石，"运河之子"这些抒情就变得不那么矫情了。这有点像新历史主义的趣味，新历史主义强调文学和历史几乎不存在什么前景和背景的关系，实际上是通过文学建构历史。有了这样一种趣味，后面的抒情就不会显得太矫情，这是挺有巧思的。

黄平：我跟黄老师的看法一样，我也觉得"运河之子"这样的说法并不矫情。黄老师从新历史主义的角度来讲，我完全同意。

我从另外一个角度来讲，其实我们说一个东西矫情不矫情，或者说一个东西情感强烈不强烈，是没有定论的，要看从什么标准来看。很长一段时间里，中国的文学和文化是趋向于冷漠的，这只是一种认识的类型，肯定不是真理，只是一种看法，我们会认为越是冷漠、越是情感趋于零度的，这个东西就越高级，情感越充沛的就越低级。这带有鲜明的现代主义文学气质，在很长一段时间内是一个主流的看法。但在今天来讲，我个人对这个东西是比较怀疑的，我个人比较期待情感比较饱满的、比较热烈的作品。

我们知道现代社会起源的时刻，比如说从法国大革命来看，或者再往前推，从文艺复兴来看，主导性的认知是理性，启蒙主义非常强调理性、知识，这个没错，好处特别多。但是到今天有一个特别大的不足，人的情感到哪里去了？发展到最后就是人工智能，人工智能今天可以模拟情感，但这肯定是不能让人满足的。

最近这些年，其实在中国当代文学界，很多人开始重新谈抒情，例子非常多，我觉得有必要调整我们的认知框架，有温度的东西并不一定就是矫情的。像则臣这样的很优秀的小说家，他都担心大家会不会觉得矫情，其实不矫情，人之为人，特别重要的就是有这样的情感，这是特别重要的。在最原初的生命体验上，大运河和生命彼此呼应激荡，我觉得这特别重要。作家写小说的时候未必意识到，这些其实是沉淀在无意识的层面上。文学真的是极其高明的智慧，不能用纯粹理性的方式来把握。

吴越：今天在座的读者应该也有很多关于写作的话题想跟则臣探讨，我们进入读者互动环节。

读者：徐老师您好。我想请您谈谈写作中的具体细节，包括素材整理，您是如何去构建这本书的骨架的。

徐则臣：这部小说的容量特别大，必须要有取舍，必须要选材，必须要重新结构。而且还有重要的一点，要对历史进行解构，我不能按照历史结论重新讲一遍，我得有自己的探讨，需要重构历史、重构时间、重构空间，所以我需要选择一种合适的方式，让读到的人觉得这不是流水账，而是跌宕起伏，有张有弛。

对整个运河最重要的是两个地方，一个是淮安，一个是济宁，但是在小说的第一部分，我全都跳过去了，为什么？因为我下面还有单章写淮安，单章写济宁，我必须做一个结构的搭配。写这个小说的时候我画了很多图，那个图就是一个建筑群，这个地方少一根柱子，那个地方要多一根，相互之间要把平衡感建立好，而且都照顾到，所以特别麻烦。这部小说写了四年，其实前两年我基本上都在干这事，一遍遍推翻。我思考小说的结构时从来都是画图的，跟建筑师一样在那儿画图。

另外，在写作过程中有意思的是田野调查。这部小说里有两个兄弟，是意大利维罗纳人，去过意大利的都知道，维罗纳这个小城市离威尼斯不是很远，是朱丽叶的老家，现在这个城市还有朱丽叶的故居。我去的时候，看到全世界一对对年轻人去朝圣。这个城市不大，我一圈圈走，各个小巷子都走。我原来觉得威尼斯应该很大，后来发现威尼斯这个岛就像颐和园这么大，难以想象，但是它的确是非常重要的。我小说里写的小波罗说，在威尼斯你永远想象不到京杭大运河有多么伟大，但如果我没有去过威尼斯，我肯定不会这样写。

刚才黄老师说到瓷器，写到瓷器的时候，我就在想考古挖掘。什么瓷器最好？肯定是汝瓷。汝瓷肯定是个好东西，要么就是青花，青花现在已经极少了，但是汝瓷也是非常牛的。

一方面是现在有很多后世伪造的瓷器，伪造乾隆题字，另一方面，乾隆这个人特别喜欢瓷器，但是经常看走眼，乱题字，题完之后发现不是正儿八经的汝瓷。所以博物馆里不少藏品都是假的。写到这里，我觉得不太清楚，看了很多资料还是不清楚，正好有一个机会，朋友跟我说他们要去河南汝州，问我去不去，我说当然得去。在那里见到一位"大国工匠"，大家知道"大国工匠"很牛的，全国瓷器行业的"大国工匠"只有一个人，是一位姓朱的老先生。汝瓷技艺失传了八百年，但这个老先生在他一生的烧瓷经历中，有几次烧出了汝瓷，很接近那个时候的东西。但是因为烧瓷有很大的偶然性，烧瓷是一种火的艺术，1000度跟1200度烧出来的瓷是不一样的，厚釉和薄釉烧出来的结果是不一样的，矿物质的多和少也有影响，所以他也没法确定可靠的配方。我跟他聊了一次，当时觉得特别受启发，除了关于瓷器本身的知识之外，更多是从老工匠身上感受到他职业的伦理和道德，我特别感动，我们聊得特别开心。就一个老先生，从小在窑场里面烧瓷，一点点摸索，摔碎了多少瓷，他说只要自己还活着，就还会不断尝试。他一直在做，一窑出来不好，就全部摔碎。所以当我写到那段的时候，更多的是一种肃然起敬。

第一部分里写到无锡，我不知道在座有没有无锡人。我当时到处找无锡1900年的地图，因为我想知道运河和当年无锡城之间的关系，是在城里流的还是在城外流的。当时的无锡是个非常小的地方，进城门需要放一个吊桥。无锡人说的吊桥和我们通常理解的不太一样，我就找了一个朋友，那个朋友帮我找到一位八十多岁的老先生问了一下，描述了一下那种吊桥。

写到慈禧，一开始叫"老佛爷"，我就在想，"老佛爷"的称呼对不对。查了一下资料发现，只有慈禧身边的宫女、太监和跟她关系特别好的几个近臣才叫她"老佛爷"，都不出紫禁城。现在我们的影视剧里，天南海北的，不管在哪儿，提到慈禧都叫"老佛爷"，这就是以讹传讹。

我觉得一个小说家应该有这种责任。我们现在说《金瓶梅》的地位在上升，很大的原因是它可以有效还原那个时代的历史现场，还原那时的市民社会，它是一部信史。所以一个作家至少要在能力范围之内尽量追求真实，这也是我像强迫症一样做田野调查的原因。我希望写下来的运河是真实的，而不是让以后的人们看到假运河，这是我自己愿意做的一件事。

读者：河流跟我们人类有非常密切的关系。但是徐老师写的河流非常特别，因为这是人工的一条河流，不是自然的河流。我是医学院的，您刚才打了个循环系统的比方，我就在这个比方上继续说，运河相当于医生给你做搭桥手术，相当于在大地上搭了一条血管，让你的其他系统可以流通起来，这是从积极的方面讲。消极的方面，从生态主义的文学批评视角来看，运河相当于在大地上凿出了一条巨大的伤痕，您怎么看这个问题？

徐则臣：遇到高人了，的确很专业。您说得很对，运河是大地上不曾有过的，是人为的东西，它有积极的一面，肯定也有消极的一面。刚才我一直强调运河对中国历史、中国文化产生过非常重要的影响，包括不同地域之间的融合，搭了桥之后，物产就可以流通起来。当年运粮就是这样，什么叫漕运，以水转谷也，把粮食用水运过去。南方是鱼米之乡，但北方有皇帝，有戍边将士，他们要吃要喝，生活物资怎么来？都是从南往北走。所以对他们来说，一开始运河只是一种功能性的东西。但是这个功能性的东西逐渐对我们的文化、我们的思维产生了巨大的影响，生活在水边跟不生活在水边是不一样的。

对那个时代的人来说，可能活着是最重要的，如果是从现在的角度，我们的物质足够富足了以后，就要考虑环保的问题、生态的问题，但在那个时候确实做不到。

吴越：感谢大家的热情参与，也感谢嘉宾精彩的发言。今天的活动就告一段落。

时间：2019 年 3 月 16 日

嘉宾：［美］马特·塞林格、顾爱彬、路内、周嘉宁

二十年的守望与传承

——塞林格作品在中国

主持人：亲爱的读者朋友们，大家下午好。首先要欢迎各位在美好的下午来到我们思南公馆，参加"二十年的守望与传承——塞林格作品在中国"讨论会，在此我谨代表译林出版社向远道而来的塞林格先生的儿子和各位嘉宾表示诚挚的欢迎和衷心的感谢。

塞林格是中国读者非常熟悉的名字，他的小说《麦田里的守望者》引起了巨大的反响。今年是塞林格先生诞辰一百周年，也是译林出版社成立三十周年，我们借此机会推出了塞林格的全部作品，包括《九故事》《弗兰妮与祖伊》《抬高房梁，木匠们；西摩：小传》，这是塞林格作品的简体中文版第一次在塞林格基金会的指导下结集出版。我们有幸首次邀请到塞林格先生的儿子马特·塞林格先生访华，他毕业于哥伦比亚大学，曾经是《美国队长》等电影的主演，曾作为制片人拍摄了很多电影。现在他是塞林格基金会的负责人，负责塞林格先生作品的出版研究。

另外欢迎路内先生、译者周嘉宁老师和译林出版社的社长顾

左起：顾爱彬、现场翻译、马特·塞林格、周嘉宁、路内

爱彬先生。今天我们将和热爱文学的读者朋友们一起回顾塞林格陪我们走过的日子。首先请顾爱彬社长和大家分享一下《麦田里的守望者》这本书在中国的出版故事。

顾爱彬：大家好，有幸来到思南读书会，思南文学之家可以说是我们读书人心中的圣地。今天来了那么多的朋友，特别荣幸能和大家分享塞林格的作品，尤其是《麦田里的守望者》在中国的传播。

《麦田里的守望者》在中国的首次出版应该是在 20 世纪 60 年代，那时中国还没加入世界版权公约。1992 年中国加入世界版权公约，中国的出版社才开始有意识地购买世界各国作品的版权。1996 年译林出版社购买了不少国家的文学作品版权，其中就包括《麦田里的守望者》。我们在 1997 年正式推出获得授权的《麦田里的守望者》中文版，译者是施咸荣先生。当时我们策划了一套现当代文学名著系列，购买了大批世界各国的现当代作家作品版权，共两百多个品种，这在当时的中国出版界是绝无仅有的。但由于当时国内的市场不是特别理想，所以这套书在读者当中没有引起特别大的反响，但是在学界影响比较大。应该说，20世纪世界各国比较有名的作品，当时我们都买了版权。

《麦田里的守望者》正式出版之后，国内读者的反响比较强烈，施咸荣先生的译本很受读者的欢迎。译林也做了很多推广工作，塞林格在中国逐渐热起来。

到了2007年以后，因为中国的市场发生了变化，国外现当代文学名著的市场逐渐扩大，涌现了很多新的读者，大家对于译文的要求也提高了。我们又邀请了已故的青年翻译家孙仲旭先生重新翻译了《麦田里的守望者》，他的语言风格应该说更贴近于年轻读者的喜好，某种程度上也更能传达塞林格先生作品的原意。这一版在设计装帧方面也更受年轻人的喜欢。2010年塞林格先生去世，在中国读者中引起了强烈的反响，我们当时邀请很多国内的专家学者做了一系列的活动，缅怀塞林格先生，也搞了一系列的读书沙龙活动。今年是塞林格先生诞辰百年，搞的活动更多，当然包括今天的这场。各地的活动都反响强烈，不同年龄段的读者特别踊跃。

在我们的全力打造下，塞林格以及塞林格的作品在中国越来越受到欢迎，这就让塞林格的《麦田里的守望者》成为一本超级畅销书，这么多年来一直畅销不衰，在销售排行榜上位居前列。我们又荣幸地请到了他的儿子到中国来，进行十多天的推广宣传活动，第一站先到上海，昨晚在复旦大学，今天在思南公馆，明天去苏州，后天去南京，然后再去成都、北京。马特·塞林格先生这一路非常辛苦，但他为了父亲的作品在中国的传播，可谓不辞辛劳，据说他每天 4 点钟就起床。希望通过这次活动，能够让塞林格以及塞林格的作品更加深入中国读者的心中，让大家更喜欢他。我简单介绍到这里。

主持人：感谢顾社长分享的这段故事，我也觉得骄傲而且荣幸，我们译林出版社把这部作品带到中国，受到了这么多读者的喜爱和支持。路内老师和大家一样，是一位热爱塞林格作品的读者，他对塞林格有很多自己的理解和感受，请路内老师分享一下。

路内：我第一次看《麦田里的守望者》是在我 11 岁，暑假的时候在我爸爸的工厂里，那是个化工厂，化工厂里不能乱跑，就在图书馆里一关。有个温柔的女图书馆员说你到里面随便看吧，1984 年左右的图书馆里全是革命小说或者 19 世纪的外国小说，那些外国小说特别厚，很乏味。我终于从里面找到一本书，封面上是个小男孩，我想应该适合我看，就硬着头皮看完了。我知道这个故事在讲什么，但我不知道为什么要这样讲，有点看不懂。过了很多年，我突然发现这本书变成了文艺青年们非常喜欢的一本书，我也不太好意思说我 11 岁就看过这本书了，有点说不过去。我和我太太好多年以后又把这本书看了一遍，我看明白了，也说明我长大了。

后来我看了《九故事》，我觉得非常好。我自己写过一个短篇小说，名字叫《为那污秽凄苦的时光》，我也写了一个男孩，因为他妈妈喜欢赌钱，把他打算送给心爱女孩的金项链输在了赌台上，写了这样的故事。我想我在用实际行动向塞林格先生表达我青少年时期读过他的小说这件事，我觉得我谈不上是在感谢他，更像是在怀念某一种东西。

周嘉宁：这两天我想到 2000 年 1 月份的时候，因为 2000 年 1 月份我要去复旦大学参加我人生中第一次重要的考试，文科基地班入学的面试。当时我完全没有任何入学面试的经验，不知道应该准备些什么，但是我知道那会是非常大的场面，因为中文系各个科目的老师都会出来，可能每个人都会提问，我想我应该准备好一些回答。我没办法预想他们提的问题会是什么，我只能想象出一个问题，就是你最喜欢的一本小说是什么，所以当时我在心里准备了一个回答，我想说是《麦田里的守望者》。那个时候我 17 岁，我看了《麦田里的守望者》，非常确定的是我没看懂，所以它肯定不是我当时最喜欢的一本小说。

我为什么会选择这样的答案？我非常确定的是，一旦我说出了这个答案，别人就会知道我是一个什么样的高中生，这是一件一目了然的事情。我们那代学生是怎样的呢？我们觉得与世界格格不入是非常值得骄傲的事情，而且我们也歌颂爱和温柔。现在回想起来，当时我为什么会选择这样一本书作为标签或者符号？因为当时我所喜欢的作家，我曾经想成为的成年人，很多人是这本书的捍卫者，他们曾经在不同的场合提起过这本书对于他们的青年时代的影响和塑造，他们中有很多人都会思索说，中央公园里的鸭子冬天到底去了哪里？二十年前，我想他们大部分人根本没去过纽约。现在转瞬二十年过去了，我没有重读过这本书，但是我陆陆续续地读了《九故事》《弗兰妮与祖伊》《抬高房梁，木匠们；西摩：小传》，等到我今年年初再回过头去读《麦田里的守望者》的时候，脑海中突然浮现出我曾经想要成为的那些成年人，那些我喜欢过的作家。我其实挺高兴的，因为我看到这个活动的宣传资料，他们中的一个或者两个人的名字也会在之后的一系列宣传活动中出现。比较幸运的是，二十年后我重新读《麦田里的守望者》的时候，已经对格拉斯天才家族成员的命运有了一些了解，我对于塞林格所参加过的战争以及他人生非常表面化的部分也有了一些知晓，对于禅宗的皮毛的皮毛也有了很肤浅的了解。

当我带着二十年的经历回到《麦田里的守望者》这本书的时候，比起 17 岁的我来说，它带给我的震撼，我被巨大的温柔和爱感动的部分，比当时实在多太多了。有一个同龄人说，他当时没有读过这本书，他觉得自己错过了阅读塞林格最好的时候，但其实对于我来说，划分塞林格的作品和读者的并不是时间和空间，而始终是心灵质地的构成。谢谢。

主持人：谢谢两位嘉宾分享他们成长中与塞林格相关的故事，非常有趣。我们下面要请马特·塞林格先生给我们介绍一下这部作品在全世界的传播，有请。

马特·塞林格：感谢大家今天来参加这场活动。我想你们来这里是因为喜欢阅读，喜欢阅读我父亲的作品。我爱我的父亲，我也爱阅读我的父亲。路内读《麦田里的守望者》的时候 11 岁，比我第一次读的时候更小，我是 12 岁时第一次读的。我不是一个专家，不是学院中人，但是我比更多人知道我父亲的事情，所以说今天我会说一些关于《麦田里的守望者》传播的事情。如果不是我父亲百年诞辰，我想我今天也不会坐在这里，我很希望能够支持全世界所有的出版商。我对于译林今年所做的这些事情感到非常开心，今年也是译林的 30 岁生日。

我父亲刚刚去世的时候，他们说《麦田里的守望者》的销量是 6500 万，直到今天，我父亲死了那么多年，他们还说它的销量是 6500 万，我也不知道到底是怎么回事。我对于数据和钱不是很感兴趣，我感兴趣的是他说了什么以及为什么会这么说。每个人在他年轻的时候，或者说在他人生中的某个时刻，都会感到自己很疏离，对此不是很满意。他会问自己，想不想成为这样的人，我也总会问我自己这样的问题。

我想这也是霍尔顿经历的事情，他看到世界上有不诚实的、败坏的东西，他不想成为这个世界的一部分，但他确实是世界的一部分，这种情况下他该做什么？该如何继续他的生活呢？这些存在性的问题就在这本书里，关于这些问题的一些很深刻的解答或者说理解，都在这本书里。我觉得这些对世界有批评或者很偏激的人，在内心深处往往是一个理想主义者。我觉得这是我们都想去理解的一种普遍性的问题，这也就是为什么《麦田里的守望者》能够走到今天，能够有这么大的影响。

译林出版社一次性把他所有的书都出版了，这是激动人心的。我在阅读《九故事》以及其他作品时，能够最清楚地听到父亲的声音。我认为我父亲在写这些作品的时候，内心觉得自己能够改变世界。我觉得他有一颗东方的心灵，相比他西方人的外表，他的内心更偏东方人。人们一直讨论他对于印度教的兴趣，其实他对道教和儒家的东西更感兴趣，他会读老子、庄子之类。毋庸置疑的是，他是美国纽约人，但在某种意义上，他的作品现在由译林出版社出版，是他回到了自己的家。我希望所有人能够读一下《弗兰妮与祖伊》这部作品。

主持人：刚才几位嘉宾分享了他们的故事，接下来大家可以随意地聊一会儿，读者如果有什么问题，也可以向几位嘉宾提问。

路内：《弗兰妮与祖伊》我没看过，对于我一生中很喜欢的作家，我总得留一本书不看，等我老了以后再拿出来看。其实我非常喜欢《九故事》这本书，因为这本书给我提供了一个很好的写短篇小说的范式。如果我们没有受过高等教育，身处在一个仅仅受过中等文化教育的环境中间的话，塞林格这样讲故事的方式是匪夷所思的。我们看到的都是线性的讲故事，是时间、地点、人物，塞林格讲的故事不是这样的。我第一次看到《笑面人》这篇小说的时候，觉得这个故事写得非常漂亮，是个闪光的故事。很多年后我自己写小说的时候，会一直回想，这个短篇小说怎么会给我留下那样的印象。小说的故事很普通，那些小男孩也没有被刻意地塑造，但整个故事就是发亮的故事。并不是说晦暗的故事就是坏的故事，不是，只是说它能不能达到这样一种质地。

所以好多年里，我自己写小说的时候，这变成我内心的驱动力，会让自己的故事往那个方向靠。像嘉宁刚才说的，塞林格这个作家给我们这些读者的是他的爱和温柔。我现在年纪大了，我在三十多岁的时候，特别喜欢那些冷酷的作家，但是年纪大了之后我觉得其实不用很酷，酷一点就可以了，能够用这样一种态度来写小说，我觉得对于一个小说家来讲也挺好的。你看这四本都是小说，至少在他已经出版的范畴之内，他没有讲多余的废话，他保持了一个小说家非常纯的色彩，我真的觉得这是一种很好的状态，可以供中国作家参考。

周嘉宁：接着说下去，我也非常喜欢《九故事》，但是让我对塞林格整个人开始着迷的不是《九故事》，而是《抬高房梁，木匠们；西摩：小传》。正因为这本书，我对于西摩这个人物完全入迷，对于格拉斯家族到底是怎样的也非常好奇。所以当我看完这本书之后，我对塞林格的阅读变成在他其他的小说里寻找西摩的影子，因为他并不只是出现在这一部小说里，他也出现在了《九故事》里。我觉得最奇怪的是，即便一整个中篇都是西摩小传，但看完整部小说依然不知道西摩是怎样的人，依然是个谜。后来我查了一些资料，不知道塞林格有没有继续写格拉斯天才家族其他的故事，但是我自己对于整个家族故事也怀着非常矛盾的心态。一方面我很想读到，另外一方面，整个格拉斯家族在我心中有了一个属于我自己的影子，有了一个属于我自己的虚构地带，是我在内心通过种种细节、人物拼凑出来的，所以我又有点矛盾的心情。

基于这种矛盾的心情，今年重读《麦田里的守望者》的时候，我想到霍尔顿这个人物奇妙的地方在于，他不是被固定在小说文本里的，他不是一个停留在哪一个故事里的形象。可能对于很多喜欢这个作者和小说的读者来说，这个人物形象会变成一种精神物质，是一个精神体，会伴随着读者的成长发生变化，会在读者心里产生一个属于霍尔顿自己的成长过程，这是我阅读塞林格先生的小说时最大的体会。

路内：我想问一下塞林格先生，《麦田里的守望者》在美国有没有被拍成电影或者电视剧？因为我很难想象有人能演得了霍尔顿这个角色。

马特·塞林格：我觉得读者和作家之间的关系是一种很神圣的关系，读者的想象力在那里就够了，你心中的西摩可能和他心中、我心中的是不一样的。如果拍成电影，会有很愚蠢的好莱坞演员在那儿演，我能这么说是因为我自己就是一个很愚蠢的好莱坞演员，把这个角色给败坏了，这是很令人遗憾的。很平庸的作品能够被拍成非常伟大的电影，当然偶尔也会有很不错的作品变成很好的电影，但翻拍一定会有很大的损耗，因为突然之间有这样一个形象出现在那里，这个形象既不是从作者的写作中来的，也不是从你的想象中来的。

很多作家会为了钱而做出一些决定，海明威会卖家具、卖酒，还有一些作家也会做出这样的决定，当然这些作家都是很好的人。对我而言，我想保护我父亲想要守护的那些东西，其中有一种很亲密、很神奇的东西。

顾爱彬：大家看到这套书，这么纯粹的封面现在很少见到了，现在的书一般都要有腰封，有作者的头像照片，但是塞林格先生在与我们沟通这套书的制作的时候提出，封面上只要书名和作者的名字，不要任何附加的东西，这是很了不起的，这样纯粹的作家现在很少见。塞林格先生一直强调给读者的是作品本身，他也不希望批评家和学者给他的作品附加上自己没有的东西，这是塞林格最伟大的地方。刚才马特先生讲，每个读者的想象是不一样的，我们一直说一千个人就有一千个哈姆雷特，同样，有一千个人就有一千个麦田里的守望者，不把《麦田里的守望者》拍成电影就是这个道理，文学的意义还是应该在文本本身，而不是其他附加的东西。我们也曾想过在封面上放塞林格先生的头像，但是马特先生坚持必须要把最干净、最纯洁的东西呈现给读者。

马特·塞林格：我父亲不希望自己书的封面上有一些画的东西，就像他不希望自己的作品被改编成电影。但这并没有阻止有些出版商，他们很恶心，50年代的时候《九故事》有个口袋书版本，封面上有一个大胸的女人。我想问他们为什么要这样做，当然他们是为了卖书，但是封面和书里的内容完全没有关系。对我父亲而言，阅读和写作是一场冒险，空白的封面非常重要，对读者而言那是很重要的起点，因为一开始就是一片空白，什么都没有的。很感谢译林出版社能够出版这样的书。

读者：我看到新闻说，马特·塞林格先生说他父亲的遗作也会发表，我想知道是不是已经在出版计划当中？而且听说新故事里有新的主角，不知道是不是真的？

马特·塞林格：你要警惕你的信源。我父亲的人生中有某种反讽的东西，和他很亲近的人会尊重他对于隐私的渴望，所以他们不会跟他谈这些，于是产生了一个空隙，在这个空隙当中，很多人假装自己知道答案。我从你的问题里可以知道，你可能看了关于他的一部电影，说还有五本书会在什么时间出版。

我想，在他百年诞辰之际应该给读者一个机会，我想让他的读者知道他在后面的五六十年里继续写作，他写的这些东西会继续出版，但是这些东西和刚才提到的那些没有任何关系和相似性。那些人那样说，对我的父亲和读者非常不公平。这些作品会被出版，但是时间没定，我们会尽快，但是你不要抱什么期待，像书的封面一样，一切都是空白的。

读者：我想请教塞林格先生两个问题。第一，你的父亲在50年代初就出版了这么多书，但后来突然停止了，他为什么要隐居起来，不抛头露面？第二，你的爷爷和你的奶奶对你父亲的写作有什么影响？

马特·塞林格：我父亲说过有两种作家，一种是喜欢自己爸爸的作家，一种是不喜欢自己爸爸的作家。我的祖父母都有幽默感，但其实我的祖父母对我父亲的影响是，他们让我父亲知道自己想远离他们，当然我父亲想远离很多人。但是这没有让他成为一个隐士。我父亲是个很友善的人，有次我们去市场，我看到我父亲和一个农民说了半小时的话。我带我的朋友到家里做客，我父亲会和我朋友聊天，问他们的家庭情况和很多细节，有时候我的朋友会把他们的父母请到我家做客。我父亲想按照自己的方式来生活，他也想把时间留给写作。

你觉得这让他变成了一个很怪的人吗？也许吧。他的这种怪自有他的逻辑，让他有时间阅读、写作、生活，我觉得他的一些观点比我在很多很好的大学里碰到的教授都要深刻。这让他变得有趣，让他成为一个学者而不是一个隐士。

读者：有个细节我想提一下。《麦田里的守望者》里，霍尔顿会想，纽约中央公园里的野鸭子在冬天湖面结冰以后会去哪儿。我读过挪威作家米克勒的《红宝石之歌》，非常巧，这本书也是50年代出版的，小说一开始说奥斯陆的公园里主角在和女朋友谈，冬天公园湖面结冰后白天鹅会去哪里。我是在两个年龄段分别读到这两本书，2015年我重新读了一遍，突然发现了这个巧合，非常惊喜。所以我想问马特先生一个特别具体的问题，您的父亲和挪威作家米克勒是好朋友吗，他们之间有书信往来吗？这两部作品对我的影响非常大。这个问题除了您以外，其他人可能回答不了，所以在这个场合一定要当面请教您。

马特·塞林格：我读过我父亲所有的信，里面没有挪威作家写的。您刚才说的，我倒并不觉得很惊奇，毕竟《麦田里的守望者》是在描绘一个年轻人，一个人年轻的时候就是一个观察者，他会到处观察，所以有时候会有很特别的敏感性，会被那些美的事物吸引。

读者：我想问一下马特先生，塞林格最喜欢的作家是谁？《麦田里的守望者》跟《一个年轻艺术家的肖像》很相像，他是不是特别喜欢乔伊斯的作品？

马特·塞林格：我要再次让您失望了，我不想成为他的发言人。你对他感兴趣的事情或者不感兴趣的事情，都会在今后出版，但我不知道会以什么形式出版。我见过他的一些笔记，写了他最喜欢的作家，有三四十个人，其中有老子，有爱默生、契诃夫，也有三四十年代的流行作家，他爱他们，他们也是他的家人，就像我是他的家人一样。

主持人：非常期待能看到后续的作品，当然我们希望大家能更加详细、更加深入地阅读这四部作品，用你们的想象力和心去感受。时间关系，今天的分享会到这里就结束了。

时间：2019 年 3 月 30 日

嘉宾：陈子善、顾青、周立民、赵书雷

生活书店的那些人和事

—— 从邹韬奋和会议记录谈起

主持人：亲爱的思南读书会的朋友们，大家好！今天非常高兴，请到这么强大的嘉宾阵容来给大家分享这本书。这本书是邹韬奋先生当年在生活书店开会的记录。普通读者可能觉得会议记录就是一条条枯燥文字的拼接，看不出其中有什么东西，但是通过今天嘉宾们的讲述，相信大家会发现这本书里其实有非常有趣的东西。今天的第一位嘉宾是深受大家喜爱的陈子善老师，第二位嘉宾是中华书局总编辑顾青老师，第三位嘉宾是巴金故居纪念馆常务副馆长周立民老师，第四位嘉宾是韬奋纪念馆馆长赵书雷老师。下面我就把话筒交给赵书雷老师。

赵书雷：欢迎各位来到思南读书会，和我们一起讨论生活书店的话题。特别是思南读书会的老朋友子善老师，明天还会在华东师范大学举办一个荣休仪式。子善老师桃李满天下，我们向他表示祝贺！同时我们也要感谢远道而来的顾总，从北京专程赶来

左起：周立民、陈子善、顾青、赵书雷

参加今天的活动。还有周馆长，周馆长和子善老师一样，都是思南读书会的老朋友，在思南书局的快闪店都做过荣誉轮值店长。各位可以听到他们的叙说，应该是非常幸运的一件事。

下面先请中华书局的总编辑顾青先生给我们讲讲。中华书局是中国最重要的社科和学术出版单位之一，执掌这么重要的一家出版机构，顾总应该有很多经验和我们分享。

顾青：这是我第一次到思南公馆参加读书会，很高兴。我确实想跟大家谈一下这本书。我想我也不能光说套话，还是要介绍一下这本书，尤其是大家并不特别关注的点。

首先有一个观点：对于民国时期的史料，目前的第一要务是抢救，甚至对于中华人民共和国的史料，目前的第一要务还是抢救。这本书主要是生活书店的一些档案，用毛笔写的会议记录。各个机构都有会议记录，中华书局也有历年董事会完整的记录，现在正一点点整理。我本来也想像这样整理之后出版，但是难度很大，因为资料摞资料，粘贴又粘贴，上面还有很多海报，相对来说是比较复杂的。

为什么说抢救是第一位的？很多同志对于历史资料，比如超过几千年的甲骨文会很珍视，但对于身边这些很真实的资料，有时候并不重视，所以要抢救。既然是抢救，出版界的工作就是原封不动地影印出来。影印有什么好处？就是不改不删。大家知道，现在有些资料拿出来之后会有人不信，因为资料不是原封不动的，不是原样的。影印，尤其是这种彩色传真式的影印要胆量、要技术、要成本。感谢韬奋纪念馆，能够把这批资料拿出来，原封不动地影印出来，不删不改，不去描修，这就是最伟大的抢救。这件事怎么夸奖都不过分，因为有了这个基础就可以进行研究了。

第二点，中国目前仅有两家历史超过一百年的现代出版企业，第一家叫商务印书馆，第二家就是中华书局，中华书局成立至今有107年了。都说民国时期中国的出版业是双峰并峙，一个商务一个中华，两家永远在竞争，正是这种竞争成就了中国现代出版业的辉煌，堪称一段佳话。但中华书局的编辑一直说，对于商务印书馆的研究那么多，为什么对中华书局的研究这么少？其实原因很简单，我们没有出这样的书，没有提供基本史料，关于中华书局的很多史料我们没有及时地整理出来。只有提供了史料，学术界才可以进行研究。在这一点上，商务印书馆比中华书局做得好，所以研究多。我说了这么一长串，就是想说，这本书的价值就在这里，它为学术研究提供了最基本的史料，是关于三联书店的形成与发展的最基本的依据。

第三点，后期进行学术研究，需要特别优秀的学者透过并不完整的史料看到史料背后的那些人、那些事，那是最精彩的。比如邹韬奋先生，还有很多很多像他一样的人。我们很幸运，改革开放以后的中国出版业进入了良性运转，尽管也走过一些弯路。从出版业的角度来说，我们还有一个主题，就是向这些前辈出版家学习，认认真真学习他们的思想，学习他们对于文化的信仰和对于市场的把控。

这就是我想跟大家分享的三点感受。最后这一点要靠陈老师、周老师这样优秀的学者，由他们把史料里最精彩、最新鲜的人和事挖掘出来，和大家分享。我的任务完成了，谢谢。

赵书雷：谢谢顾总，非常精彩。韬奋纪念馆1956年筹建，1958年开馆，去年是正式开馆六十周年。我们在庆典活动里做的两件事都和思南有关系，一是在思南书局三楼办了六十年文创文献展，请工艺美院的同学用现在的眼光诠释韬奋的精神和思想，二是第一次公开影印出版这套史料，预计共出四本，今年会推出第二本。1957年，经韬奋纪念委员会同意，上海韬奋纪念馆第一任馆长专程去北京把这套史料带回上海保管，这套史料经历了漫长的岁月，第一次揭开尘封的面纱和大家见面。有关它的史料价值，顾总讲得比较多了，接下来听听周馆长的想法。

周立民：非常高兴有这样的机会和大家分享这样一本书，如果没有这样的机会，可能很多人不会去翻它，还会被吓着。你不要被它吓着，里面其实有无数有趣的细节。昨天晚上子善老师就很兴奋地说，他找到了一个很重要的资料，今天他不光是来分析和研究这本书，还要来爆料。我想还是先听陈老师把"料"爆完我们再说。

陈子善：一下到我这里来啦？

赵书雷：陈老师有备而来。

陈子善：很高兴参加这个会议，顾青先生的发言高屋建瓴，很受启发。这本书我是今年年初在中华书局上海聚珍文化编辑部的年会上看到的，当时就觉得这本书出得好，为我们研究民国时期的出版提供了珍贵的第一手资料，尤其是对于研究生活书店。大家知道生活书店在民国时期是一个非常重要的出版机构，它是怎么产生的，怎么变化的，内部又是怎么组织运作的，在这本书里都有不同程度的反映。

这本书都是开会的记录，有的详细，有的不那么详细，不管详细还是不详细，都是在讨论一些问题。作为书店的高层，他们讲了些什么，他们是怎么决策的，在这里都有所反映。这本书是1933 年至 1937 年的记录，有些地方确实有点枯燥，但是有些地方就像周馆长刚才讲的那样，非常生动，涉及一些人和一些事。

我讲一个小插曲。生活书店的这些老人，比如邹韬奋和毕云程，去世得很早，我当然不可能见到，但是还有几位老人，比如徐伯昕先生以及与生活书店关系特别密切的胡愈之先生，我都去拜访过，我当时还做了文字记录，整理了他们的谈话。为什么去拜访他们？就是因为和这本书里的内容直接或者间接相关的事。1977 年 10 月，我们油印了一本鲁迅研究参考资料，供内部参考，不是正式出版的，印了多少册我也记不清了，里面就有徐伯昕先生那篇谈话记录。这篇谈话记录非常有趣，涉及 1935 年发生的一件事情，而这件事情影响很大，涉及的都是中国现代文学史和出版史上赫赫有名的人物，首先是鲁迅，其次是茅盾，还有郑振铎、胡愈之、毕云程、徐伯昕，涉及生活书店的几位大佬，该出场的都出场了。

前两天北京有位张先生给我打电话，讨论对这本书的看法，他是这本书里张仲实先生的儿子。他说他看了这本书很受启发，也产生了一些疑问。他原来不知道他爸爸跟生活书店关系那么密切，很多会议记录都是他爸爸签名的，但让他疑惑的是，他爸爸给他讲过一些事，这些事在书里没有记载，这怎么理解？我当时就笑了，我说没有是正常的，什么事情都记录在案才是不正常的。很多事情要在会议上讨论，很多事情只有两个人才可以讨论，记录上不一定有，任何一个机构、一个企业、一个组织都是这样。档案材料再丰富也不可能是百分之百完整的，很多事是没有记载的。所以做历史研究不能只相信一样东西，要好几种材料互相比较参正，然后才有可能得出比较接近历史真相的结论，如果仅仅依靠一种材料就匆忙下结论，那是很危险的。张先生同意我的看法。

我推测，生活书店下一本档案的内容也许会更为丰富，因为1937年以后国共合作，有些讨论也许会记录得更详细。1937年以前，生活书店的处境比较微妙，它没有被正式取缔，但又受到国民政府严重的限制甚至打压。在这样一个复杂的环境中，不可能把什么都记录下来。所以，这份材料的珍贵性、唯一性、重要性再怎么估计都不为过，但我们也要注意到它不可能是完整的。

比如1935年上海的《译文》杂志的停刊，书里几乎没有直接反映，仅有几条间接的反映，这是不正常的，那么大的事件，理事会没有讨论吗？每个月至少开一次理事会，怎么会没有反映？诸如此类的事情，我们只能另外寻找线索。在这本书出版之前已经有另外两本书，一本是黄源的《鲁迅书简追忆》，因为鲁迅的书信中有大量材料涉及生活书店以及《译文》停刊事件，第二本是茅盾的长篇回忆录《我走过的道路》，里面有专门的章节讨论这个问题。

1935 年之前，鲁迅和生活书店一直合作得很好，鲁迅对邹韬奋的翻译和文章都给予过肯定。在他的建议下，从 1934 年 9 月开始，生活书店出版了《译文》杂志，这是民国时期第一本专门的文学翻译杂志，为此还专门成立了译文社，译文社一共四人——鲁迅、茅盾、黎烈文、黄源。黄源原来在生活书店的《文学》杂志当编辑，《文学》的主编是翻译家傅东华，黄源是他的助手。按照胡愈之先生的说法，生活书店和每个刊物之间的合作采取承包制，每出一期给主编多少钱，稿费怎么发、主编拿多少钱、助理拿多少钱，全都由主编决定。傅先生对黄源比较苛刻，钱给得少，黄源不满意，也对鲁迅抱怨过。鲁迅很同情黄源，就让他再兼份工，做《译文》的编辑，增加收入。所以译文社就这四个人。

因为其他三人都有充分理由不能出面，最后就确定由黄源出面，所以从创刊开始，《译文》对外的主编就是黄源，但是第一期、第二期、第三期都是鲁迅亲自主编的，因为黄源毕竟是一个新手。三期以后鲁迅认为黄源已经学会了，就把主编工作交给了他，鲁迅最后审审稿。

当时鲁迅和生活书店是通过黄源和徐伯昕保持联系，关系一直很融洽，鲁迅还提出想扩大规模，出版"译文丛书"，徐伯昕口头答应了。转折是在 1935 年秋天。徐伯昕因为工作辛苦，压力很大，生病了，邹韬奋先生从国外回来，出于对员工的关心，让徐伯昕去休养。徐伯昕一走，邹韬奋的老朋友、对他有过很多帮助的毕云程来主持生活书店的工作。毕先生认为生活书店当时正在出版大型的"世界文库"，没有必要再出一套"译文丛书"，鲁迅的建议被否决了。按照黄源的说法，他去向鲁迅汇报，说生活书店变卦了。鲁迅说没有关系，本来就没有签合同，既然生活书店不出，我们就另找一家。

黄源就找了文化生活出版社——这就和周立民有关系了，周立民是巴金故居的常务副馆长，文化生活出版社就是巴金创办的。对当时的文化生活出版社来说，鲁迅此举是一个有力的支持，能拿到鲁迅主编的丛书当然很高兴，马上一口答应。千不该万不该，就是这位黄源先生考虑事情不周到，为这件事他请了一次客，文化生活出版社和译文社的人都请到了，还请了原来的老板傅东华。傅东华一听说这件事，马上向生活书店方面反映，说鲁迅把"译文丛书"交给文化生活出版社了。档案就发生作用了——我看到里面有一条记录，1933年7月，生活书店已经聘请傅东华任总编辑，每月工资100块，当时毕云程先生的工资也不过每月120块。傅东华是生活书店的人，向领导汇报这件事，好像也没错。

两天以后，生活书店的两位领导邹韬奋、毕云程出面请客，请了鲁迅、茅盾、郑振铎、胡愈之、傅东华。刚拿起筷子，毕先生就对鲁迅说，《译文》杂志我们第二年继续出版，但是你要当主编，黄源就请他走人了。鲁迅一听就发火了，译文社四个人跟你合作，你把黄源开除是什么意思？鲁迅不同意，当场拂袖而去。

第二天鲁迅把茅盾、黎烈文、黄源叫到家里，让他们转告生活书店，《译文》如果要继续出版，合同由黄源来签，不同意就拉倒。后来茅盾和郑振铎向鲁迅提出了一个变通方案，双方各退一步：合同仍然由鲁迅签，杂志还是让黄源主编，最后由鲁迅审定。鲁迅接受了，但生活书店方面不同意，不解雇黄源就免谈。

我们当年做鲁迅的书，不得不面对这些问题，我就去采访了胡愈之，后来在他的建议下我又找到了徐伯昕。徐伯昕的态度很明确，在《译文》停刊之前，生活书店同鲁迅的关系一直很好，他认为书店在这件事上犯了错误，鲁迅是正确的。

也有研究者认为《译文》停刊是出于经济原因，但徐伯昕在1977年说不是经济问题，怎么理解？如果没有更多的材料，我认为徐伯昕的说法可以成立。根据43页上的一个统计表——这个统计表很详细，可惜这个材料里这类统计表太少了——当时生活书店出版了五种杂志：第一种《新生》，1934年2月创刊，每期印4万份，订户约6000位；第二种《文学》，1933年7月创刊，印1.2万份，订户约6000位；第三种《世界知识》半月刊，1934年9月创刊，每期印8000份，订户有六七百；第四种《太白》半月刊，1934年9月创刊，每期1.2万份，订户近一千；最后是《译文》，1934年9月创刊，每期3200份，订户约一二百。如果孤立地看这个统计表，不参照其他数据，当然很容易得出结论——《译文》销得很差，只印3200份，怎么搞得下去？但各位请注意，这个统计表是1934年理事会上的记录，只记录了21日开会，没有写月份，所以月份无法确定，但下一次理事会是1934年10月24日开的，如果每月举行一次的话，这次应该是1934年9月21日。这个时间很重要，如果不把这个时间因素考虑进去的话，你的结论就有可能发生重大差错。

杂志9月16日创刊，9月21日开理事会，理事会上提出的数字是创刊时第一次印刷的数字。茅盾曾经在文章里写过，《译文》杂志创刊后重印了四次，哪怕每次只重印一两千份，加起来差不多也有一万了吧，这能算是销路不好吗？

所以我们绝不能被3200这个数字迷惑，马上得出结论，实际上杂志从第二期开始到底印了多少，到目前为止没看到数据，我期待韬奋纪念馆把这个数字找出来。《译文》停刊这件事对鲁迅后期影响很大，最意想不到的收获是鲁迅和巴金的成功合作。下面就有请巴金故居纪念馆的周立民馆长。

周立民：陈老师把这个现代文学史上很著名的事情的过程还原了，结合史料，又给我们作了一次非常深入的解读。对于我们学习现代文学的人来说，生活书店和邹韬奋，最初都是通过这个《译文》事件得知的。

这种记录的重要性，可能也是我事先要强调的。顾总刚才说民国档案现在已经很多了，但从大众流行的层面来讲，还不算多，民国的八卦要远远多于民国的档案。有这样一份记录是很重要的，它至少是很重要的参证。这类历史记录，能够让历史研究或者关于过去的叙述进入实证阶段。很长一段时间里，我们的研究资料很贫乏，只能根据当事人的回忆录，但即便是当事人，可能自己的说法都会有矛盾，几个当事人站在不同的立场上，也会有矛盾。今天在微信上传播的民国故事，如果你稍微认真地核实一下史料，就会觉得千疮百孔。越是绘声绘色的东西，越要怀疑。

顾总是从一个出版人的角度，感觉到这些资料很重要。研究出版史面临很多困惑和空白，出版属于幕后的事情，因为历史原因，我们没有完整的出版档案。今天去出版社查一审、二审是谁签的字，可能很清楚，但是鲁迅的《呐喊》是谁签的字？这是中国文学史上最杰出的集子之一，但是从出版史的角度来讲，我们居然研究不清楚，确实有非常大的困惑。所以生活书店的资料真是非常难得。我曾经在微信上开玩笑，生活书店的那些人和事，其实应该叫生活书店的那些"不可告人"的事。

为什么这么说？这些东西当年是不可以随便看的，这是商业机密。今天来看，里面真有不可告人的事。比如国民党的中央宣传部来说，生活书店出了本什么书，有宣传左翼的倾向，怎么办呢？开会决定花多少钱去摆平。怎么摆平没有说，但是花多少钱处理这个事情，被记在里面了。这种事是不可以随便讲的。

陈子善：钱要记账的。

周立民：这是很难得的。还有大的方向性决策上的东西，记录里都有，让我感慨邹韬奋这批人办书店，和"文青"或者作家办书店完全不是一个思路。当年的创造社，后期经营理念非常现代，已经开始实行股份制了，向全社会招股，但最后还是经营不善，因为他们肯定没有这么严格的会议制度，管理上远远不如生活书店。

对于今天做出版的人，这份材料是非常好的借鉴。生活书店的管理制度，包括对员工、对管理层以及利益分配的制度是很完善的。邹韬奋不愧是中华职业教育社出来的，在那个时代有很先进的理念、很现代的管理方式。当时其他的出版社，比如巴金先生办的出版社就没有这么完整的档案留下来。所以，这份记录从出版史的角度来讲是很重要的东西。

我今天思考的另外一个问题是，是什么造成了鲁迅和生活书店的冲突。我们只是严格按照程序和规章来办事的话，是不是会跟我们的文化理想发生矛盾和冲突？我觉得《译文》是两伙不同的人在接洽，早晚会发生这样的冲突。一方严格按照现代的管理体制来做，另外一方是带着知识分子的理想来做。包括鲁迅，他为什么那么伤心？因为《译文》不是一份简单的刊物，而是寄予了他晚年很大的希望和想法的，包括"译文丛书"的规划，他受到那么多条条框框限制的情况下，肯定要拂袖而去。

这种冲突今天也存在。你说我办一个出版社，难道可以为了理想而垮掉？但做文化事业如果没有一点理想，和卖臭豆腐有什么差别？我认为其间是存在矛盾的。这种矛盾并没有完全解决，到今天为止，这个话题仍然值得我们讨论下去。

我们在强调经济效益、强调出版社的生存的时候，难道不给理想一点位置？我们应该思考一下这个问题。我和顾总这样的出版人谈选题的时候，如果他跟我说，回去再讨论研究一下，我下次基本就不会跟他谈了。出版社的老总就应该知道这个选题是不是出版社要做的。做文化的就是要有这种敏感力，知道这就是我的菜，别人不能拿，或者这不是我出版社的选题。文化有它自己的特殊性，我们不要忽略了这种特殊性，文化本身也应该有一点主体性。这也是我看这份材料的一个思考。

生活书店到 1938 年、1939 年能开五十多家分店，这是奇迹，证明这帮人的能力之强。然而，在那样的情况下，对于文人应该有什么样的宽容度和合作度，也是值得思考的。徐伯昕晚年也在谈这个问题。"译文丛书"真的让巴金的出版社起来了，一直出到 50 年代，是看家的书。巴金可以骄傲的是，这些书现在还可以再印，这很了不起。只是一个小作坊式的出版社，现在多少人可以做到？恰恰因为巴金和鲁迅他们是同一个类型的人。

会议记录虽然是很琐碎的东西，但可能也会帮我们解答一些问题。比如邹韬奋出国的钱，大家一直在猜是谁出的，邹韬奋自己在文章里也说了，这笔钱不是抗战的捐款。现在这份记录里明确说是胡愈之提出，邹韬奋作为生活书店的创始人，这么多年没有功劳也有苦劳，我们应该赠他一笔钱，考虑到他在国外生活的辛苦。

还有一个可以佐证的，就是陈老师刚才分析的经济状况。当时文学刊物的经济状况到底好不好？1933年、1934年是文学杂志最兴盛的两年，1935年势头也不差。有一条记录，书店一个很重要的成员说，以后我们不要再收文学的稿子了。因为当时有预支稿费的传统，文人都不太会理财，手上的钱花完就去预支，说我有一份稿子，要预支一笔钱。书店不想再预支了。但他的这个提议被否决了。

为什么否决？因为书店的主要收入来源于文学杂志，文学杂志每年进款有五六万，书店平常的资金运转就靠这个。这个既不能告诉编辑，又不能告诉读者，所以提议人不清楚这个情况。从这个旁证就能够看出，这几份文学杂志当时的经济状况都是不错的。《译文》确实印了一次又一次，那时候杂志也有重印的传统。把这些材料和当事人的回忆录结合起来看，历史会相对清晰、相对准确一点。

陈子善：假设徐伯昕不去养病的话，危机会不会发生？当然历史不可以假设，也没有必要假设，但这是一个很有趣的问题。徐伯昕在回忆里讲得很清楚，事情发生之后，生活书店马上向他通报了和鲁迅关系的破裂。这是一件大事。我说得严重一点，鲁迅对于生活书店是有恩的，一开始三本书都给了生活书店，不断地重印。徐伯昕最后讲到，1936年以后，生活书店专门派人把版税送到鲁迅那里去，给他写了一封信表示感谢，可惜没有保存下来。

刚才讲到八卦，我们再讲一个不是八卦的，是茅盾的回忆。1936年，邹韬奋看到外国人出版《世界的一日》，就想出《中国的一日》，讲中国一天里发生了什么事。这是一个好选题。邹韬奋对茅盾说，请你来主持这个工作吧。茅盾说，开什么玩笑，这样的工作应该请鲁迅来主持。邹韬奋回答，鲁迅身体不太好，不方便。茅盾知道邹韬奋的难处，不好意思提和鲁迅闹翻的事，所以就接受了。邹韬奋心里也明白，我想他是很后悔和鲁迅搞得那么僵的。

周立民：我曾经发过一个感慨，鲁迅在大家的印象里是一个非常难打交道的人，但我现在越来越喜欢这样的人。其实这样的人非常好打交道，是什么就是什么，你答应我做什么，你能做到，我就非常信任你，如果我信任你，就可以为你付出一切，包括对年轻人都是这样的。凡是和鲁迅接触过的年轻人，都一辈子忘不掉鲁迅，不是因为他有名，有名的人太多了。从黄源这件事情就能看出来，他愿意站出来替年轻人遮风挡雨。

陈子善：因为生活书店一直是由徐伯昕和鲁迅打交道，邹韬奋和鲁迅没有直接打过交道，就吃过一次晚饭，互相之间并不知根知底。在这样的情况下，矛盾必然产生，必然不可挽回。他们如果是和鲁迅长期打交道的话，肯定不会是这样的，徐伯昕就不会这样。

周立民：选题是不是有冲突？

陈子善：实际上没有冲突，他们误认为有冲突。即使误认为有冲突，互相之间开诚布公谈一谈，饭局上一讲就能讲通了。

顾青：两位先生做了很多推测，但是到底为什么产生矛盾，迄今没有无可怀疑的结论。这就很好玩了。其实历史的真相我们很难知道，不用说学者们在孜孜探寻的中国现代文学史上的真相，就是自己家里的某些事情，我们有时候也搞不清楚真相。无非是有些历史对于我们很关键，我们想搞清楚。

我想再深入地说一点，这个材料现在可以被公布，是因为绝大部分当事人都故去了。我之所以说绝大部分，是因为我认识一位生活书店的老先生，还健在，也许在第三册、第四册里会出现。当事人在的话，这种材料就不便公布。我很赞成很多材料晚一点公布，因为它们也未必多么真实，也许还存在某些疑问，尤其不可信的就是很多人的回忆录。我们经常说，有些人的日记很真实，因为没有想公开，但是有些人写日记是为了给别人看的，就难免粉饰。有些人晚年写回忆录，难免把自己打扮一番，人之常情，我们都理解。所以史料和史料之间是有部分矛盾的，需要陈先生和周馆长这样具有慧眼的学者辨析、分析，最终得出一些很重要的结论。

了解历史的真相很难，我们需要对历史有足够的敬畏，不要有那么多自信，说历史就是这样的。读书还是要读原始的史料和陈老师、周老师这样的学者精心研究后拿出来的成果，那才是可信的东西。我补充到这里，谢谢！

赵书雷：谢谢三位嘉宾。我们平时说小事开大会，大事开小会，几位嘉宾从历史的角度和出版的角度给出了详细的阐述，非常精彩。机会难得，下面请现场读者提问。

读者：生活书店在民国时期有没有开分店？

顾青：有分店。在民国时期，中国没有一个大的发行机构可以像新华书店那样承担全国发行，每个出版社都是自己建立分销机构的，所以好的出版社都有几十个分销店。中华书局也有，商务印书馆更多，一些小出版社就搭着这几个大社销售图书。

读者：请问，生活书店既然在民国时期那么著名，那么现在会不会重新开张？

陈子善：生活书店已经存在，不存在重新开张的问题。

顾青：40 年代，生活、读书、新知三家书店合并为三联书店，80 年代恢复建制，成为中国出版业的一面旗帜。

时间：2019 年 4 月 6 日

嘉宾：黄远帆、张定浩、赵松、杨全强、李伟长

詹姆斯·伍德：重返文学阅读的愉悦

李伟长：各位读者，非常欢迎大家来到思南读书会。这一期是"述而"之四，参加读书会的应该都知道，"述而"就是在作者不在场的情况下，讨论一些值得讨论的文本、作家，比如詹姆斯·伍德。介绍下今天的嘉宾：张定浩，评论家、《上海文化》副主编；杨全强老师，资深出版人，这些年出了很多书，把詹姆斯·伍德的书基本出齐了；赵松老师，不仅写评论、小说，也写艺术评论；黄远帆，詹姆斯·伍德第一本书的译者，青年翻译家。

今天讨论詹姆斯·伍德，先从远道而来的出版人开始。杨全强老师，在你的心目中，詹姆斯·伍德是怎样的？

杨全强：说到詹姆斯·伍德，在他的书的中文版出来之前，我对他并不是很了解。因为我们在出版社做选题，有时候会"以貌取人"。我最早看到英文版的《小说机杼》，是特别精致的开本，切口是毛边，封面是暗红色，淡黄的字迹排下来，我特别喜欢极有秩序、极其简洁的感觉，于是就想做。后来到了北京上河卓远公司，发现这本书一直没人出，我就问了一下版权，这本书就出

左起：李伟长、张定浩、杨全强、赵松、黄远帆

来了。

翻译的书名特别讲究，译者黄远帆用了"机杼"，特别好，因为小说里的情感动机、美学动机，跟"机杼"特别相配。黄远帆非常年轻，特别有才华，认识他是一种特别美好的相遇，是命运的安排。《小说机杼》这本书出了有两三年了，印了一两万。我前段时间才开始读，读后才发现，这么多人喜欢詹姆斯·伍德是有理由的。在这五本书中，黄远帆还翻译了《破格》，另外三本是其他三个译者译的。

李伟长：黄远帆在翻这本书的时候，可能很难预料到这本书以及它的作者詹姆斯·伍德会这么受关注。你翻译这本书有着什么样的机缘？为什么会用"机杼"这个偏中国传统的词作为书名？

黄远帆：是很偶然的，那时候他们找不到人翻译，编辑跟我是豆瓣上的好友。我在译后记里写过，我知道詹姆斯·伍德是因为他老是批评我喜欢的作家。我抱着很奇怪的心态，去翻译了"敌对阵营"的人，可能是出于知己知彼的考虑。他写得也不错。伍德的书去年出全了，出版社把一整套中文书寄给伍德，要写一张贺卡，编辑问我写什么，我跟他说，就写一句话：我们都很讨厌你，如果不是因为你，我们怎么会知道那么多小说其实写得那么差。

李伟长：他后来收到这张卡了吗？

黄远帆：他收到了。他在网上被骂得很厉害，因为他专门攻击一些年轻读者喜闻乐见的作家，包括特别大牌的作家，有些是拿过诺贝尔文学奖的作家。你读伍德，首先受到的是伤害，从理论上说，有些作家已经被这种评论摧毁了。保罗·奥斯特被伍德骂得很惨，对伍德恨之入骨，在私人信件里骂他永世不得超生。伍德要是在豆瓣上发一篇书评，可能会被围攻。

李伟长：詹姆斯·伍德非常"毒舌"，他在《不负责任的自我》里谈到一个人——汤姆·沃尔夫，很多人知道他，"新新闻主义"写作的发起人和代表性的作家，詹姆斯·伍德直接说，沃尔夫的写作是"肉汤式的新闻写作"。他评价扎迪·史密斯的《摇摆时光》，直接说扎迪·史密斯代表歇斯底里的现实主义，怎么苦怎么来，怎么奇怪怎么来。詹姆斯·伍德在面对这些写作者的时候，确实显得非常刻薄。

张定浩刚刚在《上海文化》上发了一篇关于詹姆斯·伍德的

文章，作为评论家，你经常在文章里引用詹姆斯·伍德的观点，你如何看待这样的写作？

张定浩：如果大家没读过詹姆斯·伍德的书，可能会觉得詹姆斯·伍德是酷评家。在中国这种批评家挺多的，一直盯着某个著名作家骂，骂到最后自己成为小名人。但詹姆斯·伍德并不是这样，他是好的批评家，他的批评观念非常准确和诚实，他刻薄的背后是准确抵达了对方，理解了对方，又敢于诚实地表达。这两点需要结合在一起，一个人只是说自己诚实没有用，如果你没有能力看到任何东西，只不过是诚实地说了一些废话而已。既准确理解这个作家，又有勇气诚实地表达出来，这两点结合在一起，才是伍德之所以是伍德的地方。

批评的谱系有好几种，在詹姆斯·伍德这里，可能遵从的是柯勒律治的传统，追求的是理解一个作家如何展开他的工作。很多时候，我们理解的批评是人物批评，小说里的人物是怎么样的，《红楼梦》里贾宝玉如何，这是大众对文学的基本认识。以讨论人物的喜怒哀乐代替小说的批评，这没有什么错误，但只是一种人物批评，而詹姆斯·伍德希望知道的是莎士比亚或者曹雪芹是如何写作的，如何展开一个个人物。从这个角度来说，詹姆斯·伍德的书适合喜欢文学的人读。

李伟长：就像张定浩刚刚讲的，我们真的期望听到批评家告诉我们，《红楼梦》或者《水浒传》是怎么一点点写出来的，这很有意思。只有在对细节的分析中，我们才能感知到那些卓越的、有天赋的人是如何在寻常的工作中写出不寻常的文字的。

詹姆斯·伍德在很多文章里也会对他欣赏的作家不遗余力地

进行赞赏，比如索尔·贝娄。詹姆斯·伍德提到，索尔·贝娄教会他怎么看、怎么听、怎么打开自己的感官，他认为索尔·贝娄的文字体现出一个小说家极其卓越的比喻能力。

赵松老师作为小说家，同时关注理论，你是如何理解詹姆斯·伍德的？

赵松：文学批评家就分两种，一种特别让人钦佩，一种特别让人讨厌，没有第三种。作家对自己的作品像对自己的孩子一样，有一种特殊的情感，特别怕人说。虽然被人捧的时候有点尴尬，但是挺舒服，哪怕捧得不真诚，也不会反感。一旦戳到痛点，作家的反应是会比较强烈的，有时候甚至会心生恨意。作家和批评家之间是很难达成强烈的共鸣状态的，因为角度完全不一样。作家是制造存在的过程，而批评家是要解开他的密码，看到他是怎么做出来的，双方的思维方向是相反的。詹姆斯·伍德身为批评家有一个很大的优点，他是作家型的批评家。作家型批评家和普通的批评家或者理论型批评家的最大差别，就是他本身是写作者，他对写作的过程有着非常具体的体验。理论型评论家就像看厨师做菜，尝尝好吃不好吃，他自己不会做，而作家型批评家就像厨师评价厨师，知道你的火候、技巧、选材，都能感觉到。

在过去的一百年里，像詹姆斯·伍德这种类型的批评家是不多的。批评家让一个作家感到钦佩的地方，一定不是这个批评家对这个作家的赞赏，而往往是批评家提供了全新的角度。詹姆斯·伍德显然是有自己独到的打开方式的批评者，所以他会给你带来启发，不管你是不是完全认同他的方式或结论。你会觉得这个方式是你没有想到的，这个视角是你过去没有看到的，借这个窗口看到了不同的景物。

　　之前我跟黄远帆聊，他谈到自己并不完全认同詹姆斯·伍德的观点，我也是有体会的。他最让我认同的地方是，他让我感觉到他对伟大的作品是发自内心地热爱，他想告诉你，这个真的很好，好在哪里，还有一些你不知道的细节，包括写作方法的变化，源头在哪里，为什么这个作家是这样，而那个作家是那样。这些东西都是切中要害的，是一般的读者和作者不太会触及的东西，相对来讲，指向比较高级的阅读层面的思考。

　　读詹姆斯·伍德的评论，永远不会觉得他不够投入，你能够感受到他所评论的作品与他之间所生成的非常紧密的互动、很细微的感应。他对文体有足够的敏感度，对写作方式、整个结构是非常在乎的，因为他自己就是一个作者。

　　他很关注细微的东西，会讲很具体的例子。比如契诃夫早期的短篇《吻》，写一个部队驻扎在一个小镇上，其中有一个低级军官，貌不惊人，很内向，大家去参加舞会，他不知道怎么跟人交流，就躲在一边，很紧张很沮丧。他站在窗边，这时来了一个女人，轻轻在他脖子上吻了一下，吻完之后发现认错人了，跑掉了。他很激动，一整晚没睡好，浮想联翩。他想告诉他的战友们，但用一句话就讲完了，他本以为他可以讲一个晚上。这就告诉我们小说叙事的意义和价值——能够让一秒钟展开为无限，也许是一百页、三百页的篇幅。一个优秀的小说家有本事让一分钟变成数千行的过程。对时间属性的改变就是对人的体验方式的改变，这一点是非常重要的。

　　詹姆斯·伍德非常了解小说传统和演变的过程，而且是操作者，这种批评家是有意义的。批评家很难做，及格的批评家至少要让读到评论文章的人想去看那个作品，用自己的感受和发现打动别人。除了满足这一点之外，还要让别人意识到，还有那么多你想象不到的视角和解读作品的方式，这个相对高级一点。过多地讨论方法和观念，对阅读是有伤害的，文学理论过度发达会对文学本身产生负面影响，因为文本本身就具有全部的力量和迷人的东西，过多评说未必会给人带来很好的启发。但我们又需要多换一些角度，选择新的路径进入习以为常的作品，这是詹姆斯·伍德的意义所在。

李伟长：赵松提到一个很重要的话题——批评的文体艺术。有些书评是给读者读的，因为他没看过这本书，需要告诉他这本书里讲了什么，有推广引导的性质。有些批评文章是给同行看的，讨论问题，回应问题，这样把某些东西慢慢往前推。还有些批评是写给作者看的，告诉你这个活没干好，应该是什么样的。

我特别想请教黄远帆一个问题，作为优秀的译者，在你看来，詹姆斯·伍德的文字给你的感受是什么样的？

黄远帆：这个很难说得很细。《小说机杼》就翻了一个半月，因为到年底一定要交稿，是我赶出来的。第一版有很多很奇怪的错误，后来得到了改正。新年第三天，因为迟交了三天稿，我专门给杨师傅发了一个短信，后来我才知道译者是可以拖稿的。詹姆斯·伍德的《破格》，之前的译者又出了问题，又找了我。接《破格》是我人生中一个非常重大的错误决定，翻得特别痛苦。《小说机杼》是一本普及类的书，而《破格》，现在豆瓣上读过的人也只有五十几个。我用了至少八个月的时间翻译这本书，但没什么人谈论它。

为什么翻译成"小说机杼"，因为我当时年轻，想故意翻得文雅一点。我当时也是刚刚接触翻译，有很多不切实际的幻想。我一直希望能做到中西融合，就是出于这个考虑。后来看到网上有很多年轻人批评翻译，比如批评王道乾翻译的《情人》。大家都说信达雅，年轻人觉得自己最"信"，因为看得懂原文，又可以做得很"雅"，文字能力也可以，但往往不"达"。批评王道乾或是杨绛的时候，他们自己也会试译一段，但那文字其实不像中文。我发现"达"是很难的一件事，随着年龄的增长，就会发现生活中有很多要妥协的东西。

翻译《破格》，我基本上是直译，因为我不是特别同意他的观点。如果你学过专业的翻译就会知道，翻译不仅是翻字面，而是有一个过程，先把字面的意思拆散，再重新组合成一个句子。纳博科夫《微暗的火》里讲他叔叔变魔术，可以把碎布扔到帽子里飞出鸽子，有解体重组的过程。但翻译评论肯定是翻其中的意思，因为他评论中的意思我不是完全同意，所以没有办法做转化，只能他写什么我翻什么。

书里引文特别多，这对翻译是不错的体验，我能够翻译到很多著名作家的精彩句子。《小说机杼》翻出来后，有一个老师批评我，有些地方我翻错了，他说你应该去查中译本。《小说机杼》里的引文至少有两百多处，我买书也买不起。翻《破格》的时候，引文段落比较长，我确实翻了很多著名老译者的译本，其实都有些改动，我加了注释。要把詹姆斯·伍德的意思讲出来的话，有些词语要强调，用原来的译文是不行的。翻译是一个扣分的工作，写得好全是作者的，写得不好全是译者的，译者不可能加分，自己玩出点什么花样是要被批评的。我觉得老译者们确实非常不容易，翻了那么多大部头。我翻的只是评论，而他们翻的是小说，每一句话都要动很多脑筋。

詹姆斯·伍德自己出过两本小说，我读了一些，什么感觉呢？就像他自己摘出来的名家段落一样。杨师傅问我要不要引进，我说算了吧，怕没人翻译。最后脑子一热又接过来了。他的文笔确实很好。他有一个特殊的技巧，善于戏仿。他写奥斯特，一开篇自己先写了一段，下一段告诉你，这是我戏仿的奥斯特。不知道的人真的会以为是奥斯特写的。他会告诉你这里写得怎么差，让人输得心服口服的感觉。

李伟长：杨全强老师谈谈。

杨全强：我真不知道黄远帆受了这么多苦。我们跟很多译者打过交道，黄远帆是我合作过的特别优秀又特别有想法的译者。说到翻译，太像中文或者太不像中文都有问题，黄远帆在这方面就调和得很好，尤其是《小说机杼》。

《小说机杼》是詹姆斯·伍德一个阶段的总结，是很小的一本书，十万字不到。虽然是一本小书，但是能从中获得的东西特别重要，只有在阅读了上千部经典之后才能写出这样一本书。好的批评家能够让你换一副眼光看待事物，这是很重要的，对一般的读者来说，很多东西是看过就看过了，经他一说，你才会觉得特别好。比如《最接近生活的事物》里提到普通人是看，而艺术家是观察。我们平时不会觉得看和观察有什么区别，但是他这样一说，就会让你思考一下这个问题。包括赵松老师刚才说的，他字里行间对文本本身的热情特别能打动人。当然，关于詹姆斯·伍德，我可能不是最合适的发言者。

李伟长：中国读者对詹姆斯·伍德的接受程度怎么样？做这书是亏了还是挣了？

杨全强：我一直说我不是一个出版人，只是个做书的。有些人看到书卖了两万、五万，会特别开心，对我来说，能把这本书做出来就已经成功了。

李伟长：死活不管了。

杨全强：基本是这样。《小说机杼》出来之后印了五六次，能卖五万还是十万都随它去吧，它有自己的漂流方向，会遇到各种各样的读者，我也只是这本书碰到的一个读者而已。

李伟长：是个"佛系"出版人，也是"外貌协会"出版人，看重装帧、封面，是不是也看名字？

杨全强：伍德是我特别喜欢的名字。2003年三联书店出过《沉默之子》，作者叫迈克尔·伍德，是我特别喜欢的作者。

李伟长：张定浩写詹姆斯·伍德的时候曾经有过一个设想，要写两个伍德。到底是哪两个伍德？

张定浩：迈克尔·伍德和詹姆斯·伍德。我本来想写两个伍德的文章，后来发现精力对付不了两个，最后只写了一个。我之前只看过詹姆斯·伍德的一本书，现在出了五本书，我心里比较有底了。我写了好几篇关于伍德的文章，还看了英文的访谈，看过访谈后，心里更加有底了。

我很喜欢黄远帆说话的样子，很诚实，看着他从一个初出茅庐的翻译者变成熟练的翻译者，挺让人感慨的。我以前听人谈翻译，老师告诉他，译满几百万字才能成为翻译家，但等你真正译完几百万字，你对这个行业也就厌倦了，会变成油滑的翻译者。翻译就像写作一样，第一部作品往往有很多问题，但是有一种热情和青春在里面。

这套书的出版顺序特别好。《破格》是伍德的第一本书，但最后一个被引进，它充满火药味，如果第一个引进会引起反感。《破格》里充满怒火和刻薄话。我很喜欢他的刻薄话，一方面嘲笑别人，一方面也懂得微笑，他知道笑在人们生活中的重要性，跟文学批评是相似的，一方面需要充满怜悯的笑，宽容温柔，另一方面需要嘲笑，把世界荡平的笑。

伍德在《小说机杼》的前言里提到昆德拉《小说的艺术》。昆德拉的几本文艺评论我很喜欢，他的很多小说是为他的文论著作做准备。伍德说虽然他写得很好，但文本少了一点墨水，大白话就是他觉得昆德拉读的书太少了。他说得很有道理，我读詹姆斯·伍德的书，会觉得自己读的书太少。他觉得昆德拉的样本库不够大。他还举了罗兰·巴特的例子，罗兰·巴特是他心目中非常好的批评家，读过足够多的书。罗兰·巴特不是面对普通人写作，而是面对内行或者圈子里的人，他所谓的结构主义，要求读者懂得符号背后默认的规训规范，这对普通读者是有点困难的。他提到了最顶尖的几个评论家，他们虽然很好，但似乎都有点不足。如果你特别想要读一本还没有的书该怎么办，那就自己写一本，这是非常好的志向。他让我想到塞林格，塞林格晚年有一个临终三问，有志向的小说家在死之前应该问自己三个问题：你写得足够全神贯注吗？你写到呕心沥血吗？你写的东西是你作为一个读者最想读的吗？很多人是为大众写的，他知道别人想看什么，写给那些想看的人，但那不是他自己作为读者想看到的。詹姆斯·伍德作为读过很多书的读书人，想看一本符合他心意的教普通人阅读的书，他找不到，就自己写一本。他不仅面对普通人，还面对两个最杰出的作家或说是文论家——昆德拉和罗兰·巴特，他既是取法乎上，又照顾到普通的读者。

伍德不管在谈论谁，谈论最好的作家或是最不喜欢的作家，都会把自己放进去。他讲的是自己和这些作家之间的关系。我们读作家的书，为什么还要读评论家写这些作家的书？因为这指向一种新的关系，在这个优秀的心智和古典的心智之间产生的新的关系。这样的关系，只有伍德这样的人才能带给我们。

李伟长：詹姆斯·伍德这样的批评家叫媒体批评家，必须承认一个现实，媒体作为一种传播渠道，让某些特别具有传播性的批评展现出来。詹姆斯·伍德的文章如果放到学术期刊上，或者放到《纽约时报》《伦敦书评》上，效果是不一样的。新的传播工具、传播方式的出现会对批评写作产生影响。

黄远帆：我也算是从学院里出来的，我觉得学院里在刊物上发表的文章没有什么意义。赵本山有一个小品《卖拐》，范伟的脚本来没有问题，拄拐一瘸一拐走，最后还要跟赵本山说谢谢。学院里必须借助理论来解读小说，但小说不需要拐杖，你拄上拐杖又不会走路，以后就开始坐轮椅了。理论怎么说都能圆回来，任何一个小说，都能从女性主义、后殖民主义、精神分析角度来解读，我不喜欢，所以没在学院里混下去。

詹姆斯·伍德为什么一开始显得标新立异，其实并不是这样，恰恰相反，因为战后西方流行后现代主义，伍德主打的是现实主义。现实主义从来都是小说的主流，就算写机器人，也要赋予它人的个性、生活。只不过在批评界，后现代主义的声音可能会响一点。为什么会响一点？因为理论比较花哨，说的东西比较多，比较吸引年轻人。伍德的批评著作里没有什么理论，上不了学术期刊，但因为他能抓住作品的精髓，所以能争到一席之地。

张老师说译者会变得油滑，我是在拖稿上变得油滑了。从质量上来说，我译的第二本《破格》比第一本《小说机杼》好，詹姆斯·伍德写得好，译得也好。我译这本书的时候非常清楚，我的译者生涯肯定要结束了，我是以对待"告别作"的心情翻译这本书的。

李伟长：赵松是在座唯一写小说的人，在你的心目中，觉得詹姆斯·伍德会成为你的拐杖，还是会成为你试图碰碰的石头？

赵松：黄远帆讲得很有意思，我一直在笑。我不一定接受他的每一句话，但他有很独特的角度。这是好译者的条件，他有自己的观点，而不仅仅是语言的工具。

之前的话题是传媒对作家的影响。19 世纪之所以会有那么多长篇小说，跟报刊连载有很大的关系。作家每周写连载小说，靠这个为生，所以会写得很多很长。网络时代对传统文学会带来很大的影响，因为信息的过量传播让人的好奇心下降了，大家每天看很多新闻，对通过文学来获取新信息已经感到疲惫了，不再像19 世纪巴黎外省的家庭妇女看连载小说那样。这是文学本身的处境。

回到根本的问题，价值本身并不会因为传播方式的改变而改变，有价值的东西还是摆在那里，一本小说，不会因为报纸或是网络的传播方式的变化而改变价值。对一个写小说的人来讲，对于评论都是带有某种防御性的，他知道这是一种互相拆解的过程：我制造的世界或者空间，你试图加上你的门。有一个悖论关系在里面。

好的作者对评论没有依赖性，不会把评论作为指导自己创作的东西，顶多是航海中看到灯塔，但不可能朝着灯塔开过去，只是参照，航线是清晰的。有原理支撑着你，而不是靠周边的东西调整写作方式或者写作观念，这些完全是你自然而然生长出来的。但不代表评论没有价值，评论的价值就在于，无论是对于作者还是读者，这个世界的无趣一定是充满确定性的，没有什么可怀疑的，而好的批评是一种可能性的参照。

李伟长：张定浩刚刚说到理想的写作状态，对于新人写作者，你会建议他们去看以詹姆斯·伍德为代表的评论文章吗？

张定浩：批评也是一种写作。詹姆斯·伍德的书从《破格》开始，如果按照次序来读，你不仅会看到他的观点，还会看到一个写作者慢慢的变化。他一直在面对自己的问题，不同阶段有不同的问题，在下一本书里解决上一本书里的问题。

《不负责任的自我》的副标题是"论笑与小说"。奥登说我们有三个世界，第一个是日常生活的世界，就是世俗世界，每个人都在其中。第二个是宗教世界，精神性的世界。在这两个世界之间还有一个世界——笑的世界，是一个需要酒桌上的段子，需要《吐槽大会》，需要《欢乐喜剧人》，需要在不断的笑声中宽慰自己、理解别人的世界。所有的喜剧是让你理解这件事情的荒谬之处，理解之后你会有所改变，没有被这样的笑声摧毁，你会变得更加坚定，更有力量。他反对斯坦纳这样的批评家，他们一直把一种东西灌输给读者。他希望文学里的人物能摆脱作者的控制，自己生长起来。他写契诃夫写得很动人，他说契诃夫的人物经常自行其是，不被作者所控制，说的话跟小说一点关系也没有，在做自己的事。他从这个角度拉出一个谱系，上升到莎士比亚。莎士比亚很多剧作里的人物独白，说着说着跟这个戏没有关系了，这时候你觉得这是真实的人在说话。日常生活中就是这样，我们谈话不是为了某一个目的，就是在闲聊，漫无边际，书里翻译成"漫思"。这是他作出的某种自我理解，他找到了自我的答案。所以他的著作很难作为理论，一个学生写论文，福柯的话很好引用，德勒兹的话很好引用，但詹姆斯·伍德的话很难引用。他是要解决自我的焦虑。

《私货》的英文标题是"我喜爱这个东西和其他的东西"，他在解决了自己的困难之后，要回到我在哪里、我喜欢什么东西的问题上来。他在《向鼓手致敬》里谈论鼓手如何打鼓，之后说了一句，理想中散文的写作方式就像鼓手打鼓一样，理解一切规则之后又推翻掉，像一个人"盛装出席又满头乱发"，他说他期待这样的句法。

他的最后一本书《最接近生活的事物》带有自传性，重新理解自我，把自我和文学以及文学批评融合在一起谈论，是很精致的一本书。何为批评？批评的理想在于，一个批评家要利用一切能够利用的事物，所以他读那么多书，不是为了炫耀，而是通过所有的东西，通过各种各样的方式，把读者拉到跟他同一个视野的平台上讨论问题。很多时候，讨论问题一定要在同一个平台上，否则就是鸡同鸭讲。如果没有这样的平台，就慢慢搭建。对詹姆斯·伍德来讲，批评家的任务就是搭建这样一个视野一致的平台，在这个平台上，理想的情况是作家、批评家和读者在一起，共享美或崇高或各种动人的事物。这是他的愿望。

读者：我想问问黄远帆，今天活动的名称是"重返文学阅读的愉悦"，您在翻译这两本书的过程中，是否获得了愉悦？

黄远帆：肯定有。用一句比较俗的话——人生若只如初见，如果翻到《小说机杼》为止，那百分之九十都是愉悦，由于命运的阴差阳错，接下《破格》之后，不愉悦的成分就大了一些。

读者：赵松老师说评论家一种让人讨厌，一种让人钦佩。黄远帆刚才说詹姆斯·伍德批评你喜欢的作家，你挺讨厌他的，后来是否也有一个过渡，从讨厌过渡到钦佩？

黄远帆：我一开始翻译的时候，有一种武侠小说里两个高手之间争斗一辈子，又惺惺相惜的感觉。他是批评者，他的批评是有道理的，不是乱批，一个一个例子举出来，从例子上升到理论。批评家和作家都有一个重量级的问题，有时候他去挑战文学史上的巨人，其实是力有不逮的。如果让我举例子，美国四大作家里，他批评了三个，对菲利普·罗斯是褒贬参半，他的水平基本上和菲利普·罗斯同一个级别，再往上走就有点勉强了。

读者：我们的语言从过去到现在已经发生了很多变化。作为年轻的译者，不知道在翻译的过程中，老翻译家们的语言是否给了你一些影响？

黄远帆：语言不分年轻不年轻，除非用网络语言翻。对于老一辈的译者，我只有无限的敬佩。

读者：詹姆斯·伍德既能够写作，又能够评论，语言文字有相当高的造诣。作为这本书的译者，是否也要能够很娴熟地驾驭这三者，才能翻好这部作品？

赵松：译者需要跟他所翻译的作家或者作品搭得上手，但他不一定能写出这个作品。重要的是他的理解力，充分理解作者在干什么、想什么，而不是盲人摸象，虽然摸到了，但不知道是什么东西。很多译者就是盲人摸象，从头摸到尾，描述很细，但仍然不知道这是什么东西。一个好的译者往往能写出好的前言，哪怕很短，仍然能让人看出他的见地，对这部作品吃得很透。好译者一定是好的解读者，他知道事情的来龙去脉以及作者的独到之处。在转化语言的过程中，为了克服障碍，必须更深入地理解，打碎再重构，这个过程是最难的。打碎是第一层，重构则需要很强的中文语言能力，否则会产生很怪异的句式，变得不伦不类。

张定浩：你需要的是热爱这件事情，你热爱它，自然而然就会做它。一个人不可能什么都拥有了再去表达，我们都是在不断的摸索当中。因为你热爱它，所以会钻研它。通过写作、通过翻译，你会获得滋养，知道自己之前不知道的东西，这是写作的基本价值。在写作中不停地学习，前提是你热爱这件事情。

李伟长：不管我们如何谈论詹姆斯·伍德，他都是一位有勇气的批评家，也是有真知灼见的批评家，是充满爱的批评家。对我个人来讲，重返阅读的愉悦取决于一点——在阅读过程中发现我以前没有注意到的东西，包括好的和糟糕的地方。我最近在看一本书，扎迪·史密斯的《摇摆时光》，她在詹姆斯·伍德心目中并不是很好的作家，但詹姆斯·伍德提到一点，扎迪·史密斯写人写得很好，细节也很好。因为有詹姆斯·伍德这样的提醒，我读她的小说时就会下意识地关注这些。我们能借助批评家，发现隐藏在小说家笔下的细节，发现其中有意或是无意的写作方式。

感谢各位，谢谢大家！

时间：2019 年 4 月 13 日

嘉宾：江海洋、罗岗、毛尖、王幸、李菡、徐惟杰

"我想被你记着"
——倾听《夜短梦长》

主持人：感谢大家在周末的下午来参加我们这次读书会活动。我是来自北京大学出版社的编辑周斌，也是本次主题图书的责任编辑。

首先介绍今天到场的三位主讲嘉宾：著名导演江海洋老师，华东师范大学的罗岗教授，以及《夜短梦长》的作者毛尖老师。三位嘉宾会围绕毛尖老师的新书《夜短梦长》，一起探讨电影世界的迷人魅力。

本次活动还有一个很特别的环节。我们有幸邀请到了 SMG 融媒体中心侧耳团队的三位主播老师，分别是王幸老师、李菡老师、徐惟杰老师。

毛尖：首先，非常感谢来参加活动的朋友。这是我第一次以我自己的书为主题在思南做活动。感谢江导，他专门从片场赶来参加今天的活动，我特别激动。罗岗是我的师兄，我们是彼此见证着对方长大的，特别亲。这些年，罗岗一直在教导我怎么看电

江海洋

毛尖

影。有时，电影看了以后不知道是什么意思，就问问罗岗，他马上就能给我讲出非常多的道理。王幸老师、李菡老师、徐惟杰老师，你们等会儿听听他们的声音，就会觉得这个下午不虚此行。

江海洋：今天这个日子对我来说很重要。因为思南读书会都是读书人在这儿说，读书人在这儿听，293期了，才轮到我。当年，他们一起策划这个读书会的时候，我就在边上。想想就一步之遥，没想到走了几年。今天毛尖老师终于激励了我，把我弄到这里，我也算读书人了。其实，毛尖老师激励我的事很多。我的大舅子是个文艺青年，生活在外国，记得前几年，大概是2015年的时候，他有一天很郑重地把一本书交到我手里，说你们拍电影的人得好好看看这本书，言下之意是拍电影的人是不读书的。这本书叫《有一个老虎在浴室》，就是毛尖老师写的。既然大舅子这么严肃，我就把这本书从头到尾地读完了。读完以后我也不知道毛尖是谁。其实，我认识她丈夫，她丈夫跟我是很好的朋友，上海人民出版社社长王为松。王为松是我的文化扶贫人，他经常送我书，都是一些比较贵的书。所以，毛尖老师激励了我读书。

这次来搞活动，因为我在拍摄地，毛尖老师又把她的《夜短梦长》寄给我。结果，因为我身处穷乡僻壤，一直没收到。那个快递所在的邮局离我住的地方还有一段距离，得去拿。于是，我亲自到邮局里把毛尖老师这本书拿回来，白天排戏，晚上就挑灯夜读。可以说，近几年来我从头到尾读完的书，都跟毛尖老师有关。

还有一篇毛尖老师不经意间写的文章，叫《跟江海洋吃饭》，我也不知道登在哪儿。有一天，一个重量级的人物很正经地坐在我旁边，香港的著名电影人吴思远，跟我说了一句话，他说："我看过一本书，跟江海洋吃饭是很重要的事。"我说："什么文章？"他说："是一个叫毛尖的人写的。"吴思远请我吃饭是很隆重的事，其实这顿饭，我是为毛尖吃的，因为毛尖说跟我吃饭很有意思，所以我不能掉毛尖的价。我吃饭前还准备了很多段子，预先排练了一下，表示毛尖没有说假话。那篇文章是在香港的报纸上登的，从此香港导演请我吃饭的多了起来。

今天来，我很高兴，终于也能作为读书人坐在思南文学之家了。

罗岗：我也跟江导吃过饭，也听过江导的段子。在他讲话之后，我只能讲得严肃一点，毕竟我今天扮演的是大学教授。

《夜短梦长》这本书里面的文章，我应该是学习得比较认真的，学习了好几回。因为这本书里的文章是毛老师在《收获》上开了两年的专栏，其中只有一篇不是专栏的稿子，是发在《文艺争鸣》杂志上的。杂志一上街，毛老师的文章就给我了，因为我们有一个微信公众号叫"保马"，在公众号上推的时候，我又学习了一次。后来把书拿过来，又复习了一下，所以这本书我读得很认真。

我想讲的是读这本书的一个感觉。毛老师的文章都发表在各种各样的专栏上，专栏文章都是比较短的，有字数的限制。毛老师跟我说，现在写文章实际是根据字数来的，你给我的专栏只能写一千字，我就构思一千字的文章，你给我的专栏能写五千字，我就写五千字的文章。《收获》给的篇幅是比较长的，最后出版的篇幅应该更长，因为杂志可能还有字数限制。实际上，专栏写多了以后，特别是报纸上的专栏写多了以后，手容易写得很滑。因为交稿时间很紧，所以我从来不敢答应写专栏，这是要命的。毛老师的心理素质就非常好，昨天晚上跟我们吃饭，晚上回去就写好专栏，第二天就要上报纸。毛老师开始在《收获》上写专栏的时候，我有一点担心，看了以后才觉得，完全是另外一副笔墨。毛老师在《文汇报》上开的专栏，三联书店也会出书，是关于影视剧的评论，那是比较快的"寸铁杀人"，而《收获》上的文章完全不是短平快的文章，读这些文章实际上是有要求的，你对电影不熟悉的话，恐怕就不知道东西南北。我觉得毛老师从这里转化出了一种新的文体，不像很多影评人只会就事论事，就电影论电影，毛老师可以把很多东西打成一气，可以看到她的匠心独具。

从这里我体会到，写专栏其实是可以写出新的文体的。写出《夜短梦长》之后——我们也不怕自家人表扬自家人——毛老师都可以成为文体家了，她创造出了一种新的文体。鲁迅原来写小说，像《呐喊》之类，味道都差不多，突然之间，《阿 Q 正传》就不一样了。《阿 Q 正传》为什么是这样？也是因为鲁迅写专栏。鲁迅为《晨报副刊》开了一个专栏，《阿 Q 正传》一共九章，实际上是写了九个星期的专栏，每一章从序言开始，每一章都是为报纸写的。

所以，这时他写的小说形态就跟他以往的作品不一样了。研究过鲁迅的人都说，报纸副刊生产出了《阿 Q 正传》，而鲁迅也借着报纸的副刊写出了一种不像小说的小说。而且，这样的小说可以说是无人能及的，也许你不一定觉得它很好，但没有人能再写出这样的作品。举这个例子，也是想说毛老师的《夜短梦长》。借着给《收获》写专栏，她也花了很多的精力，甚至是把毕生的功力都使出来了，可能有一点夸张，但确实是把我们这一代人对于电影的很多记忆都放到了这本书里。希望在座的各位去买书看，来领略这本书的魅力。

江海洋：记得毛尖老师曾经很不愿意被人家说成专栏作家。

罗岗：现在她自称专栏作家。

毛尖：现在的作家也已经通货膨胀了。

江海洋：就像我们导演很不愿意被人说，这个导演是电视剧导演。其实，导演跟作家有一个共同点。导演是一个讲故事的人，会讲的人可以把一件平淡无奇的事讲得绘声绘色，而不会讲的人可以把一件本来很有趣的事讲得平淡无奇，其实作家也一样。读毛尖的《夜短梦长》，我就觉得她可以把很枯燥的事讲得非常风趣，不像在讲电影，就像在讲自己看电影的感受，有时又在谈人生。不像一般的影评，就事论事地来说这部电影，她是把自己人生的经历，用她诙谐幽默的语言绘声绘色地融入一篇影评，这是难能可贵的。

其实拍电影的人跟搞影评的人是冤家。好莱坞对影评人有一个很经典的评论，说影评家都是戴着花格子的鸭舌帽，揪住一个倒霉蛋就给人家当头一棒。

当然，毛尖是不把电影当回事的，她是借电影来说自己的感受。很多影评家写的文章，永远都在解读这部电影说了什么主题，意义是什么。很多导演看了这些影评家写的，就会觉得我拍电影时没想这么多，这根本不是我想的，最后只能说你讲得很好，其实我拍电影没想那么多。这些影评人是用自己的意识形态、专业知识，对一部电影释义。实际上，看电影无非两类，一类就是看完以后很开心，还有一类是吐槽。一般的人看电影就是来感受，只有把电影作为研究对象的人，才会从电影学的角度去诠释它，为什么这里安排这样的镜头，是怎么叙述的。而毛尖有她自己叙述电影的方法。这个方法里始终有毛尖的影子，她不是一个普通的观众，也不是一个学电影学的人，要对电影进行解构，所以她的书看上去就很让人开心。我看完以后一头汗，很多电影我都看过，居然没有这么多的感受，太麻木了。最近读了她的这本书，我就觉得自己离读书人又很远了。本来坐在这儿沾沾自喜，现在回想起这本书，又远了。

毛尖老师的书有她特殊的文笔，这个文笔是模仿不来的，就是她自己的，打着毛尖的印记。毛尖有一本集子叫《乱来》，所以我想到毛尖的时候总想到"乱来"两个字。

毛尖：以前有朋友问我要这本《乱来》，就说你把那本《相好》给我，总是被人叫错名字。

介绍下这本书里提到的电影。我先说说《士兵之歌》，它在我心中是一部满分电影。1959年也是一个电影大年，当年《士兵之歌》和《甜蜜的生活》以及另外一部影片共同竞争威尼斯电影节大奖。我觉得《士兵之歌》更应该拿大奖。这部电影讲述了战争时期，一个士兵因为有战功，将军允许他用战功换回家的假期，四天在路上，两天帮妈妈修屋顶，但是一路上他一直做好事，被延误了，回到家只剩十分钟了，就跟妈妈拥抱了一会儿，然后又赶回战场，再也没有回去过。一开始是妈妈的独白，怀念再也回不了家的孩子。因为这个电影，朴树和李健分别写了歌，一个是《白桦林》，一个是《一辈子的十分钟》。这段描写的是他和妈妈最后的十分钟。

王幸：下面有一个电影《相见恨晚》的片段。

毛尖：《相见恨晚》里面的台词是"我想被你记着"。电影里，一男一女各自有一个幸福的家庭，但是他们邂逅了、相爱了。大家都知道，特别美好的感情总是有一个特别悲惨的结局。男的要到远方做医生，他们在车站最后一次见面。男的想最后问一下女的，愿不愿意跟他走，她说她不会走。最后两分钟的时候，他们在那里，女的说我想死，男的说不要死，我想被你记着。在特别缠绵的一刻，那个女的有一个熟人，特别叽叽喳喳的一个女的，突然插入他们最后相遇的时刻，打断了他们最后的告别。这是一部非常典型的英国电影，是那种抵死的浪漫又抵死的克制。女主回到家里，丈夫跟她说了一句话："谢谢你回来。"其实，丈夫也是知道的。他们最后百感交集地在一起，电影就结束了。

王幸：接下来，来一段激烈一点的《浮草》。

毛尖：《浮草》是一部特别经典的电影，每年都能进入"世界百大电影"的前十名。《浮草》是我个人最喜欢的一部电影。经常会有人问我，你最喜欢哪部电影，我一般都随口说是《东京物语》，因为你说《东京物语》时没有人会问你为什么，但是你要说《浮草》，人家肯定会来追问你为什么，我就觉得很麻烦。实际上《浮草》是我最喜欢的一部电影。其中有一段是戏班的班主和现任情人的对骂，一般这种对骂会被拍得非常凄惨，但是小津的电影中的这段对骂拍得非常华丽。虽然下着雨，在电影中出现雨，一般都是很惨烈，都是要死人的，但是这段雨，两人在对骂，感觉很美，感觉到人生很壮阔又很狼狈。两人因为是情人关系，又都互相知道对方的痛处在哪里，骂的话很难听，但是你就觉得太漂亮了。两人隔着雨帘在对骂，这个桥段后来也为很多导演所用，包括侯孝贤，包括伊朗的一些导演，都学了小津的雨帘。

王幸：我们在排练这段的时候，徐惟杰好像是有史以来骂人骂得最多的一次，我也是有史以来被人骂得最多的一次。

徐惟杰：嗓子都哑了。

王幸：这一段男主角是徐惟杰，我是女主角。

毛尖：这是很有生命力的。骂得很爽，徐惟杰说大笨蛋的时候，就有日语中的"八嘎"呼之欲出的感觉，特别漂亮。

王幸：下面是第四段，《西北偏北》。

毛尖：《西北偏北》大家都知道，导演是希区柯克。希区柯克的电影方法论特别厉害，包括待会儿他们两人朗读的这段。希区柯克特别善于在窄小的空间中制造色情感，但是他从来不需要表现出真正的床戏。他很擅长用言语挑动男女之间的化学反应。

前面两位老师都说了，我从 2000 年开始写专栏，到现在也快二十年了，主要是写千字文。让我写一万字的长文章，我一开始有一点犹豫，确实就像罗岗担心的一样，我就怕自己会用小文章来连缀成长文。但是后来基本上算是克服了。也会有朋友问我，你写的《夜短梦长》这本书和第一本书《非常罪非常美》有什么区别？《非常罪非常美》写的时候，我在香港读博士，当时在香港可以看很多电影，所以多少赚了一点资讯的便利。我后来看了一下《非常罪非常美》的目录，好像那时很多导演的电影都比较前卫先锋，我写的时候相对比较花哨，介绍人物的花哨，也介绍电影的非同一般，相对站在资讯更加便利的位置上来讲电影。

我回到上海以后发现情形有了变化，因为内地的电影观众已经成了世界上最先进的电影观众，包括在座的也是。我发现内地观众的阅片量已经特别超前，在世界上都算是领先的，眼界变得非常开阔。你去看美国的普通老百姓，他们的阅片量比较低，看的种类也比较窄。

我写《夜短梦长》的时候，准备换一副笔墨，就像罗岗说的，用一万字的篇幅来写。我自己觉得写这本书的时候有两点，一点就是——来自戈达尔的说法，戈达尔说一般情况下，小说要比电影更加自由，因为小说可以用更多的手法。但是他说有一点是小说永远比不上电影的，电影可以取得同时性。比如，一辆火车进站了，电影可以同时表现一边下着雨，一边火车进站，这个同时性是小说永远获得不了的，因为小说永远是有一个在前，有一个在后。小说里或者先下雨，火车后进站，或者火车先进站，后下雨，但是电影可以做到同时。戈达尔这话的意思是，电影能有一种比小说更高的精确性。我在写这本书的时候，其实想完成一种精确性。我这些年看了非常多的电影评论，非常多的电影简介，非常多的电影批评，大量的文章，但是我有一点特别不满意的地方，大量的电影评论对情节的描述特别不准确。因为早些年我们看不到小津电影的时候，会去看影评，有时看到的情节叙述和我看的电影是两码事，那种不准确性特别普遍，更别说网上的文章。所以我试图在我的电影描述中建立一种准确的美学，没有什么比一个恰当位置上的句号更令人心神荡漾。

我的老师给我写序，他说我的记性很好，记得那么多电影。但实际上并不是我记性好，我在写每部电影的时候，都会重新看一两遍。当我试图描写一个情节的时候，我都是反复拉进度条，是用戈达尔的要求来增强我自己的准确性。

我自己一直想写一本书。现在的电影史其实基本上是用文学史的方式在写，比如从1900年写到1930年，然后再写到1950年，是围绕这样的时间段来写。但是电影史用文学史的方式写，这样好吗？电影史有电影史自己的规律，电影史应该有自己的写作方式。我想写的电影史是以人物，或者以标签为线索来写。比如，我想写一本书，第一章是脸，第二章是屁股，第三章是腿，我想用这个脉络来写，重新建构一个和文学史完全不同的电影史。因为要用图像来写，我就想写左翼的脸，右翼的小腿，用这种方式重新建构我对电影的阅读。

我在这本书中就想尝试一下。我在写火车的时候，不是把电影史上特别厉害的火车电影写在一起，我写了电影史中最重要的一个列车长，一个乘客，一个站台上的信号员，用这种方式来建构我自己认为的火车电影。我在写外语电影的时候，也是从东方、西方各自截取来写。我想通过影像的方式重新打开电影史。

这本书看上去好像还挺好读的，但我其实还是花了很多功夫，真的花了非常多的时间来追求准确。我想说的就是，我在写这本书的时候，还是有很朴素的方法论，就是大量地看、大量地读。

罗岗：我跟毛老师有很多共同的经验，所以她讲的话我也有很多感触。《夜短梦长》这本书是两种积累的汇集。一个是看电影。我们大体上可以从录像带的时代算起，应该是80年代末期开始，那时录像机才普及。

毛尖：录像机一直很贵。

罗岗：录像机普及之后，你才能去翻录别人的录像带。最初都是翻录的，根本没有正版。当时我们看电影，基本上都追那些特别高大上的。因为80年代以后的文化氛围，看小说就看现代派的，看电影都是非常高大上的片子，比如欧洲的艺术电影。后来进入了VCD、DVD时代，电影越看越多，中国的电影爱好者肯定是世界上看电影数量最多的。我们那时不限于哪一个国家，什么国家的电影都看。那时我们都很迷欧洲艺术电影，有一个艺术标准。这些年，我们会放更多的精力在更多类型的电影上。为什么电视剧这些年地位越来越高？因为电视剧里把很多因素完全打乱了，通俗的、高雅的、先锋的，全部打乱放在一起。我们观影的过程，某种程度上就体现在这本书里。

可能与学文学有很大的关系，毛老师读细节的能力比较强，她的书里有很多的细节。为什么可以写脸、写人、写列车？都是发现了各种各样的细节。实际上很多专业做电影研究的人观察细节的能力不强，因为他们有很多的技术手段。听电影学院的影片分析课是非常无聊的，要反复拉片，现在有 iPad 还方便点，以前没有 iPad 更麻烦，还要自己去拉。而且专业的分析有很多都是不靠谱的，毛老师讲得非常对。

我们那时看过录像带、VCD、DVD，最后还看电影的修复版，最享受的就是在大银幕上看到刚才的《西北偏北》电影修复版。刚才这个还不是高清的，我看的是 4K 修复版，那是很好的，所以才能有这样的准确性。

第二个，毛老师写这么多年的专栏，也不是白写的。写专栏就是要有很高的辨识度，她就在专栏里试验各种笔墨，这个对人的锻炼比写小说更大。

某种程度上，毛老师是把我们这一代人的经验，用专栏锻炼出来的文笔写出来，我们还期待着毛老师有更多别开生面的东西。

江海洋：毛老师跟我们都在为电影做托，因为我们都喜爱电影。刚才毛老师说的关于她对电影和文学的认识，我觉得她说得非常准确。其实大家都知道，文字的单一性是存在的，电影的单一性是不存在的。比如说文字写"一个猫"，这是成立的，但是在电影镜头里，就不可能是"一个猫"，是花猫还是白猫，是睡觉的猫还是走路的猫？这是电影和文字的区别。但是，电影又不得不依赖文字。我在给学生讲课的时候说，凡是不在电影院看的电影都不叫电影。电影为什么能吸引大家？是因为把人放到一个超常的空间里，四面都是黑的，只有银幕是亮的，在一定的物理时间里不能中断。电视不能成为艺术的主要原因就是它是可以中断的，手里拿着遥控器，0.7 秒就可以换台。这不是仪式感的问题，它永远存在中断的问题。就像真正的球迷应该到现场去，也许看台很高，连人都看不到的，但是他要的是那个氛围，他要的是吆喝。

电影为什么迷人？是因为它把生活放大了，它超越了我们日常生活的视觉经验。我不可能贴得很近看你，但是如果对你的脸拍一个特写，在银幕上，你的脸被放大一百倍，你细微的表情，哪怕你眼神里的东西，都可以在电影里被反映。我们可以说假话，可以装腔作势，唯独人的眼神是装不像的，当眼神被放大一百倍的时候，如果演员的心里是空的，观众一下就可以看出来。

电影的魅力在于它可以展示极为广阔的世界，又可以展示细小入微的表情。我注意到毛尖的这些评论，特别好的地方就是让没有看过这部电影的人也知道她在跟我们讲什么。我觉得这是毛尖的特点，就像她追求的那样。我的要求是纪实性，这样的书非常有价值和意义，希望你继续这样走下去。

毛尖说将来要按照她的方式写电影史，首先，我祝贺她，全世界没有这样写电影史的，因为我看过很多版本的电影史。她如果写出来，就是全世界第一个人。

王幸：下面是《东成西就》。

毛尖：《东成西就》大家都非常熟悉。我把这个电影写在《二货》这篇里，把张国荣写得那么"二"。大家都知道张国荣，他和王祖贤演一对师兄妹，两个人在那里练眉来眼去剑。那时的香港电影就是那么松弛，那么癫狂，创造了语法的最高峰，特别漂亮。那种松弛感特别美好。

王幸：《逍遥骑士》有一段汉森和比利的对话。

毛尖：这么多年过去了，《逍遥骑士》还是特别有名。这个电影确实是史上第一部公路片，里面他们在一起讨论自由的问题。他们讨论的问题非常肤浅，这在电影史上非常有名，在那个时代，连那么肤浅的人也在讨论自由问题。

王幸：接下来是《花样年华》。

毛尖：大家如果喜欢他们的声音，可以关注他们的公众号"侧耳"，每天都会朗诵诗歌、散文。

读者：我是毛尖老师的粉丝。今天毛尖老师说得太少了，我还想听她说一点，再让我们过把瘾。

毛尖：要说的东西太多了，千言万语也说不出什么来。我就讲一下《权力的游戏》。明天《权力的游戏》第八季就要开播了。这个世界上有两类人，一类是看过《权力的游戏》的，另一类是准备看《权力的游戏》的。《权力的游戏》确实是归纳人生的一部剧。这部剧2011年的时候开播，差不多一年一季，陪伴了我们八年，之前是《24小时》陪伴我们八年。有时想想，人生很快的，就是十部剧。我要是以后死了，墓志铭上写十部剧就够了，《24小时》《权力的游戏》，我自己最喜欢的还有《雍正王朝》《暗算》《潜伏》。

《权力的游戏》第一季里，冬临城主出来，一看就是要坚持到最后的人，没想到他马上就领了便当，他被砍头的刹那，我真的惊呆了。而且当时拍的时候，剧中他的两个女儿没有被导演告知剧情。一看父亲被砍头了，她们的表情极为惊讶，当时就实拍了她们惊讶的表情，她们确实是惊呆了，我作为观众也惊呆了。城主被干掉了，城主的妻子被干掉了，少城主被干掉了，一路被干掉，从把人干掉的豪华感来看，这部电视剧确实是唯一的。它会让我想到莎剧中的杀人感。不是我嗜血，我觉得这才是历史的真实面貌。城主出来的时候，头上是有光环的，那么好的人，迅速地领了命运的便当，那一刻你就会感觉到《权力的游戏》的权威感。

读者：2013年出版的《巨大灵魂的战栗》还会再版吗？好像买不到新的了。

毛尖：这本书应该会再版。

读者：我很好奇的是，毛老师是先想到一个题材，然后去把故事串起来，还是大量阅读之后，才去找到一个角度撰写？

毛尖：我第一篇写的是《打我打我：现代谋杀艺术》。我自己对谋杀题材特别感兴趣，我喜欢黑色电影。一般在第一篇结束之后，我会给第二篇开出题目。有时我喜欢给自己设计一个难题，比如我写完火车，就会随意地写：这次写火车，下次讲火。但我当时根本没有想好要写什么，我就是为了语义上的爽。我要在接下来的两个月中，为写这个题目去做功课。不是全部想好，有它的随意性，也有活泼和紧张，紧张是写作必需的东西。但写的时候我会比较放松。正是因为没有想好，它会让我在两个月里一直保持紧张感，一直思考。我觉得这也是我写作的一种方式，或者说，这也是写专栏带给我的后遗症。因为写专栏永远是这样的，明天要交，我今天才会去写，不会提前很久去想这个题目。紧张感也会带来一种激情，这是我写作的方法。

    读者：我想请问毛老师，这本书为什么叫《夜短梦长》？今天活动的主题又为什么叫"我想被你记着"？

    毛尖：这名字取得多少有点随意。"夜短梦长"是《收获》专栏的名字，大意就是，夜很短，要看的电影那么多，来不及，就是这样一个概念。出书时我保留了专栏的名字，多少也是对《收获》上两年专栏的回顾，也是一个纪念。

    至于"我想被你记着"，就是今天朗读的电影台词中的一句，希望大家能记住这些美好的电影，也记住朗读者的声音。

    读者：毛老师您好，我很喜欢看电影。我最喜欢的三部电影是《天堂电影院》《放牛班的春天》《中央车站》。您能不能为大家推荐一下您心目中最喜欢的三部电影？

    毛尖：您的三部电影是同一类电影，我在书里也写到了《天堂电影院》。要我推荐三部电影，这是永远没办法完成的任务。因为当我说我喜欢《西北偏北》的时候，心里会觉得好像另一部电影也比较厉害。我的书里涉及的电影有四十多部，每部都是我自己喜欢的，否则我不会写它们。一定要逼着我说，就是把我杀了我也说不上来。

    很多事都有随机性，包括前面他们配音的《浮草》，也是我非常喜爱的一部电影，但是这个标准就很难定。如果说我觉得最厉害的一部电影，我可能会说是《东京物语》，说到费里尼，最厉害的是《大路》，我自己喜欢的是《阿玛柯德》。最喜欢的小说，人家会说是《红楼梦》，我最喜爱的可能就是《笑傲江湖》，这里有很多变动的标准。

主持人：谢谢大家，今天的活动到此结束。

时间：2019 年 5 月 18 日

嘉宾：陈思和、陈子善、王宏图、周立民

用精神的炬火照亮人生的寒夜

——《巴金译文集》新书分享与对谈

主持人：大家好，非常高兴来到思南文学之家。今天我们请到了四位重量级的嘉宾，和我们分享这套今年春天刚刚出版的《巴金译文集》。

首先介绍一下到场的嘉宾。坐在中间的是陈思和老师，陈老师是复旦大学图书馆馆长、巴金研究会会长。陈子善老师是华东师范大学中文系教授、《现代中文学刊》主编、巴金研究会副会长。王宏图老师是复旦大学中文系教授、博士生导师，一直从事文学创作、文学翻译的工作。周立民老师是这套《巴金译文集》的策划人，我们待会儿请周老师与我们分享这套书策划前后的故事。

首先请陈思和老师向读者介绍一下，巴金先生是从什么时候开始翻译的，文学翻译在他的人生中占据怎样的位置。

陈思和：对于巴金先生来说，他从事翻译的时间要比写作早，而且他的译著数量也相当之大。我们可以说巴金是非常多面的，他是一个伟大的作家，同时也是一个非常重要的翻译家。巴金懂十几种语言，这在中国当代作家里是非常少有的。巴金先生毕业于成都外国语专科学校，大概类似于今天的英语专科学校，所以他的外语非常好。他没有读过什么大学，毕业后就到法国留学，又学习了法语。巴金是中国世界语最好的人之一，通过世界语他又接触了很多别的语言。据我了解，他学过俄语、日语、德语、西班牙语、葡萄牙语等，懂十几种语言。我跟巴金先生的儿子李小棠是一个班上的同学，我当时问他：你爸爸到底懂多少种语言？他说是十五六种语言。

巴金先生的翻译作品特别多。这套十本的《巴金译文集》都是小开本，人民文学出版社出过一套巴金的译文全集，也是十卷，容量比这套新版《巴金译文集》多一倍以上。其实，当年还有很多翻译作品没有收到他那套译文全集里去。巴金先生的翻译量跟他的创作量差不多是同等的，这是他的一个特点。

第二个特点，巴金搞翻译和他搞创作的动机一样。他一直说："我不是艺术家，我有自己想说的话，有我的理想，有我的信念。"他想把自己的理想告诉大家，写出来。翻译也一样，他翻译的东西大多数跟他的理想接近，他愿意通过翻译作品来把他的理想、信仰告诉大家。

所以，读巴金的译著跟读巴金的创作给人的感觉完全是一致的，他想要告诉你的东西是一样的。比如说，他比较喜欢俄罗斯文学，像屠格涅夫等俄罗斯大作家的作品，他都翻译过，也介绍过他们的书。但是，他没有专门翻译过托尔斯泰，主要翻译的是高尔基、屠格涅夫，这些作家的作品都是世界民粹主义的东西，都在跟沙皇制度做斗争。《散文诗》里有一篇文章叫《门槛》，写俄罗斯一个女革命者牺牲自己的故事。另外，他还翻译了屠格涅

陈思和   陈子善

夫的两部长篇小说，一个是《父与子》，还有一个是《处女地》。
巴金选择的这两部作品都是最具革命性、最具民粹主义精神的。
巴金的翻译有非常明显的选择，极个别的作品跟他的理想有一点
距离，大多数作品基本跟他的理想保持一致。某种意义上，我其
实更喜欢巴金的翻译，因为他翻译的都是名著，都是欧洲的，包
括俄罗斯的非常重要的作品。我非常感谢浙江文艺出版社跟巴金
故居能编出这样一套带有普及性的、能引起读者兴趣的《巴金译
文集》。

主持人：感谢陈思和老师。很多人知道巴金的文学创作，但
对他翻译的作品不是那么熟悉，甚至不知道巴金先生翻译过这么
多外国名著。在作品的选择方面，这套书中有些作家是我们非常
熟悉的，像屠格涅夫、高尔基，而有些作家可能今天的读者不那
么熟悉，比如迦尔洵。接下来请周立民老师跟我们分享一下策划
这套书的想法。

王宏图　　　　　　　　　　　　　周立民

周立民：陈思和老师说了巴老翻译的特点，包括巴老翻译的全貌情况。我们现在做的是十本小开本，我们期待浙江文艺出版社能接着做下去，把巴金的译文出版补充完整。在巴金先生翻译作品出版的历史上，以文集的方式出现的总共有四次，我们这是第四个版本。

第一个版本其实是巴老生前自己主持策划的，但这件事情的提议人应该是范用先生和董秀玉女士，他们最初打算在巴老80岁生日前后做一套小书。范用先生是很有品格的人，当时就定下来做一套小书，叫《巴金译文选集》（十本）。巴老是办事非常认真的人，哪怕已是80岁高龄，他也非常认真地校订了十本书。现在这套里面有几卷我插了两页校订的手稿，那是巴老80岁时校订的手稿，他在之前已经不知改过多少次译文了，但为了那次的出版又改了一次。这一点特别感人。

到了90年代，巴金先生编完《巴金全集》之后编的第二个译文集，就是《巴金译文全集》。当时巴老又做了一次校订，而且比之前更严格。他觉得自己没有精力做译文校订的部分，甚至委托他的朋友来做。有的校订巴老是接受的，有的是巴老不接受的，巴老说我认为这是我的风格。《巴金译文全集》是我们现在见到的收录作品最多的巴金译文集，但陈老师刚才也说了，并非所有的译作都收在了里面。

第三次是在2008年左右，祝勇工作室跟巴金研究会合作，编辑出版了《巴金译丛》，共五卷。现在这次是第四次，浙江文艺出版社和巴金故居共同策划的《巴金译文集》。我们的计划是分批地对《巴金译文全集》进行补充，第一批先挑选精短的译作，为此我们也做了一些调整，跟范用先生做的那个版本还是有区别的。比如说，这次出版了柏克曼的《狱中记》，这本书除了曾经收到《巴金译文全集》以外，没有出过单行本。巴金先生特别喜欢革命家的传记，比如他编写过《俄罗斯十女杰》。下一次策划出版第二辑的时候，我们可以把《狱中二十年》也收录进来。

这套译文集里有一本，其实是巴金先生的启蒙读本，就是《夜未央》。这本书包括两部小说，一部是《夜未央》，一部是克鲁泡特金的《告青年》。本来，按照家庭出身，巴金可能会走他大哥走的那条路——继续在四川的公馆里做少爷，但这两本书改变了他做少爷的梦想，让他的人生发生了改变，他有了另外的选择，这两本书带给他非常重要的影响。其实，这两本书不光影响了巴金，也影响了很多人。前两年王蒙先生到上海，请几个老朋友聚会，恰巧巴金先生的女儿李小林就坐在他旁边。他依稀记得这本书可能跟巴金有关，就跟李小林说我少年时代读过一本书，讲革命党的故事，包括封面是什么样的，然后小林老师说这是我爸翻译的，就是《夜未央》。

这次出版的《巴金译文集》里的其他作品，有的是多次重印、在读者中历久不衰的作品，包括《迟开的蔷薇》《秋天里的春天》。这套书出来之后，我寄了两套给两个人，其中一位是今年已经95岁高龄的黄永玉先生。当时他的女儿给我发了一个短信说："我刚到家就看到我爸捧着一本书，头也不抬地看，就是你寄来的这本书。"第二天，他女儿又发来微信："我爸说《秋天里的春天》结尾这几句话跟他脑袋里记的不太一样，巴老改过吗？"黄先生的书很厚，里面就引用了"只有今天我还是那么美丽"那样的诗。巴金那一代人的译文是深深影响了这一代人的。我在一篇短文里看到，陈原先生晚年曾发誓要做《秋天里的春天》的注释，因为他也是世界语专家，结果没做成。他写了一篇文章，说几次为这件事给巴金先生写信。他一再提到年轻时读巴老这本书带来的影响，他认为巴金的人道主义奠定了他的思想基础，所以到了1996年，他还是说我想要做这个，因为当时读你的书十分感动、激动。

这套书不论大家熟悉还是不熟悉，这么多年来，真的有必要重印，因为好书总是要不断重印的。

刚才陈老师介绍了巴老的背景。陈老师是一个学者。如果你只是一个纯粹的读者，即使不知道这些背景，这些作品照样会打动你。经典的魅力就是，你可能什么都知道，那你阅读时会从不同的角度去理解它，你也可能什么都不知道，那么原生的文本就能打动你。

我也谈谈我的体会，我大概是从初高中时陆续读到这些作品的。这些年来因为工作的原因，又不断地读这些作品。这套书出来之后，重读这些篇章，它们还是像初读的时候那样打动我，包括迦尔洵的《红花集》里的《信号》《红花》，我最近读了一遍，还是能打动我。再比如屠格涅夫的《散文诗》，中国已经有那么多的译本，但是我再读其中的篇章，包括屠格涅夫面对着生命的衰老，对这个世界上美好的事物一丝一毫都不想放过去的感觉，真的很打动我。

巴老翻译的作品大部分都是古典的作品，19世纪的。我突然有了另外一种感觉，因为我们这代人都是现代文学培养出来的，现代主义的作品读多了以后重新读古典作品，会觉得它有一种特别"正"的声音，这种"正"的声音对我们生命境界的提升是不一样的。

巴老这个人并不是我们印象中很好玩的人，我们做巴金跟萧珊的纪念展，从他那里就找不到沈从文那样甜蜜的情书。但你会发现，他们那代人都有自己的东西，很多文学作品的中国首译者不是他，但他居然还花了那么大的功夫在译，译完了还要花很多时间修改。50年代之后，巴金学了俄文，他又把《父与子》重新译了一次，这是在"文革"后期完成的。他为什么做这个？包括刚才说的《告青年》。因为这些都是影响巴金的读物。我觉得巴老其实也是挺好玩的，这些曾经影响过他的作品，他反复读的东西，他必须自己译出来，变成他的译作。

还有斯托姆的《迟开的蔷薇》，那时候巴老读的是世界语版，他去北平看沈从文的时候，在火车上拿的也是这本书。到了抗战时期，他住在林语堂哥哥的隔壁，他们家有一本德文版的，他就借来读。后来巴老买了斯托姆的全集，这是他反复在读的书，在这个基础上，他把它变成了自己的译著。

主持人：刚才周老师提到的《夜未央》这本书收入了两部作品，一个是《夜未央》，一个是《告青年》。在刚刚过去的五四青年节，我们在微信上推出了这篇《告青年》，很多读者在对克鲁泡特金完全不了解的情况下读了这篇作品，依然会被这种真诚的、有感染力的告诫所打动。这也是这套书在今天出版的意义。接下来请陈子善老师分享对这套书的感想。

陈子善：首先，巴金是真心喜欢这些作家的作品。刚才也讲了，巴金手不释卷，除了和朋友一起聊聊天、下下馆子，除了写作，他就是在读书。他的藏书非常丰富，在中国现代作家当中，藏书量能够跟他相比的大概只有鲁迅。丰富的外文藏书开阔了他的视野，整个世界文学的发展历史就在他的藏书室里。巴金的阅读量那么大，阅读的不同国别、不同年代的作家作品那么多，为什么他就喜欢这些作品？不仅喜欢，还下决心要把它们翻译出来？我觉得这值得研究。

从研究的角度来讲，巴金为什么喜欢屠格涅夫，为什么喜欢这些作品，都是有原因的。屠格涅夫的作品对于巴金这一代以及我们后来这一代的影响特别大。我最初读巴金的译作就是《父与子》，我才知道巴金除了写作，还翻译了这么多作品。再后来，我印象比较深的译作是《秋天里的春天》。巴金自己写了一篇《春天里的秋天》，我总是把这两篇作品搞混。

巴金的翻译跟他的创作不是对抗的，有些作家的翻译跟他的创作是对抗的，而在巴金这里是融合的，这非常有意思。我们对巴金的认识如果仅限于他的创作，那是远远不够的。说到巴金，就得论及他的创作和他的翻译，两者都必须要提到。换句话说，如果我们研究巴金只研究他的创作，而不研究他的翻译，是有严重缺漏的。巴金自己也把翻译看得很重要，否则他不会花那么多时间、精力去翻译。刚才周立民也讲了，巴金翻译的作品里有很多都是别人已经翻译过的，那他何必重新翻译呢？一是因为他真的喜欢，二是他认为有重新翻译的必要。

《巴金译文集》这套书的出版，再次提醒我们不要忘记巴金的翻译，无论是研究者、普通读者还是文学爱好者，你不仅仅要读巴金的《家》《春》《秋》《寒夜》《随想录》，也应该好好地读一读他的翻译作品。

这次出版的《巴金译文集》是浙江文艺出版社跟草鹭文化合作的项目，这个项目非常好，因为巴金的五卷本译文选已经出版十多年了，很多朋友要找也不容易。现在，适合一般读者阅读的《巴金译文集》来了。这十本书我重新读了几本。我已经进入怀旧的年龄，我想到当年中学时代，想尽办法找巴老的书，因为我喜欢读屠格涅夫，包括萧珊翻译的屠格涅夫，我也是在那时才知道，原来他们夫妇两个都翻译屠格涅夫。我们这一代人是在巴金的影响下成长的，包括他的创作、翻译，这套书让我重温了当年的若干情景。

我想再补充一点。巴金不仅自己翻译了那么多优秀的文学遗产，同时他还主持译文丛书的翻译。巴金自己也知道，靠他一个人不可能把所有的东西都翻译过来，很多法国、俄罗斯文学作品的出版，都跟巴金有关。巴金不仅仅是一个翻译家，还组织了一批人来翻译。

现在这套书的出版，让我们认识到一个更加完整的巴金。我希望不管什么年龄的文学爱好者都能从中获得新的启示。

主持人：接下来请王宏图老师谈谈，您在阅读这套作品的过程中有什么样的感受？

王宏图：非常感谢浙江文艺出版社推出的这套《巴金译文集》。巴金的很多文学作品我都是在读大学时看的。我发觉巴金跟新文学那些作家比如鲁迅、周作人、茅盾、冰心等人一样，翻译作品占很高的比例。如果没有翻译，20世纪的中国新文学发展就很难想象。在中国几千年的历史当中，这是第二次大量引进外来文学资源。第一次就是翻译佛经，佛经在中国的翻译绵延了几百年。这样一种大规模的翻译，实际上跟文学活动密切相关。

像刚才陈老师说的，翻译成为巴金整个创作的一部分，而且两者之间是互动的。文学翻译跟巴金的作品风格完全契合，读巴金的译文就像读他的创作一样。刚才几位老师也讲到，巴金没怎么翻译托尔斯泰的作品。我记得他读了《复活》以后，在书上写了"人的生命是个悲剧"。他的翻译很有特点，不是系统化、学术化的翻译。巴金从成都外国语学校毕业后就到法国就学，他不受学院化的思想束缚。他的选择跟鲁迅有很多相似的地方，遵照的是他个人的志趣和热情。

如果巴金来翻译《罪与罚》，会出现什么情景？包括对革命蕴含的风险跟即将到来的灾祸做惊人的预见。我们不能要求巴金也预见克鲁泡特金那样的激进事件会对人类的发展产生始料未及的后果，也不能因为产生了这些问题，就说我们应该抛弃当时要改造社会、改善人文社会的热情，全盘接受、认同那个社会。德国社会学家曼海姆说过，如果人类丧失了乌托邦的想象，整个社会就会衰退。只有我们追求过不可能实现的东西，我们的社会才会有一点点的改善。如果你追求百分之百的改善，可能就有百分之十实现了；你如果什么都不想改善，那我们只有负百分之十、负百分之三十这样地倒退下去。

如今社会发生了转型，面对巴金翻译的克鲁泡特金的《告青年》，我觉得从理性的角度，你可以跟他的每一句话争辩，只要你有充分的政治学、经济学、法学的知识。但是，你的争辩只能是根据理性的原则、思想的原则进行的，掩盖不了书里那种要改造社会的文字中间跳荡的生命的火花、激情的火花。这让我想起拜伦书里讲的，"知识的树不是生命的树"。巴金当年花费那么多精力翻译的作品，实际上对于我们今天的青年还是有滋养的作用，尽管今天的社会已经发生了变化。

前面几位老师讲到巴金的翻译多数不是首译，在他之前有过很多译本。我也对照了很多的段落来看。从技术手段来看，巴金的翻译确实不是最完美的，那是因为他开始是从英文转译的，等熟通俄语之后他又进行了校对，他对俄语的掌握程度可能有差距。但是，尽管有这一点技术性缺陷，却不能因为后面有了更准确、更精湛的版本就否定他的翻译。像两百年前德国浪漫主义开创时期，学者、作家施勒格尔翻译了十七部莎士比亚的戏剧，他也是掌握多种外语，翻译过但丁的《神曲》。他的翻译对于德国民族浪漫主义的价值是无法否认的，即使今天读来还是很有感染力。

巴金的译作在中国文学史上也应该占有一席之地，茅盾的翻译也一样。尽管从技术角度来说可能不是最好的版本，但是他们的翻译推动了中国新文学的发展。他们的翻译句式都已融入汉语当中，成了我们文学传统的一部分。从这个角度来说，翻译不仅仅是简单地介绍外国文学，实际上也是中国新文学不可或缺的组成部分。

主持人：请陈思和老师再深入谈谈巴金先生的创作和他的生活是什么样的关系，以及巴金先生翻译的作品对他具体产生过什么样的影响。

陈思和：刚才陈子善说巴金翻译过一部《秋天里的春天》，他自己写了一部《春天里的秋天》，其实这两个从内容上看是没关系的，但是他写《春天里的秋天》一定是受了《秋天里的春天》的启发。

巴金最重要的译著不是文学作品，他最初翻译的是革命传记。其实，巴金翻译的最重要的作品是一种报告文学，或者说是人物传记。我认为这是巴金核心思想的精髓，这是他所有作品里的人物的榜样。我们知道巴金的第一部小说《灭亡》是根据民粹党的原型创作的。

巴金对俄罗斯文学翻译得比较多，大家都提到屠格涅夫。巴金也读过米哈伊洛夫斯基、托尔斯泰的书，也写过介绍他们的文章，但基本没有翻译过。巴金的文笔很轻巧，你很难想象巴金的文笔去翻译托尔斯泰，他不是那种沉重型的作家。

我觉得屠格涅夫和赫尔岑这两个作家非常有意思，他们都是贵族，长期生活在法国，法语都是一流的，尤其是屠格涅夫跟莫泊桑这帮人感情非常好。所以，如果我们从文学渊源来考察，屠格涅夫和赫尔岑的人物形象更大程度上不是从俄罗斯来的，而是从法国来的。我们读屠格涅夫的小说跟读托尔斯泰的小说感觉完全不一样。俄罗斯民族中那种跟复杂人性交织在一起的东西，屠格涅夫的作品里是没有的，赫尔岑的作品里也没有。他们两人的作品更接近西欧文学，接近浪漫的、抒情的、像诗一样的语言。这种语言恰恰跟巴金的修养是吻合的。巴金也是留学法国，法语非常好，在这种情况下，我觉得巴金翻译屠格涅夫和赫尔岑是有选择的。他翻译的小说，等于是用中文写了一遍屠格涅夫的故事。他为什么喜欢屠格涅夫和赫尔岑？我觉得很大的原因是他们的作品在语言、文学的气质上更接近西欧文学、法国文学，这些文学对于巴金有极大的影响。

克鲁泡特金说屠格涅夫的小说里，男人都是语言的巨人、行动的矮子，女人一个个都非常勇敢、非常健壮，面对爱情都是勇敢地扑上去，热情似火。屠格涅夫的书中，《父与子》比较不一样，其他的像《贵族之家》《前夜》差不多都是一个男人跑到贵族家里，在客厅里跟女孩子讲革命，讲到后来那些女孩子要跟他革命了，男人就逃走了。多数都是这样。一旦女孩子认识到真理了，她就把命都豁出去了，女英雄特别多。男人往往不行，教别人时很厉害，但是你让他自己上的时候，他就逃走了。

克鲁泡特金有篇很有名的演讲叫《俄罗斯文学的理想与现实》，那是他在美国的演讲。演讲里就提到屠格涅夫的小说里男人老是软弱，女人都非常美好。这种情况，你看巴金的小说也差不多一样，巴金小说里的男主人公都比较软弱，而女性角色就非常勇敢。最典型的例子就是巴金写的"爱情的三部曲"里的周如水跟张若兰，周如水最后跳黄浦江自杀了。巴金说这是根据朋友的故事写的，但我觉得更大一部分是受屠格涅夫的影响。

巴金的小说故事大多数都是在客厅里展开，男女主角在辩论爱还是恨，或者如何看待这个世界。这些故事拍成肥皂剧都可以，因为场景都是客厅，大家彬彬有礼。

当年我读过一部研究俄罗斯文学的著作，作者也是俄罗斯人，他就讲屠格涅夫的小说有一个问题，触及最尖锐的部分时他总是躲开了。因为故事都发生在客厅里，大家在客厅里都是彬彬有礼的，都用语言交流，一旦到了行动的时候，比如要上战场了，故事就没有了，最后突然来了一个简报，说某某死掉了。我觉得巴金挺多故事也是这样的。

托尔斯泰则完全不一样，托尔斯泰写战争就写战场，最难写的东西托尔斯泰敢写。屠格涅夫不是，他把最难写的东西躲掉了，要么是回忆出来，要么就是通过谁概述出来。他客厅里的故事写得非常好，非常动人，我觉得这对巴金有很大影响，巴金小说里的大部分内容都是通过客厅里的对话来阐释的。客厅也有客厅的好处，它对人的感情、对话处理得很细腻。我觉得赫尔岑和屠格涅夫对于巴金的影响是最大的。巴金也写过工人题材的作品，我也把他跟左拉的《萌芽》对照过，但我总觉得巴金的文学故事包括人物形象，最接近的还是屠格涅夫和赫尔岑的作品。

陈子善：陈老师刚才是在给我们上课，怎么看待巴金的翻译，为什么他读屠格涅夫这么专注，为什么他翻译屠格涅夫的作品，这是一堂生动的课。

我想回过头来谈这套书。大家请注意前面的出版说明，每一篇都很清楚地交代了书的版本，因为巴金的书版本很多。版本的源流，根据什么版本编入这套丛书，这套丛书的版本跟前面有什么相同的地方，或者有什么不同的地方，为什么要这样选择，都有交代，我很欣赏这一点。从研究的角度来讲，巴金还写过很多译后记，这个版本在某种程度上不仅仅是普及的版本，实际上带有一定的学术考订，是一个比较能信得过的版本，我们大家只要认真地读就行。

主持人：陈子善老师提到了这套书的一个非常重要的特色。首先，我们这套书用的是巴金先生生前定稿的版本，并且在最大程度上尊重了巴老原来的文字，没有进行修改。其次，我们在书前增加了巴金先生的一些手稿照片，以及过去版本的图片，这些想法都出自周立民老师，周老师还撰写了出版前言。下面请周老师展开介绍。

周立民：虽然我们的《巴金译文集》面向的是普通读者，但我们可能需要向读者提供更多的相关信息。好多读者不一定有那么多参考资料，我们恰恰有这样的机会，就尽量把这些信息汇集起来，让读者在读主文本的过程中还有一些副文本可读。这些副文本有的是用附录的方式插入进来，包括巴金先生在其他地方谈到这本书的情况，我们把它作为附录收录进来。我印象最深的是巴金先生小说里有很大一部分讲青年人在演《夜未央》这个戏，用了一整章的篇幅来讲。可以看出这个戏对翻译者巴金来讲影响很深，包括他少年时的经历，他跟谁说过，他在四川的朋友演过这些戏。我想，把这个作为附录，能展现不同时代的读者对这些作品的接受程度。

我们在正文前放了一些彩插，还不是很全，但选了一些代表性插图，尤其是巴老自己收藏的这些原版书，大概只有收藏机构才有。我们想把这些呈现给读者。从中能看出巴金对每部书的喜欢程度，只要见到喜欢的作家的作品，他会几乎全部买下。巴金有上千种关于鲁迅的藏书，上百种关于托尔斯泰的藏书，而且相当一部分是珍本；克鲁泡特金的就更不用说了，连克鲁泡特金在欧洲办的报纸巴金都收藏了——现在这些收藏捐给了国家图书馆——他真是喜欢就愿意为了它们倾尽所有。

讲到屠格涅夫和赫尔岑这两个作家，陈老师的分析很精准，包括这两个作家跟巴金创作之间的关系。这里还可以提一下他们在生活上的关系。巴老最后的生命时光中，关于赫尔岑、屠格涅夫的书也都捐出去了，但家里书桌旁的小书架上留着两套作家文集，就是屠格涅夫文集和赫尔岑文集，可见两个作家在他心目中的地位。另外在书桌上，与他和妻子的合影并排放着的是托尔斯泰的照片。还有一个例证，巴老在 70 年代末复出文坛时，在写作计划里说要写 12 本书，包括翻译赫尔岑的《往事与随想》。最后实在是因为翻译需要查很多书，可是巴老连资料都拿不动，所以很遗憾地放弃了。他在后期一直称呼赫尔岑为"老师"，文笔里带着充沛的情感，确实如此。

抗战之后，巴金的思想，包括他对文学的认识发生了一次很重要的变化，可惜这个变化因为后来的种种原因受到了阻断。我注意到，从 1940 年起，他开始理解陀思妥耶夫斯基了，而且他还真的译过陀思妥耶夫斯基，只不过只译了一章。所以，我想他开始试图理解陀思妥耶夫斯基了，包括他后来那三部长篇小说的风格转变，里面有潜在的影响。

还有一位作家对他的后半生有挺大的影响，就是契诃夫。他自己没有翻译，但他鼓励朋友汝龙先生去翻译。巴金有一个小册子是谈契诃夫的，谈了对于契诃夫作品的理解，包括谈到那种庸俗化的生活对人、对青春激情的腐蚀，完全是从人性的观点来讨论，还参考了大量的西方研究契诃夫的资料。这绝对是一个译著之外的写作。

巴老从不炫耀自己的写作，也很少提到自己读过多少书，可你看到他的藏书会很震惊。巴金故居的二楼有几个书架，放的是他翻译用的工具书，涉及的语种有 26 种，可见他使用之广。今天活动开始时，陈老师提到巴老到底懂多少种外语，这个不好说，也不能量化来算，但总是超乎我们的想象。我们前年开了一个会，有个译者说，1984 年巴老在香港中文大学接受学位时，他刚好在香港中文大学进修。有几个朝鲜人要去宾馆看巴老，当时老人还没吃完饭，结果巴老看是读者来了，饭也不吃了，开始用朝鲜语跟他们交流。

"文革"后期，巴老开始重新学习日文。他当年在日本待的时间很短，没有学好日文，最主要的原因是他在日本监狱里被关了一天一夜，对日本的印象不好。他的日语学到什么程度我们也不是太清楚，但他可以简单地阅读，这是来自井上靖先生的说法。井上靖要从中国回日本时，巴老跟他谈小说的内容。他说"巴金先生读懂了我的意思"，巴老当时还跟他有过争论，对结局有不同的看法。这至少能证明巴老可以用日文阅读，这也可能源于他的翻译习惯。比如他翻译克鲁泡特金《我的自传》时，参照了各个语种的版本。

1982 年，巴老得了但丁国际奖，意大利记者来采访。但丁学院送给他一套珍本的《神曲》，巴老也很兴奋地把自己家里的书拿出来，一边看一边随口用意大利文背诵《神曲》。那时候中国还不是很开放，意大利记者被吓坏了。巴老抄写过但丁《神曲》的原文。他还一直买西班牙语的报纸看，去越南的时候也在学越南语，后来还学过印地语，大概是因为他要研究洛克尔的东西。总而言之，他学习语言的习惯大概保持了一生。这一点非常令人敬佩。

主持人：感谢各位嘉宾的发言，下面请读者提问。

读者：赫尔岑和屠格涅夫可能对巴金的影响更大一些，但其实巴金的第一篇译文应该是迦尔洵的《信号》。我想请陈思和老师分享一下迦尔洵对巴金的影响，因为我看《信号》和《红花集》时想到的不是巴金，而是鲁迅，好像跟《狂人日记》有一点像，写的就是那种疯人院里的事情。第二个问题想问王宏图老师和周立民老师，巴老对于译文一遍一遍校，为什么坚持《蜂湖》这个名字，而不是《茵梦湖》？

陈思和：当年有几个俄罗斯作家非常流行，他们介于政治和文学之间，小说有共同的倾向：一个是反抗，一个是虚无，一个是颓废。这些肯定对巴金有影响，巴金自己也说过，因为这时的巴金才十五六岁，很年轻。但对巴金来说，屠格涅夫、赫尔岑的影响肯定更大一些。

周立民：第二个问题我很难回答，因为我不懂德文，但我可以做一个推测。前一代的翻译家经常会按照中国的习惯来重新拟题目，到了巴金这一代，他们依据原文翻译时，可能会更加强调原来的题目是什么，哪怕他们都接受了鲁迅所谓的直译的影响。懂德文的人可以去研究一下，或者将来我们有机会再查一下巴金先生的藏书。

巴金说他的思想来源里有人道主义、爱国主义、无政府主义。这是他在晚年公开说的，他说在他的一生中这三种思想是平行的。《信号》这样的作品，迦尔洵这样的作家，可能是从人道主义的角度来接受。我非常建议大家重新读一遍《信号》，这部作品讲了两个铁道工，一个抱怨说这个世界上的人比狼还毒，狼不吃自己的同类，人吃人却是经常的事情，另一个人就是中间调和的。后来，抱怨的人因为受到了不公平的待遇，就把火车的轨道撬开了。正好火车来了，第二个铁道工示意司机停车，但又没有东西能让司机看到，于是他用刀割破了胳膊，染红了帽子。他失血过多倒下之后，那个撬铁轨的人过来，把他的帽子举起来，火车司机看到后就停住了。

我们总觉得所有的东西都不公平，那么一百多年前的作家是用什么办法来解决呢？这值得我们思考。陈老师刚才也提到，这种小说的背后其实有很强的宣传目的，对一个年轻人来讲，这是比较容易打动他的地方。

王宏图：音译是直接根据它的声音把它还原，意译是把它的意思传达出来。意译可以结合读者的感受，音译可以更多地保留异域色彩，这也不是绝对的，现在翻译英语名字时也是这样。郭沫若翻译歌德的《少年维特之烦恼》，如果翻译成"苦恼"，我觉得从语义层面上就降了一个等级。

陈子善：《茵梦湖》当年是郭沫若翻译的，这本书在当时的文学青年中非常流行，这样就约定俗成了，几乎成了这部作品比较权威的一个译名。巴老翻译成《蜂湖》，相对来说流传的程度就不如《茵梦湖》。郭沫若的音译也是动了脑筋的，是很讨巧的译法，很适合文学的氛围。所以我们不能一概而论。

读者：刚才大家提到了俄国文学对于巴金的影响，包括刚才提到的陀思妥耶夫斯基、屠格涅夫，这都是在世界上首屈一指的作家。巴金晚年创作《随想录》，他对于知识分子的使命有很深刻的思考。我想问，作为读书人，该怎样反思自己过去的罪与罚？从这个角度，翻译俄罗斯文学对于他晚年想写这样一本大部头的书有怎样的影响？

陈思和：巴金在俄罗斯文学中主观选择了像屠格涅夫这样的作家，主要是从语言风格而言，巴金的创作风格跟屠格涅夫、赫尔岑比较接近。从阅读和思想来说，屠格涅夫和陀思妥耶夫斯基都对他有影响。巴金喜欢读屠格涅夫和陀思妥耶夫斯基，他曾经写过对他影响最大的三个俄罗斯作家，一个是陀思妥耶夫斯基，一个是托尔斯泰，还有一个是阿尔志跋绥夫。他早前受过他们的影响，也喜欢读他们的作品。

但是，巴金的创作本身跟他们的距离是很大的，他不是那种俄罗斯气质的作家。包括克鲁泡特金吸引巴金的也不是俄文的著作，而主要是英文著作。克鲁泡特金是双语作家，很多作品都是用英语写的，包括《我的自传》。他的很多作品，巴老都是从英文翻译过来的。

你刚才说到《随想录》，对《随想录》影响最大的就是赫尔岑。当年巴金就是在翻译赫尔岑的《往事与随想》，但他写出来的东西和赫尔岑不一样，虽然里面有好几篇都谈到了赫尔岑回忆录里的故事。

另外是关于忏悔的影响。巴金年轻的时候就受托尔斯泰的影响。托尔斯泰忏悔的是：我是个贵族，世世代代都是贵族，所以我们都欠了农民一份债，因为我们剥削了他们，所以我们要赎罪。这是托尔斯泰的思想。不仅是托尔斯泰，俄罗斯很多革命者都有这个思想。克鲁泡特金也是贵族，他小时候是坐在沙皇的膝盖上长大的。后来他去搞革命，被抓到西伯利亚流放。他们这些贵族都有这个想法：我们欠了劳动人民的债，所以我们要偿还，包括受苦，包括到西伯利亚流放，等等，通过吃苦来还祖先欠下的债。这种思想，你读巴金的《家》《春》《秋》时感受会非常明显。巴金晚年时，有人骂托尔斯泰，他就专门写了一篇文章为托尔斯泰辩护。巴金晚年老是说要把自己的东西分掉，这也是受托尔斯泰的影响。巴金后期的作品有点契诃夫的味道，也许那个时候他已经开始转变了。

我讲过很多次，巴金的翻译跟巴金的创作同样重要，他的很多思想都来源于国外，正好与他的翻译有密切关系。这些书确实是当代社会的精神生活非常需要的，对于追求真善美的精神有所帮助。

日期：2019 年 6 月 1 日

嘉宾：李国章、高克勤

上海古籍出版的往事与前瞻

主持人：各位朋友下午好，我先介绍一下两位嘉宾。

李国章先生从事古籍整理出版工作三十多年，在上海古籍出版社的领导岗位上任职近二十年。他从 1994 年到 2001 年担任上海古籍出版社的社长，主持出版大型古籍整理出版工程《续修四库全书》，曾获得第六届国家图书奖荣誉奖。主编《二十五史新编》，曾获第十届中国图书奖。李国章老师在 2008 年被聘为全国古籍出版规划领导小组成员。

第二位嘉宾是高克勤先生。他 1986 年从复旦大学毕业后一直在上海古籍出版社工作，编书的同时还出版了一些专著，被业内人称为"学者型编辑"。2018 年，高克勤先生荣获"中国十大出版人物"称号。

最近李老师将他几十年出版生涯中有关古典文学研究和古籍整理出版工作的文章合为一集，就是大家看到的《双晖轩集》，由文汇出版社出版。高克勤社长前两年分别在上海辞书出版社和人民文学出版社出版了《拙斋书话》和《传薪者——上海古籍往事》。这三本书讲述了古籍出版的一些往事，感兴趣的读者可以找来

左起：高克勤、李国章

看看。

先请李老师跟我们聊聊上海古籍出版社的历史。

李国章：大家下午好，很高兴来到这里，向大家介绍上海古籍出版社的往事。上海古籍出版社成立到现在有六十二年了，谈到它的历史，一定要从新文艺出版社开始谈起。

1952年10月，新文艺出版社成立，是由当时的群益出版社、海燕书店、文化生活出版社、光明书局等组成的公私合营的出版社，以出版当代文学和外国文学图书为主。到了1953年10月，新文艺出版社来了一位新的掌门人，就是李俊民先生，我们都亲切地叫他李俊老、俊老。李俊老的一生大致可以概括为三个"家"——革命家、文学家、编辑出版家。

1954年，商务印书馆、中华书局从上海迁到北京去了，商务印书馆的名字保留，但是改做高等教育出版，中华书局的名字也保留，改做财政经济出版。这两个大的出版社搬到北京以后，上海就缺少了古籍类的出版社，李俊老担任社长以后，马上决定在新文艺出版社下面设立一个古典文学编辑组。到1956年11月，李俊老在古典文学编辑组的基础上，成立了古典文学出版社，这就是上海古籍出版社的前身，现在说建社六十二周年，就是从这个时候开始的。

到1958年，国务院古籍整理出版规划小组成立，把中华书局作为规划小组的办事机构，明确了中华书局以后要专门做古籍出版，不再出财政经济类的书了。在当时计划经济的情况下，规定全国只有一家古籍类出版社，就是中华书局，于是上海的古典文学出版社就改组了，变成中华书局上海编辑所。上海编辑所跟中华书局是什么关系呢？大家都出古籍，但是出版规划要统一，组稿要通气，稿费要统一。中华上编是一个相对独立的单位，由上海当时的出版局领导，跟中华书局共同出版古籍。老读者可能都知道，中华书局1958年以后到1966年以前的书，如果是中华上编出的，版权页上一定会写明"中华书局上海编辑所"，以示区别。原来的古典文学出版社变成中华书局上海编辑所，但是业务仍在继续发展。

"文革"中上海的出版社基本都被撤掉了，只保留一家人民出版社。"文革"结束后，原来中华上编的人马在李俊老的号召下都回来了，1978年1月，上海古籍出版社成立。在李俊老的带领下，上海古籍出版社在两年内出版了五百种图书，包括过去古典文学出版社、中华上编的书稿以及重新组织的稿件，而且从以古典文学为主发展到文史哲并举，普及与提高同时进行，影响逐渐扩大。

我简单介绍一下，下面请高社长继续讲。

高克勤：刚才李老师讲了上海古籍出版社的开端，讲了创建人李俊民老师。大家知道，一个出版社为广大读者认可，主要还是靠它的书。与书相关的人无非分两种，一是编辑，一是作者。上海古籍出版社出了一大批好书，因为有很多身为名家大家的作者，同样有一大批著名的编辑在默默奉献。

独木不成林，上海古籍出版社除了有李俊老这样一个灵魂人物以外，还有一大批精通业务的领导和一大批学识精湛的编辑。就以李俊老做社长时为例，他当时是古典文学出版社社长兼总编辑，当时的副总编辑有两位，一位是陈向平先生。李俊老是1905年出生的，陈向平是1909年出生的，是上海宝山人，30年代参加革命。抗战的时候，他在金华的《东南日报》主持副刊《笔垒》的笔政，广泛结交文化人。他当时在读者来稿中发现了一个高中生，叫查良镛，就是后来的金庸。金庸晚年回忆说，他的第一位老师就是陈向平，因为那时候给他发了文章。金庸大学毕业以后，陈向平还推荐他到上海的报社工作，1948年金庸就随着这个报社到了香港，成为香港的报人。1949年以后陈向平先在《上海劳动报》工作，1956年到古典文学出版社任副总编辑。

另一位是戚铭渠先生。戚铭渠是浙江镇海人，也是30年代参加革命的。他在镇海时做过抗日游击大队的大队长，解放战争时加入解放军，参加过抗美援朝，转业以后在上海的一个军工厂任厂长，1956年调到古典文学出版社。他到了文化单位以后，非常虚心地学习，和我们的编辑打交道，向那些老教授请教，很快进入了角色，后来他也担任了古典文学出版社的副总编辑。1978年上海古籍出版社成立，李俊老是第一任社长兼总编辑，戚铭渠先生是第二任总编辑。

当时古典文学出版社的党组就是他们三个人，我们戏称他们是"三驾马车"。其中具体负责业务工作的主要是陈向平先生。当时有两个编辑组，陈向平负责一组，主要是出版古籍整理和学术研究著作，戚铭渠分管二组，搞文学选注。当时有很多编辑，都是老文化人。60年代成立了编审室，因为社领导有时候还要做党务、行政工作，我们还请了一些老编审，专门帮助我们审稿。当时有四大编审。一个是裘柱常先生，裘先生的国学基础很扎实，他也是一个英美文学翻译家，翻译了很多著作。还有一个是吕贞白先生，他在40年代做过中央大学的国文系主任。还有一个专门搞古文今译的于在春先生，七八十年代有一本非常有名的书叫《文言散文的普通话翻译》，就是他写的，专门做文言文普及的。还有一位是刘拜山先生，大概1965年就去世了，上海古籍出版社有一本很有名的杂志叫《中华文史论丛》，他是第一任编辑。

除了这四大编审以外，当时还有一批老编辑，现在回过头来看，都是大家。比如著名的科技史专家胡道静先生，还有著名的诗词注释专家金性尧先生，还有著名的杂文家何满子先生，都是我们的老编辑。还有一位是王勉先生。王勉先生的经历很坎坷，粉碎"四人帮"以后平反，回到上海古籍出版社。我1986年进入上海古籍出版社的时候，王勉先生正好70岁，我赶上了欢送他退休，他的编辑工作全都由我接手，所以我后来和他保持着特别好的关系。经历过苦难的人往往很高寿，王勉先生活到98岁，他70岁以后才写文章，生命的最后二十多年里写了很多书，笔名叫鲲西。还有李国章老师的前任钱伯城先生，1922年出生的，现在已经97岁了。仁者寿，他们都是很高寿的。

1978年之后，老先生们都回归了，又引进了像李国章老师这样年富力强的一些编辑。80年代以后，我们迎来了一批又一批的本科生、研究生，他们在上海古籍出版社的氛围里，很快就脱颖而出。正是因为有了这样一批编辑，我们能和学术界的著名专家沟通对话，出了大量的好书。

上海古籍出版社的出书方向一个是整理古籍，因为古代的书用的是繁体字，有的甚至没有标点符号，大家看不懂，我们做了大量的古籍整理工作。最有影响的一套书是"中国古典文学丛书"，这套书是1978年以后亮相的，现在出了一百四十种。这套书收入了最有影响的中国古典文学作家作品，整理这套书的人也是我国文史领域里最有造诣的专家。比如说辛弃疾的那本，整理者是北大著名的历史系教授邓广铭先生。《剑南诗稿》是苏州大学的钱仲联先生整理的。当然也有我们社的编辑，比如钱伯城先生，《袁宏道集笺校》是他做的，李国章老师校点了其中的《两当轩集》，我也校点了其中的《王荆文公诗笺注》，等等。

另外，书是要给广大读者看的，我们还做了很多普及工作。50年代开始我们做了两套小丛书，一个是"中国古典文学作品选读"，从上古神话一直到近代作品，其中最有名的是60年代做的《唐诗一百首》，销了上百万。这套书从60年代到90年代，一共出了八十种，从60年代过来的很多人都说他们的古典文学滋养就靠这两套书。

我们的《中华活叶文选》影响也非常大。我们还有很多代表国家一流水平的一流著作，都是名家名作。我们出过钱钟书、俞平伯的著作，最值得称道的是我们出了陈寅恪先生的著作。陈寅恪先生和梁启超、王国维、赵元任被并称为清华国学四大导师。他的学术造诣很深，尤其在隋唐研究方面。50年代的时候，老先生的眼睛已经瞎了，但是他的记忆力非常好，他请了一个助手，凭他的记忆力，在眼盲的情况下还写出了近百万字的《柳如是别传》。

上海一直是中国的出版重镇，我们要做就做一流的出版社、一流的出版物，所以1978年出版社一恢复，我们就找了陈老先生的学生蒋天枢先生整理，出版了《陈寅恪文集》。大家都认为，上海古籍出版社在当时能出陈寅恪先生的书，也是我们的出版前辈解放思想的一个举动。

上海古籍出版社还开拓了很多出版领域，做了中国最大的一套书，就是《续修四库全书》，这套书是李国章老师做社长的时候主持的。我就介绍到这里，谢谢大家。

主持人：《续修四库全书》和敦煌系列文献，都是李老师做社长的时候主持的。当时上海古籍出版社正处于经济比较困难的时期，李老师顶着很大的压力做了这两套大书，其中有很多不为人知的甘苦，请李老师给我们讲一下。

李国章：要说《续修四库全书》，我得先从《四库全书》说起。《四库全书》是清代乾隆年间花了十余年时间编修的，乾隆皇帝命人手抄了七套，分别藏于北四阁、南三阁。

北四阁里，第一个是文渊阁。文渊阁的这套《四库全书》藏在紫禁城里，后来被蒋介石运到台湾去了，在台北故宫博物院。第二个是文溯阁，这套书在沈阳故宫，本来在东北，"文革"期间从东北搬到甘肃去了。第三套在文源阁，文源阁在圆明园，后来被英法联军烧掉了。第四套在承德避暑山庄的文津阁，后来搬到北京了，这套书现在在中国国家图书馆。这是北四阁。

南三阁里，第一个是文澜阁，在杭州。还有一套在镇江的文宗阁，一套在扬州的文汇阁。南三阁的三套只剩下半套，文宗阁和文汇阁被太平天国的战火烧毁了，藏在文澜阁的还留下半部，现在保存在浙江图书馆。总之，原先的七套剩下三套半。

80年代中期，台湾的商务印书馆重新影印了文渊阁《四库全书》，想卖到大陆来，当时一套要十几万，后来涨到二十几万。大家知道在80年代中期，这是个天价。当时上海古籍出版社的社长魏同贤先生、总编辑钱伯城先生带动全社一起商量，去买一套来，我们来印。本来就是老祖宗的东西，版权也好，著作权也好，是中华民族的共同财产。我们做的时候，从他们的16开改为32开，缩小一半，仍然很清楚。我们的书定价5万块，当时要在省市图书馆才能买得到。

我们印《四库全书》的时候还有争议，有人说这是乾隆皇帝搞的，里面进行了删改，没有价值。后来大家讨论下来认为，这都是老祖宗的东西，虽然删掉了一部分，但它是由360个学者一道编的，收集的图书总体还是比较好的，所以是有价值的。

《四库全书》的影印取得了很大的成功，取得了社会效益和经济效益。我们当时就想，是不是应该续修《四库全书》，因为《四库全书》毕竟是乾隆年间编的。当时大家一道商议。那时我刚刚当社长，大家的意见里主要提到两个困难。第一，一个出版社自己来续修《四库全书》，没有权威性。第二，经济上很紧张，续修《四库全书》要大量投资，各方面都要钱，光靠出版社的力量是不行的。

但是机会来了。1994年，中国版协主席宋木文先生跟一些北京的专家学者研究，是否要搞《续修四库全书》。宋先生对出版很了解，而且事业心很强。当时商量下来，就觉得可以做，然后考虑由谁来编。成立了工作委员会，由宋木文先生当主任。编委会当时请了上海图书馆老馆长、著名版本目录学家顾廷龙先生。顾先生学问很好，他当时90岁了，但身体很好，头脑很清楚。为了具体操作这件事，还请了傅璇琮先生，他是中华书局的总编辑，当时是国务院古籍整理出版规划小组的秘书长，他可以联系国内外著名的专家学者。编委会里还集中了各地图书馆的力量，比如北京图书馆、上海图书馆、浙江图书馆、南京图书馆等，这些图书馆有很多善本。当时古籍整理出版规划领导小组的组长是匡亚明先生，他也很支持，在这种情况下，《续修四库全书》项目启动了。

我们出版社提出承担出版任务，宋木文同志一口答应，他觉得上海古籍出版社是一家老社，而且编辑力量比较强，完全可以承担这个任务。工委会、编委会都在北京，因此我们当时经常在北京、上海两地开会。资金问题怎么解决的？当时深圳的经济发展很快，深圳南山区的区政府很有文化眼光，支持文化工程，于是钱的问题也解决了。编委会又聘请了38位著名学者，包括饶宗颐、钱仲联等，目录请他们提意见，经史子集每一个部门都请最有名的专家参加编委会，因此这套书的权威性是毋庸置疑的。

编一套书不那么容易，目录开出来，借书都由我们出版社去借。我们借书的同志用了六年时间跑了112家图书馆，为了选最好的、最早的、最完整的版本，还要增配。我们查了16000种图书，一共增配了12000页，工作量巨大。

《四库全书》一共是3641种，1500册，《续修四库全书》是5213种，两部书合起来有八千多种。《续修四库全书》跟《四库全书》配套，是基本的古代典籍，现在几乎是各地以及各家高校图书馆必备的。2002年召开《续修四库全书》出版座谈会，当时的全国政协主席李瑞环同志高度评价，说这套书"功在当代，泽及后世"，这就是我们这套书的意义。

《敦煌吐鲁番文献》《敦煌黑水城文献》，这些文献也是大型项目，是在全国几代人的共同努力下推进的。目前已经出了 102 册，从 80 年代中期开始，一直坚持到现在，还会继续出。这个项目是持久战，不断地出，不断地扩大影响。

大家都知道敦煌莫高窟，里面收藏了公元 4 世纪到 14 世纪的各种文献，还有雕塑、壁画。1900 年被王道士发现以后，外国的探险家比如法国的伯希和、英国的斯坦因、俄国的奥登堡等都来了，名义上是来买的，实际上等于抢劫，敦煌的文献就此大量流落国外。

改革开放以后，我们国家的经济开始复苏，各个大学开始研究敦煌学，当时成立了中国敦煌吐鲁番学会。但是研究缺材料，好多学者跑到法国、英国、俄罗斯去，但处处碰壁。80 年代中期，我们的社长魏同贤跟总编辑钱伯城感觉到，出版敦煌文献是迫切需要的。因此当时通过苏联科学院的通讯院士李福清的介绍，联系到苏联科学院东方学研究所圣彼得堡分所，那里有敦煌文献。后来我们组织了代表团，魏同贤社长当团长，钱伯城总编辑做副团长，我当时是副总编，还有编辑室主任李伟国同志。80 年代末出国还是很稀奇的事情，我们的出国经费很紧张，因为急于跟人谈判，所以先坐飞机去，回来坐火车，就为了省点钱。

经过艰苦的谈判，最后终于谈定了。谈成以后，由我们的技术编辑、摄影师组成工作组，派驻俄罗斯长期工作。经过几代人不懈的努力，现在已经出到 102 本了。现在研究敦煌学，这套文献是必备的，而且因为有了资料，现在研究敦煌、吐鲁番、西夏文献的人越来越多，我们这套书为学术研究作出了贡献。

上海古籍出版社有优良传统，从李俊老开始，一代一代坚持不懈。古籍是我们的安身立命之本，我们要搞大型古籍整理，要搞学术价值很高的古代典籍整理和研究，还要搞普及，现在进一步扩展，我们还搞了一些考古。几任社长的目标是一致的，要建成一个跟上海国际大都市地位相称的一流的专业出版社。希望经过几代人的努力，为读者贡献一些图书，也希望为弘扬中华民族的优秀传统文化作出自己的努力。

高克勤：李老师讲得很好，上海古籍六十多年，就是靠一代又一代出版人的接力。六十多年来，我们始终坚持弘扬中华民族优秀的传统文化，始终初心不改，朝这个方向努力。我们一方面做保存文脉的最专业的出版，另一方面也做普及性的出版。不管做专业还是做普及，我们都一定要做最好的书，要保证质量，为上海这座大城市争光。未来我们会沿着前辈开拓的路继续走下去，把路越走越宽广，出越来越多的好书。

六十多年来，我们一直得到广大读者的支持，希望以后能继续得到大家的支持。上海古籍出版社是上海最好的出版社之一。我曾经和记者说，我们的书是可以当传家宝一样传代的，可以搁在箱子底下藏好，不像有些书，看完了就可以扔掉了，因为我们的书经过了千百年的洗礼。从事出版这个事业，我们很自豪也很光荣，所以我们乐在其中。我工作了三十三年，还有三年我也要退休了，但我想我们还是会一辈辈传下去。

我就讲到这里，谢谢大家。

主持人：今天在座的肯定有很多爱好古典文学、爱好古诗词的读者，如果大家有什么问题，可以借这个机会跟两位嘉宾交流一下。

读者：我想问一下高社长，我们都是从小看上海古籍的书，培养对传统的认识。我想了解一下你们未来十年、二十年的出版计划，还有什么大的出版计划吗？

高克勤：在文史哲古籍整理方面，我们会继续整理出版，对以前整理过的，如果有新发现，我们还会做。比如前面说到著名词人辛弃疾的《稼轩词编年笺注》，是邓广铭先生笺注的。苏州大学有一位老先生，现在 80 岁了，他觉得邓先生是个历史学家，在文学方面的注释还不到位，所以他自己又做了一本，今年 5 月出了新的。这类新品种会不断出现。以前没做过的，我们会继续补，以前做过的，我们会出更新、更好的。

我们还会开拓一些新领域，考古类图书是我们社这几年发展得最迅猛的一个门类。这几年出土的东西特别多，上海古籍出版社出了一些帛书和竹简，影响很大。另外还有考古报告，这方面我们出得更多。

我们还会继续大量做普及类的图书，在这方面下功夫。还有数字出版，把文史类的内容转化为数字出版，我们也在向这方面努力。希望继续得到您的关注。

读者：高社长，我一直在老年大学上课，老年大学里的古诗词班很热门，但苦恼的是缺少好的老师。上海古籍出版社面向大众、面向基层，你们能不能派些能手到这些老人需要的地方，为老年人学习古诗词创造一个比较好的环境？

高克勤：其实我们在这方面已经做了很多工作。我们大概在十几年前就和上海的打浦桥街道、五里桥街道建立了联系，请编辑每个月组织一次"国风讲团"。但我们毕竟是出版社，本职工作是编辑，确实很难满足社会上所有的需求。我觉得老年大学可以邀请一些高校的退休教师，主力应该是他们。你提的这个问题非常好，这也是需要全社会共同努力的，大家一起为弘扬传统文化作贡献。

读者：我非常喜欢上海古籍出版社的"中国近代文学丛书"，听说这套书现在停了？

高克勤：没停，还在出，但是出的品种不多。坦率地说，与两千年的古代文学相比，近代文学只有几十年，我们的"中国古典文学丛书"出了140种，近代文学出了30种，这样一对比，近代文学的品种已经出得相当多了。我们的重点还是打造古典文学著作，有合适的品种，我们还会放在近代文学丛书中。

读者：我想问李社长一个问题。您刚才说到《四库全书》的北四阁、南三阁，只剩下三套半，你们做《续修四库全书》是为了把丢失的补齐吗？

李国章：《续修四库全书》是要把没有被选进《四库全书》里的好书补进去。更重要的是，《四库全书》修完以后，我们的古代学术还在发展，后来还有新的品种。乾隆皇帝修《四库全书》的时候，把古代的小说戏剧都排除在外，通俗文学他不收，我们都补全了。因此我们的《续修四库全书》是在《四库全书》基础上的进一步发展和完善。为什么我前面说这两套书可以配套？因为它们基本是不重复的，如果有重复，《续修四库全书》收的版本更好。两套书配套，可以形成一个古籍的基本书库，就是这个道理。

现在到图书馆去查，《四库全书》已经数字化了，《续修四库全书》还没有，今后也会做的。如果有了电子版，电脑上就可以查了。据我了解，现在的大学图书馆都把这套书放在重要的位置。

主持人：谢谢大家今天的光临，希望大家继续支持上海古籍出版社，支持我们国家的古籍出版。

日期：2019 年 6 月 8 日

嘉宾：张柠、黄德海、周嘉宁、于文舲

从上海出发的现代人

——张柠《三城记》新书分享会

于文舲：大家下午好，欢迎大家今天来参加张柠老师长篇小说《三城记》的新书分享会，我是这本书的责任编辑于文舲。《三城记》是我们人民文学出版社在今年年初出版的，讲述的是以"80 后"为主的年轻人在北京、上海、广州三座大城市里生活和成长的故事。

我先介绍一下今天的嘉宾。《三城记》的作者，著名评论家、作家，北京师范大学教授张柠老师。另外两位对谈嘉宾都是上海思南读书会的老朋友了，《思南文学选刊》副主编、评论家黄德海，著名青年作家周嘉宁。

今天的主题是"从上海出发的现代人"，包含两个关键词，"上海"与"现代"。小说的主人公顾明笛是一个上海人，他所有的行动、思考都以上海这座城市为原点。接下来先请张柠老师讲一讲，在您看来，上海这座城市是怎样影响这位主人公，怎样影响现代青年的行动的？

左起：于文舲、黄德海、张柠、周嘉宁

张柠：上海的朋友，下午好。我自己曾经在上海生活过。我在上海受教育，从华东师范大学毕业以后去了广州工作，在广州也待了很多年，21世纪初又去了北京，在北京师范大学当老师。我接触了很多和顾明笛差不多大的年轻人，"80后""90后"，现在在读的已经是"00后"了。这十五六年我一直在做教育工作，接触的年轻人来自全国各地，包括来自上海的。我的主人公顾明笛是一个典型的上海人，他是有原型的，有原型并不等于就是从现实生活中抄过来的，还是有典型化的过程，这个时代年轻人不同的特点集中在顾明笛身上。

先讲为什么从上海出发。上海是当代中国非常特殊的一个点，上海之于整个中国来说，特别是对北方人来说，似乎不是很好理解。实际上我觉得上海的文化、上海的生活是20世纪中国走向的一种引领，上海是最早现代化的地方。这座城市从外形到内部精神，它的市民精神以及它的建筑和各种文化，都是走在前列的。20世纪中国最早现代化的城市，一个是上海，一个是北方的天津，但是天津在民国时期就开始没落了，上海则一直走在前面。

城市是一个现代社会的呼吸器官。整个中国必须要有发达城市来调节，一个中心城市起到了调节大的空间区域的作用，货物的调配、资源的配置乃至文化的配置以及精神生活的调剂，都靠这座城市。

我本人是江西人，小时候我心目中的大城市就是上海。上海是整个华东地区乃至大半个中国的调节器，这里也包含着上海人带来的一种新的精神，我称之为城市精神。所谓的城市精神就是现代精神，所谓的现代精神，我觉得最内核的东西是理性精神，对事物的判断是讲道理的。上海人喜欢讲道理，很理性，很节制，这种理性精神就是一种现代精神。其实理性精神在我们传统文化的脉络里也有，并不全是从西方来的。

现在有一种错误判断，认为理性精神就是西方来的，中国人没有。其实中国也有。"相濡以沫，不如相忘于江湖"，这就是一种理性精神。只不过在我们后来的文化叙述里把它压抑下去了。我们用激烈的情感、激烈的伦理、激烈的道德、激烈的情绪，像酒一样浓烈的情绪，压倒了我们内心深处的理性精神，使得这种伦理的、道德的、情感的、酒的精神得到张扬，进入了文化叙述。

书写城市，从某种意义上来说，可能也是想对这样一种理性精神进行审视、表达和呈现，这点我先不多说，后面还可以聊。这种精神当然有好处，但也不一定全都是好的，它有它的问题，我们后面慢慢展开，它的好处在哪里、问题在哪里。以上就是我选择北、上、广这三座中国一线城市作为描写对象的缘由。

中国当代大部分一线作家写农耕文明写得非常好，但是写城市精神、城市文化，就写得不太贴合，有隔膜，总给人一种农民进城的感觉。我想提醒我们的作家和读者来注意到这方面。这本身是一种愿望，不是说我能够写得多好，但这至少是一个愿望，希望大家都能关注在社会发展过程中有一定先进性的城市精神和市民精神。这种市民精神的意义不用我来论证，很多伟大的思想家已经论证过了，比如马克思在《德意志意识形态》里有大量的论证，关于城市精神对于空间时代的进步意义。我先说这些。

于文舲：谢谢张老师。张老师这段开场白也非常具有理性精神。接下来我们听听小说家的吧。嘉宁是上海人，你觉得《三城记》中张老师笔下的上海，与你对上海的理解和想象有什么不同吗？或者有什么共鸣？

周嘉宁：其实对我来说，作为一个生长在上海的人，对于上海不会存在任何想象，我没想象过这个城市应该是什么样子。作为一个身在其中的人，我要跟别人勾勒这个城市的面貌的时候，会感觉非常困难，因为你往往不能抓到那些最特殊的地方。

举个很小的例子。我有一个国外的朋友到了上海，参加国际写作计划，在上海待了三个月。我问他对上海有什么印象，他跟我说，为什么上海人都这么快乐？我说你从哪儿看出来他们快乐，他说因为他走在马路上的时候，能听到很多路人在哼歌。我觉得很奇怪，因为我从来没有发现这一点，我从来没有注意到路人会哼歌。他跟我说完这话以后，我再走在马路上，不仅发现路人在哼歌，我发现我自己也在哼歌。在我之前三十多年的个人经历中，我从来没有发现这一点，而他只是在上海待了三个月，就告诉了我这一点，所以我觉得这可能是视角的问题。

张老师这本书不管是写上海的部分，还是写广州、北京的部分，其实用了一个大的视角，是在城市上空的一个概括性的俯视的视角，去整体性地描摹这个城市的特征。我发现这其实也是张老师写作的特点，每个人物出场的时候，都会先把这个人物的特征说一遍，每个城市出场的时候，也都有差不多两三页篇幅的讲述。包括主人公出差去了哪个地方，他都会把当地的历史面貌说一遍，对整个城市的发展有一个概述性的东西，这是我印象比较深的。

黄德海：我来回应一下。我来到上海以后的第一个感觉就是上海是"他们的"，而北京是"我们的"。这话怎么讲？我来上海以后开始听收音机、看电视，发现上海到处在讲上海自己的事情，而我在山东上学的时候，听到看到的都是中国怎么样、北京怎么样。到了上海以后，我才发现原来还有这么个地方，他们对自己的城市如此重视，觉得自己的方方面面都要做推广宣传，让大家知道。

另外一个是张老师讲到的理性的问题。我来上海上学大概不到一个月，就有一个上海的同学喊我去吃饭，四五个人一坐，请我吃饭的人就问，要喝酒吗？不喝。在山东，如果主人问你喝酒吗，你肯定不能说要喝，这是客气。那个上海同学说，不喝啊，那就喝可乐吧。吃完以后他说我们 AA 吧，我说那你请我吃饭干吗，我自己可以买饭吃，我还没喝酒哎。这就是文化差异，我一开始觉得非常不适应。我能适应上海的米饭，我原来吃面食，这都没问题，但是文化问题我适应了很长时间。

另外，山东喝酒的方式和上海喝酒的方式是有差异的。我当时有个印象，觉得上海人不能喝酒，住得时间久了才发现根本不是这么回事，凡是要喝的都比我能喝，只是习惯不同，这就是理性。其实如果你适应了，你会觉得这是一个很好的习惯，大家的分寸掌握得很好。这就是叔本华说的像豪猪一样的人际关系，大家保持一定的距离，其实也是非常好的。

我觉得上海的很多东西是近代化的产物。上海的城市比较有秩序，秩序是近代化非常重要的一点。另外金融事业发展比较规范，这其实也是近代化的标志，因为金融一旦不规范，就会造成很多纠纷和问题。到现在为止，我半辈子都在上海，我逐渐习惯了。只要稍微一想就会知道，原来我们以为的习惯并非是天然的，每个人都是复杂的，有常态有意外，我觉得张老师在《三城记》里对这个问题看得很冷静。比如说我们经常误以为上海的男性缺乏决断，但是小说一上来就是顾明笛的一个决断，他辞掉了稳定的办公室工作，这种决断不是每个人都能做到的。

我想直接问张老师一个问题。小说主人公 2006 年是 26 岁，那么这个人是 1980 年出生的。对一个写小说的人来说，第一部长篇小说，最容易的是写自传，可你怎么想到要写一个 1980 年出生的人？80 年代的设置加上你的眼光，产生了一个非常有意思的问题。这个小说，我看的时候就知道它不是一个 80 年代出生的人写的，为什么呢？它带着一个背景，这个背景不是 80 年代出生的人会想的。比如说，你会想到顾明笛的爸爸在黑龙江插队，回来以后在事业单位，属于绿化队，这些都对顾明笛的命运走向产生了影响。我们写小说其实不会想到这些，因为我觉得我写的是这个人独立的命运，而不是携带着他整个家庭的历史。张老师的这本小说其实是有两种眼光的，既有"80后"的，也必然带着他们父辈的眼光——张老师的年龄正好是在顾明笛和他的父辈之间，也就复合了两种眼光，这是非常有意思的，既不是一个年轻人写的小说，也不是一个纯粹年长的人来审视。实际上，顾明笛身上复合着张老师那代年轻人的理想状态，也不只是一个"80后"的理想状态，因此这里面的人既不是"80后"又是"80后"。我不知道张老师当时设置的时候是怎么想的。

张柠：我等会儿回答你的问题，我先补充一下前面那个话题。在上海是会有一个适应的过程，因为上海是一个"他者"，这样的感觉我也有。上海话"我"和"你"分得很清楚，北方人都说"咱们"，所以从主语角度，就能看出上海人现代意识中分明的自我意识。"咱们"是古代精神，是传统文化带过来的东西，它不是一个现代语法结构，而是一个传统语法结构，一开始就想把大家拉在一起。拉在一起的方式有很多，说话是一种方式，喝酒也是一种。顾明笛作为一个土生土长的上海人，他要感受中国其他地方的文化，做的第一件事就是喝酒。我设置的场景就是他到木兰围场去采访，跟内蒙古自治区的牧民在一起喝酒，那种喝酒才叫喝酒。他这才发觉上海以外原来还有这样一种文化，通过喝酒这次经历，他才渐渐地开始模糊自己和他人之间的边界。这是补充前面的话。

接下来我回答你刚刚的问题，为什么会选择写"80后"。你实际上提出了一个问题的两个方面，一个是双重视角，还有一个是为什么不选择写自传，而要写一个晚辈的虚构故事。因为我的创作观念是这样的。我们北师大有一个文学创作方向的研究生班，我要从零开始培养他们写小说的能力，讲一个学期的课。一上来规定几点，第一就是虚构，不准写自己的经历，要"无中生有"，要虚构。一上来就写自己经历的有两种，一种是天才，怎么写都可以，还有一种一写完就完蛋了，再也写不下去了，我把这种称为挖煤窑式的写法，煤就那么多，你挖完了就塌方了，没得写了。对于普通的作者，我主张不要写自己的经历，要去虚构，艺术创作本身就是"无中生有"的。而我们自己的经历呢，就藏在那个地方，就像我们发面的时候需要有一种"老面"，"老面"起的是酵母的作用，不能吃，就让它藏在那里一点点发酵，把你所有的记忆，直接经验、间接经验，都给发起来，这样你的虚构能力才会强悍，才永远写不完。我觉得我就是一个写不完的人，我还在写，这是因为我不涉及我人生经历中最宝贵的经验，比如童年的经历，我父亲去世，我在外面流浪，很多很多故事，我通通不写。我要虚构一种不是我自己的生活，我就写了1980年出生的年轻人。

第二个问题，关于两种视角。我写的顾明笛确实是1980年生的，他二十几岁的生活场景是21世纪初期，但实际上小说里有很多叙述视角和艺术处理方式是"非80后"的，是我们这个年龄的人喜欢的。我们这个年龄的人喜欢把事情的来龙去脉放在一个笛卡儿坐标里面来谈，像牛顿力学一样，牛顿力学是把宏观世界说得清清楚楚的。比如写一篇散文，我来到这条街上远远看见一个中年妇女，拎着一个篮子，里面放着一束鲜花，鲜花是用麻绳扎起来的，她在卖花，周边是上海市某某路某某街的街口，我会这样说，这是我们这代人喜欢的。现在很多人不写这些，他们直接说我看见了那朵花，我看见它正在枯萎，我把它买下来，放在花瓶里，第二天早上起来，花枯死了，我整天都在哭泣，就结束了。至于这朵花到底在什么地方，在上海还是北京还是十字路口还是什么地方，它的来龙去脉、它的历史、它的坐标，他们全都不关心。这实际上是日本流行的方式，日本有一种"物语"的叙述方式：樱花开了又死了，掉在地上化成了泥巴，就像一个生命消失一样，我看到了，整天都在哭，甚至想自杀。但其实中国人的历史感特别强，像我们这个年龄的人，一定要把事情的坐标弄清楚。

所以德海很敏感，发现了其中隐含的这种观察事物的视角。现在更年轻的一代受日本文化影响，叙事方式有时很像日本小说，但我还是习惯把历史场景先交代出来，先从上面往下看。

我喜欢飞起来往下看，我不喜欢完全钻在丛中，只看见眼前这些东西。从上往下看是上帝视角，上帝视角有一个坏处，就是太武断了。但是它也有一个好处，就是它知道我们应该怎么样。有时我们用上帝视角会写到"他心里想"，你就要问我，你又不是他肚子里的蛔虫，你怎么知道他想什么？乍一听这种反问很有道理，其实不是这样的。为了便于理解，我换一种说法：我说明天太阳将要升起来，你说你又不是上帝，你怎么知道明天太阳会升起来？我说我就是知道，明天太阳必将升起来，因为它理应如此。我说你很美，你明天会长得更美。你说你又不是上帝，你怎么知道我明天长得更美？因为我希望你更美，你应该更美。文学既然是一个"无中生有"的创造性的事情，就可以把作家认为的理想、愿望、应然如此的世界呈现出来，因此有时候会用上帝视角，尽管作家看不见你心里想什么，但是他知道你应该这样想。我觉得这是人同此心，心同此理。有时候我会用比较古典的上帝视角。有一些作家也批评我说，你看人家玛格丽特·杜拉斯用什么视角，全是限知视角，这才先进，这才牛，你老是用托尔斯泰、巴尔扎克的视角，你很土。但我有时候想，我年轻的时候很前卫，整天博尔赫斯、卡尔维诺、卡夫卡，现在我年纪大了，我更喜欢托尔斯泰的视角、上帝视角，我愿意去猜测人的心理应该是怎样的，思考这个世界应该是怎样的。

于文舲：说到写作方式和视角，我又想问一下小说家。嘉宁对于"80后"最有发言权，她不仅自身是一个"80后"写作者，而且去年她出版的小说集《基本美》也是在书写"80后"这代人的故事。所以我想问一下，你怎么看待张老师以"非80后"视角写的这样一部"80后"的小说？

周嘉宁：这本书里的主人公年龄跟我差不多，基本算是同龄人，比我大一点点，人物经历的前半部分其实也跟我挺像的。主人公2006年去北京，住在北京方庄那个地方，我是2007年去了北京，也住在方庄，所以我看小说的时候真的大吃一惊，怎么会这么巧。肯定有张老师关于方庄的记忆在里面，他提到龙潭湖公园里一直在放屠洪刚的一首歌，我就拼命回忆，因为我当时经常去龙潭湖公园逛，我在想有没有这首歌，我的记忆已经混淆了，我觉得这本小说给我植入了一个记忆，好像我当时确实也听到了这首歌。这就是小说虚构的功能，我觉得挺微妙的，在个人记忆中会造成一种混淆，造成一种记忆的虚构。

说到"80后"，我一开始看这本小说的时候就带着一个疑问，我特别想要看到最后，特别想要知道张老师给主人公安排了什么样的命运。因为这个问题一直困扰着我，困扰了我很多年。这些年来有一些小说我想写，但我可能没有办法写，最根本的原因在于我没有办法给主人公找到一条出路。如果说我的主人公有一个困境的话，对于困境的描写我觉得我非常熟练，但问题是，我不确定最终的解决方法是不是存在，或者说出路是不是已经有了，这个问题我一直非常非常困惑，所以这本书我是带着非常强烈的好奇一路看了下去。

我记得书里有两次提到了"行动"这个词，好像还对"行动"和"实践"这两个词作了辨析。不管是行动还是实践，我都感同身受，这其实也是我想在自己的小说里解决的问题，我希望人物有更多的行动。但同时我也发现，作为一个城市人，我们真的往往是在经历一个行动逐渐丧失的过程。我有时想，我过去还要每天从我家去菜市场，这是日常行动的一部分，至少在这个行动当中，我可能还需要克服一些自己的惰性，需要克服一些路上的障碍，可能需要应对一些天气的变化，但现在手机软件承担了买菜的功能，我甚至不需要从家走到菜市场。现在人的日常生活中，真正需要行动的部分变得越来越少，因为有了一些更便捷、更有效的方式，在取消各种日常生活中的行动。而说到日常生活之外的，把精神的能量和精神的疑惑转变到行动中来，我觉得人又会遇到很多的障碍，这个待会儿可以问一下张老师，他是怎么看待的。我觉得行动和实践，是这个小说里一个比较重大的主题。

顾明笛这个主人公是特别典型的"80后"。这个典型性在于，一个"80后"如果是在城市里生活，一般来说他不会经历过特别大的苦难，人生真正困难的部分可能还没有完全到来，他的前半生是一个比较幸运的年轻人的状态，没有太大的压力。如果是在上海的话，其实学生时代的学业压力也不是很大，因为我们是教育改革减负的一代，我们就业的时候，也还没有面临这么重的就业压力。我们这代人比较具有理想主义，所以对金钱的焦虑也比较少。重大的困难可能会在日后发生，而目前大部分人其实并没有经历过。像顾明笛这个人，他所做出的选择往往是别人提供给他的选择，他的同学、同事提供给他一些选择，他非常顺理成章地接受了，他的人生也因此发生了变化。我有时候在想，作为主人公，他是不是很清晰地知道自己要的是什么？比如说在30岁时，他是不是很确切地知道自己想成为什么样的人？

张柠：嘉宁讲80年代出生的人的困惑，讲得很好，很细腻，很真实。确实，对于顾明笛这代人来说，他们的父辈匮乏的东西，通过父母自身的努力已经得到了。路遥笔下的孙少平、孙少安那一代人就是顾明笛的父母辈，他们一直在解决匮乏的问题，不但解决了自身匮乏的问题，同时也为他们的儿女解决了匮乏的问题，尤其后来都是独生子女。顾明笛大学毕业，他的母亲提前退休做生意挣了一笔钱，在浦东买了房子，就把原来单位分的老市区的小房子给了顾明笛。所以他在单位附近有房子住，又在国有企业办公室工作，他只要玩就可以了，不需要干什么。他的妈妈很高兴，说你不要太挑剔，这么好的工作，这么好的生活，都是我和你爸爸梦寐以求的，现在你大学刚毕业就有了。他妈妈到处说我儿子很优秀，在国企坐办公室。

顾明笛却觉得他的生活毫无意义，坐在那里喝茶看报。每代人对于意义的理解是不一样的，我们这代人在极度匮乏的时候，想的就是吃饱饭、有衣服穿、找到一个漂亮的城市姑娘结婚就可以了。对于80年代出生的人，这些问题大学一毕业就解决了，而且不需要靠他自己努力，是时代给他的，他的父母已经给他了。那他接下来所有的生活——不用干活就可以生存，还可以生活得不错，那不就是寄生虫吗？我们到这个世界上难道是来做寄生虫的吗？这是他们这代人思维的起点。他们受了那么多人文教育，所以像顾明笛这些人是80年代出生的理想主义者，他对自身有完满的想象。我们这辈人对自身的想象是非常有限的，我们是落在地面上的现实主义的想象，而他们对自己的想象是带有一定浪漫主义、理想主义色彩的想象，他们一直在思考"我应该成为什么样的人""什么样的人生才是有意义的"。所以顾明笛的第一个行动就是辞职，要靠自己去寻求意义。他一边在上海的好多家杂志社兼职，帮人家约约稿、组组稿、做策划，另一方面他写小说挣稿费养活自己，他觉得特别踏实。

本来他是不用离开上海的，致使他离开的直接原因是一个女孩子。这个女孩子是他的同学，他们两人之间有一些情愫。开始人家不怎么理他，可一旦好上了以后，女孩子经常要见面，经常要打电话，这对顾明笛就成了一种压力。因为爱这个东西同时意味着责任和负担，他其实还没有做好心理准备，他的精神还没有完全成熟，有点像我们今天说的"妈宝"，所以他不能承担那种由爱情和家庭带来的责任，他就很害怕。小说里我设置了一个细节，说他喜欢钻睡袋，开始不钻进睡袋就睡不着，因为他妈妈是卖速干冲锋衣和睡袋的，他每去一个地方，他妈妈都要给他带上睡袋，他钻进去才感到踏实，这当然是一个象征。

所以他要逃到北京去，这就是一个行动。为什么这个行动在这个地方有意义？因为他在辞职以后，一度是拒绝行动的，他白天把窗帘拉上，到了晚上就到中山公园练气功。我见过太多这样的人，不适应社会，感到不满，灰心丧气，不去想办法解决问题，就去练气功，练到最后走火入魔了。乌先生太了解这种人了，所以乌先生鼓励顾明笛去行动。一个人要走出精神困境，靠思维和推理是没有用的，当然更不能靠气功，思维和推理有时候会把你引入歧途，所以不如走一走动一动。为什么我小说里没有用"实践"这个词？因为"实践"是一个马克思主义的哲学概念，用不好怕产生歧义，我提的是"行动"，"行动"是日常生活的术语。小说里顾明笛离开上海到北京，从报社一直到大学，然后到广州的企业去帮人家一起经营，他都是在不断地动作，当然也伴随着思维的成熟。他这个人思维比较发达，但每当他的思维极度发达的时候，他就会想起乌先生，就会告诫自己一定要动起来，一味沉思下去就走火入魔了。

今天我们身边很多的"宅男""宅女"，因为高科技发展，人的动作被机器所替代，被他人所替代。特别是城市里的人，太多的条件使得他可以不动，但我们发现这样真的没有意义。所以我在小说里表达了，一方面行动能够帮助顾明笛摆脱困境，另外一方面，如何行动也正是顾明笛们面临的一个新问题、新困惑，我也在摸索。

黄德海：关于你说的行动，我讲一点。这部小说非常有意思，就是它好像很写实，但这个行动其实是虚构的，我们仔细看小说就会发现。比如顾明笛几乎见证了纸媒的兴衰过程，从文学的热潮期走向纸媒鼎盛期再到衰落期。如果画一根社会现实的时间线，其实这个人不可能经历这么多事情，这是一种虚构，是高度的浓缩，但我们看起来也不假。张老师移花接木，把一个完整的过程投射到一个人身上，通过小说比较清晰地呈现出来。一个人在现实中不可能经历那么全，但是在虚构中可以。虚构冲开了时间的牢笼，使得这部小说成了一部非常具有社会性的成长小说。这也是写作对小说家的考验，如果你局限于实际的社会时间来写，这部小说就漫长得没有头绪了，线索也不可能清晰，而现在这部小说的线索非常清晰。

此外，我还有一个非常感兴趣的问题。张老师本身是教授，也是著名评论家，现在又作为一个写小说的人，你会不会受到前面两个身份的制约？比如，我发现这部小说写得很干净，激情片段的处理基本是戛然而止。张老师写文学评论是很锐利的，嬉笑怒骂皆成文章，但是在这部小说中，你好像有意克制了自己的才华，讽刺的地方很少，最多也就两三处，稍微带出了张老师特有的讽刺语调，绝大部分都很平实、很克制。这是不是一种身份的自觉？当然这可能跟逻辑训练有关，也可能跟你接触的经典有关系。关于你第一部长篇小说的创作过程，你的想法和状态，我很好奇。

张柠：我倒没有刻意地想过，我反而是想把我作为学者和批评家的身份隐掉。小说这个文体的基本要求是你要用你的人物以及人物的行动来说话，用你的情节和细节来说话，而不是让一个叙事者的议论来说话，你的议论再精彩也不重要。所以要尽量把学识、学问、思想藏起来。这些东西应该体现在什么地方？体现在你选择细节和情节的眼光里，体现在你的品位、趣味里，这就可以了。至于你刚才说到有些地方很节制，我想点到就可以了。我们这个时代多的是欲望化的写作，但我觉得在资讯这么发达的时代，再去细致繁复地写什么欲望、上床、接吻，并没有什么意义。我还是希望不要分散读者的注意力，尽量把读者引向对人生的价值和意义的思考。

倒是我写到抒情性的地方的时候，我会放开写，比如对他人的爱。像顾明笛这样的人，不缺少欲望，缺的是爱别人的能力，缺的是从内心里涌出来的情感，是打开自己的过程。比如他们在大使馆旁的书店朗诵诗歌的时候，我会花很多篇幅写诗朗诵，写那种新奇和激情；后来他们去内蒙古自治区那个县里喝酒唱歌，我也是放开写的，因为这件事让顾明笛发现，原来生活还可以这样。我们生活里有意义的但是被我们遗忘的东西，我会多写，而那些我们生活里时时刻刻发生的事情，我认为没必要展开。

我在写作的时候没有刻意去想身份的问题，当然像德海说的经典对我的影响、思维方式对我的影响，当然会有，那些是潜移默化的。我确实有向古典回归的想法，我写作这部小说的过程是向古典文学致敬，我指的是 18 世纪、19 世纪的古典现实主义，托尔斯泰、巴尔扎克的传统。我的能力有限，但是向他们致敬的心愿是有的。所以我不想像现代主义文学一样，把人的日常生活里的欲望完全释放出来，我还是比较节制的。

于文舲：我稍微补充两句。这部小说一方面内容非常丰富，另一方面好像又很节制，这可能和张老师有一个整体性的把握有关系。所有的生活摆在面前，哪些能进入小说，哪些不能，他是有一个取舍标准的。标准是什么呢？就是什么东西能够真正影响顾明笛这个人的成长。只有对顾明笛真的起到了某种作用，他才会把这个细节纳入这本书里来。这是冷静、节制的一面。

但有时候也不一定节制。我举个例子，小说中写到一个非常小的动作，但是差不多写了整整一章，前前后后，都是关于这一个行动的铺垫与后果。那是顾明笛在广州的时候，经历了前面恋爱失败、特别青涩的阶段，他终于开始尝试去关心人，去爱人，并且用行动的方式主动和他人建立关系。这里有一章写到他和女朋友谈恋爱，女孩子跟他赌气，不理他，希望以此来促进他们的关系。这种情况下，用张老师的话说，你要跟她讲道理，为什么生气，为什么不理我，肯定讲到第二天天亮也说不清楚。顾明笛这个时候突然抓住了女孩子的手，把她拽进了他们最喜欢去的餐馆，跟她说，你今天就是要坐下来，我们一起把这顿饭吃了。女孩子也很吃惊，她觉得顾明笛原来不是这样的，原来都是跟我扯一些现代主义，讲道理，特别有理性精神，怎么突然变得粗暴了？其实不是粗暴。顾明笛就是在这一个抓住的动作上，突然意识到了行动原来这么有力量，它可能一下子控制住或者说改变了这两个人的状态，打破了僵局，加深了这两个人的情感关系。像这样一个简单的动作，小说里几乎写了一章的篇幅。

张柠：一个年轻人在两性相处的过程中，要抓住一个女孩子的手，要做出这么一个动作，看似很简单，但你要知道，这是一个在爱情方面经常失败的小伙子，这样做需要很大的勇气。为什么那章写得很长？为了让他做出这个动作，整个一章都在铺垫。所以说一个人的行动、动作实际上是不容易的，有太多的阻力和放弃的理由了。这种动作是很珍贵的。当一个动作泛滥了，随便怎么做都可以的话，那个动作就是没有意义的。我由此想到陶渊明，陶渊明一辈子做一件事情——采菊东篱下。古代的知识分子面对一个困境都不知道怎么办，要为五斗米折腰，要为权势折腰，怎么办？全在叹气，也就是写诗、抒情，但对现实问题还是没有什么作用。几千年来的中国文人中，陶渊明的行动最厉害，他知道做动作，采菊东篱下，一个动作做了一生，提供给我们一千年的参照。这个观点不是我的，是顾随先生的。所以我们小说里写人物动作的时候，并不是没有意识地随便写，随便去强调一个人的行动，还是要选择对人生价值有探索意义的动作，它的背后有一定的哲学性思考。

黄德海：说到动作，我有时候觉得很奇怪，顾明笛的动作其实不像三十多岁人的动作，实际上是一个十八九岁的小伙子的动作，他好像完全不懂异性的心理状态。所以在小说里，顾明笛的情感生活很有意思，有点像贾宝玉，云雨情试得早，但是谈恋爱谈得很晚。他跟前面几个有些身体关系的人其实没有怎么展开情感，只有最后和广州这个女孩子，才真的进入了感情关系，因为他开始把自己打开了，让自己的心敞开，放一个人进来，也愿意去冲破自己用尊重、理解以及各种各样的理性思想搭建起来的篱笆，去冒这个风险。做动作其实是要冒风险的，而顾明笛这个抓手的动作，其实是最危险的，他在暗示即将消失的时候才做出这个行动，这个行动才让他最终进入了爱情关系。从这以后顾明笛才真的把自己打开了，包括他后来能够跑去河北保定，也是因为他打开了自己，这是他真正成长的一关。

也正是因此，后来顾明笛突然选择要跟这个保定的女孩子一块儿回去经营生态农场，我们才不会觉得突兀，因为到这里我们也认可人生可以有很多选择了。一开始顾明笛是不可以离开城市的，他不打开自己这层壳就永远不可能离开城市，因为他的思维和状态只能与城市匹配，一旦离开，可以想见他完全没法生活。但是当他打开的时候，你会发现天地还是很大的。小说在进入广州的后半部分以前，顾明笛完全是个理智的人，所有事情全是经过理智选择的，理智其实是一个很重的壳，把他限制住了。在爱情这一点上，他柔软的部分发挥作用了，熔化了他被理性圈起来的壳，这是非常重要的。甚至可以说，整部成长小说就是情感成长在引领的。

刚才张老师说到向传统小说致敬，我觉得《三城记》就是一部古典意义上的成长小说。现代成长小说其实是停止成长的，而《三城记》最终回到了人与社会、人与自身情感的和解。顾明笛在社会上经历了那么多，他也不是要反对这个社会，也不是非要对这个社会怎么样，而是想在这个社会当中确立一个自己能够站立的位置。这确实是一个成长的过程。其实我们对小说一开始的顾明笛更熟悉，他更像现在的我们自己，就是这种状态，在上海和北京漂泊、寻找、彼此隔绝。后来我们对他逐渐有陌生感了，因为他完成了成长，他居然可以接纳更多的事情、承受更多的事情、尝试更多的事情，在这个意义上，我觉得他的成长更古典，这对我们现代人来说反而是比较陌生的，因为我们是无法完成成长的。在这个意义上，我觉得顾明笛是文学塑造的新人，这种人在现实中有没有我不确定，但在小说中肯定是成立的，这就非常有意思、有意味了。

张柠：到了卷四的时候，顾明笛确实变得"正常"了，他会谈恋爱了，此前三卷他不会谈恋爱。他有欲望，那个欲望是不太正常的，他喜欢像妈妈一样的人，一直有恋母情结，睡袋的意象也是一个潜意识里的东西，它不是用道理能讲得通的。这种潜意识的基因，潜入了这个时代的青年，是他们心灵深处一个晦暗的部分，如果没有晦暗的部分，那就是百分之百的古典现实主义小说了。古典现实主义小说可能不会写这种城市文化高度发达之后出现的精神成长相对滞后的人。确实，他不像一个二十六岁的人，他更像十八九、二十岁的，像大学还没毕业的男孩子，是这样一种状态，因为他的精神成长相对滞后。

到了广州时期，他确实开始成熟起来了，他谈恋爱，实际上就是非理性的情感因素介入了他的思维。比如过年的时候，女朋友要回老家，顾明笛独自留在广州，本来吃的用的全部买好了，假期都安排好了，你每天做什么，玩什么，过不了几天我就回来了。顾明笛说没问题，你去吧，放心，我就在这儿等你。这是理性，但是理性在爱情这个层面是无效的。大年三十晚上他突然决定背起包上火车，一路奔保定去。在火车上那晚他也有很多感慨，他也被自己的行动惊住了，也会被自己感动，他觉得我竟然会做出这样的事来，太好了。

这说明什么问题？说明城市文化本质是理性文化。农耕文明本质是情感的文化，是伦理道德的文化。城市文化里面所有的动作、安排、布局都是理性的，比如靠右行，不能走左边，红灯停绿灯行，比如你迎面遇见一个漂亮的女孩子穿着连衣裙走过来，她走近你的时候你要把视线转开，你不能盯着看。这是一种约定俗成的规则，不能冒犯别人，那是非理性的。这些对于农民来说根本不是问题，因为他们的文化就是情感性的。城市文化这种理性的东西有好处，但也有不好的地方，就是人变得什么都要安排好，明天后天一辈子的事情都安排好了。人生没有任何意外，生活的诗意就消失了，而爱情这个东西，本质上是跟诗意结合在一起的，所以爱情变得很难。城市里的年轻人谈恋爱越来越难，因为他们追求非理性的情感，但实际上城市文化太理性了，其中是有矛盾的。城市文化确实在很多方面非常发达，但它的情感不发达。

我现在又要说到古典了，在我们的传统里面，理性和情感的基因都是存在的。以《诗经》为代表的北方文化就是情感的文化、诗的文化，特别浓烈的情感，伦理道德，这是更古典的文化。而散文的文化是理性的，是南方的文化，比如庄子就是很理性的，可以说是一种具有现代性的文化。顾明笛在成长过程中，一直试图摆脱那种城市文化的潜意识，但他挣脱不了，这个动力和阻力构成的过程，就是精神成长。中国的传统小说里，关注精神成长比较少，而西方小说在这方面是比较发达的，比如福楼拜的《包法利夫人》，就是写年轻人情感成长的过程。中国文学发展到今天，也非常需要写出情感和精神成长的故事，而不仅仅是关注身体的成长和社会性的成长。你有没有爱别人的能力，我觉得这在现代文化里是一个格外重要的问题。

于文舲：张老师基本上帮我完成了最后的任务，把我们今天的对谈收束到了主题上，并且提出了一个重要的问题：我们这些具有强大的理性精神的现代城市人，怎样尝试打开自己，尝试去爱，尝试成长？大家可以到小说里去寻求答案。接下来，现场的读者朋友有没有什么问题想和嘉宾交流？

读者：我觉得您有很厚实的理想主义，这是不是跟您自己在江西的成长背景有关联？我想了解更多一点，我觉得这是对小说中三个城市的很重要的补充。

张柠：这是一个非常隐蔽的问题。我在城市生活这么多年，但我 19 岁之前是在乡村长大的，我的父亲和母亲是小镇上的医生，所以我对乡村很熟悉。我有一本书叫《土地的黄昏》，是写农耕乡土社会的，带有一定的人类学和社会学色彩，当然也带有文学色彩，推荐给你读。我是想说，我的心里不仅仅有这个时代时髦的东西，内心深处还有一个记忆，就是土地和农耕，我觉得这是沉甸甸的东西，你喜欢也好，不喜欢也好，它就是我们这个时代的镜像。如果中国文化里缺失了土地的文化，那它就会变得很飘忽。道德感、抒情性这些东西，都是来自土地，而不是来自水泥，它的生长性来自泥土，水泥是没有生长性的，水泥连石头都不是，石头还是有缝隙的，有渗透力，可能会长出一棵小草，而水泥一点生长性都没有。生长性、温度、情感这些来自泥土的东西，使得我跟世代都在城市里的人在内心深处有差别，我也很难说有什么直接的关联性，但我想应该是有关系的。谢谢你。

读者：张老师，您有那么多年的农村生活经历，而且有那么深厚的土地情怀，而您又写了北上广这样时髦的都市，请问您是怎么融入都市的？另外，我感觉您对"80后"的情感很丰富，顾明笛这个主人公有很多弱点，但是您在他身上寄予了您个人的理想情怀，这是非常珍贵的。您作为一个长者，要写"80后"的年轻人，并且要深入他们的内心，我比较好奇其中的原因。

张柠：关于农村，我刚才提到我写过一本书叫《土地的黄昏》，是献给我的故乡的。我是在向城市学习，包括受教育，包括工作，包括在北上广三个城市辗转，都是向城市学习。城市文化成为全世界的共识，说明它是有好处的，首先要学习它、了解它。这个好处体现在它的人文性上，城市文化有人文性，就是以人为尺度，城市文化所创造的任何一件东西都是为人服务的。但不是任何一件具有人文性的东西都具有诗性，不是任何一件具有人文性的东西都具有文学性。作家有一个非常重要的功能，就是要把人文性的东西转化为诗性的东西，因此他要不断写各种各样的经验，转化为文学，我觉得这个工作是有意义的。在中国文学史上，这个工作做得还不够，只有三四十年代的上海集中出现了一批作家，把城市的人文性转化为文学性和诗性，但是做得远远不够，我愿意加入进来。至于乡土文明的东西，在文学表达上我觉得已经有很多大家出现了，我要超越他们确实很困难，也许我以后也会写，但是目前还不确定。谢谢你。

于文舲：谢谢三位嘉宾，谢谢所有的读者朋友们，我们的活动到这里结束。

时间：2019 年 6 月 15 日

嘉宾：李辉、陈子善、陈麦青、陆灏、胡长青、胡小罕、曹可凡

黄裳先生百年诞辰纪念会

曹可凡：大家下午好。今天我们在这里举行黄裳先生百年诞辰纪念会。首先，请允许我向大家介绍一下在台上就座的几位嘉宾，他们和黄裳先生都有很多年的交往。台上没有大小，从我身边开始说起，陆灏先生是著名的编辑，陈子善先生大家非常熟悉了，李辉老师，陈麦青老师，另外我们请来了黄裳先生的女儿和外孙一起参加我们的活动。

黄裳先生是著名的报人，也是一位学者，为中国的文化事业作出了很多贡献。今天我们请几位嘉宾跟大家回忆一下他们心目中的黄裳先生。余生也晚，我虽然见过黄裳先生，但是和他不熟。我第一次见他是在陕南村王丹凤老师的家里，那时黄永玉先生到上海，借居在王丹凤老师家。第二次我是跟着一个研究古籍版本的朋友去黄裳先生家里，也是这样一个大热天。黄裳先生穿着一件白色的老头衫在客厅里接待我们，他的背后正好是一幅黄永玉先生白描的荷花，我印象特别深。当时他们谈的都是版本学方面的话题，虽然讲的都是中国话，可我一句没听懂，我大概坐了半个多小时就告退了。

左起：曹可凡、陆灏、陈子善、李辉、陈麦青

今天非常高兴有这个机会，请几位朋友一起回忆黄裳先生。请陆灏先给大家讲一下。

陆灏：我先简短说一下。今天是 6 月 15 日，我们选择这一天作为黄裳先生的生日，但其实黄先生的生日是阴历的六月十五，后来老先生弄身份证，把阴历改成了阳历。我们算是提前给他过生日了。

我和黄裳先生交往很多年，读大学的时候就看他的《榆下说书》，非常喜欢。大学毕业后我到《文汇报》工作，得知黄裳是我们的同事，那时候他已经不上班了，但还没退休。他弟弟容正昌先生还在《文汇报》工作，我就去找容先生，问他能不能介绍我去拜访黄裳先生。他问我去干吗，我说我喜欢看他的书，想看看他的人。他说，你看我好了，我和他长得一样。后来我见到了黄裳先生，他们兄弟俩果然长得很像，胖墩墩的，说话声音都有点像。我大概是在 1986 年第一次见到黄裳先生，完全是抱着一种粉丝的心态去看他。后来我编《文汇读书周报》，编《万象》，编《上海书评》，编《文汇报·笔会》，一路编过来，黄先生是最支持我的作者。尽管他已去世多年，我还是非常想念他。

陈子善：各位下午好。刚才主持人曹可凡触发了我的一个回忆。他说他第一次见到黄先生是在著名演员王丹凤的家中，让我想起一件事。有一次我去陕南村看黄先生，聊天聊到快傍晚了，我正准备告辞，门铃响了，来客人了。黄先生站起来想去开门，我行动当然比他利索，我说你坐着我来开，就去开了门。门外有位先生站在那里，我不认识他，就问他找谁。他马上说，我是柳和清。我知道他就是王丹凤的丈夫，赶快把他请进来。他坐下后开始大谈林风眠的画，滔滔不绝，黄先生就一直看着他。我在边上也不好意思马上表示要告辞，就坐在那里听他讲。有这么一次很特别的经历。

因为年龄的关系，我跟黄先生的交往时间长一点。感谢陆灏，花了很多功夫把黄先生在80年代的日记一条一条摘出来给我，我才想起1982年的11月是我第一次给黄先生写信。我是怎么知道黄先生家的地址，我自己也记不清了，反正地址是对的，黄先生收到了，而且马上回了信，我收到回信后去拜访了他，就这样开始了和黄先生的交往。他对年轻人很热情，虽然有时候话不多，只是听你说，有时冷不丁会提问。他和一般的老人不一样，他很敏感，反应很快。

在我看来，在老一辈的作家当中，他后期的写作达到了新的高度，这是很不容易的。正如巴金先生后期达到了一个新高度，黄先生也是这样。很多老作家晚年力不从心，没办法写出更好的东西。

今天我们来回顾黄先生的成就，展示黄先生留下的那么多文字，目的是什么？他的文学道路会给我们很多启示，尤其是他对古籍和对散文、杂文的贡献。我们一般认为黄先生的散文写得非常好，书话写得非常好，版本研究得很精到，实际上他的杂文也很精彩。所以我想，我们纪念黄先生诞辰一百周年，还有很多工作可以做，我先讲这些。

曹可凡：大家进来的时候看到有这样一本新书——《黄裳致李辉信札》，书里有数十封黄裳先生写给李辉先生的信。两代人之间有这样的翰墨交往，是非常美好的事情。接下来请李辉先生跟大家回忆一下跟黄先生的交往。

李辉：我们第一次见是在贵州的花溪聚会。当时我们请了全国各地至少七八十位杂文家到花溪，规模很大。那时候他的话不多，和我们一起去找当年巴金和萧珊在花溪公园宾馆结婚的地方，我们还照了相，照片一直保留到现在。我觉得这是一种缘分。之后我们来往的书信比较多，但是他给陆灏的信更多一些。

黄裳当年在南开中学是李尧林的学生，他和周汝昌、黄宗江是同班同学。李尧林翻译了《莫罗博士的岛》，后来因病去世，巴金就让黄裳翻译后半部分。所以黄先生其实也是个翻译家，他还翻译过屠格涅夫的一些作品。

1946 年，汪曾祺和黄永玉都在上海，经常去找黄裳。

曹可凡：黄永玉先生说他们老去蹭黄裳先生的饭吃，因为黄裳先生有钱。

李辉：他当时在一个轮船公司当职员，有钱，所以那时候黄永玉经常找他吃饭，黄永玉那时在闵行中学教书。他们的关系一直很好。2011年我们最后一次去看黄裳时，黄永玉先生和我们一起去了黄裳家。那时候我们弄了个轮椅，推着黄裳去吃饭，大家都挺开心的。黄永玉还写过一篇长文章谈黄裳，他们之间有那么好的情感，也是不容易的。

曹可凡：我和黄先生不是很熟，但总是听黄宗江、黄永玉先生谈到黄裳先生。黄宗江先生一直和我说，周汝昌和黄裳是他的同班同学，但他们看上去像他的前辈一样，因为黄宗江先生比较活跃，像年轻人一样。老人家之间的这种交往很有意思。

陈麦青：我认识黄裳先生比较晚，最初跟他接触就是为了工作。我到复旦大学出版社之后，给黄先生出过书。一本是《清代版刻一隅》的增订本，另外一本是我私底下帮他张罗的《前尘梦影新录》的手稿本。黄先生平时话不多，但是他和我之间话还挺多的，也许是因为我跟他谈的都是古籍之类的事情。我记得我第一次见他的时候，他也不吭声。我坐在沙发上，他就从里面房间拿一本书出来，桌子上一放，我一看，这不是乾隆本吗？他一声不吭把书合上，又进房间拿来一本书，我说这是康熙本，他还是不讲话，又去拿了一本书出来，我说这是明刻本。这时他说话了，明代时间那么长，你说是明代什么时候的？我说这是明初的，他又把书拿进去。接着又拿了一本书出来，问我，这上面的批校是谁写的？我说不知道。他说，我告诉你，是鲍廷博写的。后来，他就开始跟我亲热了。

我觉得黄裳先生身上的锐气很厉害，为人也很爽快。有一次我和郑重去看他，路过瑞金宾馆的小南国，我说我们去吃个饭吧。到里面坐好，黄先生把菜单拿过来，自己先点了个炒虾仁，然后对我说，麦青你点个红烧肉，对郑重说，你点个蔬菜就行了。黄先生胃口很好，证明他的精神也很好。而且他很爽快，很喜欢吃。

刚才讲到他请黄永玉吃饭，我觉得不光是因为他有钱，他还肯花钱。比他有钱的人很多，但有些人是不肯花钱的，黄先生愿意花钱，对生活非常讲究。我觉得黄先生在这方面的豪爽不是大大咧咧放在嘴上，而是性格里的。他身上的锐气有点像贾植芳先生，性格很强烈，而且改不了，我相信他年轻的时候也是这样。

曹可凡：子善先生是研究现代文学的，您和我们说说，从现代文学的角度来看，我们该怎么评价黄裳先生的学术成就？

陈子善：是这样的，很多作家是多面手。一般我们讲文学，都看重小说家，但写散文成家的，在文学史上真正有地位的，基本都不写小说，黄先生也是这样。我们看他留下来的文字，绝大部分都可以归入散文这一类。散文家有时候比较吃亏，给散文家开学术研讨会没那么容易。我在21世纪初的时候和李辉兄合作，开过一次"黄裳散文与中国文化"研讨会。我们想开这样一个会，黄先生说这有什么意思，我说你不要推辞，大家都要来做，他说好吧。接下来就是请他提供邀请名单，我们照着他的名单邀请嘉宾。他特别提到两点，一是要通知王元化先生，一定要让王元化先生知道这件事，二是一定要通知一些青年读者。当时我有点意外。黄先生非常看重年轻人，有很多年轻的朋友非常喜欢他的文章，这和他锐利的文风与扎实的学问是密切相关的。单是文风尖锐而没有学养也不行。我就按照他的要求邀请嘉宾，后来他还特地问我，这些人来了吗？他本人没有到会，晚上把他请来吃了顿饭。过了两天他说，这顿饭不好吃，没有吃饱。后来王元化先生写了一幅字送给黄裳先生，表示对黄裳先生的人品、文品的赞扬。那次开会还把黄宗江请来了。我们现在讲文学史上的散文家，对黄裳先生的评价是远远不够的，讲来讲去就是杨朔、刘白羽这些人，没有人讲黄先生。

黄裳先生写作有很多讲究，比如一定要用速写的稿纸。这种稿纸还不容易买到，有一次我在香港的一个文具店里看到了，买了两包带回上海给黄先生，他很高兴，让我每次去都给他带一点，所以他后来的稿纸都是我去买的。可惜这个文具店现在也没了，黄先生也走了。

刚才麦青讲到黄先生考他，看他在古籍方面到底能不能交流，因为我搞现代文学，黄先生基本上就是和我谈现代文学。有时他会拿出两本书来给我看，我说这超一流，他很高兴，说你不要以为我只有这些版本，我这些东西还是很厉害的。80年代到90年代中后期，我还去买旧书，买完如果时间还早，我就去黄先生那里转一圈。每次黄先生都问我，这次买了什么东西？我就拿出来给他看，他看了不响，可能不入他的法眼，当然他不会批评我，他知道我只能买这些东西。非常有趣。大概就一两次，他说这个不错，这是他的最高评价了。

黄先生的文章，我们现在随便抽一篇出来读，都是很有味道的，我经常找出来重温。有些人的文章，第一次读觉得不错，重温时味道就可能不一样了，黄先生的文章是可以不断地重温的。整个20世纪，中国有几个作家能够做到这一点？他的文章无论长短，每次重温，还是会有所得。

曹可凡：黄裳先生是一位学者，是版本研究者和收藏者，但同时也是一位记者。陆灏也是做记者出身，你能不能说一说，作为记者的黄裳先生是什么样的状态？

陆灏：我记得有一次黄永玉先生来看黄裳先生，黄先生把我叫去了。后来我们和容仪去新锦江吃饭，大概那次黄永玉先生住在新锦江。吃饭的时候我问了黄先生一个问题，我说，黄先生你有好几种身份，一个是作家，一个是记者，还有藏书家、翻译家，你自己最看重哪个身份？他想了一下说，散文家，他没有说作家，他说是散文家。他对自己有很确切的评价。确实，他写文章时，每个字都斟酌，你给他改一个字，文章登出来以后他会问你，为什么改我一个字？有的时候不是我改的，是校对觉得这个字不符合规范，但是他觉得这个字就要这么写。

黄先生的记者生涯，说来其实就是和《文汇报》的关系。七七事变以后，他们家从天津跑到上海，1938 年《文汇报》创刊，他就自己投稿。柯灵当时在编副刊。1938 年到 1939 年，他在副刊《世纪风》上发过十篇散文和小说。1942 年以后他去了内地，在重庆交大。抗战时又应征当了翻译官。当时美国的部队提供了一些武器、坦克什么的，先教他们，因为他们大学生懂英文，教会了以后，他们再教中国士兵，所以他自己也参与了抗战。抗战胜利后，他回到重庆。这时柯灵和他又有了联系，问黄裳说，你能不能做《文汇报》的特派员？不给工资，但是给你一张名片，可以拿稿费。《文汇报》有时候叫"驻渝特派员"，有时候叫"特派员"，他就拿着这张名片去采访了。他在重庆做了不少采访。

1946 年的夏天，他回到了上海，算是正式到了《文汇报》。然后被派去南京，大概 8 月份到 10 月份，在南京也做了一些采访，这段时间他大概总共就写了三四篇报道。他在南京时写的最有名的一篇就是《老虎桥边看"知堂"》，另外一篇是《三审周逆作人》，就是第三次审讯周作人的时候，前面两次他都不在。这篇被收到过集子里。后来我看了《审讯汪伪汉奸笔录》那本书，里面也写到这一段，但是没有黄先生说得详细。这篇报道后面是非常详细的法庭记录，但是前面一段我想念一下："首都高院的房子建在朝天宫的府学内……第一法庭就在这里，今天早晨记者赶来……"这就是黄先生写的散文，他不管是写散文还是写新闻报道，都是用散文的笔法，用文学描述的笔法。

黄先生后来又有过两次做记者的经历。一次是1949年《文汇报》第一次复刊的时候，他到江南一带做了一些采访，写了一篇《解放后看江南》。还有一次是1956年《文汇报》第二次复刊，他去了一次西南，写了一篇《入蜀记》。1957年他被打成"右派"，就此告别了记者生涯。从1957年到1977年，二十年里他基本上没再发表过文章，大概就是这么个情况。

曹可凡：李辉先生和陆灏先生差不多，都是记者，也要编副刊，要向黄先生约稿。这个过程中，你对黄先生有什么样的认知？

李辉：黄先生平时讲话不多。我记得有一年去郑州的越秀学术讲座，陆灏陪黄裳去，我陪姜德明过去。那次主要是姜德明讲得多一些，但黄裳也还可以。他们两个人讲了自己藏书的过程，是比较精彩的。我和黄裳先生的交往是1987年4月开始的，一直到2011年我陪黄永玉去看他，时间是比较长的。

我能够跟着黄裳先生做一些事情，源于三本书。一个是《黄裳自述》，那是我给他编的。还有《劫余古艳》，那是影印的，陆灏也提供了一些材料，做成上下两册，很厚，大概也就印了六七百套。后来《梁漱溟往来书札手迹》也是我们做的，现在又做了个注释本。因为这几本书，我和黄裳先生的交往多了起来。他觉得《黄裳自述》做得太好了，所以我到了上海以后，他把珍藏二十年的茅台酒拿出来答谢我。他也挺喜欢《劫余古艳》的，评价挺好。

从1987年开始，二十几年里，我能和黄先生有这么深的交往，我也很开心。他做的很多事也是我非常关心的。他到了九十几岁还在打笔仗，也是很有勇气的，这样的人在我们眼里非常好玩。

曹可凡：生命在于战斗。

陈麦青：黄先生其实是很有个性的。我和他谈的主要是古书。我说，我想看你收藏的什么书，他说，你写出来，我去找，找出来以后我给你写信，你再来。然后我就写了。有一天他给我写信，说你可以来了。到他家以后，他把书放在桌上，说你自己看。我说这么珍贵的书，是不是要戴个手套？他说，戴手套是外行，我的书和图书馆收藏的书不一样，图书馆里有不懂的人去看，为了不让他们乱弄，就准备一副手套吓唬吓唬他们。其实戴手套看书会把书弄坏的，因为你翻书的时候没有感觉。他说，我有个秘诀，我的书是给懂的人看的，所以不需要手套，不会把它弄坏的。我觉得黄先生真的是很机智。

后来我讲起要给他影印《前尘梦影新录》的手稿本，他就拿出来给我看，看完以后，拿出报纸把四本稿本一包，说你拿走。

我说，我给你写个借条。他说，不要借条，你拿走好了。我就把书夹走了，送到厂里去制版，好几个月，他也不来问我。后来把稿本还他时，他看也不看。我说你打开看看吧，他说不要紧，就这么一放。实际上我觉得，他对懂行的人是很放心的。

我一开始给他做书，他一直不放心，一直来信关照。他寄给我一些书，对我讲，这是借给你做书用的，做完以后要还给我的。我说一定。等到书全部做好，把样书送给他看，他一看就很开心，马上拿了本书，在上面给我写了一大段表扬的话。我很开心，更大的开心还在后面——他说，上次借给你的书统统送给你了。我问他为什么，他说你做的书好。我问怎么好，他说，里面没什么错字，我的字是很难认的，你是怎么认的？我说，我一直读你的书。

黄先生对做书很认真。有一次他给我写了两整张稿纸，说你做这个书，什么事情不能忘，写了整整两页，一条一条地写。我照着他的要求做了，书出来以后他就很开心，之后就对我更好了。

曹可凡：谢谢。今天现场有两套书，一套是山东人民出版社的《黄裳集》，还有一套是浙江人民美术出版社出的《黄裳致李辉信札》。我们现在就请两家出版社的领导胡长青、胡小罕给大家作介绍。

胡长青：各位下午好，我是山东人民出版社的胡长青。这次我们出版了黄先生的五册图书。第一，我们要向黄先生致敬。黄先生作为著名学者、报人、散文家，继承了中国传统的文人精神。这种传统的文人精神，对我们整个文脉的传承有着重要的影响。

第二，我们要向我们的编者，向子善先生、陆灏先生、麦青先生、李辉先生等一批和黄裳先生交往多年，相知甚深的学者致敬。是他们把黄先生的图书和散见于各个时期的文章收集起来，供更多的读者研读、学习，对黄先生的文化精神加以传承。

第三，我想向黄裳先生的家人致敬。如果不是他们以非常开阔的心胸支持这个事业，恐怕这件事情很难做成。这也反映出黄裳先生的家风非常好。

胡小罕：大家好，我是浙江人民美术出版社的胡小罕，非常有幸来上海参加这次活动。今年1月8日，我们在北京举办了一场类似的活动。当时是由李辉、韦力、绿茶三位老师座谈，主题也是纪念黄裳。那次是《黄裳致李辉信札》的影印本出版，今天是注释本出版。我们在一年不到的时间内，做了两本有区别又有联系的书。

这个项目，浙江人民美术出版社做得非常投入。今天我们的工作团队也来了。我们对黄裳先生确实是非常敬仰的，这两本书虽然是小薄本，但是给我们留下的体验极为丰富，其中丰富的内涵让我们了解了一段历史。北京的那场活动，韦力、绿茶和李辉老师的话题主要以黄裳先生的藏书为主，而今天几位老师主要谈他的文学以及生活。两场活动主题不一样，但都挖掘了非常生动的细节。北京那场活动的讲稿我们整理出来，大概一万多字，由李辉老师审定以后，收在这本书的后面，大概二十多页。细心的读者去读的话，也可以获得一些体会。

陈子善：黄裳先生逝世以后，为黄先生出一套比较完整的文集的事就提上议事日程了。山东人民出版社自告奋勇，因为黄先生的家乡是山东。作为他家乡的出版社，很希望能够出版黄先生的文集，得到黄先生两位女儿的大力支持，正式授权由山东人民出版社出版《黄裳集》。既不叫全集，也不叫文集，实际上全集往往是不全的，但是我们又尽可能地把黄先生的作品都收集起来，所以就用了《黄裳集》这个名字。这也有先例可循，比如钱钟书的《钱钟书集》。

李辉先生、陆灏先生包括麦青先生都是小组成员。因为黄先生的作品涉及的面比较广，每个人的知识背景、专业背景不一样，所以由大家通力合作来做这项工作。《黄裳集》分四大部分，第一是创作卷，第二是古籍研究卷，第三是译文卷，最后是书信卷。黄先生的书信，量是非常之大的。比如黄先生和钱钟书先生就有很多通信，可惜的是这些信大部分已经被撕掉了。现在保存下来的还有三分之一，这三分之一以后会收入他的日记卷。为什么要撕？我也不知道，总之有人撕掉了。作家的创作当中，每封信都可以被看作是一篇散文。前面由于种种原因，我们的进度不是很快，接下来进度会加快，会尽可能地呈现出各方面都比较好的本子。因为大家知道，黄裳先生有很多忠实的读者，我们称为"黄迷"，说老实话，没有几个作家能够做到这一点。"黄迷"对黄先生作品的出版要求是很高的，我们也期待来自各方面的建议、批评和帮助，大家群策群力，尽可能把这书做好。

要把一个大作家的文集出好，并不是一件轻而易举的事情，可能需要不止一代人的认真的努力。我再举一个例子。这本《猎人日记》——也有翻译家翻为《猎人笔记》——最有名的两个译本，一个是丰子恺先生的，一个就是黄裳先生的。50年代初，黄裳先生在上海的书店里买到当时苏联出版的《猎人日记》的插图本，有非常漂亮的彩色插图。黄先生还在集子上题了一段话，非常喜欢。他的译本第一次出版的时候，他把这些插图全部放进去了。可是由于当时条件的限制，只有一幅是彩色的，其他的二十几幅都是黑白的。经过那么多年，原来那本插图本保存了下来，在前年的一次网上拍卖中出现了，我就把它拿下了。现在就把这二十几幅插图按照彩色的原样印在了书里，第一次以原始的面貌跟读者见面，我想黄先生如果知道，也会高兴的。

曹可凡：刚才子善先生向大家介绍了《黄裳集》出版的情况。我们还有一点时间，李辉先生再给大家说一下这本书信集。

李辉：这本书信集里的第一封信是 1987 年黄裳从上海写给我的，从 1987 年到 2007 年，差不多二十年。他给陆灏的信更多，至少有三百封。这本书信集，我们先做了影印本，这次把一些内容录入了，两个人一块儿做了校订，重新整理了一下，做成现在这样一本书。3 月份开始录入整理，6 月初就出版了。另外还做了这样一张来燕榭藏书票，我觉得也是非常有意思的。这是黄先生自己画的。今天借黄裳先生百年诞辰的日子，我们要一起感谢黄先生的在天之灵，感谢他为我们的文化带来这么好的一种传承。谢谢大家。

时间：2019 年 7 月 27 日

嘉宾：娄自良、胡桑、刘晨

继承与超越：俄罗斯诗歌的中兴

——布罗茨基诗歌鉴赏会

刘晨：非常感谢大家冒着高温酷暑来到这里，参加这场布罗茨基诗歌鉴赏会，今天我们有幸请到了娄自良老师和胡桑老师。娄自良老师是我国著名的俄语翻译家，翻译了很多非常优秀的小说，比如托尔斯泰的《战争与和平》。我的大学时代几乎是看着娄老师翻译的书度过的，非常有幸，到上海译文出版社工作之后能和娄老师合作这部布罗茨基的全集。在编辑过程中，我的收获非常大，不光是在专业的俄语翻译方面，更多是在和娄老师的交流过程中，他教会了我怎么做书以及很多做人的道理。胡桑老师是同济大学的老师，也是上海非常有代表性的青年诗人，这和布罗茨基很像，当时他也在大学里教书。我上次在上海图书馆做活动的时候，听胡桑老师介绍了很多布罗茨基的事，受到了很多启发。

下面我先简单介绍一下布罗茨基。布罗茨基是 20 世纪最伟大的诗人之一，他对自己的定位是一个犹太人、俄语诗人和英语散文家。他出生在苏联的一个犹太人家庭，在苏联时开始用俄语创作。后来辗转到了美国，希望通过自己的诗歌创作进入英美文化

左起：刘晨、娄自良、胡桑

界，但是他的英语诗歌并没有得到英美诗歌界的认可。他为了表达自己的思想，转而创作散文，没想到他的散文获得了巨大的成功。1987 年，他凭借自己的文学成就获得了诺贝尔文学奖。

下面首先请胡桑老师分享一下他对布罗茨基的了解。

胡桑：刚才主持人刘晨介绍了布罗茨基的身份，说他是犹太人、俄语诗人、英语散文家。这是他对自己的称呼，这几个身份已经能概括他文学追寻的整个过程了。因为他出生的国家有反犹情绪，所以自小他的身份就很尴尬，他受过很多磨难，生活不顺利。但是有一种东西超越了他的生活，就是俄语，他通过俄语诗歌找到了心灵的某种自由。因此俄语诗歌可能是他最看重的存在，在这个存在里，他是真正自由的。

正如刘晨所介绍的，布罗茨基到了美国后，他的诗歌并没有被西方世界接受，于是改用英语写散文。一本是《小于一》，娄老师将其翻译成《小于本人》，非常有意思；一本是回忆他在威尼斯的生活；还有一本《悲伤与理智》，则是他在散文方面的主要成就。他的散文在某种意义上为他带来了另外一种声誉。总之，犹太人、俄语诗人、英语散文家，这几个标签能概述他的一生。

我先谈谈我和他的关系——就是没有关系。我生得晚，没办法见到他。他于1996年去世，那时候我才念中学。他去世后两三年，我偶然读到他的散文集《文明的孩子》，发现他是一位非常独特的诗人。我出生在浙江北部的一个小县城，那个地方当时没有网络，能读的书很少，所以当我突然读到布罗茨基的时候，我很震惊，惊觉原来诗歌还可以是这样的，或者诗人的世界还可以是这样的。书里有一篇他的诺贝尔奖受奖演说，对我触动很大，其中有一句被翻译成"美学高于伦理"，体现出了他的诗学追求：美学第一，伦理第二。这并不意味着布罗茨基反伦理，他是主张必须在美学上有所创作，再在伦理生活上得以成立。

那篇受奖演说我读了很多遍，布罗茨基在其中讲道："虽然我站在这个讲台上，但有很多人更值得站在这里，而不是我。"他指的是在他之前的那些俄罗斯诗人，奥西普·曼德尔施塔姆、玛丽娜·茨维塔耶娃、安娜·阿赫玛托娃，当然还有两个非俄罗斯诗人，一个是罗伯特·弗罗斯特，一个是魏斯坦·奥登。他之所以这样讲，离不开他俄语诗人的身份以及俄罗斯传统的影响。俄罗斯诗歌相对于整个西方现代主义诗歌，更偏向于传统，与传统的关系更密切。如果细读布罗茨基的诗歌，我们就会发现，他的诗歌形式内含俄罗斯传统因素，不像西方现代主义。因此他心里一直对西方抱着复杂的态度，一方面渴望自由社会，一方面提防过度的现代主义，即以法国为代表的现代主义，他将其称为西欧现代主义。这一点和波兰诗人米沃什很像，《诗的见证》那本书就表露着米沃什对西方或者西欧极端的现代主义传统的提防。

为什么罗列三位俄罗斯诗人？因为他就是俄罗斯的诗人，看重现代诗歌身上传统的影子。这和他罗列弗罗斯特和奥登在某种意义上是一致的，因为这两个诗人在西方现代主义诗歌谱系里面也是偏传统的，不是写作精神的传统，而是写作形式和范式的传统，尤其是弗罗斯特，经常以非常传统的方式写新英格兰的生活。而奥登作为从英国移居美国的诗人，在诗歌创作上并不先锋，至少不是西欧意义上的先锋，虽然形式感很强，但实验感偏弱，精神上是希望和整个英语世界的传统发生关联或进行继承的。

我当时并不知道布罗茨基是谁，但通过他的谱系能大致了解他，因为他来自伟大的传统，同时面向整个欧美，他在那篇演说里提及的五位诗人可以涵盖他的诗学取向。

在受奖演说里还有一句话对我触动很大，他说诗歌观照人之存在的个性。某种意义上布罗茨基是绝对的个人主义者，他不相信大的东西，不相信国家，不相信集体，不是完全反对，但它们至少不是第一位的。第一位是个体，个体存在是首先的。他说诗歌观照人之存在的个性，也说诗歌不应该向人民学习说话。他认为作家应该自己发明语言，作家的语言高于人民的语言。他这并不是贬低人民，只是主张写作不能直接用人民的口头语来写作，这里面也体现了他对个体性的美学追求。

还有一句话，诗的写作是意识、思维和对世界的感受的巨大加速器。为什么我们还读诗？我们这个时代是"小说时代"，甚至说"小说时代"都有点心虚，应该是"电影时代"或者"微信时代"，那为什么还要读诗、写诗？因为诗能够加速我们对世界的感受，或者加深对世界的感受，因为我们对世界的感受不能仅仅通过小说或者散文甚至电影来表达，诗歌会更为精炼、精密。

刘晨：诗歌是对世界感受的巨大加速器，这是我读《悲伤与理智》时印象最深刻的一句话。我在来出版社工作之前，其实并没有真正的诗歌素养。我上大学时学俄语，也只接触过一首普希金的诗，但我后来发现那首诗并不是普希金最好的诗，甚至都不能说是他最好的诗之一，他有很多首诗远远比那一首好。我在做《布罗茨基诗歌全集》之前，先对白银时代作了大致了解，发现布罗茨基是对其有所传承的。他受奖时提到五位比他更有资格站在台上的，其中三位是俄语诗人，分别是阿赫玛托娃、茨维塔耶娃和曼德尔施塔姆。阿赫玛托娃和布罗茨基差了将近50岁，但她刚认识布罗茨基，就把他当成一个平等的诗人，她看了布罗茨基写的诗，便感慨布罗茨基大概自己都不知道自己写的是什么。

我很不自量力地想到，我第一次和娄老师探讨这本诗歌集的时候，娄老师也没有把我当成一个什么都不懂的小孩子，而是和我处在平等的状态。娄老师比我大将近60岁，但那时候我真的觉得我俩在进行平等的对话，之后更像忘年交的感觉。每次到娄老师家里聊这本诗集，我们都先坐下来聊会儿天，聊聊工作。下面就有请娄老师谈谈翻译布罗茨基时的一些感受，或者说让您印象深刻的地方。

娄自良：刚才主持人说我高龄，我今年88岁，如果因为年龄大了，口齿不清，问题讲得不妥，请大家原谅。不管我讲得好不好，我都希望我讲完了，你们给我鼓鼓掌。

我想告诉大家，我虽然已经高龄了，但是我非常健康，所以这部布罗茨基的诗歌全集，我一定要把它翻完。我对此有信心有把握，但是只有一个问题我不能确定，就是我能不能活到那一天。今天我要和大家讲什么呢？我想与其讲很多问题，不如讲一个问题，讲一个问题就要把这个问题讲清楚。我也希望我们之间能够互动，大家随便讲话，必要的时候谈你们的感想和看法，我尊重每一位发言者。

谁能告诉我，布罗茨基为什么能够获得诺贝尔文学奖？我首先要讲清楚这个问题。他获奖是哪些作品获奖？我看了几本书，好像没有人正面回答过这个问题。现在回过头来说，他于1987年获奖，并且是因为他的英语随笔而获奖，所以英国《泰晤士报》赞扬布罗茨基是最伟大的英语随笔作家之一。在西方，布罗茨基是公认的随笔大师。他在英语世界获得广泛推崇的是哪些作品呢？一个是随笔，一个是评论，一个是公开演讲。随笔是指他以散文体写的作品。评论讲的是什么？就是探讨文学问题、哲学问题、社会问题，等等。

布罗茨基1987年获得诺贝尔文学奖时，他的随笔、评论和公开讲演一共只有几十篇，后来收入随笔集的是其中的四十篇，经过整理润饰出版了。他最早出版的随笔集是《小于本人》，流行的译法是"小于一"。我敢肯定地告诉大家，"小于一"是一个错误的译法。《小于本人》是1986年出版的英语随笔，第二本是《水印》，1992年出版，还有一本是《悲伤与理智》，1995年出版，共三本随笔集。

布罗茨基是因为英语随笔而获奖，但是到现在为止，可能仍有人会误解他是因为诗歌获奖，因为他是诗人。不，他在美国乃至整个西方世界，最受推崇的就是刚才我讲的随笔、评论以及公开讲演。

《小于本人》这本书，现在流行的译法是"小于一"，one 是一的意思，但是作为代词是本人。这部作品是讲谁小于本人？是讲布罗茨基小于本人，正文里讲他小于他本人。翻成"小于本人"才能看出布罗茨基的深意，理解他想表现什么。反之，硬着头皮译作"小于一"，就会不知所云。

有人把我刚才讲的三部随笔称为"散文"，这肯定是错误的。随笔也是散文，但只是散文的一种。因为我们现在翻译的是俄文诗，俄语语境里如何解释散文呢？我简单地讲一下，我查俄语辞典中的解释，对"散文"的定义与中国并不一致。俄语中的文学作品简单来说只有两类，一类是散文，一类是诗体作品。后者讲究节奏和韵律，其他不讲究韵律节奏的就算作散文。

散文太广泛了，大家想想，除了诗体作品以外，全都是散文，包罗是不是太广泛了？一切不讲究节奏和韵律的作品都归入散文，随笔也是散文，小说也是散文，戏剧也是散文，全都是散文。

刚才我讲的三部随笔，你就不能说是三部散文。什么叫随笔？就是以自由的形式来探讨文学问题、哲学问题、社会问题的文体。所以刚才我讲的随笔是讲它的文体，评论则是讲其对文化的探讨，公开讲演包括在电视台接受的采访以及教学中的文章。

把这个问题讲清楚的目的是什么？因为我希望你们心里因此就有底气了，认识到在这个问题上我们有这样的看法。英国《泰晤士报》在布罗茨基获奖以后赞扬他是最伟大的英语随笔作家，如果说是英语散文作家，那就错了。大家对此有什么问题吗？

读者：娄老师，请问您学俄语的初衷是什么？我也是学外语出身的，想问一下您当时是出于什么原因做出这个选择的？

娄自良：我生于上海，长于上海，1950 年从上海到哈尔滨外国语学院。我到那里去的原因，一个是想到老革命区去，第二则和我的理想有关。那时候学俄语是两年制的，只能读两年，很对我的胃口。我的计划是学两年俄语以后，转学理工科专业。因为我觉得中国需要依靠科学来使国家富强起来。这就是我当时的想法。但是两年俄语读完以后，我被调到了研究班。按理说研究班毕业再去学理工科也不晚，但是毕业以后我才知道要服从分配。

我这个人想得很远，知道我们在俄语研究方面没办法和俄罗斯人竞争。我很佩服俄罗斯的语言学家，那我能不能也搞俄罗斯文学语言研究呢？不行，因为那样往往是拾人牙慧，逃不了别人所搞的框架和理论体系，所以我不干。我可以竞争的就是翻译。我下决心跟所有的中国翻译家竞争，翻译是我一生可与他人竞争的事业，我下定决心就初心不改。

后来我被打为"右派"，坐过牢，颠沛流离，什么都体验过，但是我的意志是很坚强的，我在任何艰难困苦的时候都坚持自我教育。我自己设置功课，选择课本，白天住防空洞，夜里看书，就这样我研究了黑格尔哲学。但是我学这些不是想做书呆子，也不是想做哲学家，我是要哲学为我所用，学的是它的辩证法。

黑格尔是很难懂的，我想我是成年人了，有了那么多经历，受过大学教育，难道会搞不懂它吗？我就非要看。的确难懂，有时候甚至完全看不懂，那就再看一遍。我就是这样。平反之后，我被安排到上海译文出版社主编《苏联哲学百科全书》。我不是说要搞文学翻译和别人竞争吗，怎么会安心地编纂哲学百科全书呢？因为我知道要翻译西方文学作品，不懂哲学不行，懂哲学对于翻译俄语作品是有必要的。这次碰到布罗茨基先生，我就非常得意，因为我懂他的哲学啊。

胡桑：谢谢娄老师！布罗茨基所处的时代确实和娄老师生活的时代有相似之处。因为冷战，那种紧张的政治环境造就了布罗茨基。娄老师的译本真的很好，刚才娄老师说了自我教育，他虽然已是高寿，但是语言还是跟着时代在走，越来越能够接近布罗茨基了，非常棒。

这次出版的是《布罗茨基诗歌全集》的第一卷上卷，正好收入了他出国之前的一些代表作，那时的他遭受了很多苦难。当时苏联要求每一个公民必须有正式的工作，可是他没有，他说他的工作是诗人，结果被审判。法官问，诗人是职业吗？谁允许你当诗人的？他说是天意。在法官看来，这就是不劳而获者，所以布罗茨基最后被流放。他在被流放时写了很多诗，收入了第一卷。这个经历对于理解第一卷上卷中的诗歌非常有用。

他在被流放的村子里开始学习英语诗歌，这时候开始，他慢慢走向我们现在所理解的布罗茨基了。他的诗歌里既有俄罗斯诗歌传统，也加入了新的传统，即英美现代主义。他的诗里由此增加了新的东西，我们在里面可以发现弗罗斯特和奥登的影响。

这本书的序言很长，占一百多页。序言中的诗歌评论对我们理解布罗茨基的诗歌很管用。布罗茨基在英语诗歌里学到的是对客体的书写。俄罗斯诗歌相信我们体验到的世界可以通过语言真实地表达出来，主体和世界是合一的，但是英美诗歌不一样，它通过对客体的研究达到一种认知。布罗茨基的诗慢慢加入新的传统，即客体冷静客观的认知，甚至分析式的认知。你去看俄语诗歌，再去看布罗茨基的诗歌，可以发现二者在音调、语言色彩和情感基调上都有很大的差别，这个差别来自他在流放时学习英语诗歌的经历。

他开始写英语诗歌，模仿弗罗斯特，比如模仿对窗外树的描写。他也开始了解奥登，奥登是语言非常冷酷的诗人。说起奥登，布罗茨基的人生经历和奥登也密切相关。布罗茨基是波希米亚式的诗人，他虽然不是那种特别放浪形骸的诗人，但确实处在国家和社会的边缘地带。1972 年他被要求离开苏联，他选择去维也纳。诗人奥登住在维也纳附近一个小村子里，布罗茨基到达后受到了奥登的欢迎，马上受邀参加伦敦诗歌节，这是他通往西方诗歌界非常重要的一步。当时奥登已经通过翻译读过他的诗了，布罗茨基也非常推崇奥登，两个人一拍即合，成为忘年交。

伦敦诗歌节上，布罗茨基受到很多明星诗人的包围和推崇。他后来进入高校工作，生活比较顺利。他 1972 年离开苏联之后就没有见过父母，他的母亲于 1983 年去世，父亲 1984 年去世，他对父母的离世有着强烈的痛苦。

他在苏联时认识了一个女艺术家，两人一见钟情，经历过很多曲折，但是 1972 年之后，两人再也没能见面。他为她写过很多情诗，包括被收入这本诗集里的诗，非常深情，很多人甚至认为他的情诗是他的主要诗歌成就。这点可以商榷，但是他的情诗真的很动人。如果你看这本诗集，会发现很多诗就是写给他女友的。

说到我和布罗茨基的关系，我曾去拜访过他的墓地。我在德国待过一年，当时去意大利玩的时候，专门去了威尼斯的圣米凯莱岛。这是一个方形岛屿，整个是一个墓园岛，只有对坟墓感兴趣的人才会去。这个岛上大多是豪华的墓碑，走到深处有一片小小区域，被称为清教徒或者异教徒区域，很多不信天主教和东正教的人被安葬在这里，这里就特别朴素，墓碑比较简陋，感觉是乡村的小墓园。这里就安睡着布罗茨基，还有作为英语诗歌代表人物的庞德，此外还有俄罗斯的音乐家斯特拉文斯基。为什么布罗茨基的墓碑在这里？因为布罗茨基非常喜欢威尼斯，他觉得威尼斯的气候特别接近俄罗斯，所以选择安葬在这里。墓碑上有他的遗孀为他选择的一句话："死不是终结。"

我和布罗茨基唯一的关系就是这个，隔着墓碑望过他一次，但是很有感受。他的一生波澜壮阔，可是他的诗歌比他的人生还要波澜壮阔。

刘晨：我接着娄老师提到的哲学问题讲两句。俄罗斯并没有像尼采、黑格尔这样的大哲学家，但是俄罗斯出现了很多非常伟大的作家，这些作家的作品里同时有非常高的哲学性，虽然并没有非常典型的哲学著作，但是其文学作品中的哲学思想非常强。就像娄老师说的，不研究哲学真的没有办法翻译俄罗斯的文学作品，尤其是大文豪的文学作品。如果大家仔细看这本布罗茨基的诗集，会发现其实布罗茨基的创作有两大支柱，其中一个就是存在主义哲学。这本诗集里也有很多哲理诗，很多诗作后面的注释大概占了三分之一的篇幅，没有注释就很难读懂。

我和娄老师探讨的时候，非常佩服娄老师哲学方面的功底。我上大学时读《战争与和平》，其中有一部分，托尔斯泰抛开了原来的故事，专门拿出很大的篇幅讨论什么是战争，人类社会的根基是什么，等等，这些问题是很强的哲学问题，如果没有哲学的思考，可能就完全读不懂，所以翻译俄罗斯文学一定要有很强的哲学功底。

这本诗集收录的只是布罗茨基早期的作品。在这中间有一个节点，是1940年，在此之前布罗茨基的诗歌还是有着比较明显的俄罗斯传统，1940年之后，他的诗歌突然出现了很大的转折。这个阶段就是他被流放的时期。大家可能会觉得流放很惨，但布罗茨基觉得那是过得非常开心的时期，因为他在那阶段自学了英语、波兰语，翻译了很多奥登的作品。

布罗茨基接触了大量英文诗歌之后，既没有抛弃俄罗斯诗歌的抒情传统，又保持了奥登这种英美诗歌的冷静思考，他使用折中主义的方法，保持了两个传统。这一点在他到美国之后出版的诗集里可能有更多的体现。

这本诗集1967年出版的时候，布罗茨基刚好27岁，和现在的我同岁。有时候我觉得不得不佩服天才，27岁已经写出这么优秀的诗歌。有一首非常长的诗，里面大量使用了三个时态，这首诗是布罗茨基第一次读完整部《圣经》后，只用了半个月的时间写出来的，这在我看来就是天才。

但天才非常重要的一点就是自我教育。布罗茨基和大部分俄罗斯诗人不一样的一点就是他中学时就辍学了，因为他觉得学校给他的不是真正需要的东西。布罗茨基控诉，为什么我们的教科书里只有托尔斯泰，其他作家也很伟大，为什么没有把他们的作品收入教科书。

他辍学之后进行着不断的自我教育，他后来在大学教书时，会把生活中遇到和学习到的各种各样的知识应用到诗歌中，甚至可能是物理学、生物学上的知识。他遇到不懂的地方就请教他的同事和朋友，理解之后就把它们作为诗歌素材，有机会便加以运用。在这本诗集里，有一些诗之间有非常紧密的联系，两首诗可能间隔几年或者十几年，但是某些意象是相通的，这给诗的翻译造成很大的难度。我作为责编最清楚这个过程，这本诗集的翻译经过了很长时间，今年过年时娄老师还在最后一次修改这个稿子，大家都在休息时，他还在熬夜工作。

他已经88岁了，但是翻译诗歌有时甚至会翻译到凌晨两三点钟，这是非常让我敬佩的一点。正是因为这样认真的精神，才让他给大家分享时有如此的底气。

娄自良：这本诗集，其实之前只要我点头就可以出版了，但是被我给否定了，我说等我再修改一下。第一版我推翻了，第二版我也推翻了，最后就是你们现在看到的这版。为人民服务，我的服务对象就是读者。服务就认真服务，不能光看稿费。我爱我的读者，尊重我的读者。读者有时候会批评我，平时别人批评我的时候，我可能还要讲讲理，但是读者不管批评得对还是错，我从来不责怪读者。因为每个人看书时，会因为自己的经历、阅读范围和知识水平，产生不同的看法，他有这个权利，读者有他发表看法的自由。我是所有读者的粉丝，我的粉丝万岁。

胡桑："小于本人"这个译法很有意思，这传递了布罗茨基的真实想法：不要以为一个人一出生就是你自己，实际上并不等于你自己。在很多情况下，你的个体完整性是被削弱的，你是小于一个人的。"小于本人"暗含的意思是，你小于一个完整的人，你是有残缺的，这个残缺不是西方个体意义上说的不够努力，说你学习不够，精神不完善，而是那个时代、那个社会把你削减成比一个人还小的存在。

虽然布罗茨基在诺奖获奖演说中说美学高于伦理，但其实他对伦理的思考很深，光是"小于本人"的命名就代表了他的伦理思考。人应该能够完成你自己，最终成为你自己，才是一个真正的人。要衡量一个社会是否健全，便要考量这个社会是否允许你去完成你自己，成为一个真正独立的个体的人。如果不被允许，便是这个社会存在问题。在这个意义上，他对社会提出了批评，不是对某个国家，而是对社会本身提出批评，有些社会是利维坦式的帝国，削减人的存在。所以我是支持娄老"小于本人"的译法的。

刚才娄老师说到自我教育。中国当代诗人的写作都是靠自我教育完成的，学校没有教我们怎么写诗，甚至都没有教我们怎么阅读和理解文学作品，更不要说教我们怎么写作，这些都是我们自学的，是通过自我教育完成的。某种意义上，布罗茨基是中国当代诗人的自我教育里特别重要的一个环节。

你去问中国当代诗人，没有真正学习过布罗茨基的很少。对于布罗茨基的学习是我们必不可少的自我教育的部分，所以我在回忆和布罗茨基的阅读关系时，某种意义上也在感谢布罗茨基，由于他的存在，我们的自我教育变得更完整，因为他对这个世界有真正的、完整的认知能力。

美国一位作家有一个比喻说，布罗茨基来到美国，就像一个来自帝国的导弹突然降落到美国，但这是一颗善良的导弹，是一颗带着那个国家、那个民族的威严感的导弹。如果说布罗茨基对于中国当代诗歌有所贡献的话，非常重要的一点就在于，他贡献了一种威严感，这不是某些英美诗歌或者法国诗歌可以呈现的，因为法国当代诗歌过于形式化，威严感是被削弱的。在以布罗茨基为代表的俄罗斯诗人身上，这种威严感非常强烈，教你严肃地生活，严肃地思考，严肃地认知这个世界。我的诗歌经常会被人批评太严肃，其根源就来自布罗茨基。我在中学时代有幸读到了布罗茨基，这也一直鼓舞着我写作。

大家可以搜索一下我写的《布罗茨基诗歌地图》，里面罗列了很多诗人，让大家知道在什么国家应该读谁的诗歌，我整理了出来，是个很好的地图导览。对于任何语言，都应该去挑选最应该阅读的诗人，比如英语应该读弗罗斯特与奥登，俄语应该读普希金，等等。

刘晨：胡老师说的让我很有感触。我进出版社之前，除了从小背过几首唐诗，诗歌素养几乎是零，做了几本诗集之后，开始渐渐明白我们为什么要写诗、要读诗。今天早上我来之前，想到自己遇到的事情。有一次我在商场里吃东西，旁边有两个老师在聊天，其中一个老师说他有一个学生长得挺好看的，经常不好好学习，还和他吵架，但这个学生做直播，每个月收入几万块，比老师收入还高。老师就很无奈，不知道该怎样教育学生。很多人会把金钱作为衡量人生价值的唯一标准，但我阅读诗歌之后发现，有一些超物质的东西在支撑着人，这才是真正有意义的。

我第一遍读布罗茨基时什么也没有读明白，娄老师也在修改，我也要不停地看。其实在娄老师修改之后，我也越来越能感受到诗歌内部真正表达的东西。

说到布罗茨基，我真的挺惊讶的，因为关于布罗茨基诗歌的活动，我在上海图书馆和杭州、北京都做过，请到的诗人都提到布罗茨基对于他们有很重大的影响。

这本诗集出来之前，我们经过了很多考虑。最早并没有想过要出这么大规模的诗歌全集，因为这种体量和规模对出版社而言是费力不讨好的，对译者的要求也会非常高，对于版权方，有时候也非常为难，但是我觉得这是有意义的事情。我最后选择的是添加注释的版本，虽然有时候很难排除过度解读的地方，但是过度解读总好过什么都读不出来。大家可以回去看看，诗歌后面的注释，包括前面给布罗茨基写的传记，本身都有很重要的价值，单纯读这些都有收获，加上诗歌便会有更大的意义。

胡桑：在我读这本书的过程当中，注释对我帮助很大。虽然此前我很喜欢读布罗茨基的诗歌，但读得并不多。因为之前只有一本1991年出版的布罗茨基诗歌的译本，并不全面，只是一部分，而且没有注释。如果你真想了解他，便要参考西方的详注版，是比较专业的版本。有一首四行诗，之前有过很多译本，翻译成《献给八月的新四行诗》，当时我不理解到底是该翻译成"奥古斯塔"还是"八月"，这次看了注释才真的理解了。这首诗是对拜伦诗的呼应，拜伦有一个同父异母的姐姐，两人相爱了，最后拜伦选择离开。这首诗是对它的模仿，不仅是对典故的模仿，还涉及布罗茨基对诗歌主题的理解。布罗茨基的诗歌，特别重要的主题就是离别。离别了故国、父母，同时也和恋人离别，离别的痛感贯穿在他的诗里，不仅是早期诗歌，整个一生的诗歌里都贯穿着，如果不理解离别的痛感，很难进入布罗茨基的诗歌世界。

布罗茨基的诗歌还有一种悲剧感，他的诗歌一般不言说喜悦，而是言说人生的悲剧感，这既是历史、政治带来的，也是人性本质带来的，人的本性在这里。如果对这些东西毫无知觉，那么理解布罗茨基将会很难，但是这些在注释里有很多提示，让我加深了对于布罗茨基的理解。

刘晨：另外注释便于学习。前段时间在杭州的一个活动上，一位老师说，照着翻译的诗学写诗，肯定学不好，布罗茨基的很多诗歌有着俄语诗歌的格律，这是翻译过程中完全没有办法复制出来的。但是我们可以学习他写诗的思路和诗意，或者学习他写诗时运用的思想。注释能够给人很大的帮助。

胡桑：布罗茨基这样的诗人能够成为20世纪最伟大的诗人之

一，是有它的理由的。写作首先源于你对世界的认知，而不仅仅是玩弄修辞和语言游戏，你可以说背后有思想，更重要的是，如果认知都没有建立起来，再怎么样，你的诗歌、小说、写作都是平凡的。你的认知必须是坚定而深刻的，这是写作最基本的东西，也是理解布罗茨基很重要的一点，不能仅仅看语言表面的东西，更应该看他对于这个世界的认知。

刘晨：大家还有什么想问的吗？

读者：想问一下胡桑，你提到写作必须有深刻的思想，布罗茨基很关注东西方文化的差异，得出的结论是东方人比较关注空间，西方人比较关注时间，你对此有何看法？

胡桑：时间和空间的问题，在比较简单的东西方哲学的比较形态上是成立的。东方哲学中如中国和日本的某些思想是偏空间的，这个空间思想就是对于此时此刻的空间或者人与人关系的思考，对空间的思考使得东方的伦理思想特别发达，伦理就是此刻的伦理关系。西方思想的根基可能不是空间而是时间。时间思想造就了西方关于存在的主题，没有时间维度，西方思想几乎不能成立。在这方面，布罗茨基作为一个西方诗人，对于东方是有保留的，他的诗歌基本上不处理人和人的关系，而是处理人存在的发展过程，这个发展过程就是西方诗歌，诗句是在时间中存在，不是空间式的存在。

你可以由此发现庞德要从东方援引意象主义的原因，他通过翻译唐诗和汉魏诗来说明，东方的美学基础是意象，意象是空间的，这里面缺少时间。可是西方诗歌不是意象的编织，而是逻辑的发展。对此我个人有不一样的看法，东方没有时间感吗？不可能吧，我们熟读汉魏诗歌，时间最终终结在一个意象的点上，而西方诗歌最终把这项取消了，进入人的存在，存在是在时间当中。

布罗茨基是热爱东方的，他的老爸是海军，到过中国，经常会带回来一些中国的小玩意、小物件，他的家里有很多中国的东西。布罗茨基也体验过中国式的诗和哲学，比如他写的《明朝书信》，他没有完全拒绝东方。

读者：娄老师您好，您之前提到布罗茨基是凭借英语写作获得诺贝尔文学奖的，非母语写作是否会受到新环境的影响，使自己产生自我怀疑和撕裂？

娄自良：俄罗斯人用英语写他的作品，牵涉到其自我身份的认同。实际上从文学创作来讲，能够用外语写作是需要下大功夫的，而他的英语随笔是受到极高评价的。英语知识界看到一个外国人写出这么优秀的英语作品，那些有很高鉴赏力的人对他有一种高得不能再高的评价，说他是最伟大的英语随笔作家之一。

如果我现在用俄语写随笔，我会感觉很自豪，因为我在文学上的影响可以扩大到俄罗斯。这要从文化交流层面来看，所谓交流互鉴。这种交流是民族之间的交流，是非常有益的。

刘晨：布罗茨基说，他对自己的认识是，他首先是一个诗人，在任何场合都说自己是一个诗人。诗人为什么要写随笔？因为诗人不可能永远用诗表达自己的思想，他需要表达，所以写随笔，不管用什么语言，都是对诗人身份的强化。

胡桑：布罗茨基提出过一个概念——"文明之子"，他认为所有文明都在造就他作为诗人的存在，某种意义上他自己也是"文明之子"。早年阿赫玛托娃认可他，被问及为什么喜欢他时，阿赫玛托娃说他身上有曼德尔施塔姆的影子，好像看到了一个年轻的曼德尔施塔姆，即是"文明之子"。布罗茨基从来没有标榜自己首先是一个俄国诗人，而是说，我是一个诗人。所有的文化都可以滋养你，滋养你自由的心灵。

刘晨：今天非常开心，能和大家坐下来聊天。再次感谢读者朋友们对这本书的关注，感谢两位老师给我们带来精彩的分享！

时间：2019 年 9 月 14 日

嘉宾：臧棣、胡桑、韩博

当代诗的感受力

主持人：各位好，欢迎大家参与第 317 期思南读书会，今天我们邀请到的嘉宾是臧棣老师、韩博老师和胡桑老师，他们将和大家一起谈谈当代诗的感受力。臧棣老师是北大的教授，也是一位知名的学者，下面先由臧棣老师开场。

臧棣：大家下午好！今天还是中秋假期，非常感谢大家跟我们一起分享这么宝贵的时间，我也特别感谢思南公馆以及上海作协，能够给我这样一个就当代诗歌和大家交流的机会。另外也特别感谢我的好朋友韩博还有胡桑，他们都是当代非常优秀的诗人，感谢两位抽出这么宝贵的时间来到现场。对此，我真的不好意思，因为我在一个多月前约他们的时候以为他俩都在上海，使得胡桑现在特地从老家赶过来，非常非常感谢。

我们身为三位当代诗人，代表了当代诗歌的三个阶段，我是"60 后"，韩博是"70 后"，胡桑是"80 后"的佼佼者。如果大家对当代诗歌感兴趣的话，应该知道这三个不同年龄段也代表了当代诗歌进程中的三个阶段和三个不同的平台，这可以说是对当代

左起：韩博、臧棣、胡桑

诗歌内部进展的一种理解。

先回到今天的话题，因为搞活动总是要有一个话题，让我们来谈谈当代诗歌的感受力。这也是我最近几年在做的一件事情，下面我想从不那么学术的角度，从诗歌写作的思维方式以及诗歌表达脉络来进入。大家理解诗歌时，容易陷入某个观念之中，容易从大观念中探讨诗歌，争来争去争得很激烈，但是可能跟诗歌要干的这件事情没太大关系，它可能解决了看法上的问题，但那只是观点上的结论。我觉得诗歌跟每个人的具体生存观感非常密切，不像观点那么僵硬。比如从中国的汉语表达来讲，古人对诗歌这件事情的定义很简单，比如什么是诗，诗就是诗言志。诗就是用语言，抑或说是调动一定的语言或者对语言作一种特别的使用和组织，去表达每个人生命中的感受。志，有很多解释，但是基本上跟生命的情绪、志向或者对这个世界的感悟有关。后来汉代的学者又对"志"作了解释，即用语言来表达我们对生存的感受，这是诗歌本身最基本的一件事情。这样一个界定比较符合人与诗歌以及诗性的关系。所以诗歌不是一件很复杂的事情，并非一万个人能给出一万个对诗歌的定义。当然从不同角度讲，确实能给出很多种定义，但是从根本角度来讲，一个人活着有其诗意的感触，以及对这个世界的一种理解。

谈到感受力的话题，所谓诗歌感受力，是通过比较偏重心学或者偏重感觉、感性的方式来理解诗歌，而不是从观念的或者理性的角度来理解诗歌。随着历史的发展，人们对诗歌的要求更加细致，原本"诗言志"这个定义是通过语言表述你的生存感受就可以了，至于是否用平仄，是否用对偶句，句法上是否要对称，它没有规定。比如在当代的语境里，一谈诗歌，总是说现代诗不押韵，或者当代诗韵上没有规律，其实古诗也没有规律，只是用好玩的语言，或是有特别含义的语言，表达一个感受就行了，并没有说非要押韵，非要格律，非要使用对偶句。最早对诗歌的定义比较朴素，比较开放，至于后来对语言更加细腻地使用，也有其合理之处，但是弄得太琐碎、太严密的时候，可能又对朴素的生存动机、文学动机、生命动机构成一种遮蔽。所以一种好的诗歌感受力，或者好的理解诗歌的方式，可能需要我们一方面要不断地向深层推进，一方面要不断地回溯汉语诗的起源。

古代汉诗的感受力偏向一种感觉，偏向一种悟性。也就是说，它跟现在我们所接受的西方诗学与美学对诗歌的理解，比如要求诗歌非常理智、非常严密、系统性地把握世界，还是有很大的差别。简单来说就是，古代那种诗歌的感受力偏向于心性的感悟、体悟。现在新诗的感受力，包括当代诗歌的感受力，更偏向于洞察力，基于对这个世界的经验，对这个世界的本质有一个认知，达到一定的诗意程度，然后去对诗歌进行各种各样的解说。所以现在的新诗的感受力，包括当代诗歌的感受力，基本上是基于洞察力。有时我们在阅读当代诗歌时会发现，当代诗歌不那么诗意，不那么美感，就是因为我们的自我感受有了很大的变化。比如我们原先对自然山水的审美、体察和感悟的表达方式，转向了对世界的尖锐的、批判性的深度观察，有时还要采取审判的态度。所以从感受力来讲，我们从很逍遥地体察世界转入当代，都要把诗写得非常深刻，非常尖锐，跟这个世界有一种对抗性，这样的话才表达了诗歌的认同，才完成了诗歌的高度。所以我觉得，我们对诗的想象力，包括诗歌的姿态和出发点，也因此发生了转变。

中国古代诗歌没有那么多反讽，我们有讽刺诗，但是不像现在这样推崇反讽美学。反讽美学跟中国的诗性传统相比较的话，可能受到更多外来因素的影响，所以我们今天谈当代诗歌的感受力，可能需要作一些调整。

中国古代的诗偏向于安静，东方美学最高的境界强调静穆，研究如何把本来变化多端的世界写得安静。为什么西方学者在理解中国古代诗性模式时，都会把中国诗歌界定为山水诗歌或者自然诗？因为我们历代的诗人都是想着如何把诗写得更安静，最后我们的古典诗歌都是把一个情景交融的画面处理成一种意境，本来是一个很难写实的画面，通过不断地把画面往深里推，把它写虚了，或者写得很安静。这样一种方式到现在发生了很大的改变。陈独秀 1916 年写《文学革命论》时，对中国古代文学或者说古典诗歌抱有很激进的看法，他觉得中国古代文人搞的都是山林文学。这个山林是你对人生真相的规避、逃避，你是玩虚，玩心性和超然的态度，不像鲁迅讲的直面这个世界。如何才能直面？这个又涉及如何把偏向虚静的理解感受方式转向战斗的姿态，让本来安静的方式转向激烈动荡的方式。

所以我们可以看到，整个古今感受力的变化，首先源于对古代追求安静的表达的不满，这个不满的背后涉及当代的话题。

我们都处在历史的情景中，或者叫它现代社会。现代社会最大的标志是，它非常讲究效率，效率意味着快，找到历史规律，可以很快地推进历史。我们似乎应该用一种启蒙的态度，用强力介入的态度改变这个世界，对不合理的东西进行激进的处理，而这些都要求快捷地表达。快捷地表达，在诗歌的感受力上造成了很多变化。中国古代的诗歌偏向于含蓄的、静静的体会，但是静静的体会需要很多生存的前提，你要么非常有闲，要么非常有钱，其次是人跟那个社会处在比较和谐的环境里，或者社会结构处在相对封闭的环境里。

到了现代世界，中心都没有了，我们的社会越来越碎片化。在这样的情景下，我们体悟世界的方式也有很大的改变。比如现在大家的状态都是非常焦虑的，很少能从具有整体性的、很安静的那样一个位置去把握这个世界，我们的眼界可能都降得比较低。这样的话，我们对这个世界的理解某种程度上也在变快，在诗歌的表达上，首先影响了语言。以前人们通过文雅迂回的文辞去表达，现在要求你用口语，用活的语言，用在现实社会中流通的日常语言，去更快捷地传达现代中文的思想情感，而不要通过弯弯绕的方式表达出来。

当代诗歌会使用很多比较直白的语言，其实理念就在于对表达效率与速度的追求。按照古人的理解，诗歌是静观的世界，这与现在不同，现代诗人的形象应该是战士，应该走出封闭的象牙塔，锻炼生命人格，它要求对诗有一种介入。

胡桑：你这个开场还有多久？如果再讲下去，可以讲到结束，我们就可以走人了。为了让韩博跟我有话说，不好意思我要打断你了。

我们这个活动虽然叫"当代诗的感受力"，但主要还是为了讲这三本书，当然不是讲这三本书中的理论，而是读这三本书。这是广西师范大学出版社出的书，名字分别叫《沸腾协会》《尖锐的信任丛书》《情感教育入门》。如果大家关注过臧棣老师的诗歌写作的话，就会知道，所有叫"协会"的诗有它们的共同体，所有叫"丛书"的诗有它们的一致性，所有叫"入门"的诗也有它们共同的社会，所以一个系列叫"协会"，一个系列叫"丛书"，还有一个系列叫"入门"。

当代诗如何感受这个世界？简单来说，其实刚才臧棣教授已经回答了，从古到今，从东方美学谈到西方美学，从古代美学谈到当代美学，要知识体系特别庞大才能谈这个问题。总的来说，我们还是身处当代，当代诗有它的追求和抱负，有它的感受力。每本诗臧棣老师都有解释，这三本收的都是进入 21 世纪以后写的诗歌，之前的诗歌基本没选，以前的诗集叫《新鲜的诗集》。

这三本书有一个基本的意思：我们需要重新跟世界相遇，重新获得一种观察世界的视角，或者说感受力，而这个感受力跟以前我们所认为的诗歌的认知和感受力是不一样的，这三本书的意义就在这里。它们重新探讨了诗人如何与世界相遇，如何感知这个世界，最重要的是如何书写这个世界的重要问题。

刚才臧棣老师已经谈得很深了，中国古代的心学、体悟达到静观的状态，然后到现代，现代诗是外来的诗，但是外来的核心概念不是新，而是理性。因为西方世界的核心是理性，中国的古典核心是心，所以差异很大。但最后走到了同一个地方，就是诗人，诗人被称为"自我"，而自我要面对这个世界，最后合流了，但是在这个合流中还是不一样，中国式的心转化成自我时，和西方理性转化为诗人自我时，两者间的差异也是很明晰的。心是静的，理性是动的，心和世界之间没有一种搏斗状态，而这个搏斗状态正是西方理性所要传达的。这个搏斗状态体现为反讽，这个反讽不是讽刺，而是我跟世界之间有一种紧张感，这是理性达到的目标。但中国式的诗歌和世界间的目标不是紧张感，而是想达到天人合一的境界，所以古代诗人不是只写山水。从心和理性两个概念来说，中西诗学不一样。

中国当代诗更复杂一点，跟西方当代诗不一样，我们既有心的一面，又有外来的理性的一面，关于这个东西在诗中如何实现，今天可以深入聊聊。下面让我们听听韩博老师的高见，关于当代诗的感受力，你也可以从古到今地谈。

韩博：我很赞同胡桑说的关于中国传统诗歌的观点，因为中国诗歌和西方诗歌完全是两回事。《情感教育入门》是臧棣2017年去荷兰参加诗歌节时，在鹿特丹写的一首诗，其中有一句"理智使人自由"，我们便可以从这个角度来切入，可以看到西方的这些诗人也好，知识分子也好，他们观察世界的角度和目的与东方诗人完全不一样。中国那些山水诗，最后大多回归到臧棣说的宁静，那种宁静是中国哲学的结果。从功能上来说，它是一种深层次的自我安慰，在中国传统社会里，对普通人来说非常重要。而像伽利略这样的人，磨镜片制作出盗版的望远镜，只是为了观察月亮，这实际上是另外一种过程，不是为了自我安慰。这就是一种理性，它像臧棣说的，是一种运动，不是为了回归宁静和自我满足。

在中国当代诗歌里，其实这个是主流，跟社会也好，跟自我也好，实际上是希望不断地突破已有的边界，不是寻求一种自我安慰，而是探索一些未知的东西。臧棣的这三本书里，我重点读了这本。因为我是他的粉丝，读过他以前很多诗，一直到有了他的微信，看到他经常在朋友圈里贴诗。这本书里差不多是近三年的诗，我觉得在这本书里，臧棣像是哈姆雷特那样的人，喃喃自语，每天观察动物和植物，这里写了很多我看到名字却并不知道是什么样子的植物，这些植物又给他很多启发，跟他的生活联系在一起。

我认识臧棣很多年了。十多年前我们一起去广东参加诗歌节，当时为了节约经费，从来不给我们单人间，我经常跟他一个房间，有幸常常聆听他的教训，我也感同身受。在臧棣的身上浓缩了中国这三十年来急剧的变化对个人造成的深刻影响。

他在诗里很少写这些，即使是他非常重大的个人经历，他也能很平静地写出来，转化成与世界的对话，这是非常有意思的。我认识的当代诗人里，很少有人这样写作，这是特殊的感受力，而且是特殊感受力的转化方式。写诗有的时候只是一件很简单的事，从最基本的层面来说，它可能就是人介入世界的角度。

这是我的个人感受，不一定正确——臧棣的诗，除了是用汉字写的，更像是一种西方诗，跟中国传统诗歌没什么关系。很多当代诗就是这样，我们是用汉字写的，但是你不能把它跟传统的诗歌建立起一种有机的联系。你当然可以借用传统的词汇、语言，甚至是意象，但是我觉得那种传统生活方式跟我们完全没关系，难以像植物一样自然地生长出来。当代诗歌的环境完全是另外一回事，中国的当代诗歌特别复杂，而且中国的当代诗歌非常难以翻译，如果翻译成其他语言，要删减很多东西，这一点跟小说完全不一样，这是中国自身的社会环境、文化变迁造成的。从新文化运动以来，我们的语言产生了巨大的变化，所以中国的当代诗歌非常复杂。

回到臧棣，我看他的有些诗歌，甚至有点惊奇，感觉有点像读古希腊赫西俄德的诗篇《工作与时日》，当然那个是写农业。臧棣一直通过旁观世界，跟这样一个世界对话，非常孤独地喃喃自语，来传递他对这个世界的感受力。在他的诗里基本看不到高楼大厦与现代城市，偶尔会有一两个词涉及这样的层面，其他完全是在一种跟自己对话的视角里。所以我开玩笑说，他是哈姆雷特，因为他没有选择上帝视角，全息式地评论这个世界，而是以非常有限的人的视角，知道自己的有限性，有时通过动物、植物，试图将自己对这个社会、这个时代的感受向前推进一步，有的时候能做到，有的时候不一定能做到，但我觉得恰恰是有意义的。

臧棣：非常感谢他们俩。我能反驳一下韩博吗？我觉得韩博说的话非常厉害，也很狠。梁实秋对新诗有一个定义，什么叫新诗，新诗就是用中文写的外文诗。很多人当年批判新诗，就是因为这个观点，我们有这么好的汉语传统，这么伟大的汉字，这么伟大的语言，你为什么去写外文诗，用中文写外文诗做什么？梁实秋可能是指文学上的事实，当然这里面也很复杂，我也不讲了，但是他指出了用现代汉语写作，在阅读观感和文学效果上可能非常不一样，跟我们的传统思维有很大的不同。

回过来讲，我们的汉语文化特别是书写文化，特别强调正统性，对异质的东西有天然的排斥。汉语发展到今天，也包含着对佛经的翻译，对外来文化的融合，最后才形成了更加丰富的汉语文化。我们总是站在一个正统的角度去丑化外语，可能是不对的。

韩博说我的诗是外国诗，我觉得很荣幸，普鲁斯特讲，现代的书写者和小说家要写出新问题，只能把自己的母语当外语用，才能写出新鲜的感受、新鲜的逻辑、新鲜的发现。每个人都有母语，都有一种思维上的惯性，例如成语非常好，但是表达对事物的观感的时候，它的概念性也很可怕，它抹杀了很多细小，这种细小是对层次的把握。普鲁斯特讲，你作为新的生命，试图用新鲜的方式把握它的时候，你一定要对你熟悉的语言作一些改变，比如在特殊的语言组织上，或者在特别的想象力上，才能写出你对这个世界的不同的感受。他就讲，一定要把母语当外语来实验，贝克特他们也讲过，一定要不断地改变语言，通过融入异质去改变它。古代也一样，通过翻译佛经，不断地丰富我们的语言表现力。所以这个事情要两方面看。

如果读当代诗歌时觉得跟古诗有差别，就当成汉语的多面现象来理解就可以了，不一定要排斥，再放到百年之后来看，可能今天所说的新诗和古诗之间巨大的、反叛性的差别，不过就是汉语很正常的自然流变，有时候充满了激烈的自我校正。所以不要太夸大这个差异。

再回到我自己的感受力上来讲，我的诗从阅读观感上，容易给人造成韩博说的那种外来诗的印象，但是从我的心性来讲，通过这么多年重新读诗，重新看待诗，包括对想象力、感受力的调整，我的诗与所谓外国诗之间是有区别的。刚才韩博已经讲到，我们新诗所接受的是否定这个世界、批判这个世界的思想，把它当成旧世界来批判。整个现代文学、新文学都是要否定这些，不仅要思想深刻，还要追求文学深度，因此，当时的诗歌更像西方的诗歌。我在写出这个系列的诗时，采取了肯定的态度，更多的是用敬畏的态度理解社会的矛盾和世界的多样性，从肯定和顺应的角度理解这个世界，而不是非要用世界的真相颠覆所有的表面，从那个角度显示诗人的存在。我觉得采取一种谦卑谦和的角度发现这个世界的多样性，或者自我纠正世界的矛盾性，可能会对这个世界有更丰富的体察。

我的诗写到很多身边的植物，我的导师说我写得太小了，我后来跟他调侃，小有的时候不仅是小。比如中国人画画，我们是采取逍遥的态度，我们的生命感知能力是把很沉重的世界，或者把世界荒谬性的东西往审美感知那方面引渡，我们不是把这个世界弄得越来越沉重。为什么我的题材偏向于轻？可能是对五四以来觉得一定要往深里写、往沉重里写才代表了文学的分量的观念的出走。从诗歌的角度，也不能说它全错，它有它历史的出发点，有当时历史的合理性，但过了一些年之后，你要说这是放诸四海而皆准的真理的话，其实它又有很大的毛病。虽然我的导师经常批评我写得太小，老去写小花小草，好像有点玩物丧志的感觉，但是我自己的出发点其实还是很深的。

胡桑：其实臧棣老师的诗不难读，如果觉得读不懂，我觉得是读诗的方法有问题，这就牵扯到感受力的问题。

用我的理解再说一下，西方的理性和中国古典的心性，最后都会产生现代文艺的概念，就是自我或者主体。自我变成非常前沿的文学概念，一个诗人总是要有自我的，这个自我用来理解这个世界，用来理解他人，用来理解自己。当我们在诗人的作品中读不到他的自我形象，也读不到他对世界的辨认的时候，我们就觉得读不懂了，因为你期待的是那个自我形象。臧棣老师提了一个概念，叫作"自我申明"。一首诗需要有一个自我申明，通过这个自我申明表明自己如何看待世界，如何看待他人，如何看待自己，我们总是通过这样的认知装置去看诗，这一两百年我们都是这么看的，我们习惯了，包括对整个现当代文学，我们一直也是期待里面有一个自我申明的机制。其实这个机制已经很陈旧了，但由于这个机制太强大了，我们总觉得它还是文学首要的东西。臧棣老师的写作已经超越了这个东西，或者已经跨越了这个东西，如果还是按照自我申明的角度读诗或者读文学，当然读不懂。

自我这个概念一开始是西方发明的，用来建造一个自我和世界对象之间的关系，以至于无限地夸大自我，后来西方自我调整，试图取消自我，这便是现代主义文学的诞生。现代主义文学其实是对自我的感知，最后用深度弥补自我，所以产生了象征主义等各种主义。其实用了一个代替物，世界可以没有自我，但至少有深度，如果连世界的整体形象都没有了，这个诗就没有主体性，这个诗人就没有主体性，最后还是回到自我变形的状态。你可以发现，在现代主义文学里面，即便不讨论作家的自我，我们也会讨论作家的世界，讨论他写出来的整体世界形象。比如艾略特的《荒原》，我们会把它解读成没落时期的象征，这个象征可能有点过度，已经超越了诗歌能承受的范围，这就是把自我又理解成了泛我。

当代诗不是这样的，它是对想象力的重新认知，是对修辞的重新洞察，对世界精神的重新把握，这里面都有"心"。现代主义时期对自我的认知其实已经不管用，虽然读者还延续着这个期待，但是当代诗已经抛弃了这个东西，回到诗人对世界的修辞、想象力的精神感受。

这三本诗集的解说词很好，就是保持好奇的生命感觉，好奇的感觉不一定是象征的、隐喻的、精神的，这是一种新的感受力，这个感受力是非常放松的，某种意义上不一定是韩博说的用中文写的西方诗，它是一种中西的合流，用西方式的语言表达古典的范式，这个范式就是初遇那一瞬间好奇的时刻。如果一定要期待它的自我形象以及自我形象带来的对世界总体形象的认知，那你真的读不懂，因为这些诗很放松，不抛弃这些焦虑就无法读懂这些诗。

接下来让韩博聊聊，刚才 PPT 上有一行字："取消深度，减少深度"，代表的是他的观点，因为韩博是取消自我形象和取消深度的代表。

韩博： 刚才胡桑说我的诗难懂，我觉得胡桑难懂的诗比我高好几个级别。

臧棣： 从古代自然转向现实人生，该怎么对待现实人生？我们是往深里去，往批判里写，好像把现实写得越沉重越厚重，越可能代表对现实的认知。我们受西方最大的影响是，我们要求诗有那种意义，包括胡桑讲的自我，在现代诗歌里非常重要的一个观念，但你看庄子讲得鱼忘筌，包括对语言的使用，古代的诗歌感知是把它写虚了，写没了，写安静。西方人说你们的诗翻译的时候没有主体，从数量上来讲，我们很少使用"我们"，没有主体。我们的诗受东方审美感知的影响，忘我，天人合一，整个表达就是把"我"写没了。但是西方文学基于自我意识，围绕如何有意识地彰显自我而展开。韩博的诗写得非常优秀的一点也在于此。以前我们都要求新诗写作有一个意义，韩博的诗对那个东西有深深的警惕，所以用非常跳跃的思维方式，选择了把不同事物连缀起来。

我写这些诗写得很细小，是很身边的事物，是日常生活的感受，我自己觉得，这与中国传统以小见大有关，采菊东篱下，悠然见南山，对天地气象有一种远观，你说小它也小，但是我觉得还是以小见大。

一个有抱负的写作者，一方面向源头回溯，一方面向陌生的领域探求，这两种能力都应该在写作中得到展现。

韩博：关于深度的问题，我忽然想起有一位老师对臧棣的批评还有一句，"不要再花那么大精力批评北岛了，你已经写了那么多文字了"。刚才臧棣说到，现代诗站在批评的立场上建立了一个似乎很完整的系统，我忽然想起来，北岛的很多诗就是这样，很有力量，但是它是对象化的，它依赖于一个对象，是对对象的批评，它的所有体系是建立在这上面的。虽然它想跳出批判的对象，但还是批判对象的一部分，还是二元论。刚才臧棣说的大概就是这个意思，这种东西恰恰限制了你的感受力，这种东西一旦固化之后，你就脱离了最初你批评的激情和理由，你把它作为成功的经验一再重复，但是这跟当代的感受力没什么关系。

真实的写作要忠于此时此刻的感受力，这种此时此刻当然是基于对源头的吸收，但是也要忠于这种当代性的感受。写作忠于当下的感受，我觉得这就足够了，而且会达到最好的状态。这是我的观点，不知道臧棣老师是否同意。

臧棣：我问韩博一个问题。我作为你的同行，觉得你的写作有变化，一开始很线性，语言很密集，有论辩的能力，但你后来的写作为什么对意义的表达有一种消减？在文本的观感上越来越跳跃，或者某种程度上有点碎片化。这个变化反映了你诗歌感受力的什么变化？

韩博：我觉得有三个变化。那时候很戏剧化，有的地方像戏剧的片段，但是叙述还是比较流畅的，很完整，你甚至可以看到故事。

臧棣：你现在好像有意地打破那种完整。

韩博：对，彻底打破了，里面完全没有完整性的东西，里面会看到一些观念性的意念，然而是脱离原来那个语境的。中间有一段时间，差不多十四五年前，我读了很多中国古典的东西，那个时候有一点悠然见南山的感觉，可以通过很平凡、很小的东西，把一切消解掉，但是后来我觉得这完全是一种自我逃避。

臧棣：胡桑也算我的同行。胡桑身为江南诗人，在处理江南的态度上比我更焦虑。另外我的一个观感是，你写的诗像德国诗，思辨力很强，带有对这个世界的思辨的把握。你的感受力是怎么组织的？

胡桑：按照我的理解，当代诗必须具有对现代主义自我的推进，现代主义设定了一个稳定的自我与稳定的世界，它可以感知那个世界，我的思辨是希望把这个自我变成一个游离不定的自我，我的诗里是有自我的，不像您把自我基本取消了，这个很厉害，我做不到。写作的第一要义是，先不要用"我"，把所有句子中的主语"我"去掉之后，看还能不能写。我曾经尝试过，变成"他"，这个"他"还是"我"，那个"我"是不稳定的。我很喜欢写具体空间的"我"，所以我的诗里有很多地名，上海的街道我都写过。我一直不想让诗获得这个"我"，看到了一个稳定的风景或者感受到了一个稳定的世界，或者捕捉到了一个稳定的观念，这个观念一直在摇摆、变动，最后这首诗推向虚无，因为它没有找到终点，这样的状态是我理解的当代性。虽然我没有那么高明，能把"我"全部取消掉，但是我通过"我"的不稳定或者游离来取消自我。所以思辨是让这个自我变得游离的一部分，而不像德国诗那样，建立一种理念，这个理念没有建立起来，它是碎片化的。

主持人：下面请读者提问。

读者：请问臧棣老师，您对余光中的诗有什么看法？

臧棣：余光中是非常有自觉性的诗人，当然他处理汉语的方式偏典雅，把诗情往典雅的方式上处理，文辞很优美，表达方式也是往优美里表达。在现代诗或者当代诗的感受里面，这是偏典雅的方式。而我们是非常撕裂的状态，把所有的情感都处理得很优美，第一不太真实，第二可能对很多瞬时的感受也是一种修饰，或者说是一种遮蔽。如果从这个角度来讲，我们也要善意地理解这些方式，他的写作比较特殊。这样的方式从文本的创作性来讲，或从现代文学推崇的独创性的角度来讲，还是比较传统，或者说大家都已经很熟悉。可能我们还是想在表达方式上有新的发现。现实世界中，有些东西是不规则的，或者是比较矛盾的，没必要把这些矛盾都修饰成美的感受，有些东西没法修饰。

比如韩博的诗有超现实的、梦幻式的感受，但是这种感受又是基于剧烈的生命的警醒感，余光中的诗少了警醒的东西，所以显得创作性不够。当然我还是非常尊敬他的。

读者：臧棣老师有一首诗《新诗的百年孤独》，你能对这一百年来的新诗作一个评价吗？

臧棣：当代诗经历了百年，这个时间很短，但是我觉得可喜的是，作为个体存在的当代诗人中，已经出现了很有个性的、很重要的大诗人。

主持人：谢谢臧棣教授，也谢谢胡桑老师、韩博老师。

时间：2019 年 9 月 6 日

嘉宾：杨扬、罗智成、王宏图、杨渡、骆新

远见在思南

骆新：尊敬的各位领导来宾，亲爱的读者朋友们，大家下午好，我是来自上海电视台的骆新，很荣幸由我为大家主持今天下午的活动。今天活动的内容是要围绕着"迎向文化新脉动"而展开一场文学的会谈。明天正式开会，大量的内容将在明天展开，今天算是序幕。今天下雨，有人说下雨不利于开会，又有人说下雨非常有利于开会，在中国文化当中，下雨天是留客天，下雨大家就不要走了，在这儿好好聊聊。

今天我们请来了很多专家和学者，其中四位已经在我身边坐好了。我们要欢迎的是上海戏剧学院副院长杨扬教授，著名的诗人、作家罗智成先生，复旦大学中文系教授、作家、文学评论家王宏图教授，和来自台湾地区的嘉宾——中华新文化发展协会的理事长杨渡先生。今天来到现场的还有很多领导和嘉宾，欢迎大家的光临。论坛时间不长，希望大家谈得尽兴。

上海是海派文化的发祥地，但是我们该如何理解海派文化？希望四位用一句话来阐述一下你理解的海派文化。杨扬院长在海派文化研究方面非常有发言权，您给我们带个头。

杨扬：谢谢大家，我顺便也介绍一下骆新先生，他是我们上海戏剧学院播音与主持艺术系的系主任。非常高兴今天能在这里见到罗先生，我以前曾聆听过他的讲座。刚才骆新先生讲到海派文化，因为到了上海，就有很多人想谈谈上海的文学、文化。现代意义上的"海派"或者说上海的概念其实是第一次鸦片战争以后才兴起的。

"海派"一开始并不是一个肯定的概念，基本上都是否定性的。因为海跟大陆相对，大家总觉得大陆更可靠一点，是稳固的，而海浪一阵一阵过来又走，所以从海上来的文化，大家总觉得不知道该怎么讲，好像总是不大坚固。所以我们将海派文化跟中原文化和大陆文化相比。"海派"这个词的概念当然是有所变化的，最早用在文化上，主要是从任伯年的绘画开始，评论这些绘画的过程中，有人用了"海派"这个词。任伯年是浙江人，他的近代绘画和以前的传统绘画有比较大的区别，区别是他比较顾及市场。以前的文人画，一是比较亲近人，二是画面比较素，而任伯年的画浓墨重彩，非常热烈，很多人看了以后就评价为"海派"，最早是从这里开始的。后面慢慢引申到文学艺术，包括戏剧。大家都知道，那时候的京剧戏班一般要到上海来跑码头混一混。

到了20世纪二三十年代，文学上的"海派"概念主要是由鲁迅和同时期的一些京派作家确立的。当时的京派作家基本都看不起上海的那些作家。沈从文曾经专门写文章谈论海派，写了好几篇，后来闹得不可开交。巴金和沈从文是好朋友，他就劝沈从文不要和评论家混在一起，作家就是作家，还是写好自己的小说吧。后来沈从文就继续写小说，没有卷到旋涡里去，如果一天到晚搞评论的话，文学史上就没有沈从文了。这就是大概的来龙去脉。

骆新：您觉得您是海派吗？

杨扬：跟骆新一样，我是浙江人。文学史上所讲的"海派"作家，大部分都不是浙江人，大都是苏州人。吴门画家、吴门文人，大部分是这一类人，鸳鸯蝴蝶派的性质比较多。

骆新：谢谢杨老师为我们讲述了来龙去脉。罗先生怎么看？

罗智成：大家午安。我非常喜欢上海，所以对海派有比较正面的理解和期待，简单来讲就是见多识广、海纳百川，在饱经阅历的眼光下有一种不言而喻的品位和世故。刚才从思南公馆的那头一路走过来，我看到了上海最海派的一面。它没有特别张扬的建筑物，不像所谓的新贵或土豪的那种感觉，非常低调，每件事情都做得很到位的感觉。上海有它的两面性，城市很大，所以并不是每个人都可以一眼看穿它是什么样子的，常常会给人错觉，认为上海很浪漫，可是当你接近它，会发现上海其实并不只是浪漫，单靠浪漫无法有序维持，它有很强的现实感。上海也让人特别有亲切感，因为它很接近普通人对美好生活的想象，但当你想拥抱它时，又会发现它似乎对你很疏远。这是目前我所理解的"海派"的感觉。这个"海"实际上是大海的"海"，是波涛万状的感觉。

骆新：谢谢，说得真棒。让我们来听听杨渡先生的想法。

杨渡：大家午安。讲到"海派"，台湾和上海在历史上颇有渊源。台湾被日本占领时，很多人想反抗，第一步就会逃出台湾跑到日本，再从日本跑到上海来。大概在 1917 年、1918 年左右，台湾芦洲有个望族子弟叫李友邦，被日本警方通缉，他和一个叫谢雪红的人就跑到上海来。关于他们在上海的故事，我写过传记。刚到上海的李友邦不会讲上海话，只会讲闽南话，不晓得怎么买菜，所以买鱼就画一条鱼，如果要买活鱼，就在下面画水，就这样开始了在上海的生活。后来还有搞农民运动的李伟光在上海设立了医院，接济了许多抗日的台胞。当时的上海很像是台湾面向世界的窗口。当时台湾有个文化协会做抗日的文化启蒙，在台中成立了一个书局，书局的发行人第一件事情就是跑到上海来订书，订了许多书去台湾出售。所以上海对于台湾人来讲，是一个很复杂的存在，很多事情是在这里起源的，上海像是台湾思想文化启蒙的窗口。

骆新：杨老师刚才说到的故事，可以参考他的两本书，《一百年漂泊》和《暗夜传灯人》。

王宏图：各位朋友下午好。我算是土生土长的上海人，因为我的祖籍是金山，祖父一辈生活在江苏省，祖籍所在地是民国时期浙江和上海的交界处。我感觉上海是一个世界各地文化交汇的地方，不仅仅是个窗口，你能在这个城市当中感受到异域文化的鲜明特色，这在其他中国城市中不多见。有件事让我印象很深，我有个朋友的妹妹是读法语的，八九十年代，有位法国朋友来上海旅游，她作为北京人陪他到上海。北京的街都是纵横南北排列，非常清楚，不会迷路，而她陪法国人到上海之后不久就迷路了。后来法国人说，还是我来带你吧，他说巴黎就是这样的。有时候在上海走，最熟悉的地方也会迷路，因为很难找到笔直的路，浦东新区可能比浦西规整，但还是达不到中国传统的那种规整程度。我十几年前在德国汉堡大学孔子学院工作过，汉堡的街道和上海的很接近，我走到哪里都觉得好像没有离开上海，建筑氛围比较接近。

我觉得，上海这个地方有点像是文化的交汇点。九年前我到中国西部的敦煌旅行，实际上敦煌就是中古时期多种文化的交汇点。敦煌壁画的产生不是偶然的，和文化交汇的因素密切相关。这类城市国外也有很多，比如意大利的那不勒斯。意大利有句话，"你到了那不勒斯，晚上死都不遗憾"，就像孔子说的"朝闻道，夕死可矣"，对那不勒斯的评价非常高。有人觉得那不勒斯并不好，很狭窄的台格路，贫民区里小偷很多，但是那不勒斯从文艺复兴时期直到现代，一直是文化交汇的地方。大家津津乐道的意大利作家薄伽丘的《十日谈》是欧洲近代文学的典范，薄伽丘童年时期就在那不勒斯这座城市生活。我觉得上海在这个意义上，近似于敦煌、那不勒斯这样的文化交汇处。

骆新：谢谢王老师。一切创新都在交界处，上海的可爱就在这里。据说在上海浦西谈恋爱，成功率比在浦东更高，因为小街小巷的转角就能遇到爱。那些路看似弯弯曲曲，有点小坎坷，但是有利于文人的创作和思考。

让我们回到文学的领域。四位都是文学家，有一个问题是，今天有很多学文学的人，内心有点焦虑不安。有人说文学要给社会创造价值，但是现在人们对价值的理解不太一样。请四位嘉宾讲讲，你怎么理解价值这两个字。有人曾经问吴冠中先生，该怎样走上艺术创作这条路，吴先生说，你要有强烈的表达意愿，你要殉道。可是在今天的商业社会，我们不得不承认市场化的改变让我们的生活变得越来越好，有人说，我的目的就是为了创造更多的个人和商业价值。这个问题现在也困扰着很多年轻人。

罗智成：广义上来讲，所有的文化活动都和价值有关，每一个人都有他的价值和追求价值的方法，包括对于价值的喜欢或者怀疑。我们那个年代的人受现代主义的影响，那是一种特别的文艺思潮，让大部分文学艺术工作者从过去的市场中挣脱出来，有了一个类似于批判者、怀疑者的角色。大家现在想起来，觉得文学或者艺术理所当然就应该坚持理想，其实没有那么复杂，文学艺术就是一个工具，你用这个工具创造出了很厉害的作品，那你就很伟大，你用这个工具创造出很赚钱的作品，那你就很聪明，你用这个工具创造出很伟大但是没有人知道的东西，你就变成烈士，大概就是这样。最大的问题是，我们的内心不是只信奉单一价值，每个人都希望同时达到我们向往的目标，我们向往的事情就是价值，但是价值彼此是矛盾的：我们想出名，我们也想表达自己；我们想骂人，又想赚讨厌鬼的钱。这样的组合里才会产生很棒的事物，你让各方面的价值形成最恰当的比例，非常优雅地达到目的，这时候我们就把它称作艺术。

骆新：写诗是不是一种好的选择？

罗智成：有时候我真的在怀疑，到底是我选择了写诗还是诗选择了我，因为我也曾经试图做各种形式的文学艺术表达。我非常喜欢画画，我当然也很希望去尝试摄影，甚至拍摄一些电影。可是每次我想表达事情的时候总是发觉，还是诗这种形式最接近我的性格。我觉得，关于真理的最高贵的形式，就是难解的谜，是最像诗的东西。

骆新：罗老师的说法符合文学家对于诗的解读。

杨扬：诗的形态变化确实是比较大的。中国的诗分为两大块，一块是传统诗，在座的应该都很熟悉，还有一块是现代诗。对于现代诗，很多像我这个年龄的人基本上就记得朦胧诗，要朗朗上口不大可能。人民文学出版社出了一套外国诗歌，大概有四五十本，我看了之后觉得翻译得很好。我也看过唐诗的英译，看完以后不知道好在什么地方，中国的唐诗意味无穷，但是翻译成英文之后，不知道还有没有原来的效果。诗歌的东西差异性确实非常大。

文学这个东西确实包罗万象。我们现在说到诺贝尔文学奖，得奖作品好像都不错，但是我们要知道，很多作品是进不了诺贝尔文学奖的获奖序列的，比如大仲马的作品，比如非常流行的《哈利·波特》，影响再大，创作财富再多，也进入不了这个序列。网络文学也是这样。茅盾文学奖是中国最权威的文学奖，尽管现在网络文学也可以参评，但基本上进了初选以后就被淘汰了。

骆新：您觉得传统文学与网络文学有巨大的分野。王宏图先生做文学评论的时间很长，我特别想知道您的看法，因为明天我们可能会探讨互联网对文学的影响。

王宏图：网络文学和严肃文学，在文学生态当中是共存的。在高原地区旅行的时候我们会发现，随着海拔的升降，植被有非常鲜明的区别，有的植物只能生活在海拔 1000 米以上，下来就不行，有的在海拔 1000 米以上就会灭绝。我想文学也是这样的。没有一个放之四海而皆准的标准，并不是所有的文学都要像莎士比亚那样，那是不对的。就像人类，虽然说 99.99% 的基因都是一样的，但 0.01% 的差异就造成了我们的秉性才情的不同。想当个通俗文学家，你以为那么容易吗？你要每天不停地满足粉丝。如果你是一个习惯于写悲剧、正剧题材的，写喜剧题材就没那么容易，你写出来人家就是不笑。所以作家的才情多种多样，接受者的才情也多种多样，我们很难强求一个标准。对于一个写作者来说，要认识到自己的学养才情和发展倾向。如果你适合探讨比较高深的哲理问题，或者适合写比较严肃的题材，你一定要往通俗的道路上凑，那就浪费了你的才情。另外一部分人，对社会的思考不是很深，但是善于迎合别人，这个"迎合"不完全是贬义词，而是指可以找到大家心中共鸣的东西，他们也实现了自己的价值。如果一定要他们装得很严肃，实际上也是浪费了他们的才情。所以，一个从事文化艺术创作的人，实际上也是有多种选择的，如果一定要加道德评判，说这个选择很高尚，那个很卑鄙，好像有点过分。

骆新：谢谢王老师。我想问杨渡先生一个问题。最近我在上海书展上看到，纯文学作品的销量稍微受点限制，可能品种很多，但单一品种的利润往往是少的，然而非虚构或者叫纪实文学好像卖得挺好。非虚构和纪实文学在西方流行了很多年，现在中国也有很多人在写，有人说非虚构和纪实文学对具有想象力的虚构文学是一种伤害，如果这种非虚构作品成为主导，可能会挤压文学本身的空间。杨渡先生对这个问题怎么看？

杨渡：谢谢主持人。刚才来的时候，和罗智成走着走着，我忽然想到戴望舒的一句诗。上海的风景这么漂亮，我走在下着雨的上海的街道，想到戴望舒的一句诗"丁香一样结着愁怨的姑娘"，不是很诗意吗？我想，诗本身不管有没有商业化，有的时候只是诗人在看，可是它很像《星球大战》里面的原力，不见得可以主宰整个宇宙，但是总是有那么几个勇士拥有这种原力，当他发挥他的内在原力的时候，宇宙才能达到一种平衡。对于非虚构文学以及网络文学，我倒觉得网络本身慢慢不再是我们过去的那种概念。过去书是一种阅读载体，现在网络或者手机变成另一种阅读载体，载体慢慢多元化。举例来讲，现在很多书是用来朗读的，有些书在出售版权的时候连朗读的版权都卖了。我记得2016年出《一百年漂泊》的时候，中央人民广播电台做了朗读，听众的回应很有趣，他们没想到长篇可以这样朗读。载体改变了，我们的阅读方式也改变了，严肃的或者通俗的文学其实都可以进入不同的载体，那是未来新的载体可能承受的，我们可以更多地接触文化的不同面向。

至于非虚构文学，其实我觉得这是一个好现象，我并不觉得非虚构文学会挤压文学的空间。为什么呢？因为我觉得我们这代人经历过一个比文学更魔幻的时代。我的母亲现在八十几岁，她是台湾中部乡下的农妇。我小时候，水田干旱的时候，她要走很远的山路去把水龙头打开，然后让水流下来灌溉农田。山路很黑，因为过去没有路灯。后来她和我住进了公寓，有天半夜起来，她说要去外面晾衣服，觉得外面好黑，很害怕。她自己都觉得奇怪，怎么会害怕，以前走山路的时候一点不害怕，她忽然觉得我们过去在农村的生活仿佛一场梦。后来我写《一百年漂泊》时写到了这个故事，那就是我们家的纪实文学。我写这段，是因为我们经历过那个时代。

你回想一下三十年前的自己，你能够想象现在会是这样的吗？西方从农业文明发展到工业文明再发展到信息社会，也许用了几百年，机制、结构都经历了一步一步的转变。可是对于海峡两岸的中国人来说，我们只用了三十年的时间，经历了别人三百年的时光，所以我们觉得自己的一生过得很魔幻，很多人的生命里充满了故事。无论是知识分子还是寻常百姓，生命中都曾遭遇到过去难以想象的事。我们有幸经历从农业文明到工业文明的转化，对两种文明的对比有所感受。用纪实文学的形式记录下来，其实也是对这个时代很珍贵的记忆。

骆新：在思南读书会，我们难免要谈到书的问题。我前不久看了纳博科夫的《文学讲稿》，如果让在座的几位老师写这样一本书，我很想知道，哪些作家或者哪些作品能够入选？

杨扬：纳博科夫的《文学讲稿》是在美国给大学生讲的课。我印象比较深的是他说到学生该怎么阅读文学作品。其中一章讲《包法利夫人》，他就考学生，包法利夫人第一次出场的时候穿的是一双什么样的鞋？在整部小说里她换过几次鞋？这些都是小说的细节。对于一个文学读者来说，对这种细节是要有所关注的。

我常说，小说写人物，可以用《包法利夫人》做标准。李健吾写过《福楼拜评传》，他觉得包法利夫人实在是太诱人了，和安娜·卡列尼娜不一样。安娜·卡列尼娜也写得好，好在什么地方呢？托尔斯泰有想象，而且是倒着写的。安娜·卡列尼娜是个年轻貌美的女人，什么都有了，这时候托尔斯泰问了一个问题：安娜你还缺什么吗？她说，我缺爱情。好，那就去追逐爱情吧，一步一步，到最后不可收拾为止。鲁迅的《祝福》我想大家都看过，祥林嫂正好和安娜是颠倒的，安娜什么都有，祥林嫂一出场，什么都没有，老公死掉了，小孩没有了，然后她想不断地争取幸福，越是争，越是争不到。如果祥林嫂争到最后，家庭也有了，爱情也有了，那么她就变成喜剧人物了。

我觉得托尔斯泰写得最好的就是卡列宁和安娜那一场。安娜的儿子要过生日了，安娜和渥伦斯基两个人在外面，这时她作为一个母亲的内心受到谴责，自己搞婚外恋，儿子的生日都不能照顾他。她非常内疚，觉得自己对不起丈夫，也对不起儿子谢廖沙，所以她要回去忏悔。她泪流满面跑回自己家里，发现卡列宁不在，正好见到了儿子，安娜上去抱住谢廖沙，说妈妈对不起你，做了不该做的事情。她心里想，如果这时候卡列宁回来，我一定向他忏悔，结果这时候卡列宁真的回来了。她一见到卡列宁，所有的忏悔之心都没有了。这就是描写女性的心理活动，人有的时候就是一念之差。托尔斯泰作为一个伟大的艺术家，把这种心理捕捉到了，所以我觉得《安娜·卡列尼娜》是推荐给大家的不二选择。

中国作品里面当然也有，比如《红楼梦》。有人讲，《红楼梦》和《金瓶梅》是两类小说。他们认为《红楼梦》是写给儿童看的，因为贾宝玉、林黛玉充满理想的情怀，而西门庆是写给成人、写给世俗的人看的，成人的世界并不像你想象的这么美好。这两本书二选一的话，我肯定是选《红楼梦》，《金瓶梅》虽然写世俗生活写得很好，但是我本人对于诗意有更强的向往。

骆新：谢谢杨老师推荐了三本书——《包法利夫人》《安娜·卡列尼娜》和《红楼梦》。下面有请罗先生。

罗智成：这真是非常难，好像要在中国的美食里挑三道最喜欢的菜，这非常不人道。我曾经在上大学时回到高中的母校，给母校的文艺社团开了一张包括20本书的书单，如果从里面选的话，我还是会忍不住推荐普鲁斯特的《追忆似水年华》。

骆新：那本书很多人表示看不太懂。

罗智成：看得很辛苦。我后来的方法是从第二卷开始看，一开始太多人物了，并且不做任何介绍，不像《卡拉马佐夫兄弟》，从祖父、曾祖父排下来，每个角色都先让你熟悉，然后发生故事。现在的小说不这样玩，所以你很难抓到头绪。

我会请大家去看圣埃克苏佩里的《小王子》。简简单单，举重若轻，大概喝杯咖啡的时间就可以看完，但是从这本书里可以感受到文字的魅力。刚才杨老师讲到《红楼梦》，我觉得《红楼梦》和普鲁斯特的《追忆似水年华》有个共同点，它们都写得太精致、太让读者投入了，所以这种书你读完了以后出不来，故事都结束了，贾宝玉出家了，普鲁斯特的爱人死了，但你自己对于书里场景的记忆都还在。作者跟主人公都离开了，读者还在，那种回忆是很迷人的。但那些都是大部头，有时候小部头的作品也有这种效果，比如《小王子》。我记得以前法国的50法郎的钞票上印的就是圣埃克苏佩里的头像和《小王子》的插图。这本书可以让你感受到文字的力量，很容易被吸引进去。和前面两本书一样，小王子没多久也走了，但是你一直赖在沙漠没有离开，你会想，是不是没有完？他是不是会回来？甚至有一阵我在想，我是不是应该写个《小王子》的续集。

短篇小说，爱伦·坡的作品我觉得很厉害。现代文学的创作者多多少少都有点惊吓中产阶级的感觉，我就是不讨好你，我就要搞成这个样子，我就是要让你觉得你的生活是一团废纸。潜意识、存在主义、实验性包括象征主义都是很麻烦的东西。大家再看看波德莱尔和爱伦·坡，他们两个处于传统文学和现代文学的中间阶段，你能看到为什么现代文学会变成现在很讨厌的样子。古代人们的生活经验不多，所以每件小小的事情都让人感动不已。孔子听了音乐，可以三个月不吃肉，日本武士看到艺伎白白的脖子会流鼻血。那个年代人们接触的事物很少，所以每个人都像一个很新鲜的人，和现在的社会不一样。工业革命以后，我们每天都会受到大量的刺激，所以现在我们对很多事情没有了感觉。文学怎么让接近麻木不仁的读者感动？就必须诉诸大量的对专门经验的表达，激起读者的情感。爱伦·坡介于浪漫主义和现代主义的中间，接近哥特派的写法，非常浓烈的感觉。什么是哥特派？我想了一个画面来讲：在一个月黑风高的夜晚，一个女人在荒郊野外迷路，天空中乌云密布，闪电划过。她来到一个荒废的宅院里，外围铸铁的栏杆生锈了，她推开大铁门，走到青石头铺的庭院里，反射的夜光看起来阴森森的，她又走到一扇巨大的木门前，木门上有铜环，敲门声有沉重的回音，但是没有人来应门。过了一会儿，木门吱呀一声打开了……整个画面基本上是爱伦·坡最常写的，接下来通常会写里边住着一个苍白俊美的男人，或是有血友病或精神病的漂亮女人。哥特派到爱伦·坡这个阶段，吸收了所有的现代知识。我推荐大家去看爱伦·坡的作品，他的书都很薄。

第三本，我还是回到普鲁斯特的《追忆似水年华》。为什么这本书非常特别？其实我们在讲文学进步的时候，大都忽略了一件事情——读者也在进步。读者在某种程度上陪作者玩了很久的阅读游戏，我知道你是假的，但是我接受，而且我还在虚构的世界里哭得死去活来，这是一种非常好玩的审美游戏。但其实我们发觉，作品还是变得越来越不一样。现在的年轻人非常难以取悦，他们见过最好的东西，以前人们所接触的视觉和听觉的冲击，和现在的完全不一样。回过头看文字作品的时候，其实会有这样的落差，这样的落差大部分人没有感觉到。

普鲁斯特让后面的创作者多了表达自己的方式，让我们的内心有了更具多样性甚至更具体的呈现方式。早年间的大部分小说真的很难讲清楚太深奥的事情，包括杨老师讲的很多大部头的作品，要像说教一样才能讲清楚，才能把很复杂的情绪表达出来。现在没有那么多时间来写作和阅读，只有通过书写技巧来准确掌握意识边缘。所以我觉得，最值得阅读的应该是普鲁斯特的《追忆似水年华》。

骆新：罗老师前面说得很少，现在报复性地说了很多。《小王子》、爱伦·坡的小说和普鲁斯特的《追忆似水年华》，很有意思，我建议罗老师可以把故事往下续。小王子的作者很有意思，他在二战中执行飞行任务时失踪了，究竟是在什么地方降落了还是被敌机击落了，我们并不知道，作者给读者留下了无尽的悬念。

罗智成：听说是被德国的飞行员击落了。那个德国飞行员知道自己打下来的是圣埃克苏佩里，非常后悔。

杨渡：如果让我选，我会选鲁迅的《呐喊》。我记得我第一次去北京，住在友谊宾馆，那是1988年的秋天，我看到槐树，看到北京，立刻想到鲁迅的小说。在中国刚开始有白话文的时候，就有那么准确的文字。另外，我会推荐沈从文的自传。我们对于近现代的历史，往往缺少一种"人"的理解，我们会用一些宏大意识去看待问题，但是沈从文是从寻常民众的视角看历史对我们的影响，是回到人的本身去看待伟大的历史。如果要讲西方文学的话，我会推荐《奥德赛》。《奥德赛》讲的是人和流浪，其中有遗忘、背叛、爱情等很多文学主题的原型，掌握以后，你对西方文学会理解得更准确。

当然，我还会推荐马尔克斯的《百年孤独》，因为传统文学里往往有太多柔弱细腻的部分，而《百年孤独》有一种强悍的生命力，每个生命都像顽石一样经得起击打锤炼。我会推荐这样的书。说真的，我个人很喜欢读《史记》里的列传，我会跟我的小孩说，你一定要读，因为其中用字的准确和文字的能量，很少见。

骆新：谢谢杨老师。最后听听文学评论家王宏图老师的推荐。

王宏图：我主要推荐西方文学作品，不像罗老师所说的《小王子》那么薄，也没有《追忆似水年华》那么厚。第一本是莎士比亚的《哈姆雷特》。过去我们看孙道临老师配音的电影，早就知道了这个故事。如果光看故事的话，类似的作品太多了，宫廷内部的争斗，中国历史上也有很多。但是问题在于，你仔细看《哈姆雷特》，会突然有所感悟。王子有锦绣前程，父亲是丹麦的国王，很爱他，然后发生突变，父亲死了，叔父继位，母亲改嫁。处于这样的状况中，他不知道该怎么办，随后亡灵告诉他，父亲是被叔叔谋害的。他毕竟受过教育，不太相信亡灵，于是让宫廷剧团把叔叔谋害父亲的场景复演出来，看他叔父的反应。如果是个血气方刚的男子，他应该马上行动，但是他就是不断地放弃机会。比如他叔叔拂袖而去，跪在神坛前面忏悔，那时候他一刀上去就可以结果了他，但他想，叔叔在忏悔时被杀，灵魂还是可以进天堂。他不断地找各种理由，包括最有名的"生存还是毁灭"的桥段。摆脱开这个故事，你会发觉《哈姆雷特》实际上表现了人类共同的生存状态：年轻时可能很顺利，但是突然碰到前所未有的逆境，逼着你做出选择，像哈姆雷特那样，一下子看到人世的真面目。如果没有父亲被害这件事，很多事情哈姆雷特可能一辈子都不会知道，他会顺顺当当地和奥菲莉亚结婚，等父亲去世后登上王位。这里面有着很多人的生命历程中的体验。

还有莫里哀的作品，大家不一定熟悉。莫里哀不仅写过《伪君子》，还有一部作品，中文或者翻译成《恨世者》，或者翻译成《愤世嫉俗者》。歌德认为这部作品接近悲剧的边缘，可以说它是反写的《哈姆雷特》。主人公一开始对宫廷中很虚伪的那套东西看不惯，对社会制度或者环境都不满意。但如果只有这种东西，他就是一个扭曲的哈姆雷特，因为哈姆雷特在他父亲死去后也是很不满，对于一切都看不惯。那么这部作品的喜剧性表现在什么地方？他看上一个贵妇，但是贵妇不符合他的道德要求，很虚荣，喜欢卖弄风情。他对她说，你既然对我有情，为什么要向那么多贵族男人卖弄风情？那女人很恼火地说，你管得着吗，你是什么人？他很伤心，去向另一个女人倾诉，但是心里放不下这个贵妇，最后他只能说，我要离开巴黎去隐居了。我之所以在《哈姆雷特》之后推荐莫里哀的《恨世者》，实际上是因为它们是两种观察世界的方式。哈姆雷特观察世界的方式是悲剧性的，而莫里哀的作品是个喜剧，同样一件事，如果是莎士比亚来写，有可能把它处理成一个悲剧。

最后一部作品，我想到的是艾米莉·勃朗特的《呼啸山庄》。这部作品相信大家都很熟悉，真正打动我的是男女主人公超越时空的爱。给我印象很深的是女主人公的幻想，她知道希斯克利夫和她地位不配，和另一个地位相配的富家子弟结了婚。这惹恼了希斯克利夫，愤然出走，她很后悔，后来因为情绪激动而病倒，很快死去，留下一个早产的女婴。希斯克利夫也很绝，他为了报复伤害过他的人，就把他们的后代都卷入他的复仇计划中，最疯狂的一幕就是把凯瑟琳的棺材打开，看她几十年后是否还是老样子。但他最后绝望了，他最心爱的女人还是死了，他这辈子还是不能得到她。他一下子不想复仇了，郁郁而终。这部小说虽然不是一部典型的浪漫主义作品，但是我觉得，它对读者理解那种超越时空的男女之爱还是有点帮助的。一般人没有那么强大的情感力量，仿效不来，但是书中人物确实树立了一个标杆，告诉我们，世间还是有这样一种感情存在的。

骆新：真好，我们今天上了一堂生动的文学课。我再问一个问题，刚才你们介绍的这些作品，如果拍成电影，我如果只看电影，是不是也算是理解了这本书的大概意思？因为影视肯定是未来最大的传播力量。

杨扬：电影跟文学相比，味道还是不一样。

罗智成：要看改编者，大部分电影都没法代替文字作品。

杨渡：我觉得电影里面也有诗人的语言，但确实很难，因为有太多细腻的描写，很难拍出来。

王宏图：我倒是觉得可以。刚才我谈的三部作品，《恨世者》

不知道，至少《呼啸山庄》和《哈姆雷特》都多次被改编成电影。罗老师推荐的《追忆似水年华》也可以被改编成电影。今年6月份上海国际电影节放的匈牙利电影《撒旦探戈》，七个半小时，我去看了，的确很怪，节奏非常慢。我觉得如果《追忆似水年华》拍出来，可能要七十个小时，考验导演、演员和观众，如果把它拍成电影，可能会是史上最庞大的一部电影。

杨扬：《简·爱》还不错。

骆新：最后问一下各位，人工智能已经开始写诗了，将来有没有可能，人工智能参与文学创作并在很大程度上表现得更加出色？

罗智成：微软小冰出来的时候，我们会看它写的东西，我觉得这是非常有趣的数字游戏。为什么它写的东西会像诗？重点来了，因为我们大部分人对诗的想象就是那个样子，这点很重要。大部分人对诗会有刻板印象，觉得诗不遵照传统的语法，字和字的联系有时候违背了一些规则。但问题是，生产出像诗的东西和会写诗，绝对是两回事。我一直以为，人类投射情感的能力永远是最迷人的，什么叫人类投射情感的能力？简单讲，所谓言者无心听者有意，因为你自己心里有期待、有愿望，所以当你看到和你没有关系的人和事，会把感情投射到上面，会把没有意义当成有意义，这件事情最迷人。我花了一些时间写了几篇文章，就和这个话题有关，假设有一天机器人非常像人类，我们到底可不可以侮辱或者虐待机器人？我们可能会觉得不行，就是因为情感投射，觉得它们太像人了。对象是假的，但你投射的感情是真的，这是我觉得比较有趣的地方。

如果要更深入地谈这件事情，我会觉得微软小冰其实还有进步的空间。人工智能写诗的话，我觉得还少了两步。哪两步？第一步，必须先让人工智能拥有具备知感的主体，第二步，要有进行表现的主体。有了这些，再来尝试写诗，这两个步骤没办法省略。在我看来，一个黑猩猩用它的方式表达害怕或者恐惧，可信度远大过一个机器人假装在写诗，这是很重要的，因为文学的本质是沟通。

照我的想象，如果我是微软小冰的话，写的诗大概会是什么样子？比如说，我始终为我是怎么变出来的感到疑惑，没有人能理解，我就此陷入孤寂。他们让我在马戏团里扮演诗人，可是我却只是在众人的记忆中寻找自己的机器……如果微软小冰用这种口吻和立场写诗，我对它的信任会多一点。

骆新：真好，希望这样高质量的谈话会多一些。王宏图老师作为在国外工作过很多年的文学评论家，如果让您向世界推荐一部中国的文学作品，您会推荐哪部？为什么？

王宏图：《西游记》。西天取经也是人生长途跋涉探求的过程，这部作品既把中国的文化精神表达了出来，又很有趣。它把中国人的智慧和娱乐相对完美地结合起来。

骆新：杨扬老师觉得呢？

杨扬：我也觉得《西游记》不错，老少咸宜，可以再加一部《三国演义》。

骆新：再次感谢四位嘉宾为我们分享了这么多。

时间：2019 年 9 月 28 日

嘉宾：付秀莹、金理、黄德海、项静

我不是翟小梨

——付秀莹《他乡》新书分享会

项静：大家下午好，我们今天非常荣幸地请到了付秀莹女士。我简单介绍一下，付老师是《长篇小说选刊》主编，也是 70 年代出生的作家中非常杰出的一位代表。她此前出过《爱情》《陌上》，这两部作品也是让我最早对付老师有个人认识的作品。她有非常鲜明的个人写作特色，她对中国乡村白描式的写法，以及对于中国古典文学艺术传统的借鉴和继承，都可以在这两部作品里找到印记。她今天和我们分享的作品是《他乡》。这其实是从《陌上》延伸出的长篇，人物也是从原来的空间里生长出来的，跟前面的作品有继承关系。还有一位嘉宾是大家非常熟悉的金理老师，复旦大学中文系教授。另外一位是我们很好的朋友黄德海先生。下面先把话筒交给付老师，请她给我们分享她的创作经历。

付秀莹：很高兴来到大上海，在这里跟几位朋友谈谈《他乡》。《他乡》是我的第二部长篇。关于《他乡》，这些天有媒体问我，是不是设定了从《陌上》到《他乡》的脉络，认为我肯定是

左起：项静、付秀莹、金理、黄德海

按照个人的成长轨迹从《陌上》走向《他乡》，从乡村走到城市，到了北京。我觉得不完全是这样，因为作家写作一本书或者一个人物时，从孕育到最后的成熟，都不太以作家本人的意志为转移，有时候会给作者本人很大的意外。

《他乡》和《陌上》完全不一样，《陌上》写乡村，《他乡》主要写城市。《他乡》里边的主人公翟小梨是从《陌上》生长出来的人物，在《陌上》的最后一章里一闪而过，是非常次要的人物。在《他乡》中，我特别愿意把她当主角。当时写完以后我对这个人物念念不忘，我对她在城市的经历怀有很大的好奇心。我特别愿意在一部长篇里用几十万字的篇幅探索翟小梨到城市后的历险。她从省城到京城不断遭遇悲苦、喜悦、坎坷、跌宕。我写的时候跟着翟小梨这个人物重新活了一遍。从《陌上》到《他乡》，她走得跟跟跄跄，有时候摔得鼻青脸肿，又艰难地站立起来。这个过程中有很多翟小梨流下的——也可能是我自己流下的泪水；她笑了，我觉得我的读者们也会会心一笑。《他乡》这本书更多融入了我自己的血肉和热泪，而写《陌上》，我可能更多是作为旁观的人、还乡者以及一个从乡村走出来的人，回过头打量来处，这时候可能更客观，虽然有时候我会有特别主观的要为故乡立传的想法。我对我的亲人们、乡邻们和故土有着特别深情的眷恋，但是好像只有到了写作《他乡》时，我才知道那样一种情感到底还是更理性一些。《他乡》没办法理性，写的过程非常酣畅、痛苦，写时会流泪，看时也会流泪，会感到疼痛。在《他乡》里我注入了太多的情感，有点不大敢谈，不像《陌上》，我太敢谈了，故土、亲情，包括乡土中国的急剧变化，我都能谈得非常从容。但是面对《他乡》，我好像不能那么从容，谈的时候难免要动情。我曾想象到了思南读书会我会怎么谈《他乡》。在北京时是大家在谈，我还是作为旁观者，没有阐释它，没有讲述写作过程的甘苦。真正要我讲的时候，我不会那么淡定，还是会激动，像一个人走了很长的路，当他回头看的时候，总是不能那么平静。

黄德海：我读《陌上》觉得很亲切，读《他乡》时，读着读着却不想读太深，因为勾起了自己很多的回忆，就是从一个乡村人到城市人的身份切换，中间经历的万般滋味只有自己才知道的那种感觉。一个人在乡村生活的时候会觉得世界都是一样的，我们知道有另外一个世界，我们以为那个世界和我们的情感、道德是一样的，只是他们的生活比我们高档一点。一开始我们会觉得，如果自己到了城市，也是一样地生活。可是等你真的走进了城市生活，不只是作为学生，而是进入城市生活日常的时候，你会发现几乎每一件你习以为常的事情都会有各种各样的问题，你整个的判断会错位，永远对不准。而如果这个时候你又一不小心走入了婚姻，或者是更加亲密的团体里，你会发现你面对的灾难会无数倍地扩大。我有个观察，人和人之间保持一定的距离时，即使对方有缺点、小问题，你也能原谅、容忍；等到这个人跟你稍微亲密一点的时候，你会发现这个人身上的刺会把你扎死。两个人携带着完全不同的世界观走到一起，那时候亲密关系会受到巨大的碰撞，除非你把这种亲密关系重新调整。遇到这个调整过程，等到我们想明白了，我们最好的时光也已经过去了。

这本书我为什么不想看下去？因为它会勾起我自己的很多联想，因为它可以对应我的某个时间点的情况。在上海长大的人可以看这本书，看上海人说的乡下人如何一步步走进城市生活。这样的城市生活，你会觉得风平浪静，其实在风平浪静底下都是惊涛骇浪式的潜流。从乡村走到城市的人往往会有两套世界观，因为除了乡村世界观，你必须慢慢在城市里再学会一套世界观，才能慢慢和人正常相处。而更加不幸的是，如果你是一个写作的人，你还要在两套世界观以外发现更多的东西，加入精神的行列里一块儿思考，就是说我们身上基本上复合了三条不同的河流，它们之间互相纠结变形争斗，偶尔会有相符的过程。由《他乡》能够看出我们日常生活的亲密关系中出现的很多问题，我们可以反过来想，在这些问题上应该如何反复教育自己。

现在很多乡村小说特别容易出现一个问题，一到城市就说城市是个烂东西，主人公受的灾难都是因为城市变得堕落、腐败，作者反推的乡村就是完美、纯洁、道德至上的地方。我觉得从《陌上》到《他乡》都做得很好，既没有美化，也没有恶意地丑化，就是这样的世界，思考我们该如何在这两个世界当中探索。

我看过一本书，《与故土一拍两散》。80年代初期，这本书的作者移居美国，去哈佛读书，觉得特别振奋。他准备追求一个白人女孩，很快发现人家根本看不上他，还遭到别人的嘲笑……后来他回到中国，但发现他熟悉的中国也变了，不再是他出发时的样子了。

我想，我跟秀莹应该都有这样的经历。现在回到我们出生的乡村，我们以为可以跟乡亲们回到十年前、二十年前的谈话方式，但根本不可能，他们看我们的方式、说话的方式也变了。重新回到乡村的时候，没想到乡村也变成了我们的"他乡"。因此，我说"他乡"是双向的，既是物理层面的从乡村到城市的"他乡"，同时当你从城市回望的时候，家乡也是"他乡"，而在精神上我们已经有了双重的变化，这就是我们不得不面对的问题。这部小说就是空间和时间来回穿梭的作品。虽然小说没有写到乡村过多的情景，但翟小梨身上携带的就是乡村，是复杂且经不住我们留恋的地方。这是一部很有意思的小说，里边的人为什么吵架后会反思，在亲密关系中受伤后会反思，就是因为这两种精神世界切换的时候发生了错位。

金理：付老师特别低调，她不是很愿意谈自己的作品，包括情节、人物。德海老师马上就凌空而上，直接进入主题哲学的角度，对于当中的情节、人物、美学没有过多介绍。我觉得应该由我来承接一下。刚才在付老师的陈述当中，我记得有两个关键词，就是历险与遭遇。在这个故事里，小梨这个女人大概遭遇了三个男人，好像三个阶段一样。首先是她的丈夫，我觉得这个人某种程度上是很理想的丈夫，他对于自己的太太非常体贴，很细腻，如果你是愿意过小日子的人，他可能就是一个非常合乎理想标准的丈夫的形象。读他们两个人之间关系的时候，我想到了《荷马史诗》，奥德修斯不断征服"他乡"，他的妻子在家里纺织、抚养孩子；但是付老师的《他乡》是反过来的，女人不断地被"他乡"蛊惑，外出历险，丈夫承担了所有的家务，承担家务的过程中遭遇种种屈辱，但是两个人之间没有精神上的沟通，小梨拼命向往外面精彩的世界，丈夫喜欢家里的小天地，两个人渐行渐远。第二个男人老管和小梨有共同话题，他有文学才华，小梨写的作品他都能够鉴赏。其实他俩之间的关系就是同居。老管属于在事业上有很多成就，但在为人处世上又有很多功利性的计算、考量的一类人，他也没有让两个人同居的关系再往前跨一步的愿望。第三个郑大官人，小梨跟他之间是纯粹的精神沟通，没有实质性的交往。读完这个女人和三个男人之间的故事以后，你会发现她的肉身和灵魂没有办法找到一个地方安放，读到最后感觉非常悲凉。小说的最后一章是一封信，我觉得如果没有这章，整部书就是没办法完成的。最后一章的这封信是小梨写给一个叫"亲爱的某"的人的。他们两个人相识的场景很有趣：两列火车交错而过，电光火石一刹那，"我"看到对面那列火车迎面而来，透过车窗看到了"亲爱的某"。我自己猜测——当然不一定成立——其实那是一个镜像阶段，好像照镜子，"我"透过车窗认识了内在理想的我，没办法在其他人身上安放自己灵魂和肉身的小梨，最后找到的倾诉对象就是她自己。她在大千世界走了一圈，发现最后能够倾诉的对象只有一个"我"，更加内在的"我"。这样想来，小说读到最后感觉挺悲凉的。

但是比较奇特的地方在于，我很想把刚才说的那个关于一个女人的孤独，关于她最后无法安放自己的肉身和灵魂的非常悲凉的结局推翻掉，因为我觉得最后她的这封信里有很多段落，好像在往另外一个方向发展。这部小说里很多的段落，都是把这个女性从生活的背景中抽离出来，但有时又会把她重新安放到一个日常的生活世界中去。这可能和小梨的出身有关。其实她不是标准意义上的知识女性。我觉得这部小说的一个主题就是如何在和他人的交往中获得对自我的认识。它既讲了现代女性的这种孤独、孤立，但好像又有一种非常神奇的康复力量，不断地把个人拉回很复杂的人际关系当中。你必须通过跟琐碎的、耗费心神的事物进行交往沟通，去培育自己对于世界的耐心；在这个耐心交往的过程当中，你才能获得对自我的认知。这个主题可能比我们通常理解中的女性主义小说更能打动我。

项静：我一开始对这部小说理解得比较肤浅，就是一个女生在进城的过程中遭遇了三个男性的故事，从最表面的层次上看，是有这么一个框架在里头。但是我觉得作品中的女性能够让我们两位男嘉宾产生如此的心灵波动，说明付老师对人物的形象塑造非常成功。我们以前夸男性作家写女性形象比女性写得好，在于他们可能的确打开了一个女性的空间，一个精神的空间。刚才听付老师讲，我觉得你描述的感觉是真正作家的感觉，是一个处于探索中的作家的感觉。

把历史拉长一点，我们的整个时代从文学的角度来看，可能存在一部进城史，当然大部分是男性进城。从女性的角度来讲，我觉得跟男性理解的世界有区别。我不知道付老师会不会从一个女性的角度来讲这部小说。

付秀莹：项老师说到女性的视角，其实我一点不否认，因为我就是女性作家。前两天有个专访，记者问：被称为女作家会不会感觉不快？我说不会，我就是女作家。被冠以"女作家"，有些人可能很介意，但完全没必要，女性就是女性。女作家塑造女性形象肯定有更多的便利，女性对于同性也更加体贴、理解，更能够观照到非常微小的部分。

很多朋友看到这期活动的主题"我不是翟小梨"，都会开玩笑调侃我：你是不是要辩解？你到底是不是翟小梨？谁是翟小梨？不知道该怎么回答。这么一个人物，我也不敢说我跟她没有关系。我也不好说她就是我，翟小梨也可能是德海，也可能是金理。我想塑造这么一个人物，不管是男性还是女性，可能世界上有千千万万个翟小梨，他们的经验可能是相通的，心路历程是共同的，翟小梨走过的歪歪扭扭的路也是很多人走过的。翟小梨遭遇的城市中的历险也好，内心的苦难也好——现在我特别愿意说内心的苦难，因为看起来翟小梨物质上没有那么匮乏，但是她内心的狂风暴雨、惊涛骇浪对于一个人来说是非常煎熬的，外部世界的风波可能相对来说比较好应对——我作为一个小说家，用我的笔和对于她的体贴、悲悯、理解去描绘，去书写，跟她一起分担，我觉得这种分担可能会让作家本人更加有力量。一个小说家可以跟她的人物一块儿成长。我完成《他乡》的时候，觉得自己经历了更多，不仅经历了翟小梨内心的苦难坎坷，我个人好像也完成了自己的成长，最起码是完成了一个阶段。我不断地自我怀疑，翟小梨也不断地自我怀疑。我也会在写作的过程中不断反省自身。这样一个人，何以走到今天？每走一步她都会非常犹豫彷徨，不断地自我肯定、否定、怀疑、反省、追问、逼视自己。写作过程中的艰难、承受的压力，我觉得对于一个小说家来说，也是一种成长的助力，它促使我去真正地理解生活，理解翟小梨这个人，理解那么多跟翟小梨一样的人，包括理解自己的内心。有时候人最不理解的可能就是自己。通过塑造翟小梨这么一个人物，我可能更清楚地看到了自己的内心，这个人物就像一面镜子，照出了我内心经历的过往，也许有很多尴尬、狼狈甚至一触即痛的伤疤。可能生活中我会比较软弱，但是写作中我会很刚强地面对这一切。写作的时候我会非常愿意再往前走一步，会把人物逼到墙角里，看清楚自己身处的境遇何以至此。这可能是这本书的写作给我个人带来的更大的收获。

至于翟小梨到底是谁，我是不是翟小梨，其实，小说一经写作完成便脱离了我。有时候我会觉得误读更有趣。很多人问我会不会担心有人对号入座，那天我在作协开会，几个同事过来问，郑大官人到底是谁？他们问的时候我很尴尬，不知道该怎么面对这个问题，我真的是面红耳赤。郑大官人好像并不存在，也可能存在，就是一种可能，但是我愿意相信他是存在过的，因为我塑造了他。也有人觉得郑大官人这个人物有点虚化，但是可能到了我以后的某部作品里，他会成为真正的男一号。郑大官人真的是个官人，他对翟小梨说：我实在不忍让你做我的情人，但是我更不忍让你做我的妻子。这就是一个官人的形象。我记得孟繁华老师在评论里大发感慨，说只有官人才能说出这样的话来。在情感面前，他真的是躲躲闪闪、彷徨不定的。他内心是否有真正的情感，我们好像不得而知。这种情感太妙了。郑大官人到底是谁，我也不好说。小说就是虚构的，当我们翻开一本小说的时候，我觉得应该由读者去领会，作家不负责解释。小说家隐秘的快乐也就在这里。我写了，你信了；我塑造了，他活了。可能活三五天，或者活一两年。郑大官人或者翟小梨如果有幸活过五年、十年，我觉得对于一个小说家来说就太幸运了。若有幸活过半个世纪，这本书就是经典了，当然这是我的奢望，也是白日梦。当一个作家创造出一个人物，这个人物是生是死，也由不得作家了，他是被诋毁还是被流言包围，是被赞美还是蒙羞，我都顾不得了。

我在翟小梨这个人物身上寄予了很深的情感，有时候我仿佛觉得她就是我，我也会为她流泪；有时候我会跳出来远远地看着她，这么一个女人，经历了那么多内心的苦难，却依然热爱着伟大的日常生活，依然在红尘滚滚中享受着日常的快乐、泥泞、陷阱，当然偶尔也有鲜花，偶尔会在内心生出一些美好的想象，比如说"亲爱的某"这么一个人。我觉得确实像金理老师刚才所说的，没有"亲爱的某"，可能她就无法存活下去。我觉得这样一个人就是知己。不仅仅是作家，可能每一个人都在茫茫的人世中寻找自己的知己，有些人终其一生也无法找到，但我们又会心有不甘，不断地寻找。可能我不断写作的过程，就是在寻找知己的过程，在读者中寻找，在陌生人中寻找。

金理：付老师围绕"我不是翟小梨"作了辩解，很有意思，让我想到一个题外话。大家知道词最初的起源是吟唱跟表演，作者写的时候有一种角色扮演的意味在里边，比如男性的词作者撰写词的时候，里面出现的对象很可能是满腹闺怨。词外的作者和词内的主人公形象是两回事，这是文学常识。但是，当一个富于才华的女性进入文坛中心的时候，一定会引发很多的误解。讨论李清照的词时，大家的解读经常出现看上去截然相反的两种景象。一种是咒骂。比如李清照写了很多关于落花的词，落花是宋词中经常出现的意象，不稀奇，表达落花飘零的意思，但谈到李清照的落花词的时候，深受封建传统影响的一批人一定会咒骂这个泼妇不要脸。大家知道李清照有过几次婚姻，那些士大夫以为她的落花词是在隐喻她在几个男人当中周旋。还有一种是说李清照敢于直抒胸臆，敢于表现自己真实的生活。好像女性作家就一定缺乏虚构能力，女性写的作品一定要和生平背景、真实经历联系在一起。我觉得这样的困境真的是从李清照一直困扰到付老师。付老师看上去很柔弱，但是她刚才说了一句"我写了，他活了"，讲这句话的时候她非常强悍。

黄德海：说到"我不是翟小梨"的问题，我必然不是翟小梨。不要说是一部小说，即使我说我写了一部非虚构作品，你也不敢保证我就是这部作品里的某个人物。一件事情一旦落入文字，其实就是你记忆中的一部分，根本不再是你在现实生活中经历了的事情。这是一个问题。另外一个问题是，我必然是她，因为一个作家再怎么虚构，也脱离不了自己的成长模式。我有个朋友写了个长篇，发行量不大，但有三个朋友跟他绝交了，说我在你心里就是这么一个人啊。小说就面临这个问题，既是又不是。

项静：秀莹刚才说到"我不是翟小梨"的时候，我就知道你们肯定会争先恐后地站出来帮她辨析这个问题。辨析得非常好，但我还是停留在付老师最后的几句话里，她说的声音特别低沉，有翟小梨上身的感觉。她不是翟小梨，但是一个好的作家在写作的状态中，会完全分不清谁是翟小梨、谁是付秀莹，我觉得这是好作家的一个标志，这也是你的作品展现出来的精神状况。

刚才两位都谈到了成长的问题，这部小说我们完全可以看作成长小说，关于一个女性怎么成长起来。你看她经历了很多的历险，精神一直流浪，在社会空间里不停地穿梭，经历了各种各样的磨难。但是我觉得真正的成长体现在，小说结尾她决定回到S城。可能这一刻是成长的一个点，而且可能会为后续的小说写作留下很大的空间，一个成熟了的知识女性的未来发展空间。我们可以对付老师未来的创作抱有很大的信心和期待。

除了人物形象、故事这些层面，付老师在小说形式上也付出了很多的心血。我们来听付老师聊一下这方面。

付秀莹：小说刚开始不是这样的，最初是一泻千里，从始至终直叙下去。后来我觉得这个文本过于清澈，太酣畅了。我还是愿意给它增加一些栅栏，给它增加一些复杂性，就设置了更多的形式。因为翟小梨这个人本身是一位女作家，我把七个短篇插入正文当中。这七个短篇其实也是不断地推进的，有些是正向推进，使人物更加丰富、更加饱满，有些是反向消解，甚至是颠覆性的。老管本身其实已经发生了很大的歧义，这种设置让人疑惑老管这个人物到底存在不存在，他是怎样的人，他在翟小梨面前出现的时候是不是真实的，背后有多少黑洞、阴影。我当时有这样一种创作的意图。

七个短篇的设置使文本读起来不那么畅快，有很多障碍，有一些迷雾，主体部分是山峰，它们好像是遮蔽山峰的烟云，有时候又像是雾霾，让文本变得浑浊。我觉得这种浑浊可能也有好处。我作为小说家，有时候也会替翟小梨怀疑，老管到底是什么样子的？是个什么人？我自己作为女性，会对这样的男性人物有好奇和困惑，这时候短篇出现，其实已经颠覆掉了原来的老管，应该是另外一个老管。包括郑大官人，他真的那么爱翟小梨吗？居然说出那么富有艺术性的情感的托辞。这时候我把郑大官人颠覆了一下，写他对翟小梨忽然之间就没有了感情，写出了情感的脆弱和不可捉摸，也表达了我自己的一种困惑。爱情这种东西太难以捉摸了，它是否存在，能存在多久，是不是值得我们去追寻？生活原本是这样，转身之后忽然发现是那样的，貌似真实，其实是虚假的，貌似存在，又好像虚无缥缈，貌似能够把握，但又对它非常无力。人在命运、时间和人与人的关系面前，有时候好像非常强大，有时候又非常有无力感，什么都把握不了，你觉得自己不过是一粒尘埃，在世界上被风吹来吹去。你会遇到怎样的人、怎样的事情、什么样的命运转折，有时候你并不知晓，这种不确定性是生活的伟大之处。"他乡"就是不确定的，对吧？"他乡"不是自己的故乡，而是异土。它是我们完全不能把握的，是我们感到陌生、疏离的，我们充满了探索的欲望，又对它充满恐惧，这种恐惧有时又如此迷人，让我们充满向往。小说就是这么一种设置，我不知道它是不是成功，但我觉得我尽了自己的力量。

金理：付老师讲到作品当中的七个短篇，我觉得非常重要。如果没有这七篇的话，小说的文学意义会下降很多。我觉得可以把这七篇理解成副文本和正文本之间的关系，帮助我们理解世界的复杂性。这部小说讲到内心的苦难，讲到内心苦难对于一个人的折磨伤害。我觉得同样重要甚至更加重要的是听到和想象。如果你听不到他人的声音，如果你对于他人的生活世界没有一种想象力的话，你的视野大概会非常狭窄。这本书挺值得称道的地方在于，它不仅是讲一个人的伤痛，也是讲一个人如何从生活的受害者这种刻板的意识当中走出来。这非常重要。我觉得我们都应该有一种倾听他者的声音、包容他者的声音的意识。如何学会倾听他者的声音，如何避免从鲁迅先生所说的大家互相抱怨过活的状态中走出来，往宽阔温和的生活状态走去，我觉得这点非常重要。

项静：听三位老师分享这本书，我们会发现这本书越来越丰满了。我们看翟小梨的经历，看她和几位人物的关系，会觉得有很多期待的落空，她的成长没法让我们得偿所愿，但正因为这样，这个人物才是真实的人物，是有代表性和象征意义的人物。我们通过这部作品能够理解一个人，理解一个社会，甚至理解我们几十年的发展变化。这是小说能够带给我们的启发。

接下来的时间，请读者和三位老师交流。

读者：付老师，我很喜欢你小说的结构和文字。今天听了以后有点不大理解，翟小梨经历了这么多的磨难和伤害，为什么还给了她一个非常光明的尾巴呢？让读者去想象，是不是会更好一点？

付秀莹：首先感谢你的关注。这位朋友认为小说给了翟小梨一个光明的尾巴，我不能否认。可能最后是大团圆的结局，她回到了丈夫身边，回到她原来特别憎恨的生活里，在读者看来，可能这就是光明的。当然我也可以不给她这样的结局，让她继续漂泊。我其实只是给出了一个生活的可能性。她可能是这样的，当然也可能是那样的，可能又跟丈夫、跟她过去一直想告别的生活彻底决裂，转身而去，奋不顾身地一直往前，也可能和老管在一起，可能跟郑大官人如何如何，也可能和"亲爱的某"有某种奇遇……至于为什么这样写——

读者：是不是因为女性的善良？

付秀莹：我倒没有心慈手软。我在写作的时候，按照正常的生活逻辑，一直以为翟小梨会转身而去。她那么憎恨之前的生活，对丈夫如此怨恨。当她看到他们父女两个从车上下来，两个人几乎一模一样，她好像忽然看到了自己的历史，当时我是非常感动的。我当时没有想到她会和他在一起，我觉得她看到了她的历史、来路，她的丈夫是她整个的青春时代。后边无论是遇到谁，无论是老管还是郑大官人，包括后来的"亲爱的某"，可能只有她的丈夫是真正跟她走过了前半生的，只有丈夫才能真正看到她所经历的坎坷，看到她整个的蜕变过程。后来遇到的那些男性，看到的都是成长之后、撕裂完以后，从破碎中又归于完整的翟小梨。在那一刹那，她忽然看到了来路，想到了自己的历史，不能说是和解，但她确实又试图努力从头开始，重新爱上丈夫，爱上原来的自己。至于她为什么又和丈夫在一起，我觉得可能只有翟小梨才能回答这个问题。谢谢。

读者： 付老师您好，在翟小梨经历的这么多苦难场景中，最打动您的是哪些？

付秀莹： 好像每一点都挺打动我。如果说真正的打动，我觉得可能有两处。一个是她从 S 省 S 市到了北京，其实这不仅是地理意义上的迁移，也是她精神的迁移和变化跨越的重要转折。这样一个小城来的女人，从来没有见过世面，到了京城以后受到了精神上的冲击、涤荡，对她来说是颠覆性的，价值重塑，精神成长，心灵蜕变。我觉得翟小梨从省城到京城的跨越是非常让我难忘的。

另外一处就是她最后回到了丈夫身边。其实我到现在也满怀困惑，她为什么回去了？作为小说家，当我写完回过头看的时候，也会非常惊诧。我当时是怎么想的？为什么对这个人物感觉非常陌生？当我重新阅读的时候，我会试图重新回到翟小梨的内心，体会她当时经历了怎样一种心路历程，她又是怎样回过身来。她内心的挣扎对我来说，是非常深刻也非常难忘的写作体验。

图书在版编目(CIP)数据

在思南阅读世界.第5辑/孙甘露主编.—上海：
上海人民出版社,2021
ISBN 978 - 7 - 208 - 16924 - 1

Ⅰ.①在… Ⅱ.①孙… Ⅲ.①文学评论-中国-当代
-文集 Ⅳ.①I206.7

中国版本图书馆 CIP 数据核字(2021)第 023473 号

责任编辑 吕 晨
封面设计 今亮后声·王秋萍

在思南阅读世界·第五辑

孙甘露 主编

出 版	上海人民出版社	
	(200001 上海福建中路 193 号)	
发 行	上海人民出版社发行中心	
印 刷	上海商务联西印刷有限公司	
开 本	720×1000 1/16	
印 张	29	
字 数	328,000	
版 次	2021 年 2 月第 1 版	
印 次	2021 年 2 月第 1 次印刷	

ISBN 978 - 7 - 208 - 16924 - 1/G · 2064
定 价 98.00 元